Knaur

Von Kara Dalkey sind außerdem erschienen:

Die Geheimnisse von Goa
Die verborgene Stadt

Über die Autorin:

Kara Dalkey, geboren 1953 in Los Angeles, arbeitete als Drehbuchautorin und Gitarristin, bevor sie ihre wahre Berufung entdeckte: Das Schreiben. »Die Schleier der Göttin« ist der dritte Teil einer erfolgreichen Trilogie. Kara Dalkey lebt in Minneapolis.

Kara Dalkey

Die Schleier der Göttin

Roman

Aus dem Amerikanischen
von Michael Nagula

Knaur

Die amerikanische Originalausgabe erschien 1998 unter dem Titel
»Blood of the Goddess/Vol. 3: Bhagavati« bei Tor Books, New York.

Besuchen Sie uns im Internet:
www.knaur-taschenbuch.de

Vollständige Taschenbuchausgabe 2003
Knaur Taschenbuch
Ein Unternehmen der Droemerschen Verlagsanstalt
Th. Knaur Nachf. GmbH & Co. KG, München
Dieses Buch erschien bereits unter der Bandnummer 70104
unter dem Titel: »Das Elixier der Nacht 3: Das Blut der Göttin«

Lektorat: Cornelia Köhler
Umschlaggestaltung: ZERO Werbeagentur, München
Umschlagabbildung: Artwork Zero
Druck und Bindung: Nørhaven Paperback, A/S
Printed in Denmark
ISBN 3-426-62580-6

2 4 5 3 1

PROLOG

Wie, Ihr wünscht eine weitere Geschichte zu hören, Reisender? Ganescha segnete Euch wahrlich mit einer begehrlichen Neugier. Diese soll jedoch meine letzte sein, weil meine Kehle vom Sprechen sonst noch ganz ausdörrt.

Aber welche Geschichte soll ich Euch erzählen? Ah, ich weiß.

Diese Geschichte trug sich vor langer Zeit und weit weg in einem Dorf am Meer zu. In diesem Dorf lebten drei Schwestern. Die älteste war ein beflissenes Mädchen, das im Dorftempel diente. Sie war nach der Göttin benannt, die man dort verehrte, nennen wir sie Lakschmi oder Mahadevi, denn ihre Göttin ähnelte jenen, die diese Namen trugen. Die mittlere Schwester war freimütig und unerschrocken und hütete die Ziegenherde der Familie … nennen wir sie also Kraft. Die jüngste Schwester war duldsam und sanft und half ihrer Mutter im Haus, nennen wir sie Träumerin.

Diese drei führten ein so harmonisches Leben, wie es sich bei drei Schwestern von dermaßen unterschiedlichem Naturell nur denken ließ, und sie waren befreundet mit drei Basen von ebenso grundverschiedenem Gemüt.

Es kam der Tag, an dem eine mächtige Schar Fremder aus dem Norden eintraf. Sie behaupteten, Flüchtlinge zu sein, aus ihrem Heimatland vertrieben, auf der Suche nach einem Ort, an dem sie siedeln konnten.

Nun ja. In dem Dorf am Meer hatte seit vielen, vielen Jahren Frieden geherrscht, und so hieß man die Fremden mit aller Gastfreundschaft, die zu Gebote stand, willkommen und bemühte sich, in Eintracht mit ihnen zu leben. Doch die Neuankömmlinge brachten seltsame Gebräuche und seltsame Götter mit. Und sie bestanden darauf, das Bildnis ihrer Gottheit in dem Tempel zu errichten, in der Mahadevi diente (die älteste Schwester, wißt Ihr noch?). Und nachdem dies geschehen war, verlangten sie, das Bildnis der Dorfgöttin zu entfernen, auf daß es durch die fremde Gottheit ersetzt werde.
Das war natürlich mehr, als Mahadevi ertragen konnte. Sie ermunterte die Priester und Priesterinnen des Tempels, sich zu weigern. Ihre Schwestern unterstützten sie dabei, wobei Kraft damit drohte, mit ihren Ziegen in den Tempel einzufallen, und Träumerin sagte, daß niemand aus ihrem Dorf der fremden Gottheit Opfer darbringen werde.
Dann begannen die Schwierigkeiten. Die Priester der Neuankömmlinge versuchten Mahadevi zu meucheln und behaupteten, sie habe den Tempel entweiht, indem sie dort mit Fischern Unzucht getrieben habe. Sie behaupteten, sie prahle damit, schöner zu sein als ihre Göttin. Doch das glaubte man nicht, und es zeigte keine Wirkung.
Also setzten die Neuankömmlinge ihre mächtigsten Hexer ein, die Nacht für Nacht an ihren größten Flüchen arbeiteten. Und dann, als Mahadevi und ihre Schwestern und ihre Basen sich im Tempel zum puja versammelten, kamen die Zauberer hinter dem Götzenbild der Mahadevi hervor und sagten: »Da du und deine Schwestern diesem Götzen so ergeben seid, sollt ihr ihm fortan für alle Zeit dienen!«

Sie schleuderten den Schwestern ihre Flüche entgegen. Ihr könnt Euch vorstellen … nun ja, das Bildnis ihrer Göttin war den unseren hier in Sind sehr ähnlich. Leiber und Häupter von Tieren und so weiter. Stellt Euch etwas vor, was in Fleisch und Blut statt in Stein abscheulich aussähe. In solche Gestalt wurden die Schwestern verwandelt. Überdies schrien die Zauberer noch: »Da ihr nun heilige Gestalt angenommen habt, soll kein Sterblicher euch mehr anblicken können, ohne zu sterben!« Und so geschah es, daß jeder, der den Schwestern ins Antlitz sah, verschied.

Und was die Basen anging, so sagten die Hexer: »Da ihr euch für so gescheit hieltet, eure Freundinnen auf ihrem Irrweg zu unterstützen, mögt ihr fortan für alle Zeit so alt und runzelig sein wie hochbetagte Weise!«

Und die Basen, die selbst gerade erst das Mädchenalter erreicht hatten, verwandelten sich in graue und ehrwürdige alte Weiber.

Da die Schwestern nun eine Gefahr für ihre Familie und das Dorf darstellten, zwang man sie zur Flucht, und sie flohen, um künftig in den Höhlen der Berge zu leben. Eine Weile brachten die Dorfbewohner ihnen noch Speise und Kleidung, doch als die Jahrzehnte vergingen, sah man die Schwestern immer weniger als Freundinnen an, für die man Mitgefühl aufbringen mußte, sondern immer mehr als Ungeheuer, die es zu fürchten galt.

Und so lebten sie Jahr um einsames Jahr und hatten lediglich einander zur Gesellschaft. Unterdessen verbreitete sich in der Welt draußen ihre Sage und wuchs bis zu dem Tag, an dem ein stolzer Abenteurer aus einem fernen Königreich eintraf, um die sagenhaften Ungeheuer zu erschlagen und den Schatz zu rauben, den sie angeblich angehäuft hatten. Er fand lediglich Mahadevi zu Hause vor (die anderen Schwestern waren fortgegangen, um Nahrung zu suchen) und verwendete gewieft einen Spiegel, um ihrem tödlichen Blick zu entgehen, schlug ihr den Kopf ab und nahm ihn als gräßliche Trophäe mit in die Heimat.

Wie, Ihr meint, diese Geschichte klänge allzu vertraut? Ihr hättet sie vielleicht schon gehört? So seht es mir nach, ich will Euch nicht länger langweilen. Doch wenn Ihr sie schon einmal hörtet, habt Ihr Euch dann niemals gefragt, was aus den anderen beiden Schwestern wurde, der Träumerin und der Ziegenhirtin namens Kraft? Sie waren unsterblich wie ihre Schwester, vielleicht unsterblicher. Und was aus den Basen wurde, die man in alte Weiber verwandelte? Wie es wohl wäre, wenn sie noch auf der Welt wären, jetzt, nach all den Jahrhunderten, die sie miterlebten, um so weiser?

Doch ich will Euch nicht länger aufhalten. Macht Euch ruhig auf den Weg, Reisender, und laßt nicht zu, daß solcherlei Banalitäten Euren Schritt hemmen. Sagen aus so alter Zeit haben für uns Heutige doch sicher keine Bedeutung mehr. Wie könnten sie das?

Gandharva
Musiker am Hofe
Ibrahim 'Adilshahs II.
von Bijapur

1

MYRTE

Dieser Strauch ist immergrün und bringt weiße Blüten und Beeren von dunkler Farbe hervor. Es heißt, die Myrte sei der einzige Strauch, den der Mensch aus dem Garten Eden mitnehmen durfte. Er ist das Symbol des Auges und bringt beim Anblick dessen, was man begehrt, Sühne für sündige Gedanken. Ebenso ist er ein Strauch der Unsterblichkeit und Auferstehung, aber auch einer des Todes – besonders des Todes von Königen. Den alten Griechen war die Myrte ein Zeichen der Herrschaft. Doch für die Römer war sie ein Symbol der verbotenen Liebe, und sie mieden sie. In England gilt die Myrte als Strauch des Glücks, doch nur dann, wenn sie von Frauenhand gesetzt wurde …

Karrenräder rumpelten wie anhaltender Donner, als die Mogularmee dahinmarschierte. Thomas Chinnery wandte sich im Sattel um und schaute durch den Staub zurück, der von den Pferden, Elefanten und mogulischen Fußsoldaten aufgewirbelt wurde, und erhaschte noch einen letzten Blick auf die glitzernden Kuppeln und Minarette von Bijapur.

»Aye«, sagte der stämmige Schotte Andrew Lockheart, der neben ihm ritt. »Seht auf die leuchtende Stadt, solange Ihr noch könnt. Wer weiß, wann unser Blick wieder einmal auf ihresgleichen fällt?«

»Wahrhaftig«, seufzte Thomas, »es wäre mir einerlei, wenn ich so etwas niemals wiedersähe.«

»An Eurer Stelle wäre ich mit meinen Wünschen vorsichtiger, Tom«, sagte Lockheart weniger laut, »es könnte sein, daß sie in Erfüllung gehen.«

»Wie sollte das schlimmer sein«, antwortete Thomas, »als diese Reise, die ich nie gewünscht habe?«

»Das hängt von der Art und Weise ab, wie sie in Erfüllung gehen, mein Junge, denn das Schicksal ist dünkelhaft, und die Ereignisse verlaufen selten nach dem Plan des Menschen.«

»Soviel habe ich inzwischen gelernt.«

Eine Windbö wehte Thomas Staub ins Gesicht, trübte seinen Blick und brachte ihn zum Husten. »Bruder Timóteo war klüger, als ich gedacht hätte«, sagte Thomas, als er wieder reine Luft atmen konnte. »Indem er darauf bestand, auf dem Elefanten des Mirsas zu reiten, erhebt er sich über den ganzen Staub.«

»Ein gescheiter Junge, zweifellos«, meinte Lockheart. »Obwohl er einen armseligen Geschmack an den Tag legt, was seine Wahl der Meister anbelangt.«

»Was bleibt einem frommen Knaben, der in Goa aufwächst, schon anderes übrig, als bei der Inquisition in die Lehre zu gehen?« sagte Thomas. »Ich kann es ihm nicht verdenken.«

»Ihr seid nachsichtiger als ich.«

»Kommt, Andrew, Ihr habt es auch einmal für zweckdienlich gehalten, eine Mönchsrobe zu tragen.«

»Gewiß, doch das war eine List. Wie Ihr vielleicht bemerkt, trage ich sie nicht länger und habe sie schon seit einer Weile nicht mehr getragen.« Tatsächlich war Lockheart in eine weite *shalwar*-Hose und eine lange *jama*-Jacke aus goldbrauner Seide gekleidet, die von einer breiten scharlachfarbenen Schärpe zusammengehalten wurde. Auch Thomas, dem man seine englischen Sachen in der Santa Casa von Goa abgenommen hatte, trug eine *shalwar*-Hose und dazu ein schlichtes beiges *kurta*-Hemd. Die Kleidungsstücke waren ein Abschiedsgeschenk Sultan Ibrahims von Bijapur, ebenso wie die imposanten Pferde, auf denen sie ritten. Dem Sultan hatte das Verhalten der Goaner nicht gefallen, und er hatte es gar nicht abwarten können, die fremden Besucher wieder ziehen zu sehen.

Padre Gonsção hatte das Geschenk neuer Bekleidung jedoch abgelehnt und zog es vor, weiter seine Dominikanerrobe aus weißer Wolle zu tragen, die nun vom Straßenstaub braun war, und einen schwarzen Umhang.

»Doch sagtet Ihr nicht einmal, daß die Verkleidung als Mönch Euch angemessener sei als jede andere? Wenn das wahr ist, was Ihr mir gestern nacht schildertet, habt Ihr ebenso ein Anrecht auf diese Kluft wie der Padre, obgleich Ihr vielleicht eher eine Toga statt eines Skapuliers tragen solltet …«

»Sprecht nicht mehr von meinem Glauben und verspottet ihn nicht«, sagte Lockheart mit leiser, aber eindringlicher Stimme. »Wenn unser Padre Eure Liebste Aditi ihres Glaubens an ihre Göttin wegen erschlug, glaubt Ihr dann etwa, daß er mir gegenüber mehr Barmherzigkeit an den Tag legen würde?«

Thomas seufzte. »Ich weiß nicht, was ich noch glauben soll. Es gab einmal eine Zeit, bevor ich diese Reise antrat, als ich geistig gesunde Männer einer solchen Handlung nicht für fähig gehalten hätte. Doch seit meinem eigenen Verweilen in den Mauern der Inquisition habe ich gelernt, daß Wahnsinn oft als Vernunft getarnt auftritt.« Er bewegte seine Schultern, die vom Strappado, das er in den Verliesen der Santa Casa von Goa erlitten hatte, noch immer schmerzten und schwach waren.

»Es gibt welche, die behaupten würden, unsere Expedition sei genau das: als Vernunft getarnter Wahnsinn.«

»Fürwahr. Meine ganze Hoffnung ruht darauf, daß das nicht stimmt. Wenn wir den Ursprung des Blutes finden, das Tote zum Leben erweckt, dann wird Aditi wieder leben. Es ist mir gleich, ob dieser Ursprung ein Tier, ein Mineral, ein Ungeheuer oder eine unsterbliche Königin ist. Ein

Brahmin, mit dem ich einst sprach, sagte mir, das Pulver sei das Blut einer Göttin, doch diese Hindu haben seltsame Vorstellungen vom Göttlichen. Aditi erzählte mir einmal, sie sei die Adoptivtochter ihrer Göttin.«

Lockheart kicherte düster. »Dann wehe ihrem Mörder, wenn die Mutter ihn entdeckt.«

»Ganz recht.« Thomas fand diese Aussicht jedoch wenig erfreulich. *Liegt es daran, daß der Padre durch meine Hand wiedererweckt wurde, als das Fieber ihn gefällt hatte, und ich nicht will, daß mein Werk zunichte gemacht wird? Oder fürchte ich, herauszufinden, daß etwas Wahres an dem heidnischen Glauben ist, ich, der ich als Protestant erzogen wurde und doch unwissentlich als Kind in dem Kult, dem sowohl mein Vater als auch Andrew angehören, der Diana geweiht wurde? Ich, der ich in der Santa Casa gezwungen wurde, ein Bekenntnis zu unterschreiben, und dadurch meine Seele einem päpstlichen Gott überantwortete? Wehe meiner armen verwirrten Seele, wenn ich noch einmal ein neues Treuegelübde ablegen muß.*

Prabaratma schwang vor und zurück und sang leise vor sich hin, während seine Saphirgebetsperlen eine nach der anderen durch seine zur Schale geformten Hände glitten. Er sang die Hymne des anbrechenden Tages, segnete die Mahadevi für Leben und Licht. Er sang die Hymne der Göttin Erde. Und er sang das Lob des Großmuts, dem er einen eigenen Vers hinzufügte – worin er der Mahadevi für seine Blindheit dankte.

Prabaratma war in die höchste Brahminfamilie der heiligen Stadt Bhagavati hineingeboren. Sein Klan hatte in

den vielen Namen der Mahadevi gedient, seit Ihr Avatara Stheno gekommen war, um die Auserwählten zu versammeln und zum Anbruch der neuen Zeit in Ihre Stadt zu führen.
Er war ein guter Schüler gewesen, der von seinem Vater und seinen Onkeln im Tempel unterrichtet wurde, und er konnte auswendig die Weda hersagen. Als junger Mann diente er im Unteren Tempel, in der Nähe des Parvati-Tors, wo er lehrte und seinem *dharma* als Gatte und Vater nachging. In seiner Reifezeit hatte er sich auf ein Leben als Einsiedlermönch vorbereitet, um sich ganz dem Gebet widmen zu können. Und dann, mit sechzig Jahren, hatte sich ein milchiger Belag über seine Augen gelegt, und er war in den Palast der Mahadevi gerufen worden, um zu Füßen der großen Göttin Selbst zu dienen.
Einen Aspekt der Mahadevi zu sehen, brachte den Tod. Deshalb galt Blindheit in Bhagavati als Zeichen des himmlischen Wohlgefallens. Lediglich jene ohne Sehvermögen konnten der Mahadevi dienen. Einige ehrgeizige Brahmine stachen sich sogar die Augen aus in der Hoffnung, auserwählt zu werden, doch war dies kein sicherer Pfad zur Dienstbarkeit. Meist wurden solche Männer abgewiesen und gedemütigt aus dem Palast vertrieben. Es war weitaus besser, wenn der Segen durch eine natürliche Ursache über einen kam.
Das Erstaunlichste am Verlust seines Sehvermögens war, wie Prabaratma herausgefunden hatte, daß in dem Maß, wie seine Wahrnehmung der Außenwelt trüb und verzerrt wurde, seine inneren Wahrnehmungen klarer und prophetisch geworden waren. Die Lehre, wonach die irdische

Welt in Wahrheit *maya* war, Illusion, und nur das Land des Geistes zählte, war bei ihm auf fruchtbaren Boden gefallen.
Prabaratma fastete nun schon seit zwei Tagen, und sein Körper fühlte sich leicht wie Luft an. Die Flammen in der kleinen Kohlepfanne vor ihm waren verschwommene, tanzende Safranlichter – Schemen, die ähnlich rasch ihre Gestalt wechselten wie die Mahadevi Ihre Launen und Aspekte.
Er hob den Kopf und bemerkte, daß sich auch in der Luft um ihn herum etwas geändert hatte – das gleiche Gefühl wie beim Nahen eines Sturms, der Regen und bedrohlichen Donner verhieß. Er nahm den Geruch von Sandelholz, Zimt und Myrtenblüten wahr. Er vernahm das Rasseln eines Perlenvorhangs und das Schellen kleiner Kupferglocken. Die Mahadevi war eingetroffen.
Prabaratma lächelte. »Willkommen, Ihr, die Ihr am Größten und Gütigsten seid. Welche Gebete soll ich Euch heute singen?«
Sie lachte mit tiefer und rauher Stimme. »Ich habe deiner Fürbitte gelauscht, Pra. Ich denke, für heute habe ich genug Gebete gehört.«
Sie sprach tigerkühn, doch manchmal spürte Prabaratma an Ihr eine kindliche Scheu. Es störte ihn nicht – das Wunder der Mahadevi lag in Ihrer großen Wandlungsfähigkeit. Sie schritt an ihm vorbei, und der Duft von Blüten, Asche und Schlangenhaut wehte hinter Ihr her. Prabaratma spürte, wie Ihre kühlen Fingerspitzen über seine Stirn strichen, und er erbebte vor Freude.
»Weshalb lächelst du immer so, Pra?«

»Eure Gegenwart erfüllt mich mit Glück.«

Sie ging um ihn herum wie eine Katze, die ein Vogelnest belauert. Prabaratma konnte vage die Schemen Ihrer Gewänder und den auf Ihrer Haut schimmernden Lampenschein ausmachen. Für sein verschwommenes Wahrnehmungsvermögen wechselte Ihre Gestalt wie die Flammen in der Kohlepfanne. Ihr Kopf schien von einem Heiligenschein aus Licht und Schatten umgeben zu sein, in dem sich gelegentlich etwas hell funkelnd brach. Er spürte Ihren Blick auf sich ruhen und war froh, daß er es nicht sehen konnte.

»Manchmal, Pra, wünschte ich, du wärest nicht blind.«

»Mein Leben gehört Euch, o Unvergleichliche. Befreit meine Seele, wenn das Euer Wunsch ist.«

Wieder lachte Sie. »So habe ich das nicht gemeint. Es ziemt sich für Freunde, füreinander da zu sein – eine Gunst, die das Schicksal mir verwehrt hat. Ich bin heute nicht gut beieinander, Pra. Ich bin gekommen, um Eure Visionen zu hören. Wer bin ich, welcher Aspekt von mir herrscht derzeit vor, Pra? Was zeigt dir dein innerer Blick?«

Das war ein Spiel für Sie. Prabaratma hatte schon vernommen, wie Sie anderen Priestern diese Frage stellte. Jedesmal nannten Sie eine Göttin wie Lakschmi die Allesgebende oder Saraswati die Kluge Unterweiserin und gaben eine schmeichelhafte Erklärung ab. Jedesmal stritt Sie mit ihnen über ihre Wahl, bis den Priestern nichts anderes mehr übrigblieb, als zu schweigen.

»Ihr seid alles, Gesegnete. Ihr seid die, die Ihr zu sein wünscht, jederzeit. Ihr seid wie ein geschliffenes Juwel – viele Facetten, doch zugleich eins.«

»Eine vorsichtige Antwort, Pra.«
»Aber eine wahre.«
Sie hielt in Ihrem Umherschreiten inne und stampfte wie eine ungeduldige Kuh mit dem Fuß auf. Sie wollte noch etwas, doch er hätte nicht zu sagen vermocht, was. Er übte sich in Geduld.
»Ich habe geträumt«, sagte Sie schließlich.
»Ah.« *Wovon träumen die Götter, frage ich mich. Ist nicht die Welt ihr Traum?*
»Ich träumte, eine Sterbliche zu sein, Pra. Ich stand auf einem von der Sonne ausgedörrten Berghang und hütete eine Ziegenherde. Eine kühle Brise strich vom Meer herauf, und mein langes Haar wehte um mein Gesicht …« Ihre Stimme verlor sich zu einem Flüstern.
»Ihr seid vieles gewesen, o Mahadevi. Vielleicht wart Ihr auch einmal eine solche Frau, an einem solchen Ort.«
»Ich glaube schon. Vor langer Zeit. Der Traum hat mich traurig gemacht, obwohl ich nicht weiß, weshalb.«
»Der Weltentraum ist voller Trauer. Nur das Sein ist wahre Freude.«
Sie schnaubte verächtlich. »Manchmal frage ich mich, ob du noch bei gesundem Verstand bist, Pra.«
Die Entrückung, nach der ein Brahmin strebt, wird vom Unwissenden manchmal Wahnsinn genannt. Glaubte die Mahadevi, daß er die Erkenntnis nur imitierte? Vielleicht meinte Sie, er müsse einige Wahrheiten erfahren. »Ich erwarte die Erleuchtung, Gesegnete.«
»Nein, Pra. Diesmal suche ich bei dir Weisheit. Blick in deine Kohlepfanne und in dein Herz. Sag mir, was dein inneres Auge sieht.«

Ah, es ist eine Prüfung. Prabaratma empfand einen Moment lang Angst, denn seine Visionen kamen nicht auf Befehl, nur dann, wenn es ihnen beliebte. Dennoch beugte er sich über die glühende Kupferpfanne und blies in den Sandelholzrauch hinein. Er nahm wieder seine Perlen zur Hand und begann einen Singsang. Er war mit der ›Schöpfung des Opfers‹ erst zehn Worte weit gekommen, als die Visionen ihn heimsuchten.

So schnell – er konnte kaum die Formen ausmachen, als sie vorbeiflirrten, versuchte jedoch das, was er sah, lange genug festzuhalten, um Worte dafür zu finden …

… eine fliegende weiße Taube …

»Es kommt eine Botschaft.«

… von Stürmen getriebene Gewitterwolken …

»Sie bringt Wut und Trauer.«

… eine glühende Kohle wurde zu einem funkelnden Auge, eine Feuerlohe zu einem spitzen Schnabel …

»Garuda, der Adler, nähert sich mit ausgestreckten Krallen.«

»Ist Garuda nicht der Feind der Schlangen, Pra?«

Doch der Priester konnte nicht antworten, so sehr nahmen ihn die Visionen gefangen. Die Flammen loderten hoch auf und flackerten gelbblau im Rhythmus seines Herzschlags. »Ich sehe einen Tänzer, vielleicht ist es Krishna, mit seiner Flöte und einer Krone.«

»Ist es Krishna in seinem Aspekt des Liebhabers?«

»Er tanzte auch auf der Schlange Kaliya, bis Blut hervorschoß.«

»Das klingt nicht verheißungsvoll«, murmelte Sie. »Siehst du noch mehr?«

… wieder die dunklen Wolken, von Blitzen zerrissen.
»Indra bringt seine Donnerkeile.«
»Er, der die Weltschlange zerteilte, um die Erde zu erschaffen?«
»Derselbe. Und Shiva kommt zum Tanz.«
»Der Zerstörer?«
»Und Gabenbringer.«
»Ich verstehe. Wenn ich die Gastgeberin so vieler Götter sein soll, werde ich gehörig zu tun haben, um die Festlichkeiten vorzubereiten. Du kannst mir nicht zufällig erklären, weshalb mir diese Ehre zuteil wird?«
Die Visionen verblaßten, und Prabaratma fiel in sich zusammen, das graubärtige Kinn sackte ihm auf die Brust.
»Nein, Gesegnete«, seufzte er.
»Armer Pra. Ich habe dein alterndes Fleisch stark in Anspruch genommen. Ich vergesse oft, wie schwach ihr Sterblichen doch seid, wie kurzlebig. Manchmal habe ich das Gefühl, über eine Kolonie von Ameisen zu herrschen.«
Prabaratma nickte. »Das Kleine ist ein Widerhall des Großen«, murmelte er.
»Du weißt ja nicht, was du sagst. Einen Ameisenhügel kann man zerstören. So!« Sie trat seine kleine Kupferpfanne um, und der verschwommene Umriß Ihres Fußes verteilte die glühenden Kohlen. »Da. Was kannst du jetzt sehen, Pra?« Er hörte, wie Sie auf leisen Sohlen davonging, und der Perlenvorhang rasselte wie alte Knochen.
Prabaratma empfand ein leichtes Schwindelgefühl, als drehe sich um ihn herum das Universum. Er lächelte. *Der Kreislauf schreitet voran. Deshalb wollte Sie, daß ich sehe, zu wem Sie wird. Sie ist nicht länger die mildtätige*

Lakschmi oder die geduldige Saraswati. Sie ist zur Mutter der Schöpfung und Zerstörung geworden. Willkommen, Kali. Die Götter treffen ein, um Deine Wiedergeburt zu erleben. Ich harre der Wunder, die Du bringst. Wahrlich, dachte er mit einem verzückten Seufzer, *das Universum wurde zum Spaß erschaffen.*

2

SAFRAN

Dieses Gewürz stammt aus dem innersten Stiel der Krokusblüte. Seine hellgelbe Farbe bereitet großes Entzücken, es hat einen starken Duft und wird oft verabreicht, um Schwermut zu lindern. Die Griechen verwendeten es, um ihre Bäder zu parfümieren, doch manche Altvordern mißbilligten seinen Gebrauch, weil es Frauen angeblich dazu bringt, sich ungehörig zu verhalten. Die Franzosen verwenden Safran gegen Gicht und Rheuma. Im Osten schreibt man Safran Zauberkräfte zu, und die Hindu verfassen damit ihre heiligen Schriften. Gerard führt an, daß Safran die Sinne schärfe, im Übermaß genossen jedoch den Verstand raube …

Padre Antonio Gonsção stand im Schatten eines verdorrten Tamarindenbaums und stählte sein Gehör gegen das Geheul der Muslimgebete. Um ihn herum war die staubige Erde mit knienden Mogulen bedeckt, die ihr Gesicht der untergehenden Sonne zugewandt hatten. *Fünfmal am Tag muß ich das ertragen. Lieber Gott, was für eine Prüfung hast du mir auferlegt.*

Die Sonne glühte im Westen ärgerlich rot, und daß sie trüber wurde, änderte nichts an der Hitze. Gonsção zupfte an seiner ehemals weißen Dominikanerrobe, wo sie an seiner schweißbedeckten Haut klebte. Die Hitze hatte ihn ausgelaugt, und er fühlte sich übellaunig und mürrisch. Es kostete ihn erhebliche Mühe, die größte aller Sünden, die Verzweiflung, von sich fernzuhalten.

Ich sollte eigentlich gar nicht hier sein, wiederholte ein Teil von ihm immer wieder, eine innere Litanei, die nicht verstummen wollte. *Ich sollte mich auf einem Schiff befinden und nach Lissabon zurückkehren, mit meinem Bericht über die Korruption in der goanischen Santa Casa. Ich sollte mich dafür wappnen, Kardinal Albrecht zu sagen, daß eine Intrige von Hinduzauberern einen Gouverneur und einen Vizekönig von Goa zum Heidentum verleitete. Daß sie sogar den Glauben von Inquisitor maior Sadrinho untergraben und in ihm die Gier nach einem Pulver entfacht hat, das Tote wieder zum Leben erwecken kann.*

Trotz der Hitze verspürte Gonsção ein kaltes Frösteln. Es gab noch etwas, woran er lieber nicht denken wollte. *Ich sollte eigentlich gar nicht hier sein. Ich sollte tot sein.* Es schien eine von Gottes erhabeneren Ironien zu sein, daß der junge *inglês* Tomás Chinnery Gonsção mit eben dem Pulver, das dieser zu vernichten geschworen hatte, wieder ins Leben zurückgerufen hatte.

»Wie das Maunzen rolliger Katzen, nicht wahr, Padre?«

Gonsção erschrak; er hatte überhaupt nicht bemerkt, daß der Soldat Joaquim Alvalanca neben ihn getreten war. Joaquim war geschwätzig und hatte einen ärgerlich kruden Sinn für Humor, doch er war einer der drei goanischen Soldaten, die bei der Expedition geblieben waren, während die übrigen zehn aus seiner Kohorte es vorgezogen hatten, nach Bijapur zu fliehen. »Sie sind unsere Gastgeber, Joaquim. Wir dürfen sie nicht kränken, egal, wie anstößig ihr Verhalten uns auch erscheinen mag.«

»Und Tomás schaut ständig hinter sich zum Wagen der Gaukler«, schwatzte Joaquim weiter. »Wißt Ihr, ich glaube, er vermißt sein Tanzmädchen.«

»Das wird vergehen, da bin ich sicher, Joaquim.« Gonsção musterte das Gesicht des Soldaten, sah darin jedoch keinen Argwohn. *Also hat Carlos ihm nichts vom Tod der Frau Aditi gesagt. Wie sie sich im Palast des Sultans von Bijapur lieber in ein Schwert warf, als meine Frage zu beantworten, was sie mit der goanischen Intrige zu tun hat. Was für eine Vergeudung von Leben. Und nun schmort ihre Seele gewiß in Satans Reich* … Und doch, und doch … gab es da diese schattenhaften Erinnerungen, Träume aus der Zeit, als Gonsção selbst zur Anderen Seite übergewechselt war. Träume, die in keiner Weise dem ähnelten, was man ihn zu erwarten gelehrt hatte. Wie hatte Sadrinho es noch genannt? Die Architektur des Nachlebens – als wäre der Tod eine neue Welt wie die jenseits des Atlantiks, die lediglich auf Forscher wartete, damit sie ihre Karten anfertigten. Phantasievolle Kartographen zeichneten auf den Karten von Neuspanien in noch unbekannten Regionen Ungeheuer ein. *In dem Land des Todes, das ich gesehen habe,* dachte Gonsção, *wie passend wären da solche Darstellungen. Vielleicht waren diese Visionen eine Warnung des Himmels, daß ich eine Grenze überschritten habe, die ich nicht hätte überschreiten dürfen.*

»Padre?«

»Hm? Vergebt mir, Joaquim. Meine Gedanken sind auf … Abwegen gewandelt.«

Joaquim blickte auf seine Hände und zögerte, ehe er weitersprach. »Padre, glaubt Ihr, daß wir diese Reise überleben werden? Die *muçulmanos,* sie sind so viele und wir so wenige. Und wir wissen nicht, was wir vorfinden werden, wenn wir überhaupt etwas vorfinden. Als ich in Goa das Handwerk des *soldado* erlernte, dachte ich, ich hätte keine Angst vor dem Tod. Als man mich im Aljouvar einsperrte, malte ich mir alle möglichen Todesarten aus; durch das Schwert, durch Krankheit, durch den Strang. Auch davor hatte ich keine Angst. Vielleicht wurde ich ja wahnsinnig, eh? Doch nun, Padre, stelle ich fest, daß ich mich fürchte.«

»Unter den gegebenen Umständen ist das nur vernünftig, mein Sohn, und keine Sünde. Doch Ihr dürft niemals

verzweifeln oder glauben, daß Gott nicht mit uns sei. Vergeßt nicht, weshalb wir hier sind. Stellt Euch die hier vor«, Gonsção deutete auf die Fremden um sie herum, »wie sie die Welt mit Armeen wiederauferstandener Toter überschwemmen. Diese Queste unternehmen wir nicht zum eigenen Ruhm, sondern um das Christentum zu retten. Gott hat uns eine äußerst schwere Last aufgebürdet, Joaquim. Um der Zukunft der Welt willen müssen wir uns dieser Aufgabe als würdig erweisen.«
Joaquim lächelte kläglich und nickte. »Eure Worte geben mir neuen Mut, Padre. Ich danke Euch. Ihr scheint keine Angst zu empfinden, doch andererseits wart Ihr ja auch … habt Ihr ja auch gesehen …«
»Ich war tot, meint Ihr.«
»Tomás sagte, Ihr hättet nur geschlafen, doch Carlos, er spürte keinen Pulsschlag mehr bei Euch und sah Euch nicht mehr atmen.«
Gonsção legte dem *soldado* seine Hand auf die Schulter. »Ich werde nicht darüber sprechen, was ich gesehen habe, denn keinem lebenden Menschen gebührt es, das zu wissen. Doch was Eure Herzensfrage anbelangt, es gibt nichts, was Ihr am Tod zu fürchten hättet, mein Sohn.«
Joaquim riß die Augen auf und seufzte. »Habt Dank. Ich danke Euch, Padre. Ihr habt eine schwere Last von mir genommen.«
Ein lautes Rauschen brandete ringsum auf, als die Mogule sich von ihren Gebeten erhoben. Unter den Schreien von Tieren und dem Geplapper von Menschen schien die Welt wieder zum Leben zu erwachen.
»Das freut mich, mein Sohn. Es steht Euch frei, mit mir

über alles zu sprechen, was Euch Kummer bereitet, wann immer Ihr es wünscht. Doch nun nehme ich den Duft des Abendessens in der Luft wahr.«

»*Sim,* der Geruch ihrer Gewürze ist himmlisch, nicht wahr, Padre?«

»So würde ich es zwar nicht nennen, aber es läuft einem doch das Wasser im Mund zusammen. Kommt, wir dürfen der Gastfreundschaft des Mirsas nicht zuwiderhandeln.«

Enyo schritt langsam durch den Hain, einen Wasserkrug in Händen, das Erdreich kühl unter ihren geäderten und runzligen Füßen. Ihr gelber Sari umschmeichelte ihre Beine, als sie von Baum zu Baum ging, von Buche zu Eiche, von Myrte zu Tanne, und sie mit Wasser begoß. Es war Trockenzeit im Dekkan, und man mußte sich um die Pflanzen aus einem weit entfernten Land kümmern, damit sie gediehen.

Von allen Pflichten, denen Enyo in Bhagavati im Dienste der Despoina nachging, war ihr diese am liebsten. Hier im Hain taten ihr die alten Knochen nicht so weh, und die Luft war von Gerüchen erfüllt, die sie an zu Hause erinnerten. In der Mitte des Hains lag ein künstlicher Teich, der so beschaffen war, daß er einem gewissen heiligen Bergsee glich. Wenn man nicht zu eindringlich durch die Zweige spähte oder sich zu weit vom Teich entfernte, konnte man fast vergessen, daß der Garten sich inmitten eines gewaltigen Steinpalastes befand, der bereits alt gewesen war, als Enyo, ihre Schwester Porphredo und die Despoina hier eingetroffen waren. Hier konnte

man sich vorstellen, daß sich die Dame der Bestien in Nächten, wenn der Mond nur ein Lächeln am finsteren Horizont war, noch immer auf der Jagd befand.
Enyo erschrak beim Geräusch raschelnder Blätter und blickte auf. Ihre hochgewachsene Schwester Porphredo trat zwischen den Bäumen hervor, in einen saphirgrünen Sari gekleidet, das Gesicht verwittert und schrundig wie Borke – als wäre sie ein zum Leben erwachter Baum. Sie trug lange Palmblätter von der Art, auf die man Botschaften schrieb. Ihre Augen wirkten dunkler als gewöhnlich, und ihre Miene war düster.
»Gibt es Neues vom Taubenturm?« fragte Enyo.
»Der Taubenhüter flog persönlich herunter, um das hier abzugeben«, sagte Porphredo.
»Schickt Gandharva üble Kunde?«
Porphredo nickte ernst. »Doch nicht ohne Hoffnung, wenn wir uns beeilen. Wo ist sie?«
»In ihrem Privatgemach. Nun ist … nicht die Zeit, sie zu stören.«
»Das läßt sich nicht ändern. Wenn wir Aditi retten wollen, muß Stheno sofort davon erfahren.«
»Aditi? Was ist mit unserer kleinen Aditi?«
Porphredo legte Enyo eine langfingrige Hand auf die Schulter. »Unsere Aditi ist tot, liebe Schwester. Ermordet.«
»Ai!« Enyo spürte, wie ihre Haut und ihr Magen zu Eis erstarrten. »Wer würde so etwas Schreckliches tun?«
»Das hat Gandharva nicht gesagt.«
»Konnte er ihr nicht das *Rasa Mahadevi* verabreichen und sie wiederherstellen?«
»Anscheinend nicht. Doch sie ist nicht fern, und es sollte

uns möglich sein, ihr welches zu bringen, wenn Stheno es erlaubt.«

»Das muß sie. Und doch – die Despoina hat wieder eine ihrer … Launen. Wie ich hörte, hat sie heute morgen Prabaratmas Zelle verwüstet. Mir ist bange davor, wie sie reagieren wird.«

»Stell dir ihre Reaktion vor, wenn wir abwarten und Aditi dadurch für immer verlorengeht. Komm mit, dann sollst du alles erfahren.«

Enyo setzte den Wasserkrug mit zitternden Händen ab und folgte ihrer Schwester zu einem Torbogen aus Stein, der in den ältesten Teil des Palasts führte. Durch einen langen Tunnel gingen sie schweigend in das Vorzimmer des Privatgemachs der Despoina. Der Eingang war mit einem Vorhang aus Kupfer- und Chalzedonperlen verkleidet. Ein Steintiger, mitten im Fauchen erstarrt, stand auf einer Seite des Eingangs zur Kammer. Auf der anderen Seite saß auf einem Marmorpodest ein ruhiger bronzener Stier mit einer Sonnenscheibe zwischen den Hörnern. An der Wand dahinter befand sich ein unvollendetes Fresko – lediglich die Hände und ein Teil des Gesichts der tanzenden Gestalt waren vollständig ausgemalt.

»Das ist neu«, sagte Porphredo.

»Ja«, seufzte Enyo. »Prabaratma hat mir erzählt, daß es Kali darstellen soll, die Göttin des Lebens, des Todes und der Zerstörung. Ich frage mich, weshalb sie diese gewählt hat. Und weshalb jetzt.«

»Vielleicht solltest du sie das fragen.«

»Und hören, auf wie viele Arten sie mich noch beleidigen kann? Nein, danke.«

Stimmen waren in der Kammer zu vernehmen – ein Mann und eine Frau, die im herrlichen kanaresischen Zungenschlag miteinander sprachen.
»Sie ist nicht allein. Leider müssen wir sie trotzdem stören.« Porphredo stellte sich vor den Perlenvorhang und klatschte zweimal in die Hände.
»Was gibt es?« schnaubte die Frau im Inneren auf griechisch.
»Neuigkeiten, die einzig für Eure Ohren bestimmt sind, Despoina.«
»Komm später wieder.«
»Es kann nicht warten.«
Einen Moment lang herrschte Stille, dann murmelte die Frau etwas und schickte jemanden sanft fort. Der Mann antwortete mit Worten der unsterblichen Liebe, die nach wedischen Gebeten klangen. Kurz darauf stolperte ein junger nackter Mann durch den Perlenvorhang, sein Gesicht von einem verzückten Lächeln erhellt, das auch seine Augen ausgestrahlt hätten, hätte er noch welche besessen. Doch wo Augen hätten sein sollen, befanden sich nur leere Höhlen und Narbengewebe.
Enyo sog den Atem ein und wich zurück, um den Mann vorbeizulassen. *Schon wieder,* dachte sie mit verdrossenem Ekel, *schon wieder hat die Despoina das zugelassen. Weshalb läßt sie ihren Priestern nicht die Augen und hält sie auf Distanz?*
Porphredo wischte den Perlenvorhang zur Seite und betrat das Gemach. Enyo folgte ihr, die Hände an den Seiten ihres Rocks geballt.
Ein mehrfach unterteilter Wandschirm aus Elfenbein

stand mitten im Zimmer. Hinter dem Wandschirm sagte die Despoina mit leiser und melodiöser Stimme: »Also. Diese Neuigkeiten sind besser die Mühe wert.«

»Vergebt uns die Störung, Despoina«, sagte Enyo.

»Ich höre Mißbilligung in deiner Stimme, Maus. Darf ich mich nicht der wenigen Vergnügungen erfreuen, die mir geblieben sind? Sie vom Spitzen Helm hat deine Lenden vielleicht vertrocknen lassen, doch meine sind noch mehr oder weniger gesund.«

»Im Gegensatz zu den Augen dieses Mannes.«

»Es war seine freie Entscheidung. Besser, als wenn er für seine Hingabe gestorben wäre. Ich hoffe, ihr seid nicht hier, um mir eine Strafpredigt zu halten.«

Porphredo sagte: »Dafür würden wir unseren Atem nicht verschwenden, Despoina. Wir bringen Nachricht von Gandharva. Aditi ist tot.«

Ein Laut wie von Wind vor dem Sturm erklang. Und das harsche Flüstern: »Wer hat das getan?«

»Das wissen wir nicht. Doch das könnt Ihr von Eurer Tochter selbst erfahren, denn Ihr Leib wurde konserviert, und Gandharva bringt sie hierher. Er hat sie mitten in eine Mogularmee hineingeschmuggelt, und in drei Tagen dürften sie den halben Weg zurückgelegt haben. Wenn rasch ein Bote mit Eurem Geschenk aufbricht, kann man sie ohne großen Schaden wiedererwecken.«

»Ah. Eine Mogularmee, sagst du? Hat Gandharva einen Adler erwähnt oder einen Flötenspieler?«

Enyo blickte Porphredo erschreckt an. Das hochgewachsene alte Weib schüttelte den Kopf und sagte: »Nein, Despoina. Weshalb fragt Ihr?«

»Nur wegen etwas, was Prabaratma sagte. Anscheinend sind seine Weissagungen nicht ohne innere Wahrheit.«

»Wir sollten den Boten so schnell wie möglich losschicken«, drängte Enyo. »Wir wollen doch nicht, daß diese Armee uns zu nahe kommt.«

»Hör auf zu fiepen, Maus. Ich schicke keinen Boten los.«

»Aber, Despoina …«

»Ich werde selbst gehen.«

»Despoina«, sagte Porphredo stirnrunzelnd, »ist das klug?«

»Wir sprechen hier von meiner Tochter. Mein Geschenk muß frisch sein, damit es sie richtig wiederbeleben kann. Und ich habe diesen Berg seit unzähligen Jahren nicht mehr verlassen. Und ich will diese Armee sehen.«

»Despoina …«, setzte Enyo an.

»Schweig, Maus! Da du kein Rückgrat hast, das dich tragen kann, wirst du hierbleiben und dich in meiner Abwesenheit um alles kümmern. Porphredo, du begleitest mich. Das heißt, wenn deine alten Knochen den Ritt aushalten können.«

»Meine Knochen sind nicht älter als Eure«, konterte Porphredo, »auch wenn es nicht den Anschein hat. Ich werde mithalten können.«

»Gut. Wir brechen heute abend auf.«

Enyo wünschte, durch den Wandschirm greifen und die Frau dahinter so lange schütteln zu können, bis sie Vernunft annähme. »Es wird Stunden dauern, Despoina, eine angemessene Eskorte zusammenzustellen …«

»Es wird keine Eskorte geben. Zwei können schneller reiten als viele und sind weniger leicht zu sehen. Ich kann mich selbst verteidigen, weißt du.«

»Ich weiß. Davor fürchte ich mich ja.«

»Pscht. Fort mit dir. Porphredo, ich treffe dich am Eingang des Nordtunnels, wenn es ganz finster geworden ist. Kümmere dich um alles, Enyo. Ich will nicht, daß Bhagavati während meiner Abwesenheit vernachlässigt wird. Geh!«

Widerstrebend gestattete Enyo Porphredo, sie durch den Perlenvorhang in den Tunnel hinauszuziehen. Als sie einige Schritte vom Vorzimmer entfernt waren, brach sie in wütendes Geflüster aus. »Das ist töricht! Du darfst nicht zulassen, daß sie geht. Nicht, wenn sie in dieser Laune ist.«

Porphredo legte Enyo die Hände auf die Schultern. »Ganz ruhig, Schwester, ich werde die Despoina führen und dafür sorgen, daß sie keine Torheit begeht. Sie hat recht, weißt du? Aditi hat eine bessere Chance, vollständig wiederzuerwachen, wenn das *Rasa Mahadevi* ... frisch ist. Hab keine Angst. In höchstens sieben Tagen sind wir zurück. Wieviel Schaden kann selbst die Despoina in so kurzer Zeit anrichten?«

Enyo warf einen flüchtigen Blick auf das Fresko der Kali. »Ich fürchte, genau das werden wir herausfinden.«

3

EISENKRAUT

Dieses Krautgewächs wird auch Verbena oder Zaubererpflanze, aber auch Kreuzkraut genannt, weil es angeblich auf Golgatha wuchs, als unser Herr dort gekreuzigt wurde. Seine Blätter ähneln denen der Eiche und werden fast ebensosehr verehrt. Das Kraut hat einen langen Stengel, der im Spätsommer Sprossen mit hellvioletten Blüten hervorbringt. Eisenkrauttee heilt Wunden und lindert Erkrankungen des Magens und der Milz. Mit Weizen oder Pfingstrosenwurzel vermischt, verhindert es Anfälle. Eisenkraut wird häufig verwendet, um damit Weihwasser zu versetzen, und ist ein Beweis gegen Zauber. Doch auch Hexen kennen seine Macht und verwenden es in Amuletten, um die Zukunft vorherzusagen …

Thomas richtete sich auf seiner Bettstatt auf, zum drittenmal in der Nacht von Trommelwirbeln und dem Ruf »Khabardar!« geweckt, gefolgt von »Ya!«-Schreien von Mogulsoldaten am äußersten Rand des Armeelagers. Er rieb sich das Gesicht und sagte: »Müssen sie das alle Viertelstunde tun? Wann legen diese Mogule sich zwischen der Wache und ihren Gebeten eigentlich schlafen?«

»Vielleicht finden sie das beruhigend«, sagte Lockheart, der im Licht einer kleinen Öllampe saß und sichtlich keinen Versuch unternahm, einzuschlafen.

»Beruhigend? Dieser Lärm?«

»Es ist alles nur eine Frage dessen, woran man gewöhnt ist. Hat Euch etwa der Weckruf an Bord des *Welpen* gestört?«

»Anfangs schon. Dann hat mich die Arbeit auf See so müde gemacht, daß Neptun persönlich mich aus den Wellen hätte heben können und ich nicht erwacht wäre. Aber das hier!«

»Der Ruf bedeutet ›Seid wachsam!‹, und er stellt sicher, daß wenigstens einige in unserer Expedition auf der Hut sind und nach Dieben Ausschau halten. Einer der Mogule erzählte mir, daß diese Region in der Umgebung von Bijapur von Räubern nur so wimmelt. Obwohl eine Bande wahrlich verzweifelt sein müßte, um einer kaiserlichen Armee etwas zu stehlen, und sei es auch noch sowenig. Ihr seht also, der Lärm bedeutet, daß wir geschützt sind,

und so könnte man ihn durchaus als beruhigend empfinden.«
Thomas seufzte. »Zumindest bewahrt er mich vor meinen Alpträumen – ich bekomme nicht mehr genug Schlaf, um noch welche zu haben.«
»Ruht Euch aus, Tom. Die nächsten Tage werden uns sicher viel Kraft kosten.«
»Zweifellos ...«, murmelte Thomas, als er die Augen schloß.
... und sich in einer dunklen, von Feuern umgebenen Grube wiederfand. Er hörte den tosenden Schlag gewaltiger Schwingen, die näher kamen. *Ich hätte nicht davon sprechen sollen, daß ich keine Alpträume mehr habe. Mir scheint, ich habe einen heraufbeschworen.*
Die Harpyie landete auf einem Felssims am Rand der Grube, ragte über ihm auf wie ein Falke über einer Maus.
»Nun haben wir dich, Mörder«, kreischte sie. »Du kannst nicht entkommen!«
»Weshalb quälst du mich?« schrie der Traum-Thomas.
»Schicksal! Das ist das Schicksal, das du verdient hast, Mörder!«
»Ich habe niemanden ermordet!«
»Lügner! Das hast du wohl und wirst es wieder tun.«
»Nein! Da ist nur meine Mutter, die bei der Geburt starb ...«
Die Harpyie übertönte seine Worte mit einem gräßlichen Kreischen. Das Tosen setzte wieder ein, und die Harpyie lächelte in finsterem Entzücken. »Sie kommt. Sie wird dich ereilen, Mörder. Sie, für die Schönheit und Tod eins ist. Sie kommt! Wappne dich für ihre Ankunft!«

Der Boden unter ihm erbebte, und Thomas zitterte im Einklang damit und fragte sich, ob das Erdreich der Grube ihn wohl verschlingen werde.

Eine ganz andere Stimme rief: »Tomás!«

Thomas öffnete die Augen und stellte fest, daß er sich wieder im Zelt befand und zu dem jungen, besorgten Gesicht von Bruder Timóteo hinaufstarrte.

»Tomás! *Salvatisne?*« sagte der Knabe auf Latein, der einzigen Sprache, die sie gemein hatten.

»Im Wachen bin ich es, doch nicht im Schlaf«, erwiderte Thomas in derselben Sprache. Er setzte sich auf und rieb sich das Gesicht. »Es waren nur die Alpträume, die mich wieder heimsuchen.«

»Ihr habt geschrien«, sagte Timóteo. »Obwohl ich nicht verstehen konnte, was. Ihr schient Schmerzen zu haben.«

»Nein, Timóteo. Meine nächtliche Qual ist eher geistiger denn körperlicher Art. Ich träume von Harpyien, die mich einen Mörder nennen und mir mit dem Tod drohen. Ich habe diese Träume seit meiner Kindheit.«

»Harpyien!« Timóteos Augen weiteten sich vor Staunen.

Thomas lächelte. »Vielleicht tat der Padre gut daran, Euch vom Studium der klassischen Geschichten abzuraten. Ihr bekommt sonst noch ähnliche Träume wie ich.«

»Nein, diese Träume, die Ihr habt, sie sind wichtig! Sie müssen wichtig sein.« Er sah aus, als wollte er noch etwas sagen, hielt sich aber zurück.

»Sie suchen mich so häufig heim, daß ich gar nicht anders kann, als ihnen Wichtigkeit beizumessen. Vielleicht könnt Ihr mir sagen, welche christliche Allegorie sich dahinter verbirgt.«

Timóteo wandte den Blick ab. »Ich … ich weiß nicht, ob es christliche Träume sind.«

Beginnt er an seinem Glauben zu zweifeln? Er, dessen Glauben an die Santa Casa so unerschütterlich zu sein schien? Oder denkt er, ich sei von dem meinen abgefallen?

Vor dem Zelt hörte Thomas Padre Gonsção sagen: »Timóteo? *Es ali?*«

»*Sim,* Padre.« Der Knabe erhob sich und ging zum Zelteingang, dann drehte er sich um und meinte: »Vielleicht … vielleicht solltet Ihr das nächste Mal, wenn Ihr träumt, die Harpyien … nach Schlangen fragen.«

»Schlangen? Weshalb?«

Timóteo öffnete gerade den Mund, als der Padre rief: »Timóteo?«

»*Venho,* Padre! Das erzähle ich Euch später, Tomás. Schlaft gut.«

»Gute Nacht.« Als der Knabe fort war, streckte Thomas sich wieder auf seinem Lager aus und grübelte über die Vorstellung nach, seinen Träumen eine Frage zu stellen, noch dazu eine über Schlangen.

»Khabardar!«

»Ya!«

Was für eine Narretei, dachte Thomas mürrisch, als er seine Decke zur Seite schlug und sich erhob. *Bei solchen Wächtern, die sogar den Schlaf fernhalten, werde ich heute nacht gewiß keine Ruhe mehr finden.*

Er zog die Zeltplane zur Seite, und eine kühle Brise, schwer von Staub, strich ihm übers Gesicht. Nun, da die Rufer verstummt waren, konnte Thomas den Wind durch die Zeltseile und die Spalten der nahen Felsblöcke pfeifen

hören. *Kein Wunder, daß diese Ketzer an rastlose Geister glauben, die in der Wildnis herumspuken – hier im Dekkan ist selbst die Luft in ständiger Bewegung.*
Das Gefühl drohender Gefahr, das sich durch den Alptraum eingestellt hatte, war nicht gewichen, und Thomas hatte das Bedürfnis, etwas Nützliches zu tun. Im Licht der Lagerfackeln und eines hellen Halbmonds begab er sich zum Wagen der Gaukler. *Das darf ich nicht oft tun, damit mir keine wachsamen Blicke folgen. Doch wenn mir das Glück hold ist, hatten jene, die mich sonst immer beobachten, mehr Erfolg damit, Schlaf zu finden.*
Der Gauklerwagen war ein protziger, vergoldeter, bemalter Ochsenkarren, den der Sultan zur Verfügung gestellt hatte. Er war mit Musikanten und Tanzmädchen ausgestattet worden, die einen auch auf andere Weise unterhielten. Und obwohl der Wagen wegen des muslimischen Zartgefühls gezwungen war, am Rand oder am Ende der Mogularmee zu stehen, erhielt er nachts häufigen und zahlreichen Besuch. Thomas war dankbar, daß es nicht weiter ungewöhnlich erschien, wenn er zu einer solchen Stunde dort hinging.
Tatsächlich erklangen aus dem Inneren des vergoldeten Wagens, als Thomas auf ihn zustrebte, Kichern und ekstatische Schreie, von Männern und Frauen. *Wie glücklich sich jene schätzen können, die an so simplen Vergnügungen Spaß haben.* Dann fiel ihm ein, daß Aditi in ihrem Sarg in dem Wagen lag, und er fragte sich, ob sie das kränkte. *Nein, sie ist recht kühn mit mir umgegangen. Es würde sie wohl eher amüsieren, wenn sie es wüßte.*
Thomas hoffte, daß er niemanden bei seinem munteren

Treiben stören mußte, doch wieder war ihm das Glück hold. Der Mann, nach dem er suchte, saß vor dem Wagen neben einem Lagerfeuer, dessen Flammen vom Wind aufgepeitscht wurden, so daß sie wie ungestüm tanzende Dämonen zwischen den brennenden Scheiten aufloderten. Er spielte leise auf einem Saiteninstrument, das in der Hauptsache aus einem Griffbrett mit einem Kürbis an den Enden bestand.

»Gandharva?«

Der blinde Hindumusiker wandte den Kopf in Thomas' Richtung. »Wer ist da?« fragte er auf urdu.

»Ich bin es, Tamaschinri«, erwiderte der junge *inglês* auf griechisch.

»Ah, der trauernde Liebhaber kehrt zurück. Eure Lady ist Euch nach wie vor treu. Nicht, daß ihr in ihrem gegenwärtigen Zustand etwas anderes übrigbliebe.«

Thomas war sich nicht sicher, was er von Gandharvas Witzelei halten sollte, beschloß jedoch, es so aufzufassen, daß alles zum besten stand. Er setzte sich neben dem Musiker in den Staub. »Ich war rastlos und konnte nicht einschlafen. Meine Träume waren von Omen erfüllt, die sich auf das bevorstehende Eintreffen von etwas Rätselhaftem und Schrecklichem beziehen.«

»Waren sie das? Interessant. Habt Ihr oft prophetische Träume?«

»Ich weiß nicht, ob meine Alpträume mir kommende Ereignisse verraten oder nicht. Wenn ja, steht mir das entsetzliche Fatum, das sie verheißen, noch bevor. Ich habe mich gefragt, ob es vielleicht Neuigkeiten bezüglich des *Rasa Mahadevi* gibt?«

»O Ungeduldiger. Wir sind erst seit zwei Tagen unterwegs. Je nachdem, wie eilig die Mahadevi es damit hat, ihr Geschenk abzuschicken … könnte es sein, daß wir in weiteren zwei Tagen darauf stoßen. Doch eher in dreien.«
»Ah. Wird Aditi so einen langen … Schlaf denn überhaupt überstehen?«
»Sie wurde gut konserviert, mein Freund, in Honig eingehüllt und mit myrrhedurchtränkten Bandagen umwickelt. Sie liegt in einer Kiste, die gegen die verzehrende Luft abgedichtet ist. Ihre Wiedererweckung wird vielleicht eine Weile dauern, doch keine Angst, sie wird wieder eins.«
»Honig und Myrrhe«, sagte Thomas. »Bei ihrer Konservierung wurden keine Kosten gescheut.«
»Fürwahr. Ich habe alles, was ich dem Sultan wert bin, für sie ausgegeben. Doch das stört mich nicht. Sie war mir ein Freund in einem Leben, das reich an Bekannten, aber arm an Freunden war. Und ich nehme an, daß die Mahadevi mich auf die eine oder andere Weise entschädigen wird.«
»Auch ich schulde Euch so manches, doch habe ich nichts, womit ich es Euch entgelten könnte.«
»Nein, nein, Tomás, Ihr schuldet mir nichts. Ihr habt dafür gesorgt, daß uns dieser Wagen zur Verfügung steht, nai? Ihr habt Aditi das Leben gerettet – wie könnte ich mehr verlangen?«
Die Hecktür des Gauklerwagens wurde aufgestoßen, und drei Frauen sprangen lachend aus der hell erleuchteten Öffnung. Als Thomas ihre Schleier sah, die ihnen wie durchscheinende Schwingen hinterherwehten, erfaßte ihn einen Moment lang Entsetzen, weil er den Eindruck hatte, die drei Verfolgerinnen aus seinen Alpträumen hät-

ten reale Gestalt angenommen. Doch sie rannten zu Gandharva und zerrten an seinen Armen, wobei sie in ihrer trällernden, melodiösen Sprache auf ihn einschwatzten.

»Wenn Ihr mich nun entschuldigen möchtet, Despos«, sagte Gandharva mit einem ebenso verlegenen wie entzückten Lächeln, »es hat den Anschein, als würden meine Unterhaltungskünste anderenorts verlangt.«

»Fällt mir nicht ein, Euch aufzuhalten«, sagte Thomas. Er sah zu, wie Gandharva davongeführt und in den Wagen gestoßen und gezogen wurde, als Joaquim heraustaumelte.

»Ai, Maria, da habe ich mir ja den richtigen Zeitpunkt ausgesucht, um zu gehen«, sagte der goanische *soldado*. Bei Thomas' Anblick blieb er stehen, und ihm klappte schier der Unterkiefer herunter.

»Tomás! Ihr, der heilige Wunderwirker, seid also auch hier! Lehnen die Engel Eure Bettstatt ab, daß Ihr dem irdischen Vergnügen frönen müßt?«

Thomas fragte sich, was der Padre wohl zu einer solchen Blasphemie gesagt hätte. »Ihr seid betrunken, Joaquim.«

»Natürlich! Der gesegnetste Zustand des Mannes, betrunken zu sein. Tretet nur ruhig ein. Ich bin fertig mit der lieblichen Aziza, doch sicher ist sie weiteren Geselligkeiten nicht abgeneigt.«

Neben Aditis Leichnam auf einer Hure liegen? Ich denke ja nicht daran. »Nein, nicht heute nacht, Joaquim.«

»Ah, Ihr vermißt noch immer Euer verschwundenes Tanzmädchen aus Bijapur, wo auch immer sie sein mag. Sie hat einen anderen gefunden, Tomás. Ihr werdet sie erst

vergessen, wenn Ihr es ihr nachtut. Unter den Liebchen im Wagen muß doch eine sein, die Euch das lehrt.«
»Nein, danke.« Aditi hatte ihn seinen früheren Herzensschatz vergessen lassen, die Tochter seines Meisters in London. Thomas konnte sich kaum noch daran erinnern, wie Anna Coulter überhaupt aussah. *Gott bewahre mich davor, daß ich eine andere nehme, solange die Hoffnung besteht, daß Aditi wieder zum Leben erwacht.* Thomas wollte nicht in Versuchung geraten, sie zu vergessen – er wollte nicht wissen, ob er ein solcher Flegel war.
»Ich will nichts mehr davon hören«, sagte Thomas. »Die grämliche Philosophie von Betrunkenen bringt nüchternen Ohren nichts als Leid.«
»Dann solltet Ihr Euch auch betrinken, Tomás.«
»Ein anderes Mal, Joaquim. Schlaft wohl.« Thomas umarmte ihn kurz und ging zu seinem Zelt zurück. Der Wind war kälter geworden, und er spürte innerlich, daß ein Sturm heraufzog, obwohl keine Wolke am Himmel war und die Sterne furchtbar hell funkelten.

Mirsa Ali Akbarshah, Omrah von zehntausend Männern und hochangesehener General am Hof des Padschakaisers Akbar, hatte nicht schlafen können, und so schritt er zwischen seinen Männern dahin und versuchte ihre Stimmung einzuschätzen. Seine Mogulreiter grüßten ihn zwar, soweit sie noch wach waren, mit Lobpreisungen und Segenswünschen, doch viele der Fußsoldaten bedachten ihn lediglich mit einem knappen Nicken.
Er gelangte an das Zelt seines Stellvertreters Jaimal, und zu seinem Erstaunen brannte im Inneren noch eine Lampe.

»Jaimal? Darf ich eintreten und mit Euch reden?«
»Mein Gebieter?« kam die verblüffte Erwiderung. »Ja, natürlich.«
Der Mirsa zog die Zeltplane beiseite und trat ein. Jaimal und ein anderer Mann, den der Mirsa als Offizier von niedrigerem Rang erkannte, an dessen Namen er sich jedoch nicht erinnern konnte, standen auf und verbeugten sich.
»Habt Dank für Eure Dienste«, sagte Jaimal zu dem anderen Mann, »und merkt Euch alles, was ich Euch geheißen habe. Nun geht.«
»Ihr erhabenen Herren«, sagte der Offizier und machte sich mit einem nervösen Blick auf den Mirsa rasch davon.
»Heute nacht sind viele wach«, meinte der Mirsa.
»Da habt Ihr recht, mein Gebieter. Unsere Expedition nimmt einen neuen Verlauf, wie ein gerade veränderter Flußlauf. Ist es angesichts der unbekannten Hindernisse ein Wunder, daß die Wogen hochschlagen?«
»Das sollte man natürlich erwarten«, sagte der Mirsa und setzte sich mit überkreuzten Beinen auf den mit einem Teppich ausgelegten Zeltboden.
»Möchte mein Gebieter eine Erfrischung zu sich nehmen? Ich habe Wasser und gewürzten Tee.«
»Ich danke Euch, nein.« Dem Mirsa fiel auf, daß *jama* und Turban seines Leutnants fleckenlos waren und korrekt saßen und daß sein Bart ordentlich geschnitten war. Jaimal leistete ihm nun schon seit fünf Jahren gute Dienste, doch der Leutnant war Schiit und der Mirsa Sunnit, und dieser Unterschied in der Sekte hatte stets eine unsichtbare, niemals ausgesprochene Barriere zwischen

ihnen gebildet. Stets hatte das Vertrauen des Mirsas durch Zurückhaltung gewisse Einschränkungen erfahren.

»Dieser Bursche, der gerade hier war – ist er ein Beispiel für hochschlagende Wogen?«

»Das ist er in der Tat, mein Gebieter«, sagte Jaimal und setzte sich. »Seine Männer lagern in der Nähe der Fremden, und er kam, um Rat einzuholen, wie er sich ihnen gegenüber verhalten soll.«

»Welchen Rat habt Ihr ihm erteilt?«

»Lediglich den, daß er und seine Männer einen respektvollen Abstand zu den Ketzern einhalten, sie aber auch gut im Auge behalten sollen. Vorerst.«

Der Mirsa rieb sich den Bart. »Das ist ein kluger und vorsichtiger Rat, und doch kann ich mich des Gedankens nicht erwehren, daß es nützlich sein könnte, mit diesen Fremden nähere Bekanntschaft zu schließen. Unter dem Deckmantel der Freundschaft sind sie vielleicht eher bereit, ihr Wissen mit uns zu teilen.«

»Vorausgesetzt«, knurrte Jaimal, »daß sie überhaupt etwas wissen, was für uns von Wert ist.«

»Ihr glaubt nicht, daß dem so ist?«

»Wenn ich offen sprechen darf, mein Gebieter, ist Euch denn nicht klar, daß Sultan Ibrahim uns diese Ketzer aufgezwungen hat, um uns abzulenken und in die Irre zu führen? Wenn die Geschichten, denen wir nachgehen, wahr sind, kann es doch nicht im Interesse des Sultans liegen, daß unser Reich sich mit dieser mächtigen Königin über Leben und Tod verbündet. Die Männer aus dem Westen machen sich bestenfalls etwas vor und sind schlimmstenfalls böse. Wenn Ihr hinter ihre Geheimnisse kommen wollt, dann sollten wir, sobald wir weit genug von Bijapur entfernt sind, sie ihnen durch Folter entreißen und sie anschließend töten.«

Der Mirsa zögerte. Er wußte, daß seine Antwort behutsam ausfallen mußte, weil es tödlich für einen Befehlshaber war, schwach, kopflos oder unentschlossen zu wirken. »Eure Überlegungen haben etwas für sich, Jaimal, gewiß. Doch bedenkt folgendes: Als wir den Fremden an Ibrahims Hof begegneten, waren sie ebenso überrascht und unwillig darüber wie wir. Es ist nicht gerade ihr Wunsch, bei uns zu sein. Der christliche Priester, der sie anführt, schien sich seiner selbst und seines Wissens recht sicher zu sein, und sie haben nicht gezögert, als es um die Richtungswahl ging. Ich glaube, sie wissen etwas, und schlechte Behandlung könnte sie dazu veranlassen, uns zu belügen. Wenn wir gastfreundlich sind, wie man es uns lehrte, Fremden gegenüber zu sein, sind sie vielleicht von größerem Nutzen für uns.«

»Der Allwissende hat Euch wahrlich mit Weisheit und Friedensgedanken gesegnet, mein Gebieter«, sagte Jaimal. »Doch bedenkt auch folgendes: Was, wenn wir erfolgreich sind und diese unsterbliche Begum Shah finden? Wird der christliche Priester nicht sogleich alles daransetzen, daß sie sich seinem Ketzertum zuwendet, und sie mit der ganzen Macht, die seiner Engelszunge zu Gebote steht, für den Westen einzunehmen versucht? Ihr habt doch gesehen, daß genau das geschah, als die Christen an Akbars Hof kamen.«

Der Mirsa kicherte. »Ja, doch vielleicht kennt Ihr nicht die Ergebnisse solcher Besuche. Die jesuitischen Christen aus

Goa zankten und stritten in Anwesenheit des Kaisers untereinander so sehr, daß er jeglichen Respekt vor ihrem Glauben verlor. Es scheint die Art dieser Männer aus dem Westen zu sein, Narren aus sich zu machen. Nein, ich habe keine Sorge, daß die unsterbliche Begum Shah sich von ihnen beeindrucken lassen könnte.«

»So bedenkt denn folgendes«, beharrte Jaimal mit leiserer, doch um so drängenderer Stimme, »das seltsame Pulver, das Euer Sufi Masum von diesem Gelbhaar aus dem Westen bekam – demjenigen, der Euch bat, den Jungen auf Eurem Elefanten reiten zu lassen –, es ist anscheinend ein Gift.«

»Das überrascht mich nicht. Das Gelbhaar, sein Name ist Tamas, glaube ich, ist Kräuterkundler wie Masum, und sie kennen viele Gifte und auch Heilkräuter. Ich halte nicht viel von ihrer Kunst, doch ich habe nicht den Eindruck, daß sie jemandem Leid zufügen wollen.«

»Mein Gebieter«, sagte Jaimal und beugte sich zu ihm vor, »einer meiner Männer behauptet, eine der Huren in dem Gauklerwagen, den der Sultan mit auf die Reise schickte, habe ihm Schreckliches erzählt. Daß der Leichnam einer jungen Frau in dem Karren liege und Gelbhaar darum gebeten habe, den Leichnam mitzunehmen, damit ein teuflisches magisches Ritual an ihr vorgenommen werden könne, sobald die Begum Shah gefunden wäre.«

Der Mirsa konnte ein Lachen nicht unterdrücken. »Jaimal, Jaimal. Ihr seid nun fast ebensolange Soldat wie ich. Die Gerüchte und Geschichten, die sich unter Männern verbreiten und wachsen, die den lieben langen Tag nichts anderes zu tun haben, als zu marschieren und zu essen, sind Euch doch nicht unbekannt? Allein, daß man diese Geschichte auf die Worte einer Hure zurückführt, beweist schon, daß man ihr nicht trauen kann.« Der Mirsa erhob sich aus Furcht, daß längeres Verweilen seinen Leutnant ermuntern könnte, ihm noch mehr Gerüchte zu erzählen. Jaimal erhob sich ebenfalls, die Stirn gerunzelt. »Mein Gebieter, Ihr tätet gut daran, darüber nachzudenken, was ich Euch sagte. Viele der Männer werden die Anwesenheit dieser Ketzer unter uns nicht lange hinnehmen.«

»Sie werden es so lange hinnehmen, wie ich es befehle«, sagte der Mirsa bestimmt. »Seht zu, daß die Männer begreifen, daß Zusammenarbeit uns in diesem Fall mehr einbringt als Kampf. Wenn die Fremden sich als Gefahr oder ein zu großes Ärgernis erweisen sollten, werde ich noch einmal überdenken, wie mit ihnen zu verfahren ist.«

Jaimal verneigte sich. »Ich werde ihnen sagen, daß das Euer Wille ist.«

»Gut. Nun ruht Euch aus. In nächster Zeit brauche ich Eure Wachsamkeit mehr denn je.«

Mirsa Akbarshah verließ Jaimals Zelt besorgter, als er es betreten hatte. Er ging noch ein wenig umher und sah seinen Sufiratgeber Masum al-Wadud allein vor einem kleinen Feuer sitzen und an etwas schnitzen, was vielleicht einmal eine Flöte werden sollte. Das Haar des Sufi ragte unter seinem Turban hervor, und sein Bart war irgendwie struppig, doch der Mirsa hatte gelernt, daß Masum kein nachlässiger Mensch war. Seine Gedanken waren lediglich auf anderes gerichtet als auf sich selbst.

Der Mirsa war ein braver Mann des Glaubens, treuer Anhänger des Gesetzes und Hüter der Fünf Säulen, doch er war von Natur aus kein Philosoph. Gleichwohl, seit sie auf der Suche nach einer Legende von Lahore aus aufgebrochen waren, hatte er in einem Schrein eine Menschenhand aus Stein gesehen – so detailliert gearbeitet, daß er wußte, sie konnte nur durch ein Wunder oder einen großen Zauber entstanden sein. Beide Möglichkeiten bereiteten dem Mirsa Unbehagen, und so behielt er Masum bei sich, trotz der endlosen Sufigeschichten und dessen seltsamer Sichtweise, die manchmal dem Wahnsinn nahe zu sein schien. Der Mirsa wußte, daß er, sollten die Geschichten sich als wahr herausstellen, jemanden brauchte, der etwas zu sehen vermochte, was ihm verborgen blieb.

»Ihr könnt also auch nicht schlafen, Masum.«

Der Sufi schaute mit einem Lächeln hoch. »Seit ich ein *murid* geworden bin, mein Gebieter, hatte ich wenig Verlangen nach Schlaf. Doch was schweift Ihr hier umher?«

Der Mirsa setzte sich neben ihn auf einen Felsen. »Ich weiß nicht. Ein Gefühl der … Unruhe. Einem Befehlshaber bleibt nicht verborgen, wenn mit seiner Armee etwas nicht stimmt. Ich spürte es schon, als wir Ahmadnagar verließen. Jetzt ist dieses Gefühl noch stärker geworden.«

Masum nickte. »Sie sind weit weg von zu Hause in unbekannten Landen.«

»Und haben kein klares Ziel«, seufzte der Mirsa, »und es sind Fremde unter ihnen. Stört es Euch denn nicht, daß diese Ketzer mit uns reisen, Masum?«

»Die Anwesenheit eines fehlerhaften Juwels macht die Pracht des perfekten Juwels nur um so offensichtlicher.«

»Ja, natürlich. Doch viele dieser Männer sind weniger aufmerksam.«
Wieder nickte Masum. »Sie sehen das Licht in der Finsternis nicht.«
Der Mirsa rückte unbehaglich umher. »Ehm, ja. Sie verbreiten untereinander bereits Gerüchte, daß die Fremden Zauberer wären, die uns in den Untergang führen. Dieser Gelbhaarige, mit dem Ihr gesprochen habt – haltet Ihr ihn für einen Zauberer?«
Masum holte tief Luft und schloß die Augen. »Er ist ein Sucher nach Wissen und einer, der mit dem Leid Bekanntschaft gemacht und selbst gelitten hat. Er hat das Pulver berührt, doch ich sehe in ihm keinen, der zu eigenen Zwecken Macht ausübt.«
»Aber wenn er nach Wissen strebt, ist er dann nicht vielleicht auf Zauberkräfte aus? Wenn wir nach einer Königin über Leben und Tod suchen, könnte er dann nicht Beschwörungsrituale vornehmen, um sie zu finden?«
Masum kicherte. »Mein Gebieter hat Geschichten gelauscht, die auf Unwissenheit und Furcht beruhen. So wird man die Große Sophia nicht finden. Außerdem glaube ich, daß der junge Mann aus dem Westen überhaupt nicht weiß, wonach er sucht.«
Der Mirsa blickte zum schwarzen Himmelsgewölbe der Nacht auf, in dem trotz Rauch und Licht des kleinen Feuers helle Sterne zu sehen waren. »Wenn ich nur etwas Greifbares hätte, um die Männer anzuspornen und sie von ihren Ängsten abzulenken – ein Zeichen.«
»Was ist mit der Hand in der Grabstätte des namenlosen *shadid?*«

»Vergeßt nicht, daß Jaimal sie für eine Fälschung und das Werk eines gottlosen Schurken hielt. Nein, ich brauche etwas, was sogar er akzeptiert. Wenn er glaubt, werden die anderen Männer auch glauben.«

»Das Zeitalter der Wunder ist vorbei, mein Gebieter. Doch wir werden Wunder zu Gesicht bekommen, daran zweifle ich nicht. Sagt Euch das nicht der Geruch des Windes, mein Gebieter? Unser Schicksal naht.«

Der Mirsa atmete ein, nahm jedoch nur den Qualm von Feuerholz, Staub und den Unrat von Tieren wahr. »Ich nehme an, Eure Sinne sind schärfer als meine, Masum.«

Porphredo wartete in dem düsteren Tunnel, und das Pferd bewegte sich unbehaglich unter ihr. Ihr Sattel war gut gepolstert, um ihre alten Knochen zu schützen, doch sie war sich nur zu bewußt, daß sie schon lange nicht mehr geritten war. Sie wollte nicht daran denken, wie viele Jahre es genau gewesen waren … die Antwort erfolgte zu oft in Begriffen von Jahrzehnten oder schlimmer.

Endlich tauchte in den Schatten, die nach Sandelholz und Rosenwasser rochen, eine noch größere Dunkelheit auf.

»Weshalb habt ihr mich warten lassen?«

»Die Menschen mußten erst zu ihrer eigenen Sicherheit aus dem Tunnel entfernt werden, Despoina.«

»Es waren Menschen im Tunnel? Weshalb?«

Porphredo wartete ab, bis die Despoina, von Kopf bis Fuß in Schwarz gekleidet, auf einem hellgrauen Roß neben sie geritten war. »Weil sie hier leben, Despoina.«

»Hier leben? Diese Tunnel dienen der Verteidigung von Bhagavati. Wer hat so etwas gestattet?«

Als sie ihren Weg durch den Tunnel fortsetzten und die Hufe der Pferde leise durch den Staub stapften, bemerkte Porphredo in dem düsteren Binsenlicht eine weggeworfene Puppe an einer Steinmauer, einen Kupferarmreif und andere Gegenstände, die zeigten, in welcher Panik die Bewohner aufgebrochen waren. »Ich glaube nicht, daß es jemand gestattet hat, doch vielleicht schaute der neue junge Schultheiß einfach in die andere Richtung.«
»Dann wird er nicht länger Schultheiß sein. Narretei! Wer würde hier unten in solcher Dunkelheit denn schon leben wollen?«
»Ich finde, Ihr solltet den Schultheiß nicht zu früh verurteilen, Despoina. Diese Menschen sind aus Notwendigkeit, nicht auf ihren Wunsch hin hierhergezogen. Unsere Stadt steht in voller Blüte, und Euer Volk wächst und gedeiht. Vielleicht allzusehr.«
»Wie meinst du das? Sind diese Tunnelbewohner von ihren Familien vertrieben worden?«
»Lediglich durch ihre Zahl. Sie sind hierhergezogen, weil woanders kein Platz mehr für sie war.«
»Hätten sie nicht ein weiteres Stockwerk auf ihre Häuser bauen können?«
»Das haben sie, Despoina, bis die Häuser nicht mehr sicher waren. Und sie wagen es nicht, sich auf dem wenigen Ackerland, das der Talkessel im Berg hergibt, noch dichter zu drängen.«
»Weshalb hast du mir davon nichts gesagt, Porphredo?«
»Vielleicht erinnert Ihr Euch daran, daß ich es tat, Despoina. War es nicht … vor zwei Jahren? Ihr habt damals

tantrische Philosophie studiert und wolltet nicht gestört werden.«

»Spar dir diesen mißbilligenden Tonfall mir gegenüber, Porphredo. Meine Schwester hat bewiesen, daß ein Sterblicher nicht sterben muß, wenn er seinen Blick mit reiner Liebe und ohne Furcht auf sie oder mich richtet. Ist die Suche nach einer solchen Liebe nicht ein jahrhundertelanges Studium wert?«

»Doch war es das Leben so vieler Lehrer wert?«

»Sie sind nicht tot.«

»Sie könnten es ebensogut sein, da sie gegenwärtig Eure Keller schmücken. Ihr wißt genau, daß Ihr sie niemals alle wiederbeleben werdet.«

»Still. Wer weiß schon, was ich in einem unsterblichen Leben noch tue?«

»Wahrhaftig, wer? Haßt Ihr Euryale nach all diesen Jahren noch immer dafür, daß sie fand, was Ihr nicht finden konntet?«

»So ein Unsinn. Wie kann ich sie hassen, wo es doch sie und ihr Geliebter waren, die mir Hoffnung gaben?« Sie schnalzte mit der Zunge. »Was für ein Gestank hier unten herrscht. Und schau, wie sie sich in die Mauern eingegraben haben! Eine Armee könnte hier durchziehen! Das darf nicht gestattet werden. Man muß diese Menschen wieder in die Stadt bringen.«

»Das geht nicht, Despoina. Dort ist kein Platz.«

»Was?«

»Ich hatte Euch vorzuschlagen versucht, daß Ihr einigen Familien erlaubt, ins Dorf am Fluß unten am Fuß des Berges zu ziehen.«

»Kommt gar nicht in Frage, Porphredo. Das Wachstum des Dorfes bliebe nicht unbemerkt und würde andere herbeilocken, die in der Gegend herumschnüffeln.«

»Mir scheint, wir unternehmen diese Reise aus eben dem Grund, daß jemand kommt, um ›herumzuschnüffeln‹. Wir haben uns nicht sehr gut verborgen gehalten. Besonders nicht, da Ihr darauf besteht, Euch in die Belange fremder Reiche einzumischen.«

»Wie konnte ich mir nur ein nörgelndes altes Weib wie dich als Reisegefährtin aussuchen?«

»Vielleicht, weil wir schon seit unserer Kindheit zusammen sind?«

»Ein Fluch der Götter, schlimmer noch als der von Athena.«

»Ihr vergeßt, daß auch ich verflucht bin, Despoina.«

»Wenigstens können die Sterblichen dich anschauen. Nicht, daß sie dein ledriges, echsenartiges Gesicht zu sehen wünschen.«

»Meine Lady ist zu gütig, wie stets«, sagte Porphredo trocken.

»Wenn du dich schon rühmst, so furchtbar klug zu sein, weißt du ja vielleicht noch eine andere Lösung, wo diese Menschen hinkönnten.«

»Ich weiß eine ganz einfache.«

»Nun?«

»Sie wird Euch nicht gefallen.«

»Mir gefällt weniges von dem, was du sagst. Was macht's also noch?«

»Sei's denn. Euer Palast nimmt ein Viertel des Talkessels ein ...«

»Unser Palast! Du willst diese ungewaschenen, überzüchteten Wesen in mein Heim schaffen?«

»Ein einziger Palastflügel könnte zwanzig Familien bequem Platz bieten, Despoina.«

»Ach ja, und wie lange blieben sie da wohl, eh? Bekämen sie nicht mehr und mehr Kinder, und brächten sie nicht ihre Tiere und Verwandten mit, bis ich auf ein winziges Gebiet zurückgedrängt wäre und Angst hätte, mich zu bewegen?«

Porphredo seufzte. »Ihr müßtet diese Freiheit nicht aufgeben …«

»Ich will nichts mehr davon wissen. Ich wußte, daß ich dich nicht hätte fragen sollen. Manchmal glaube ich, dein einziger Lebenszweck besteht darin, mir Unannehmlichkeiten zu bereiten.«

Vor ihnen ertönte ein Rumpeln, als die Außentür zur Seite gerollt wurde und einen von Sternen erfüllten Himmel enthüllte und eine Brise, die nach Wüste roch.

Ich glaube, mein Lebenszweck besteht darin, Despoina, dachte Porphredo, *dich vor dir selbst zu retten.*

4

SALBEI

Dieses Kraut hat filzige grüne Blätter und bringt im Spätsommer violette Blüten hervor. Die Pflanze gilt als ausgezeichneter Schutz für die Gesundheit, und manche behaupten, Salbei im Garten halte jegliche Krankheiten fern und tue viel dafür, das Leben zu verlängern. Salbeitee stärkt die Leber und heilt Kopfschmerzen. In einem Aufguß mit Essig vermischt, hält er die Pest fern. Wie von Rosmarin heißt es auch von Salbei, daß er nur dort gedeihe, wo eine Frau im Hause herrscht. Andere meinen, das Kraut spiegele das Geschick eines Menschen wider, gedeihe bei Erfolg und verkümmere bei Mißerfolg …

Enyo schlang sich den *shal* enger um die alten Schultern, um gegen die Kälte des frühen Morgens gewappnet zu sein, als sie zu den Gemächern der Despoina ging. Der Palast wirkte still und leer.

Porphredo und die Despoina sind erst drei Tage fort, und schon fühlt sich dieser Ort an wie ein Mausoleum. Wenn sie doch nur auf Porphredos Vorschlag hören und einigen Familien erlauben würde, hier zu leben. Dann wären die Gänge wenigstens von Gelächter und heiterem Geplauder erfüllt. Selbst das Blöken von Tieren wie der Ziegen, die sie verabscheut, wäre besser als diese Stille.

Enyo durchquerte rasch Sthenos Zimmer und versuchte, nicht auf die achtlos verstreuten Kleidungsstücke, Münzen und Schmucksachen zu achten. *Sie gleicht diesen Vögeln, die glänzenden Tand in ihren Nestern sammeln, obwohl ihnen jedes Verständnis dafür abgeht, was sie da anhäufen.* Im hinteren Bereich des Zimmers hielt sie einen Moment inne, weil sie meinte, ein Rascheln im Schutt gehört zu haben. Doch sie konnte in dem düsteren Licht, das eine nahe Binsenkerze warf, nichts sehen. *Sicher eines ihrer Schoßtiere,* dachte Enyo. Sie war versucht, es davonzujagen, weil keines von Sthenos Schoßtieren, ob Tier oder Mensch, lange lebte, jedenfalls nicht in Fleisch und Blut.

Enyo nahm die Binsenkerze von der Wand und rückte eine geschnitzte Elfenbeinwand zur Seite. Dahinter befand sich eine einfache Holztür, die jetzt kaum noch benutzt wurde. Enyo drückte auf die Holzklinke und schob die Tür auf. Der kleine, dunkle, fensterlose Raum dahinter enthielt lediglich eine Gipsstatue der hinduistischen Kriegergöttin Dura, die rittlings auf einem Tiger saß, wobei jede ihrer vielen Hände eine blutbefleckte Waffe umklammerte. Die Statue war alt und der Gips rissig, die verblaßte Farbe blätterte ab. Außerdem war sie hohl, und Enyo schob sie mit Leichtigkeit beiseite.

Hinter der Statue führte eine verstaubte Steintreppe in Finsternis hinab. Die Binsenkerze hoch erhoben in der einen Hand, den Saum ihres Sari in der anderen, stieg Enyo nach unten. Das hier war das alte Herzstück des Palastes, der Mittelpunkt des ursprünglichen Tempels, der schon alt gewesen war, als Stheno, Enyo und Porphredo vor so vielen Jahrhunderten hier eingetroffen waren. Enyo konnte sich nicht mehr daran erinnern, welcher Gottheit der Tempel ursprünglich geweiht gewesen war. Die hiesigen Priester hatten keine Einwände erhoben, als Stheno kam, den Tempel für sich beanspruchte und einen Palast darüber erbaute, der ihn verschlang. Der Ort hatte an und für sich etwas Heiliges, glaubten die Priester. Es war ihnen gleich, welcher Avatara der Großen Göttin dort wohnte.

Enyo hatte dieses Sakrileg jedoch immer irgendwie betrübt. Sie erinnerte sich nur zu gut daran, was Eindringlinge dem Tempel ihres Heimatdorfs angetan hatten, und an die Trauer, zu der das geführt hatte.

Die Steinstufen beschrieben eine Biegung, folgten dem runden Mauerwerk des tiefen unterirdischen Ortes. Am Boden befand sich ein kreisrunder Raum mit ebenem

Erdreich, in dem es unnatürlich kühl und stiller als im Palast darüber war. Auf der anderen Seite des Raums, gegenüber dem Fußende der Treppe, stand eine weitere Statue – doch diese bestand aus verwittertem Gestein und war sogar noch älter als Enyo oder selbst die Despoina. Sie war ein Teil des Tempels in ihrem Dorf gewesen, damals, als Enyo, Porphredo und Stheno lediglich Sterbliche gewesen waren, die ein einfaches Leben führten. Als der Fluch über sie gekommen war und sie fliehen mußten, hatten sie nur das hier mitgebracht, ein Andenken an ihre Vergangenheit.

Es war kein sehr anmutiges Bildnis. Die dargestellte Gestalt war gedrungen, hatte ausladende Hüften und schwere Brüste. Ihre Tunika war kurz und schlicht. Zu beiden Seiten befanden sich grob gemeißelte Leoparden. Ihr plumpes Gesicht zeigte ein breites Grinsen, und zwischen den wulstigen Lippen ragte ihre Zunge hervor. Ihr Gürtel bestand aus zwei ineinander verschlungenen Schlangen, und auch anstatt der Haare hatte sie Schlangen.

Enyo kauerte sich hin und steckte die Binsenkerze in eine Halterung auf einer Seite. Dann rutschte sie auf den Knien vorwärts und streckte mit nach oben gerichteten Innenflächen die Hände zur Statue hin aus.

»O Medusa, Herrin der Tiere, nach der die Schwester meiner Despoina benannt wurde und für die sie starb; du, um derentwegen man mir und meinen Schwestern die Jugend raubte, erhöre mich. Verschone meine Despoina von dem Wahnsinn, der sie wieder bedroht. Flüstere ihr Weisheit ein, damit sie keine Zerstörungen anrichtet, wie sie es in der Vergangenheit tat. Leite sie …«

»Ah, das Herz der Erde«, wisperte eine Stimme auf sanskrit. Es hallte auf eine Weise durch den Raum wider, daß Enyo anfangs dachte, es käme von der Statue selbst. Sie drehte sich rasch um und sah Prabaratma am Fußende der Treppe stehen, eine Hand sachte am Mauerwerk.

»Ihr habt mich erschreckt, Heiliger!« sagte Enyo. »Wie seid Ihr hier hereingekommen?«

»Ich sah Euer Licht«, sagte der alte Priester. »Ich folgte dem Geräusch Eurer Schritte. Ich fühlte mich hierhergezogen.« Sein blinder Blick war auf die Steinmauer gerichtet, als könnte er hindurchsehen.

»Ich glaube nicht, daß die Despoina Euch hier gern sähe. Dies ist ein sehr privater Ort.«

Der Brahmin neigte den Kopf in die andere Richtung und dachte darüber nach. »Ah. Es ist also ungehörig für einen Sterblichen wie mich, sich hier aufzuhalten?«

»Darum geht es nicht. Die Despoina hat lediglich Geheimnisse, die sie nicht mit jedermann zu teilen wünscht.« *Doch weshalb mache ich mir die Mühe, sie zu beschützen? Er ist blind und kann die Statue nicht sehen, und Stheno selbst ist seit Jahrhunderten nicht mehr hiergewesen.*

Wieder neigte der Priester den Kopf. »Hier ist noch jemand anwesend.«

Enyo erhob sich aufgeschreckt und blickte sich um. »Wir sind allein, Heiliger.«

»Nein. Dort ist noch jemand.« Er deutete auf die Statue.

»Oh. Das ist nur ein Steinbildnis, Heiliger. Vielleicht erweckte das Licht der Binsenkerze bei Euch den Eindruck, daß es lebendig sei.«

»Sie spricht«, sagte der Priester. Er verdrehte die Augen

zum Himmel und begann einen leisen Singsang. »Sie, die Erde, deren goldene Brüste Wald und Flur aller Lebewesen sind, Sie, die Feuer hervorbringt und sich mit dem Stier vermählt …«

»Was sagt Ihr da, Heiliger?« Enyos Hände zitterten.

»Das stammt aus einer alten *veda,* die ich einmal als junger Mann lernte. Ist es nicht angemessen?«

»Es ist überaus angemessen, Heiliger. Diese Statue zeigt die Herrin der Tiere. Sie wurde vor sehr langer Zeit von meinem Volk verehrt.«

»Ah. Von diesem Avatara habe ich noch nicht gehört. Soll ich Ihr ein *puja* darbringen?«

»Nein, ich … das heißt, das werdet Ihr schon die Despoina fragen müssen, wenn sie zurück ist.«

»Dieses Bildnis ähnelt Ihr, der wir dienen, nicht wahr?«

Wie kann er das wissen, wenn er nichts sieht? »Ehm, ja, Heiliger, auf die eine oder andere Weise.«

Doch der Priester hatte seine Augen bereits wieder geschlossen und wiegte sich summend hin und her. Der Widerhall seiner Stimme im Raum wurde in Mißklang und Harmonie auf sich selbst zurückgeworfen und steigerte sich zu einem Lärm, der Enyo die Haare zu Berge stehen ließ.

»Heiliger, bitte hört auf!«

Prabaratma seufzte. »Sie hat Euch gehört. Sie bringt Euch die Erneuerung, nach der Ihr verlangt. Mit der Zeit, mit der Zeit.«

Enyo hatte oft vernommen, wie die Despoina sich laut fragte, ob Prabaratma verrückt war. Porphredo zweifelte nicht daran. *Doch was, wenn er wirklich die Stimmen der*

Götter hören kann? Enyo fand diese Vorstellung entsetzlich. »Bitte, Heiliger, steigen wir wieder hinauf.«
»In Gedanken oder im Geist? Weist mir den Weg, Unsterbliche, und ich werde Euch folgen.«
»In Fleisch und Blut, Heiliger, wenn's beliebt.« Enyo zog die Binsenkerze wieder heraus, packte Prabaratma sanft am Arm und zerrte ihn zur Treppe.
Der Priester ließ gnädig zu, daß man ihn bewegte, doch seine Gedanken schienen woanders zu sein. »Gleich dem anmutigen Reh verlockt Sie den Tiger dazu, sich Ihr zu nähern.«
»Wer?« fragte Enyo.
»Sie, der wir dienen.«
Als Enyo den Brahmin die Treppe hinaufführte, knurrte sie: »Tiger fressen Rehe.«
»Ja, und unter einem solchen Opfer labt das Reh sich an der Schönheit des Tigers. Unsere Lady beweist durch solche Tapferkeit ihren Mut.«
Am oberen Ende der Treppe schloß Enyo die Holztür hinter ihnen und verriegelte sie. »Unsere Despoina trachtet nicht nach dem Tod. Sie trachtet nach Liebe. Darauf hat sie die letzten paar Jahrhunderte verwendet.«
»In Kali vereinigen sich beide Seiten desselben Ganzen.«
»Sprecht diesen Namen nicht aus! So ein Ungeheuer ist die Despoina nicht!«
»Nicht mehr. Doch sie war es. Und wird es wieder sein. Der Kreislauf schreitet voran.«
»Nicht, wenn ich etwas tun kann, um es aufzuhalten.« Voller Abscheu drängte Enyo sich an dem alten Priester vorbei und machte sich eilends auf den Weg.

Padre Antonio Gonsção betrat das Zelt von Mirsa Akbarshah, gefolgt von den drei goanischen Soldaten, Bruder Timóteo, Bruder Andrew und Tomás Chinnery. Man hatte sie gebeten, an einem Mittagsmahl mit den Mogulen teilzunehmen, und obwohl der Padre froh war, aus dem Sonnenlicht herauszukommen, sah er dem Treffen nicht gerade mit Freude entgegen.

Sie waren nun vier Tage von Bijapur entfernt – vier Tage des Staubs und der trostlosen Wildnis inmitten heidnischer Gefilde. Gonsção begann gewisse Bibelgeschichten jetzt besser zu verstehen und fragte sich, ob diese Zeit der Prüfungen wohl erträglicher wäre, wenn er weniger Entschlossenheit an den Tag legen würde. Und obwohl der Mirsa ein gerechter und vernünftiger Mann zu sein schien, gehörte er doch einem Volk an, für dessen Bräuche Gonsção wenig Verständnis aufbrachte und dessen Glauben man ihn von Kindheit an mit Mißtrauen zu begegnen gelehrt hatte.

Der Mirsa saß im schlecht erleuchteten hinteren Bereich des Zelts, zusammen mit seinem Stellvertreter und, wie der Padre zu seinem Verdruß sah, dem verlotterten Sufimystiker. Es befanden sich noch andere Mogulsoldaten bei ihnen, doch wie viele konnte der Padre nicht genau feststellen.

»*Al salam alekum*«, sagte der Mirsa und neigte den Kopf.

»*Walekum al salam*«, erwiderte Bruder Andrew.

»Was bedeutet diese Begrüßung?« sagte Gonsção leise zu dem schottischen Mönch.

»Er sagt, Friede sei mit Euch, und ich habe ihm das gleiche entgegnet.«

Der Mirsa streckte die Hand aus und machte eine weit ausholende Bewegung mit dem Arm in Richtung der Kissen, die vor ihm neben einem niedrigen Tisch lagen. Gonsção verstand die Geste und ging, nachdem er den Kopf ebenso geringfügig geneigt hatte wie der Mirsa, zu einem der Kissen und ließ sich langsam und linkisch mit überkreuzten Beinen darauf nieder. Der Mirsa klatschte zweimal in die Hände, und Frauen kamen herein, die Tabletts mit Erfrischungen trugen. Von Kopf bis Fuß waren sie dekorativ in Schleier gehüllt, doch der Stoff war aus dem zartesten, durchscheinendsten Gewebe und hätte ebensogut gar nicht vorhanden sein brauchen.

Die Frauen stellten vor der goanischen Abordnung Krüge voll Wasser ab, das mit Limonen und Nelken versetzt war, und Tabletts mit Dörrobst und Fladenbrot, das mit Zwiebeln und Knoblauch gebacken war. Dann steckten sie große Fächer aus Palmblättern auf lange Stangen und stellten sich zu beiden Seiten des Zelteingangs auf, um zu fächeln. Gonsção hätte nicht zu sagen vermocht, ob diese warmen, nahen künstlichen Brisen, die nach dem Duft ihrer Parfüme rochen, kühlten oder die Atmosphäre nicht eher noch weiter aufheizten.

»Padre, der Mirsa läßt fragen, ob unsere Reise bisher angenehm verlaufen ist.«

»Hmm? Oh, sagt dem Mirsa doch bitte, daß die Zelte, Betten und Pferde, mit denen Sultan Ibrahim uns versehen hat, uns sehr gute Dienste leisten. Die von den Köchen des Mirsas bereiteten Speisen sind annehmbar und gesund gewesen, obgleich ich sagen muß, daß sie für meinen Geschmack ein wenig zu stark gewürzt waren.«

Während Bruder Andrew das den Mogulen übersetzte, ließ Gonsção seine Gedanken schweifen, wie er es sich seit seiner Wiedererweckung zur Gewohnheit gemacht hatte. Es war, als wäre sein Geist nur unzureichend mit Körper und Verstand wiedervereinigt worden, als wäre er nun weniger bereit, sich auf Belanglosigkeiten zu konzentrieren.
Deshalb war ihm gar nicht bewußt, wieviel Zeit verstrichen war, als Bruder Andrew ihm wieder etwas ins Ohr flüsterte. »Padre, hört Ihr mich? Der Mirsa stellt Euch eine sehr wichtige Frage.«
»Eh? Vergebt mir, ich war abgelenkt. Bitte stellt sie mir noch einmal.«
Bruder Andrew seufzte, da seine Geduld arg strapaziert wurde. »Er weist darauf hin, daß wir nun schon seit dreieinhalb Tagen unterwegs sind und er seine Kundschafter vorausschicken möchte. Doch er muß wissen, nach welchen Zeichen sie Ausschau halten und in welche Richtung sie reiten sollen. Er hofft, daß wir ihm diesbezüglich Informationen geben können.«
»Oh.« Gonsção zwang sich, nicht zu Tomás zu schauen. Bedächtig setzte er die Porzellantasse in seiner Hand ab, wohl wissend, daß er nicht ausplaudern durfte, wieviel oder wie wenig sie in Wahrheit wußten. »Hat Eure Quelle Euch irgendwelche Hinweise enthüllt, die ich an unsere Gastgeber weitergeben kann?«
»Unsere Quelle«, sagte Bruder Andrew und hielt den Blick unverwandt nach vorn gerichtet, »war mir gegenüber nicht entgegenkommender als Euch gegenüber.«
»Dann, fürchte ich, müssen wir dem Mirsa sagen, daß wir ihm zur Zeit nichts bieten können.«

»Padre«, sagte Bruder Andrew in leisem, aber eindringlichem Ton, »ich flehe Euch an, laßt dies nicht Eure Antwort sein! Laßt uns notfalls lügen, doch wischt das Ersuchen des Mirsas nicht auf solche Weise vom Tisch. Es würde ihr Mißtrauen uns gegenüber nur vermehren.«

Gonsção fiel auf, daß sich allmählich ein finsterer Ausdruck auf das schmale, gutaussehende Gesicht des Mirsas legte, während sein Stellvertreter schon heftig die Stirn gerunzelt hatte.

»Hmm. Ja, es ist mir nicht unbekannt, daß Schweigen oder ausweichendes Reden zu Mißtrauen führen kann. Also gut, laßt mich überlegen.« Gonsção schloß die Augen und versuchte sich die Karte vorzustellen, die der Zauberer De Cartago gezeichnet hatte. Gonsção bedauerte, daß er sich nicht die Zeit genommen hatte, sie eingehender zu studieren, solange sie sich in seinem Besitz befunden hatte. *Doch woher hätte ich auch wissen sollen, daß der* inglês *sie mir auf dem Sterbebett stehlen würde?*

Die Karte war sehr einfach gewesen und hatte lediglich aus drei Punkten, mehreren Wellenlinien und Symbolen in allen vier Ecken bestanden. Wenn man sie auf eine bestimmte Weise hielt, wurde deutlich, daß eine Linie die Küste Indiens darstellte und einer der Punkte deshalb für Goa stehen mußte. Der *inglês* hatte ihm mitgeteilt, daß der mittlere Punkt Bijapur war. Anhand dieser Angaben war klar, daß der dritte Punkt im Südwesten liegen mußte. Doch darunter befand sich eine weitere Wellenlinie. Noch eine Küste? Gonsção hatte keine Ahnung und wollte in den Augen der Mogule nicht als totaler Narr oder Lügner dastehen. Und im Moment konnte er Tomás nicht zu Rate

ziehen, weil das deutlich gemacht hätte, welches Mitglied der Expedition am wichtigsten und völlig unverzichtbar war.
Gonsção hörte, wie seine Begleiter unruhig hin und her rutschten, während er über die Symbole auf der Karte nachdachte. In der unteren rechten Ecke war eine Krone mit vier blauen Linien abgebildet gewesen, die davon ausstrahlten. Bruder Timóteo hatte gesagt, das gemahne ihn an eine hinduistische Gottheit ... »Timóteo, erinnert Ihr Euch noch an dieses Symbol, das ich Euch auf De Cartagos Karte zeigte, die Krone mit den vier blauen Strichen? Welche Bedeutung hatte sie für Euch?«
»O ja, Padre. Das muß ein Symbol für Krishna sein, den Gott der Liebe. Meine Mutter erzählte mir von solchen Dingen, obwohl sie eine gute Christin war.«
»Krishna!« sagte der Sufi und plapperte aufgeregt auf den Mirsa ein.
»Also«, sagte Bruder Andrew, »ich muß Euch gratulieren, Padre. Offenbar gibt es einen Fluß dieses Namens, der südlich von hier verläuft, von West nach Ost.«
Aus den Augenwinkeln bemerkte Gonsção, wie der *inglês* Tomás Timóteo anstarrte. Dann fiel sein Blick auf ihn.
»Padre, ein Wort, wenn Ihr erlaubt«, zischte er.
Der Schotte knurrte Tomás in einer Sprache an, bei der es sich wohl um Englisch handelte.
Gonsção packte Bruder Andrew am Arm. »Nein, laßt ihn reden.«
»Padre.« Der junge Mann ballte immer wieder die Fäuste.
»Sagt ihm, er bekommt seine Antwort morgen.«
»Weshalb?«

»Weil ... weil das Zeichen, auf das wir warten, sich vielleicht nicht früher einstellt. Ihr müßt mir in dieser Sache vertrauen.«

Gonsção hob die Brauen. *Ich frage mich, was er für morgen geplant hat?*

»Soll ich das dem Mirsa mitteilen, Padre?« sagte Bruder Andrew.

»Also gut. Laßt uns sehen, ob er sich überhaupt darauf einläßt.«

Noch bevor Bruder Andrew ausgesprochen hatte, erhob sich ein Tumult unter den Mogulen, den der Mirsa mit einem barschen Ruf beendete. Als er wieder das Wort ergriff, war seine Miene finster wie drohender Donner.

»Der Mirsa sagt, eine solche Verzögerung sei nicht annehmbar. Seine Männer seien schon ungeduldig, und er wolle ihrem Unbehagen nicht Vorschub leisten. Wir hätten bis heute abend nach den Gebeten bei Sonnenuntergang Zeit. Wenn wir ihm dann nicht mehr zu bieten hätten, wäre er gezwungen, noch einmal zu überdenken, welchen Nutzen wir überhaupt für ihn hätten.«

»Aha. Er hat deutliche Worte gebraucht.« Gonsção blickte den jungen *inglês* an, der noch blasser wirkte als zuvor. »Er gestattet uns, zu gehen.«

Gonsção erhob sich und verneigte sich, dankbar dafür, nicht länger knien zu müssen. Die goanischen *soldados* standen, die Hände an den Schwertern, um ihn herum. Bruder Andrew äußerte in aller Ausführlichkeit schmeichelhafte Worte des Danks und der Versöhnung. Gonsção fiel auf, daß Tomás das Zelt voller Hast verließ. Er beeilte sich, zu ihm aufzuschließen.

»Also, Tomás. Nun seht Ihr, welche Schwierigkeiten es heraufbeschwört, wenn man zu sehr hinter dem Berg hält.«
Der junge Mann wandte sich um und starrte Gonsção ins Gesicht. »Habt Ihr das in der Santa Casa gelernt, durch Euer Schweigegebot?«
Gonsção spürte, wie Ärger in ihm aufstieg. »Lassen wir diese Behörde der Heiligen Mutter Kirche aus der Sache heraus. Mögen ich oder jene, denen ich diene, Euch auch noch so gleichgültig sein, habt wenigstens ein Einsehen mit Timóteo und den anderen Goanern, die in Angelegenheiten verwickelt wurden, die erst durch Euch ins Rollen kamen. Unser aller Leben liegt in Euren Händen, weil Ihr uns gebeten habt, Euch Vertrauen entgegenzubringen. Vielleicht sogar Euer eigenes Leben. Also. Was ist das für ein Zeichen, auf das Ihr wartet?«
Der junge Mann fuhr sich mit den Händen durch das strohfarbene Haar. »Wenn ich das wüßte, würde ich es Euch sagen, Padre, doch ich weiß es nicht. Ich habe keine Ahnung, was es sein wird, welche Form es annimmt.«
»Wie wollt Ihr dieses Zeichen dann erkennen können, wenn es sich einstellt?«
»Ich werde es erkennen.« Er schritt rasch mitten ins Armeelager davon.
Gonsção wandte sich dem *soldado* Joaquim zu. »Folgt ihm. Behaltet ihn im Auge. Findet heraus, ob er von einer Quelle Information bekommt oder welche weitergibt. Wenn wir bis heute abend nichts herausgefunden haben, müssen wir ihnen eine glaubhafte Lüge auftischen.«
»*Sim,* Padre«, sagte der sehnige *soldado* und kratzte sich am Bart. »Wißt Ihr, ich habe ihn oft am Gauklerwagen

gesehen, doch er nimmt sich keine der Frauen dort. Er plaudert nur mit dem blinden Musiker und bittet ihn darum, seine gräßliche Musik zu spielen.«

»Interessant«, sagte der Padre. »Achtet weiter auf seine Ausflüge zu dem Wagen und auf diesen blinden Musiker.«

Thomas ging rasch zu seinem Zelt zurück und bemühte sich, nicht zu Gandharvas Wagen zu schauen. Er hatte die Arme fest vor der Brust verschränkt, als friere er, obwohl die Sonne heiß auf seinen Kopf und seine Schultern brannte. *Welch ein furchtbares Durcheinander ich angerichtet habe, nutzloser als das Netz einer betrunkenen Spinne. Was, wenn der Bote, den Gandharva erwartet, morgen abend nicht eintrifft? Welche Lügen soll ich erfinden, um die Mogulklingen von unser aller Kehlen fernzuhalten? Ich habe De Cartagos Karte nie gelesen und kenne die Hinweise nicht, die er dort gab. In Wahrheit weiß der Padre mehr als ich. Ich würde ja um Führung bitten, doch ich weiß nicht einmal mehr, zu Wem ich beten und Wer überhaupt antworten sollte.*

Er hörte schwere Schritte hinter sich, und Lockheart sagte: »Wohin des Wegs, Tom?«

»Dorthin, wo sich mir keine Probleme mehr stellen, wenn es denn einen solchen Ort gibt.«

»Jedenfalls habe ich noch nie von ihm gehört«, knurrte Lockheart. »Thomas ...« Der Schotte legte ihm seine Hände auf die Schultern und drehte ihn sanft zu sich herum. »Tom, ich will Euch gern behilflich sein. Meine Zunge ist in Heuchelei geübt, wie Ihr bemerkt haben werdet. Gebt mir nur einen kleinen Krumen Wahrheit, und ich backe

Euch daraus einen Kuchen. Doch auf nichts kann ich nicht aufbauen.«

Thomas seufzte. »Ach, Andrew, was soll ich Euch sagen? Wir erwarten einen Boten aus Aditis Heimat, doch ich weiß weder, wer das sein wird, noch, wann er eintrifft oder auf welche Weise man uns das *Rasa Mahadevi* bringt.«

»Aber dieser *vina*-Spieler weiß es doch, nicht wahr? Vielleicht sollte ich zu ihm gehen und ihn zwingen, uns ein Ständchen zu geben …«

»Nein! Wir dürfen keinen Hinweis darauf geben, daß er unsere Hoffnung ist, sonst werden der Padre und die Mogule sich beide auf ihn stürzen wie Hunde auf einen Fuchs. Nein, wenn der Bote nicht rechtzeitig eintrifft, müssen wir uns aus unseren wenigen Kenntnissen selbst eine Geschichte zusammenreimen.«

Thomas ging zu seinem Zelt, um sich seinen Grübeleien hinzugeben und die langen, heißen Stunden abzuwarten.

Porphredo bahnte sich einen Weg durch den mit Geröll übersäten Wasserlauf zum Lager von Mirsa Akbarshah. Ihr Pferd hatte sie bei Stheno zurückgelassen, da der Anblick einer alten Frau zu Pferde die Mogule hinsichtlich ihres Status und Vermögens vielleicht verwirrte. Eigentlich empfand sie Erleichterung darüber, wieder zu Fuß unterwegs zu sein, auch wenn der Boden uneben war. Ihre Knochen schmerzten an ungewohnten Stellen, und ihr Gesäß war wund. *Ach, daß man doch ewiges Leben besaß, aber nicht ewige Kraft.* Stheno hatte darauf bestanden, so lange und so schnell zu reiten, wie die Gesundheit der

Pferde es zuließ. *Meine Gesundheit kümmerte sie natürlich nicht im geringsten.*

Der turbantragende Wachmann am Rand des Mogullagers erhob sich plötzlich, als sie nahte. »Wer seid Ihr?«

Ohne Zweifel erstaunte es ihn, eine großgewachsene, elegante, ältere Frau zu sehen, die einen funkelnden Sari aus azurblauer Seide und einen *shal* aus geflochtenem Silber mit kleinen aufgesetzten Saphiren trug und von deren Hüfte ein schwerer Beutel hing. Porphredo verbeugte sich und sprach die Wache in höfischem Persisch an: »Vergebt dieser unwürdigen Frau, daß sie Eure Wache stört, o Ihr, der Ihr den Blick eines Falken habt.«

Er blickte sich hektisch um, als wollte er feststellen, aus welcher Richtung sie gekommen war und ob es noch andere wie sie gab. »Was ... was wünscht Ihr, ehrenwerte Großmutter?«

»Ich bin hier, um eine Schande zu tilgen, o Wachsamer. Meine Großnichte ist fortgelaufen, um sich einem Gauklerwagen anzuschließen, der Eurer Armee folgt, in Begleitung eines bekannten Schurken, eines blinden *vina*-Spielers namens Gandharva. Wie Ihr seht, komme ich allein und aus Buße zu Fuß und bete immerfort zu Allah dem Barmherzigen um Vergebung für die Schmach, die sie unserer Familie angetan hat. Ich wäre Euch dankbar, wenn Ihr mir sagen könntet, wo dieser Wagen zu finden ist, damit ich meine Großnichte und den unflätigen Musikanten, der sie hierherbrachte, angemessen züchtigen kann.«

Der Wachmann kicherte. »Er, Der Ewiglich Wacht, war in der Tat barmherzig, zu verhindern, daß Thug sein Unwesen mit Euch trieb, so wie Ihr gekleidet seid. Doch ich kenne den Schurken, den Ihr meint, verehrte Großmutter, und den Wagen, in dem er fährt. Es ist nicht weit. Ich werde Euch selbst dorthin fuhren.«

Porphredo verbeugte sich erneut. »Das wäre sehr gütig von Euch, mein Herr. Ich danke Euch.«

Der Wachmann war sichtlich froh, eine Abwechslung von der Langeweile zu haben, und erzählte ihr frohgemut Geschichten, die er über den heidnischen Schurken Gandharva gehört hatte, während er sie zum Wagen führte. Porphredo fiel auf, daß Gandharva den Wagen am Südrand des Lagers hatte abstellen lassen, neben einem Gehölz aus Tamarindenbäumen. *Gut. Dann wird Stheno sich verstecken können.*

»Da wären wir, ehrwürdige Großmutter. Nennt mir den Namen Eurer ungeratenen Großnichte, und ich bringe sie zu Euch hinaus.«

Porphredo setzte eine ernste Miene auf. »Ich werde diesen Namen nicht aussprechen, sonst kommt noch mehr Schande über meine Familie. Bringt mir den Musiker, wenn es Euch beliebt, damit ich mit ihm abrechnen kann.«

Lachend sagte der Wachmann: »Wie Ihr wünscht, Großmutter.« Er riß die Türen des protzigen Ochsenwagens auf, und schon im nächsten Moment zerrte er Gandharva am Kragen seines *jama* heraus. »Hey-ho, du Lump, hier ist ein Mütterchen, das du entehrt hast! Wähle deine Worte mit Bedacht, wenn du ihrem Zorn entrinnen willst.« Er zwang den armen, verblüfften Musiker vor Porphredo auf die Knie. »Hier habt Ihr ihn, Großmutter.«

»Ich danke Euch, doch nun geht bitte. Was ich ihm zu

sagen habe, sollte niemand je von den Lippen einer Frau vernehmen.«

Unter lautem Gelächter verbeugte der Wachmann sich und ging wieder auf seinen Posten.

»Mit … mit wem habe ich die Ehre zu sprechen?« fragte Gandharva.

»Das ist der Schurke, nach dem ich suchte«, sagte Porphredo auf persisch. Dann setzte sie auf griechisch hinzu: »Ich bin es, Porphredo. Wie ich sehe, hat Euer Ruf nicht gelitten, seit Ihr unserem Palast zuletzt die Gnade Eurer Anwesenheit gabt.«

Gandharva richtete sich auf und verbeugte sich lächelnd: »Despoina Porphredo. Was für eine große Ehre, daß die Mahadevi Euch, ihre persönliche Magd, schickt, um uns das *Rasa Mahadevi* zu bringen.«

»Oh, mehr noch als das, Gandharva. Stheno ist selbst mitgekommen, um das Geschenk zu übergeben.«

Gandharva klappte der Mund auf, und er wandte ruckartig den Kopf nach allen Seiten. »Die Mahadevi? Sie ist hier?«

»Keine Bange, sie verbirgt sich zur Zeit. Sie wollte, daß Aditi die besten Voraussetzungen zur Wiederbelebung hat. Außerdem wollte sie sehen, was für eine Armee sich Bhagavati nähert. Und es ging ihr wohl auch darum, einmal für eine Weile herauszukommen.«

»Sie … Sie beabsichtigt doch nicht, die Armee des Mirsas mit Ihren Kräften aufzuhalten, oder?«

»Das wird vermutlich nicht nötig sein. Wir haben den Plan, sie zu täuschen und an der Nase herumzuführen, so daß sie sich einfach verirren.«

Der Musiker seufzte vor Erleichterung auf. »Das ist klug.

Oh … ich muß Euch jemandem vorstellen. Jenem, der mir dabei half, Aditi auf diese Expedition mitzunehmen. Er ist ein Fremder, der nach der Mahadevi sucht, und ich glaube, er war Aditis Geliebter. Wir schulden ihm unseren Dank.«

»Also gut. Solange es nur eine Person ist.«

»Ja. Er hat von der Macht des *Rasa Mahadevi* erfahren, kennt aber den Herkunftsort nicht.«

Porphredo runzelte die Stirn. »Habt Ihr ihn darüber unterrichtet?«

»Nein. Offenbar erfuhr er es von einem Goaner namens De Cartago. Ihr kommt gerade rechtzeitig, Porphredo. Dieser Fremde benötigt dringend ein Zeichen. Die Mogule glauben, daß die Goaner mehr wissen als sie, und verlangen deshalb von den Goanern, ihnen zu verraten, wo das Königreich der Herrscherin über Leben und Tod liegt. Sie haben ihnen bis heute abend bei Sonnenuntergang Zeit gegeben.«

»Ich verstehe. Wahrlich rechtzeitig. Dadurch bietet sich für mich die günstige Gelegenheit, mit dem Mirsa zu sprechen und ihn von seinem Pfad abzubringen.«

»Ein exzellenter Gedanke! Ich werde gleich nach jemandem schicken, der Euch zu dem Fremden begleitet. Er kann Euch dann zum Mirsa bringen.«

Die Stimme eines Mädchens, das vor dem Zelt plapperte, weckte Thomas aus bleischwerem Schlaf. Es klang, als versuchte sie griechisch zu sprechen. »Despos!« begann sie, dann faselte sie nur noch unverständliches Zeug.

Anscheinend war Bruder Timóteo in der Nähe gewesen,

denn jetzt war auch seine Stimme zu hören. »Tomás! Sie sagt, Euer Bote sei eingetroffen.«

Thomas sprang von seiner Bettstatt auf und schlug die Zeltplane zur Seite. Er sah das Wagenmädchen neben einer äußerst ungewöhnlichen älteren Frau stehen, die in ein hiesiges Gewand aus Blau und Silber gekleidet war. Sie war größer als Thomas und schlank, strahlte jedoch eine geradezu majestätische Würde aus. Thomas nahm ihr ab, daß die dunklen Augen in dem sonnengebräunten Gesicht, das von tiefen Runzeln durchzogen war, miterlebt hatten, wie die Jahrhunderte verstrichen.

Thomas verbeugte sich vor ihr nach Hinduart und sagte auf griechisch: »Ich grüße Euch, Despoina. Seid Ihr … die Botin der Königin über Leben und Tod?«

Die alte Frau neigte den Kopf und sagte: »Ich bin Porphredo, die Magd von jener, die man die Mahadevi nennt.« Ihr fließendes Griechisch verriet, daß sie mit dieser Sprache aufgewachsen war, obwohl sie einen etwas ungewöhnlichen Akzent hatte.

»Ihr kommt gerade recht. Seid Ihr … eine Verwandte von Aditi?«

Ein ironisches Lächeln zuckte um die Mundwinkel der Frau. »Nein, doch ich habe geholfen, sie großzuziehen.«

»Ah.« Einen Moment lang wußte er nicht, was er sagen sollte, sosehr beeindruckte ihn ihre Haltung.

Sie musterte Thomas von Kopf bis Fuß, als nähme sie Maß. »Ihr seid aus dem Norden, nai?«

»Ja, Despoina. Von einem Ort, den die Römer Londinium nannten.«

Sie hob die Brauen. »Ihr seid weit weg von zu Hause.«

»Wahrlich, Despoina. Sehr weit weg.«
»Wenn ich richtig verstehe, haben wir Euch Aditis Rettung zu verdanken.«
»Ich habe getan, was ich konnte, um ihre Wiederbelebung möglich zu machen.«
Die alte Frau nickte. »Man wird Euch belohnen.«
»Wenn die Despoina so gütig wäre«, sagte Thomas, »es gibt nur einen Lohn, um den ich Euch bitten möchte. Der Mirsa, der diese Armee anführt, verlangt von unserer Gruppe zu wissen, wo Eure verborgene Stadt liegt. Es ist mir gleich, ob Ihr ihm die Wahrheit sagt oder nicht, doch er muß etwas zu hören bekommen, was überzeugend klingt, sonst fürchte ich um unser Leben. Wenn Ihr das für mich tun wollt, so wäre ich Euch überaus dankbar.«
Die alte Frau nickte knapp. »Man hat mich über Eure Lage in Kenntnis gesetzt, und es wird mir eine Freude sein, mit dem Mogulbefehlshaber zu sprechen.«

5

FARN

Diese Pflanze trägt lange grüne Wedel mit goldenen Samen an der Unterseite. Sie gedeiht am besten an feuchten und schattigen Orten. Man nennt sie auch Krähenfuß, Pellaea oder Christophskraut. In der Johannisnacht soll Farn eine goldene Blüte hervorbringen, die einen zu einem Schatz führt. Tee aus Farnwurzeln hilft bei Beschwerden des Kopfes und der Brust. Ein Umschlag aus den Blättern lindert Verbrennungen und Prellungen. Zauberer halten es in einem Zimmer nicht aus, in dem Farnwurzeln verborgen sind, während man im Norden glaubt, Farn im Haus beschwöre böses Geschick herauf. Die Waliser glauben, man komme vom Weg ab, wenn man Farn trägt, und man werde dann von Schlangen verfolgt …

Mirsa Ali Akbarshah war schnellen Schrittes auf dem Rückweg zu seinem Zelt.

»Es ist, wie ich Euch sagte, mein Gebieter«, ereiferte sich neben ihm Jaimal. »Diese Ungläubigen haben weniger Mut als junge Hunde. Man braucht sie nur laut genug anzukläffen, und schon wälzen sie sich auf den Rücken und zeigen einem den Hals.«

»Entweder das, oder mein Ultimatum hat ihnen geholfen, ihre Meinungsverschiedenheiten zu klären«, sagte der Mirsa. »Ich nahm eigentlich an, daß sie es so lange wie möglich hinauszögern und uns bis nach unseren Gebeten bei Sonnenuntergang warten lassen würden.«

»Mein Gebieter, wir sollten auf Verrat gefaßt sein. Ich habe mir die Freiheit genommen, Schwerter in Eurem Zelt verbergen zu lassen, falls wir welche benötigen.«

Der Mirsa hielt einen Moment inne, um seinen Leutnant zu schelten, besann sich dann jedoch eines anderen. »Ich danke Euch, Jaimal. Obwohl ich nicht einmal die Goaner für dermaßen töricht halte.«

»Wer weiß, wozu verzweifelte Menschen fähig sind, mein Gebieter?«

»Wahrlich, wer weiß das schon?« sagte der Mirsa und musterte Jaimal kurz, bevor er weiterging.

Er nickte den Wachen zu, die bei seinem Nahen den Zelteingang aufhielten, und trat ein. Die gesamte goanische Abordnung wartete drinnen schon und stand um eine blaugekleidete Person herum.

Auch Masum war da, und der Sufi erhob sich, als der Mirsa eintrat. »Mein Gebieter«, sagte er mit funkelnden Augen. »Ein höchst wundersamer Bote ist eingetroffen.«

»Ein Bote? Was hat das mit der Zusammenarbeit zu tun, die ich von den Männern aus dem Westen erwarte?«

»Alles, mein Gebieter. Seht selbst.«

Der Mirsa setzte sich auf sein Kissen in der Mitte des Zelts und wandte sich den Goanern zu.

Die Frau, um die sie herumstanden, raubte ihm fast den Atem. Nicht ihrer Schönheit wegen, denn ihr schmales Gesicht mit den tiefen Furchen war nicht angenehmer als das eines Kamels. Auch nicht ihrer Kleidung wegen, obwohl ihr Sari so blau wie die Bergseen von Kaschmir war und ihr *orhni* aus juwelenbesetztem Silberstoff schimmerte. Doch ihre Augen ... und ihre Haltung, die soviel Weisheit und Selbstsicherheit ausdrückte. Der Mirsa wußte, daß er sich in der Gegenwart einer außergewöhnlichen Person befand.

Mit geschmeidiger Anmut, die er bei jemandem ihres Alters nicht erwartet hätte, kniete die Frau nieder und verneigte sich, bis ihre Stirn beinahe den Teppich vor ihr berührte. »Dem Großen Schah des Nordens, der dem Kalifherrscher Akbar dient, dem alle Segnungen des Verehrungswürdigen Allah zuteil werden mögen, schickt meine Erhabene Gebieterin, die unsterbliche Königin Stheno, die auch als Mahadevi bekannt ist, Hüterin des Geheimnisses über Leben und Tod, Ihre erlauchten Grüße.«

»Sie spricht wie eine Begum«, wisperte Jaimal.

»Das tut sie«, gab der Mirsa zu. Die Stimme der alten Frau hatte etwas von der Rauheit des Alters, jedoch ohne das Zittern. Sie hatte in dem gezierten Hofpersisch aus der Zeit seines Großvaters gesprochen, und für einen Moment ging dem Mirsa durch den Sinn, daß sie eine verschollene Prinzessin aus Baburs Palast sein könnte, die dem Wahnsinn anheimgefallen war und nun die Wildnis durchstreifte. »Ich heiße Euch in meiner bescheidenen Behausung in der Wüste willkommen, meine Dame. Wenn Eure Königin wahrlich jene ist, von der Ihr behauptet, daß sie es sei, so ist Eure Ankunft ein Wunder, denn mein Kaiser hat uns auf die Suche nach einer Begum geschickt, die genau dieser Beschreibung entspricht. Bitte nennt uns Euren Namen und sagt uns, woher Ihr kommt.«
Die Frau lehnte sich auf die Fersen ihrer sandalenbewehrten Füße zurück und musterte ihn aus ruhigen, dunklen Augen. »Mein Name ist Porphredo, Großer Mirsa al-Ghazi, und ich komme aus Bhagavati, dem im Berge verborgenen Königreich. Dort hält meine Herrin hof, die Königin der Zerstörung und Wiedergeburt. Sie hat Euch aus der Ferne nahen sehen, und wie eine schüchterne Maid, die von einem feurigen Liebhaber bedrängt wird, hat sich Ihr Herz durch die vielen Unbilden, die Ihr Ihretwegen auf Euch nahmt, erwärmt. Deshalb wünscht Sie wie die gewonnene Maid, Euch in Ihrer Gesellschaft willkommen zu heißen, und gewährt Euch einen Blick auf das, worum Ihr Euch so tapfer verdient gemacht habt.«
Der Mirsa erwiderte: »Ihre Botin gebraucht liebliche Worte. Wir fühlen uns durch die Grüße Eurer Königin geschmeichelt und geehrt.«

»Großer Mirsa«, flüsterte Masum ihm ins linke Ohr, »erinnert Ihr Euch noch an die Geschichte, die der Hüter der Grabstätte des namenlosen *shadid* erzählte? Wie sein Vorfahr von einer ebensolchen Frau besucht wurde, die ihm den sterblichen Überrest des Heiligen zurückbrachte?«
»Ihr wollt doch wohl nicht sagen, daß es sich dabei um diese Frau hier handelte?« fragte der Mirsa.
»Ich weiß es nicht, doch sie erinnert mich daran.«
»Mein Gebieter«, wisperte Jaimal ihm ins rechte Ohr. »Seht, wie der Gelbhaarige sie stolz anstrahlt, als habe er sie selbst herbeigerufen. Und der Knabe starrt sie an, als wäre sie ein Dschinn. Der Priester und derjenige namens Lakart blicken eher zweifelnd. Sie sind sich nicht einig, was diese Frau betrifft. Vielleicht haben sie sie im Karren der Gaukler gefunden und lediglich so gekleidet, um uns an der Nase herumzuführen.«
»Ich bin mir dieser Möglichkeit bewußt, Jaimal.« Laut sagte der Mirsa zu der Frau: »Ich möchte nicht unhöflich erscheinen, o weise Alte, doch mein Leutnant hat mich darauf hingewiesen, daß Ihr allein gekommen seid, ohne fürstliches Gefolge, und in Gesellschaft von Männern, die einen Grund haben könnten, uns zu täuschen. Wir sind auf unseren Reisen bisweilen auf Schwindler gestoßen, die uns falsche Geschichten glauben machen wollten. Noch einmal, vergebt mir meine mißtrauische Natur, doch es wäre hilfreich, wenn Ihr einen Beweis dafür erbringen könntet, auch wirklich diejenige zu sein, für die Ihr Euch ausgebt.«
Die alte Frau neigte den Kopf. »Euer Wunsch bedeutet keine Schmach, o mächtiger Prinz. Meine Herrin hat selbst

Lügen im ganzen Land verbreitet, um die Lage Ihres Königreichs geheimzuhalten. Sie hätte mich nicht ohne einen Beweis für Ihre Macht zu Euch geschickt.«

Die alte Dame nahm den Beutel aus Rohseide von ihrer Hüfte. Sie legte ihn vor sich hin und breitete das Tuch aus, um einen jungen Mungo zu enthüllen. Seine Augen waren geschlossen, die Pfoten an die Brust gezogen. Das Wesen war allem Anschein nach tot.

Die Frau lehnte sich zurück und sagte: »Dieses arme Tier starb erst vor wenigen Stunden am Biß einer Schlange. Doch durch die Macht meiner Königin soll ihm wieder Leben gegeben werden. Möchtet Ihr ihn nicht näher untersuchen, edle Herren? Vielleicht wollt Ihr Euch davon überzeugen, daß er wahrhaft tot ist.« Behutsam hob sie den pelzigen braunen Kadaver auf und hielt ihn Jaimal hin.

Der Leutnant runzelte die Stirn und stupste den Mungo mit dem Finger an. Dann zog er einen Dolch aus seinem Gürtel.

Der goanische Knabe Timóteo beugte sich vor, einen stummen Protest auf den Lippen.

»Sachte«, riet die Frau. »Das Tier heilt schneller, wenn Ihr ihm weniger Schaden zufügt.«

Jaimal steckte die Dolchspitze vorsichtig ins Gesäß des Mungos. Das Tier blutete nicht und rührte sich nicht. »Ja«, sagte er. »Es scheint tot zu sein.«

Der Mirsa lehnte ab, als die Frau den Mungo auch ihm zur Untersuchung anbot. »Ich verlasse mich auf das Wort meines Leutnants.«

Doch Masum streckte die Hände aus, um die kleine Leiche

entgegenzunehmen. Er preßte sein Ohr auf die Brust der Kreatur und horchte eine Weile. Sanft zog er erst ein Augenlid zurück, dann das andere. Mit einem Seufzer gab er der alten Frau den Mungo zurück, einen traurigen Ausdruck auf dem Gesicht. »Ja. Das Äffchen ist tot.«

Die Frau legte den Mungo wieder auf das Seidentuch. Dann zog sie einen kleine verkorkte Flasche aus dem Bund ihres Gewands.

Der goanische Knabe beugte sich zu dem Gelbhaarigen hinüber und flüsterte etwas, worin die Worte *Rasa Mahadevi* vorkamen. Masum blickte mit einem strafenden Stirnrunzeln jäh zu ihm auf.

Behutsam öffnete Porphredo die Kiefer des Mungos und entkorkte das Fläschchen. Sie goß etwas, was eine dunkle Flüssigkeit zu sein schien, in das Maul des Tiers. Dann schloß sie die Kiefer wieder und steckte das Fläschchen in den Bund zurück, lehnte sich nach hinten und wartete.

Eine Weile herrschte Stille, nichts geschah. Dann zuckte die Leiche des Mungos einmal kurz. Die kleinen Kiefer mahlten, und eine kleine rosa Zunge fuhr über die Lippen. Das Wesen kniff die Augen zusammen und rümpfte die Nase, als hätte es gerade etwas gefressen, was scheußlich schmeckte. Langsam wälzte es sich auf alle viere herum und schüttelte einmal den Kopf, dann zweimal. Es schlug die Augen auf und blinzelte. Benommen schaute der Mungo auf die Leute rings um ihn herum. Er setzte sich auf die Hinterbeine und witterte. Plötzlich sprang der Mungo auf, gab Fersengeld und sauste so schnell es ging aus dem Zelt hinaus.

Das Zelt war erfüllt von Seufzern, Gelächter und dem

Klatschen von Händen. Jaimal starrte die Frau mit offenem Mund an. Masum wiegte sich lächelnd vor und zurück. Der Mirsa ließ pfeifend den Atem entweichen; er hatte überhaupt nicht gemerkt, daß er ihn angehalten hatte. »Das ist höchst erstaunlich, Lady.«
Der Anflug eines Lächelns huschte über Porphredos Gesicht. »Es ist lediglich ein kleines Beispiel für die Macht meiner Königin. Habt Ihr sonst noch Fragen an mich?«
Jaimal strich sich über den Bart und fragte: »Sind diese Saphire auf Eurem *dashal* echt?«
»Nun ja, sicher sind sie das. Diese Steine kommen in dem Berg, in dem ich wohne, häufig vor. Bewundert Ihr die Kleidung? Sie besteht nur aus Silberseide, ein paar alten Münzen und etwas Tand; bloß das Flitterwerk einer alten Frau. Hier.« Sie nahm den Stoff von Kopf und Schultern und hielt ihn Jaimal hin.
Er riß die Augen auf. »So … so ein kostbares Geschenk kann ich nicht annehmen, Lady.«
»Aber ich sagte doch, daß es für mich belanglos ist. Ich bedaure, daß mein Gastgeschenk so armselig ausfällt, denn zu Hause habe ich ungleich schönere. Wenn Ihr meint, dieses dürftige Kleidungsstück stehe Eurem Weib oder Eurer Geliebten, so nehmt es bitte und gebt es ihr mit meinem Segen.«
Jaimal hätte höflichkeitshalber noch wenigstens zweimal ablehnen müssen, dachte der Mirsa. Doch in den Augen des Leutnants lag das Gleißen der Habgier, als er den schweren Stoff dankbar entgegennahm und an sich drückte.
Masum beugte sich an dem Mirsa vorbei und musterte

unter Jaimals wachsamen Blicken eingehend eine der Münzen, die in den Saum des *dashal* eingenäht waren.
»Iskander!« sagte der Sufi.
»Ja«, erwiderte die alte Frau mit einem wehmütigen Unterton in der Stimme. »Die Münzen sind sehr alt. Und jetzt recht nutzlos. Habt Ihr sonst noch Fragen?«
»Ich habe eine Frage, o weise Dame der weisen Königin«, sagte Masum. »Was sind die Drei, durch die alles entsteht und die alles durchlaufen muß?«
Der Mirsa runzelte über die Mystik des Sufis die Stirn. *Er stellt ihr ein Sufirätsel? Wie kommt er darauf, daß sie dieser Sekte angehört?*
Porphredo legte den Kopf schräg und zog die Brauen zusammen. Dann schloß sie die Augen und saß einen Moment still da. Als sie die Augen wieder aufschlug, lächelte sie amüsiert und sagte: »Nun, mein gelehrter *faylasuf,* das sind das Eine, der Intellekt und die Weltseele.«
Masum lehnte sich mit einem bewundernden Seufzen zurück. »Ihr seid wahrlich bewandert in der Weisheit der Alten, Lady.«
Porphredo nickte. »Meine Königin ist stolz auf ihr Wissen. Sie unterhält eine Bibliothek mit Schriftrollen und Büchern aller Art, aus Ländern auf der ganzen Welt.«
»Sie hat eine Bibliothek?« hauchte Masum mit fast so etwas wie ehrfürchtiger Verehrung.
Der Mirsa betrachtete die alte Frau mit vermehrtem Respekt und größerer Wachsamkeit. *Sie hat beide geschickt durch das betört, wonach sie sich am meisten sehnen. Mal sehen, ob sie meine Frage ebenso zufriedenstellend und*

geschickt beantwortet. Der Mirsa räusperte sich und sagte: »Auch ich habe eine Frage, großmütige Lady. Wir sind auf der Suche nach Eurer Königin hierhergekommen, weil wir hofften, freundschaftliche Bande zwischen Eurem Königreich und dem meines Kaisers Akbar knüpfen zu können. Doch leider haben uns, bis wir Bijapur erreichten, auf unserer Reise lediglich Geschichten den Weg gewiesen. Der gute Sultan Ibrahim vereinigte unsere Expedition mit der dieser Männer aus dem Westen an Eurer Seite, damit uns bessere Führung zuteil wird, und sie brachten uns in den Südosten von Bijapur. Könnt Ihr uns wohl sagen, wie wir Eure verborgene Stadt finden können? Ziehen wir in die richtige Richtung?«

Porphredo verneigte sich und sagte: »Ich stehe hier vor Euch, Edler Mirsa, weil Ihr nicht länger dem richtigen Pfad folgt. Bhagavati liegt südlich von Bijapur, ja, doch mehr zum Westen hin. Viele Tage weiter südwestlich – wo die Ghats sich nach Osten erstrecken und himmelwärts reichen, dort liegen die hohen Berge. Dorthin müßt Ihr Euch wenden. Ich rate Euch, der bisherigen Richtung nicht mehr zu folgen, denn vor Euch liegt eine große Wildnis – die Ebene der Steine, deren scharfe Kanten Euren Elefanten die Sohlen aufreißen und die Hufe Eurer Pferde zerbrechen werden.«

»Die Ungläubigen«, zischte Jaimal, »haben uns belogen.«

»Geduld, Jaimal.« Der Mirsa bemerkte, daß Lakart den Goanern ihre Worte übersetzte. Das Gelbhaar wirkte entsetzt, und der Christenpriester starrte ihn an. Irgendwie war die alte Frau von ihrer Reaktion verwirrt. »Es scheint sie ebensosehr zu überraschen wie uns.«

»Vielleicht ist das nur vorgetäuscht, mein Gebieter.«
»Ich glaube nicht. Warten wir ab, was sie tun.«
Derjenige namens Lakart redete heftig auf den Priester und das Gelbhaar ein. Schließlich wandte er sich dem Mirsa zu und sagte: »Großer Gebieter, wir bitten Euch, nicht zu glauben, daß wir Euch betrogen haben oder in die Irre führen wollten. Wenn es stimmt, was Lady Porphredo sagt, gibt es vielleicht eine einfache Erklärung für unseren Irrtum. Ost und West sind Worte, die auf englisch sehr ähnlich klingen, und desgleichen auf portugiesisch. Wir könnten uns verhört haben. Die andere Quelle unseres Wissens war die Karte eines Zauberers, die vielleicht gezeichnet wurde, um jeden, der sie findet, zu täuschen.«
»Einen Moment«, unterbrach Masum. »Was ist mit dem Fluß Krishna, der angeblich auf dieser Karte verzeichnet ist? Es gibt tatsächlich einen solchen Fluß südwestlich von uns. Ehrwürdige Botin, was sagt Ihr dazu?«
Die alte Frau seufzte und hob eine Schulter. »Wenn dieser Zauberer jemanden täuschen wollte, so ist es ihm vortrefflich gelungen. Der Fluß Krishna fließt vom westlichen Rand des Dekkan zur Bucht von Bengalen. Jeder, der an seinen Ufern suchte, würde viele lange, fruchtlose Monate in einem öden Land verbringen. Wenn Ihr lediglich eine Beschreibung dieser Karte gehört habt, so könnte er den Fluß Shimsha gemeint haben, denn er verläuft südwestlich der verborgenen Stadt.«
Der Christenpriester musterte die Frau jetzt mit offenem Argwohn. Die goanischen Soldaten stritten untereinander. Der gelbhaarige Fremde war totenbleich.

Jaimal und Masum sprachen den Mirsa gleichzeitig an: »Mein Gebieter …«

»Schweigt!« Der Mirsa hob die Hände und starrte alle im Zelt düster an. »Ein solches Chaos ist nicht nötig. Ehrwürdige Lady, da Ihr den Weg, den wir einschlagen müssen, kennt und uns von Eurer Königin Willkommensgrüße ausrichtet, nehme ich an, daß Ihr bereit seid, uns persönlich dorthin zu führen.«

»Sicher werde ich Euch einen Teil des Wegs führen und Euch vollständig darin unterweisen, wie Ihr die Stadt finden könnt. Doch meine Königin hat mir viele Aufgaben zugeteilt, von denen diese nur eine ist.«

»Wahrhaftig?« Der Mirsa fuhr sich durch den Bart und musterte sie einen Moment lang. Sprach nicht eine Spur Unsicherheit aus ihrem ernsten Blick? »Jaimal«, sagte er leise, »ich wünsche, daß Ihr vier Reiter auswählt und sie in südöstliche Richtung schickt. Bis morgen früh will ich wissen, ob es diese Ebene der Steine wirklich gibt.«

»Mein Gebieter, ist es nicht unhöflich, die Worte der Lady anzuzweifeln?«

Du willst ihr wegen der Reichtümer, die sie verheißen hat, gern glauben, nicht wahr? »Lediglich zweckmäßig, Jaimal. Wenn die Lady klug ist, wird sie das verstehen.«

»Aber es sind doch eindeutig diese Männer aus dem Westen, die lügen! Wir müssen etwas tun, um unser Mißfallen zu bekunden.«

»Nein, Jaimal, nicht ohne Beweise. Doch nehmt ihnen einstweilen ihre Pferde weg. Sollten sie beschließen zu fliehen, kann jeder unserer Reiter einen Mann zu Fuß leicht einholen.«

Jaimal neigte beipflichtend den Kopf, obwohl er sichtlich nicht angetan war. »Wie Ihr wünscht, mein Gebieter.«

»Ich hoffe doch«, sagte die alte Frau, »daß meine Worte Euch nicht veranlassen, diesen Männern, von denen Ihr glaubt, daß sie Euch vielleicht in die Irre geführt haben, ein Leid zuzufügen. Wie ich sehe, stammen sie aus vielerlei Landen, und meine Königin würde gern von so fernen und andersartigen Orten hören. Sie wären an Ihrem Hof willkommen, und es würde Sie gewiß verdrießen, wenn Sie erführe, daß sie wegen ihres Bemühens, Ordnung in ein bestehendes Durcheinander zu bringen, Schaden erlitten haben.«

»Aber, Lady«, sagte Jaimal, »diese Männer sind Anhänger eines falschen Glaubens und haben möglicherweise *uns* Schaden zufügen wollen.«

»Nach allem, was sie mir erzählten«, sagte Porphredo, »glaube ich das nicht, ehrwürdiger Herr.«

»Genug«, sagte der Mirsa, der das Bedürfnis nach reiner Luft und klaren Gedanken verspürte. »Unser Abendgebet naht, und wir brauchen Zeit, um uns darauf vorzubereiten. Jaimal, Ihr tut, was ich Euch befohlen habe. Masum, sorgt dafür, daß unserem neuen Führer eine bequeme Unterkunft zuteil wird. Falls nötig, werden wir später am Abend noch ein Gespräch führen. Oder morgen. Nun verlaßt mein Zelt.«

Ai, was habe ich getan? dachte Porphredo, als sie sich mit schmerzenden Knien erhob. *Mir hätte klar sein müssen, daß Sthenos Spiel Aditis Retter Schaden zufügen könnte. Ich muß dafür sorgen, daß wenigstens er verschont bleibt, wenn ich schon dem Rest der Gruppe nicht helfen kann.*

Der Sufi trat an sie heran, das Gesicht von Staunen und Freude erfüllt. Er verneigte sich und sagte im Persisch der Sufidichtung: »O weise und großmütige Lady, es ist mir eine Ehre, Euch an einen angenehmen Ort zu bringen und Euch wenigstens jene bescheidene Gastfreundschaft angedeihen zu lassen, die uns möglich ist. Wenn es etwas gibt, was Ihr braucht oder wonach Euch verlangt, so fragt mich nur, und ich werde mich nach Kräften bemühen, Euch diesen Wunsch zu erfüllen.«

Porphredo konnte sich eines Lächelns nicht erwehren. »Ihr seid zu gütig, braver *faylasuf,* wo ich doch lediglich eine bescheidene Botin bin.«

»Wir vom wahren Glauben«, sagte der Sufi mit einem schelmischen Augenzwinkern, »hegen große Wertschätzung gegenüber Boten. Wenn Ihr mir bitte folgen wollt, Lady.«

Die drei goanischen *soldados* kamen herbei und umringten Gonsção und Timóteo nervös. Sie befanden sich nur wenige Yards vom Zelt des Mirsas entfernt. »Padre«, sagte Carlos. »Was sollen wir nun tun?«

»Sie nehmen uns unsere Pferde weg, Padre«, sagte Estevão. »Ich konnte sie nicht aufhalten. Ich hatte gehofft, daß wir wieder nach Bijapur fliehen könnten, doch das ist uns jetzt verwehrt.«

»Wir stehen hinter Euch, Padre, wahrhaftig«, sagte Joaquim. »Doch wir sind nur zu dritt und können nicht lange standhalten, selbst wenn es unser Leben gilt.«

»Beruhigt euch und betet um Stärke«, sagte Gonsção. »Trotz seines fehlgeleiteten Glaubens ist der Prinzgeneral sichtlich ein Mann des Friedens und kein Narr. Ich glaube nicht, daß er der alten Hexe ihre Geschichte voll und ganz abgenommen hat, sonst hätte man uns an Ort und Stelle erschlagen. Laßt uns hoffen, daß wir ihre Lügen als das bloßstellen können, was sie sind, bevor statt seiner seine Leute beschließen, daß wir wertlos sind. Sagt, habt Ihr Tomás im Auge behalten? Wißt Ihr, wo er diese Kreatur vielleicht aufgelesen haben könnte?«

Joaquim zuckte mit den Achseln. »Er hat das Lager nicht verlassen, Padre. Der einzige interessante Ort, den er aufsucht, ist der Gauklerwagen. Und wie ich schon sagte, das geschieht nicht der Frauen wegen. Er spricht mit diesem blinden *vina*-Spieler und hört sich sein schauerliches Gejaule an, das ist alles.«

»Wenn Tomás das nächste Mal den Wagen aufsucht, heftet Euch an seine Fersen. Achtet darauf, was er tut und mit wem er spricht. Darin liegt die Antwort.«

Die Dämmerung wich dem Abend, als die Mohammedaner sich zur untergehenden Sonne verneigten und der Padre und Timóteo im Zelt ihre Andacht verrichteten. Thomas ging auf dem schmalen Streifen neben den Zelten der Goaner unruhig auf und ab und erwartete den Einbruch der Dunkelheit.

Zur Stunde des Zwielichts, als das Halbdunkel nahtlos mit den Schatten verschmolz, die sich über alles legten, machte Thomas sich auf den Weg zum Gauklerwagen.

Er hatte kaum den Kreis der goanischen Zelte verlassen, als Joaquim sich zu ihm gesellte. »Tomás. *Quo vadis?*«

Thomas seufzte. »Ah, Joaquim. Stets mein treuer Wachhund. Ich bin unterwegs zum Wagen der Gaukler. Ich fand, ich sollte endlich Eurem Rat folgen und mich dort mit einem Mädchen vergnügen.«

»Großartig! Freut mich, das zu hören, Tomás. Ihr müßt wissen, daß wir schon in Sorge um Euch waren, weil Ihr so häufig mit Timóteo Umgang habt. Welche feine Schleierdame soll denn die Ehre Eurer Gesellschaft erfahren?«

»Das weiß ich noch nicht.«

»Ja nun, dann wird es wohl am besten sein, erst einmal festzustellen, wer zur Verfügung steht. So wird man wenigstens nicht enttäuscht. Ich begleite Euch, Tomás, um sicherzugehen, daß Ihr auch ein geeignetes Mädchen bekommt.«

»Oh, und ich dachte schon, Ihr folgt mir, weil Ihr mir nicht traut. Weshalb seid Ihr nicht in Bijapur geblieben, Joaquim? Ihr hättet dem Heer des Sultans beitreten können. Und Ihr wart ein Gelehrter – sicher hättet Ihr an Ibrahims Hof mit etwas aufwarten können.«

»Ich war stets der Ansicht, Tomás, daß man seine Pflicht erfüllen muß. Selbst wenn das einen in die Hölle führt. Welcher Pflicht folgt Ihr jetzt, Tomás?«

»Im Augenblick dem reinen Instinkt. Das ist meine Art der Pflichterfüllung. Also. Wir sind da, doch die Stätte scheint verwaist zu sein.«

Eine einzelne Fackel steckte auf einem Stab in einer schmalen Lichtung zwischen dem Gauklerwagen und einem dichten Gehölz aus Tamarindenbäumen und Palmyrapalmen. Das trübe Licht brachte die Bilder tanzender Elefanten und Pfaue an den Seiten des Karrens zum Leuchten. Doch aus dem Inneren drang weder das Gelächter noch das Singen von Mädchen. »Hallooo?« rief Thomas. »Gandharva?«

Der blinde Musiker kam unter den Tamarinden hervorgeschlurft und blieb vor der Fackel stehen. »Tamaschinri? Seid Ihr das?«

»Guten Abend, Gandharva«, sagte Thomas auf griechisch. »Man sagte mir, es sei an der Zeit, eine Blüte aus dem kalten Winter in den Sommer zu tragen.«

»O Despos Tamas, uns ist eine große Ehre widerfahren! Eine große Ehre!«

»Er zittert wie eine Brautjungfer«, sagte Joaquim auf lateinisch. »Was faselt er?«

»Wer ist da bei Euch?« sagte Gandharva mit zur Seite geneigtem Kopf.

»Dieser dämliche Soldat Joaquim«, sagte Thomas auf griechisch. »Er ist mir gefolgt, und ich konnte ihn nicht abschütteln. Ich glaube nicht, daß er unseren Plänen schaden wird. Ich erzählte ihm, daß ich hier eine Frau träfe, und er bestand darauf, sie ebenfalls zu sehen.«

»Ah«, sagte Gandharva. »Dann muß es wohl so sein. Doch tretet vor, Tamas, ins Licht hinein, damit ich Euch vorstellen kann.«

Verwirrt trat Thomas in den kleinen Lichtkreis rund um die aufgestellte Fackel. »Wem denn? Ich sehe niemanden.«

»Das ist er, Despoina. Jener, der Eure Tochter rettete.«

»Ai …«, erklang ein Seufzen von den Bäumen und ein Rascheln wie Blätter im Wind, obwohl sich kein Lüftchen regte. »Kallikouros. Welch eine Schönheit er ist. Kein Wunder, daß meine Aditi ihn liebte.« Die Stimme war tief und melodisch, und Thomas merkte, daß ihm die Haare zu Berge standen, obwohl er den Grund nicht kannte.

»Ist das die Lady, die Ihr hier treffen wolltet, Tomás?« fragte Joaquim. »Sie hat eine Stimme, die die Lenden eines Mannes zum Erglühen bringt wie der feurigste Sonnenaufgang.«

Thomas achtete nicht auf ihn. »Ist das ... Aditis Mutter?«

»Sie ist es«, sagte Gandharva. »Die Mahadevi selbst.«

Thomas starrte in die Bäume, konnte dort aber niemanden sehen. Er wollte nicht glauben, daß irgendwo vor ihm wahrhaftig eine Hindugöttin stand, doch er war sich bewußt, daß eine ... bemerkenswerte Person anwesend war. »Ich grüße Euch, große Despoina«, sagte er, und seine Stimme bebte mehr, als ihm lieb war. »Es ist mir eine Freude, daß ich Eure Tochter habe retten und zu Euch bringen können.« Er fragte sich, ob er sich verbeugen sollte, und wenn, auf welche Art.

»Sein Haar funkelt wie die Sonne, Gandharva«, fuhr die verführerische Stimme fort. »Er muß derjenige sein, den Pra vorhersah. Mein Saviter. Mein Krishna.«

Gandharva sog hörbar den Atem ein. »Despoina, laßt uns hineineilen, damit wir tun, was getan werden muß.«

»Ah. Nai. Einen Moment.«

Joaquim trat unruhig von einem Fuß auf den anderen. »Ey, Tomás, das klingt, als hätte Euer kupplerischer Musikerfreund was Feines für Euch an Land gezogen. Sie ist keine der üblichen Karrenmädchen. Vergeßt unsere Vereinbarung nicht – ich darf zuerst einen Blick auf sie werfen!«

»Bitte, Joaquim, Ihr wißt doch nun, daß ich Euch nicht belogen habe. Seid ein Ehrenmann und ...«

»Braver Zenturio«, sagte die honigsüße Stimme jetzt in dem gleichen alten Latein, das auch Aditi sprach. »Ich würde Euch Euren Wunsch gern erfüllen, doch ich muß verschleiert bleiben – nicht jeder darf mein Antlitz sehen. Doch wenn Euch das tröstet, so kommt und umarmt mich hier in den Schatten, und ich gewähre Euch einen Kuß. Würde Euch das zufriedenstellen?«

Joaquim grinste. »Ich nehme dieses Entgelt frohen Herzens an, Domina.«

»Sehr schön. Doch erst muß ich Tamas ein Zeichen meiner Liebe geben, dann sollt Ihr Euren Kuß bekommen.«

»Tretet zwischen die Bäume«, drängte Gandharva, wobei er Thomas am Arm zog, »und holt das *Rasa Mahadevi.*«

»Ah. Ja. Sofort.«

Thomas ging zu den nächststehenden Bäumen und sah lediglich Feuerschein auf den Blättern schimmern und Schatten inmitten von Schatten.

»Schließt Eure Augen, mein Schöner.« Die Stimme war so nah, daß Thomas erschrak. »Und streckt Eure Hände aus.«

Das tat Thomas, doch nicht, bevor er einen Blick auf den Arm einer Frau erhascht hatte, der sich aus den Schatten hervorschlängelte. Er fühlte, wie etwas Glattes und ... Warmes in seine geöffneten Hände glitt. »Darf ich wissen, wie ich Euch nennen soll, Despoina?«

»Mein Name ist Kraft. Nun geht und weckt die arme Aditi, während ich unseren neugierigen Freund ablenke.«

»Nai, Despoina.« Thomas zog sich so schnell er konnte wieder aus dem Gehölz zurück. *Kraft. Ja, sie hat das Wort*

»stheno« benutzt. Also murmelte De Cartago überhaupt keine Gebete. Er sprach ihren Namen aus. Es sei denn, sie treibt ein Spiel mit mir. »Die Lady sagt, Ihr dürft Euch ihr jetzt nähern«, rief Thomas Joaquim zu.
»Dann gehe ich mit großer Freude. Was habt Ihr da, Tomás?«
Thomas blickte auf seine Hand und sah eine röhrenförmige Flasche aus dem gleichen schillernden Glas wie das Fläschchen, das De Cartago ihm gegeben hatte, als er zum ersten Mal das Wiedererweckungspulver zu Gesicht bekam. »Das ist … Parfüm, glaube ich.«
»Kommt, mein gutaussehender Zenturio. Ich erwarte begierig die Berührung Eurer Lippen.«
»So sei's denn, doch ich warne Euch, süße Lady«, sagte Joaquim, als er prahlerisch zu den Bäumen stolzierte, »ich bin ein Meister im Küssen. Vielleicht vergeßt Ihr meinen Freund, wenn Ihr erst einmal von mir gekostet habt.«
»Beeilen wir uns«, flüsterte Gandharva Thomas zu. »Wir müssen fertig sein, bevor die Mädchen zurückkommen.«
»Wo sind sie?« fragte Thomas, als er zur Hecktür des Wagens rannte, wobei er Gandharva führte, der seinen Arm hielt.
»Weit weg auf der anderen Seite des Lagers, um als Geburtstagsgeschenk für einen der Hinduoffiziere zu tanzen. Das wird ihn überraschen, da er erst in einigen Monaten Geburtstag hat. Doch ich habe noch nie erlebt, daß ein Hindubefehlshaber eine Festlichkeit ablehnt.«
Thomas glaubte ein lautes Keuchen von den Bäumen hinter ihm zu hören und blieb an der Wagentür stehen. Doch außer dem Rauschen, das er vorhin schon vernom-

men hatte, war kein Laut mehr zu hören. *Vielleicht hat sie den glücklichen Joaquim durch mehr abgelenkt als nur durch einen Kuß.*

»Worauf wartet Ihr noch? Hinein, schnell!« sagte Gandharva.

Thomas kletterte in den Karren, zog den Musiker zu sich herein und schloß die Hecktüren.

Im Inneren des Gauklerwagens herrschte ein heilloses Durcheinander verstreuter Seidengewänder jedweder Farbe, obwohl Rosa und Scharlach am häufigsten vertreten waren. Kissen jeder Größe und kleine Plüschteppiche stapelten sich in den Ecken. Es roch nach Patschuli und Sandelholz, alles vom schweren süßen Geruch von Honig überlagert. Auf jeder freien Oberfläche standen kleine Öllampen. Die unzähligen Flämmchen verliehen dem Wagen das Flair einer Kirche, und Thomas fragte sich, ob nicht die Gefahr eines Feuers bestand.

Am anderen Ende des Wagens stand eine lange, offene Kiste. Thomas krabbelte auf Knien dorthin und spähte hinein. *Ah, Aditi, wie verändert du aussiehst. Der Tod steht dir nicht.* Ihr ganzer Körper war mit Leinenstreifen umwickelt, bis auf das Gesicht, wo Gandharva den Stoff weggeschnitten hatte. Ihr hinreißendes Antlitz glitzerte klebrig von dem Honig, der es bedeckte.

»Schnell!« drängte Gandharva. »Das *Rasa Mahadevi* wirkt am besten, wenn es frisch ist.«

»Helft mir bitte und öffnet ihr den Mund, mein guter Gandharva, damit ich nichts verschütte.«

»Wenn ich kann.« Der blinde Musiker gesellte sich zu Thomas neben die Kiste und langte hinein. Behutsam

tastete er Aditis Gesicht ab, bis seine Hände die richtige Position gefunden hatten und er so gegen ihre Kiefer drücken konnte, daß der Mund leicht aufklappte.
Thomas entkorkte das schillernde Fläschchen und neigte es über ihre geöffneten Lippen, in der Erwartung, daß braunes Pulver herauskäme. Statt dessen fielen Tropfen einer dunkelroten Flüssigkeit auf Aditis Zähne und Zunge. Thomas' Hand zitterte, und einige Tropfen trafen ihr Kinn.
»Das ist frisches Blut.«
»Ja, was habt Ihr erwartet?« zischte Gandharva. »Gebt acht und vergeudet es nicht!«
Thomas zwang seine Hand, ruhig zu bleiben, als die letzten Tropfen herausflossen, dann verkorkte er die Flasche schnell wieder. Er lehnte sich im Knien zurück. »Also ist … Aditis Mutter … eine Frau … die Quelle dieser wundertätigen Substanz«, hauchte er.
»Nicht einfach eine Frau«, sagte Gandharva. »Was meint Ihr wohl, weshalb es ›Blut der Göttin‹ heißt?«
»Tadelt mich nicht, Gandharva, als Christ fällt es mir schwer, an heidnische Göttinnen zu glauben.«
Der Blinde kicherte. »Mir ist es gleich, was Ihr glaubt. Meine eigene Vorstellung von der Welt ändert sich mit jedem Tag.«
»Weshalb erwacht sie nicht? Den Padre hat das Pulver binnen Sekunden wiedererweckt.«
»Wie lange war der Padre tot?«
»Ich … weiß nicht. Nur Minuten, denke ich.«
»Und unsere Aditi war tagelang verstorben, Tamas. Das Blut muß erst seine Wirkung entfalten.«
Es wird also eher wie De Cartagos Auferstehung in der

Santa Casa sein. Thomas vollzog eine überschlägige Rechnung in seinem Kopf, und ihm wurde klar, daß Aditi zwei Tage länger tot gewesen war als der unglückselige Zauberer, aber dafür war sie weitaus weniger verfallen.
Plötzlich durchlief ein Schauder den Körper.
»Ah, sie kehrt zurück«, sagte Gandharva.
Aditis Brauen zogen sich zu einem Stirnrunzeln zusammen, und ihre Lippen bewegten sich in dem Versuch zu sprechen.
Thomas, dem auffiel, daß ihre Wimpern verklebt waren, zog sachte ihre Lider nach oben. Ihre graublauen Augen starrten zu ihm hoch, schienen jedoch nicht zu begreifen, was sie sahen. »Willkommen daheim, meine Liebste«, sagte Thomas. »Ihr seid wieder in der Welt der Lebenden.«
»Ba … ma … ha … hala … hasa«, wisperte Aditi.
»Was sagt sie?« fragte Thomas Gandharva.
»Das ist Unfug, glaube ich. Es wird noch eine Weile dauern, bis sie ihre Sinne wieder beisammen hat. Ihr müßt sie nun aus der Kiste heben, damit wir sie nach Hause schicken können.«
»Jetzt? Sollten wir nicht abwarten, bis sie sich ein wenig erholt hat?«
»Und anderen Gelegenheit geben, sie hier zu entdecken, während sie noch schwach ist? Was, wenn der goanische Priester, den Ihr für ihren Mörder haltet, sie in diesem Zustand findet?«
»Ah. Das ist wahr. Ich wüßte nicht, was der Padre täte.«
»Kommt. Wir müssen sie zu ihrer Mutter bringen.«
Thomas griff in die Kiste hinein und schob ihr seine Arme

unter die Achseln. Die Schultern taten ihm zwar noch weh, waren in der vergangenen Woche jedoch beträchtlich geheilt, und er stellte fest, daß es ihm nur geringe Schmerzen bereitete, sie hochzuheben. Er legte sich die schlaffe Gestalt über die rechte Schulter und machte sich tapsig auf den Weg zur hinteren Wagentür.

»Ba ... maha ... ras ... ras ...«, wisperte Aditi.

»Schscht«, sagte Thomas. »Ruhig, meine Liebste. Ihr kehrt jetzt nach Hause zurück.« Er stieß die Wagentür auf und spähte hinaus. Die Lichtung war noch immer verlassen, und von Joaquim fehlte jede Spur. Er sprang vom Wagen herunter und lief, nachdem er Aditi auf seiner Schulter in eine sicherere Lage gebracht hatte, über die Lichtung in die Schatten unter den Tamarindenbäumen. »Despoina Stheno, ich habe sie Euch gebracht.«

»Ah, meine arme Aditi. Hierher mit ihr, mein Schöner.«

»Wo ist der Soldat, den Ihr für uns abgelenkt habt?«

»Er ist gegangen.«

Eine Hand ergriff Thomas am Ärmel und zog ihn zwischen den Bäumen hindurch auf die andere Seite des Gehölzes. Dort standen im Licht des wächsernen Mondes drei Pferde, gesattelt und aufbruchbereit.

Gleich darauf brach Gandharva lautstark aus dem Gehölz hervor. »Ihr müßt Euch beeilen. Ich hörte, wie sich jemand dem Wagen näherte.«

»Ihr reitet hinter mir, mein Schöner, und haltet sie fest, damit sie nicht stürzt.«

»Ich, Despoina?«

»Sie kann wohl schlecht allein reiten, oder? Außerdem haben wir versprochen, Euch zu belohnen, und man sagte mir, Ihr würdet in Gefahr schweben, wenn Ihr hier unter den Mogulen bliebet. Ihr werdet einer der wenigen Uneingeweihten sein, denen die Ehre zuteil wird, in Bhagavati Einlaß zu finden.«

Thomas warf einen Blick zurück auf das Lager, obwohl er es durch die Bäume nicht sehen konnte. *Alles, was sie sagt, stimmt, und ich wäre ein Narr, diese Gelegenheit zur Flucht von mir zu weisen. War es nicht stets meine Absicht, dieser verrückten Expedition den Rücken zu kehren? Nur weiß ich jetzt, daß sie gar nicht so verrückt ist, denn es gibt wirklich eine Quelle dieses wundertätigen Pulvers, und sie steht hier vor mir. Dennoch scheint es mir der Inbegriff von Feigheit zu sein, sie im Stich zu lassen … Andrew, Joaquim und Timóteo. Doch was könnte ich schon für sie tun, ich, der ich weder Soldat noch Diplomat bin? Und der Padre hat geschworen, den Herkunftsort des Pulvers zu zerstören … diese Frau, so daß ich nicht wagen kann, ihnen ihre Anwesenheit zu verraten. So lebt denn alle wohl, meine Gefährten auf dem Weg zur Hölle, wie Joaquim einmal sagte. Leb wohl, kleiner Bruder Timóteo. Mögen die Mogule dich deiner Jugend wegen verschonen. Ich wollte, daß wenigstens du mich hättest begleiten können. Möge Gott dir bessere Arbeit schicken als die in der Santa Casa. Mögest du ein großer Kräuterkundiger werden wie dein Großvater. Dich werde ich von allen am meisten vermissen.*

»Es kommt jemand«, sagte Gandharva.

Thomas zuckte vor einem jähen Schmerz in seinen Schulterblättern zusammen, als er Aditi quer über den Sattel des nächststehenden Pferdes wuchtete.

Vom Rand des Gehölzes erklang das Knacken verdorrter Äste. »Tomás! Wohin geht Ihr?«

»Mein Gott! Timóteo, was tut Ihr hier?« *Es stimmt also, daß man mit seinen Wünschen vorsichtig sein sollte.*

»Ich bin Euch gefolgt. Verlaßt Ihr uns? Ihr laßt uns doch nicht im Stich, oder?«

»Wer ist dieses Kind?« zischte Despoina Stheno. Thomas konnte sie nun sehen, eine in Schwarz gekleidete menschliche Gestalt, ein tiefer Schatten in der Nacht.

»Er ist aus dem Orlem Gor in Goa«, sagte Gandharva.

Auf einmal sah Timóteo Stheno und rief: »Tomás! *Cuidado!* Sie ist …«

Thomas ließ Aditi los und preßte Timóteo eine Hand auf den Mund. »Narr! Wollt Ihr, daß wir alle sterben?« flüsterte er dem Knaben barsch ins Ohr.

»Was fangen wir jetzt mit ihm an?« sagte Gandharva traurig.

»Er darf nicht zu den anderen zurück«, sagte Stheno.

Thomas gefror das Blut angesichts der verschleierten Drohung in ihren Worten. »Dann muß er uns eben begleiten«, sagte Thomas verzweifelt. »Er ist noch ein Junge. Ihr könnt ihm doch nichts antun wollen.«

»Hmmm.« Dann erklang ein leises Lachen, das Thomas einen Schauer über den Rücken jagte. »Vielleicht habe ich nicht nur eine Tochter wiedergewonnen, sondern auch einen Sohn errungen. Also gut, da mein Schöner mich darum bittet, darf der Junge uns ebenfalls begleiten. Er soll Porphredos Pferd nehmen.«

»Und was wird aus Eurer Dienerin Porphredo?« fragte Gandharva.

»Sie ist listenreich. Ich habe keinen Zweifel, daß sie sich ein Pferd stehlen und alleine den Weg nach Hause finden kann.«

»Kommt Ihr denn nicht mit, Gandharva?« sagte Thomas, erleichtert darüber, daß Timóteo kein Leid zugefügt wurde.

»Ein Blinder wie ich? Ich würde Euch ja doch nur aufhalten. Nun macht Euch schon auf den Weg, bevor uns noch jemand findet.«

»Folgt mir.« Thomas gab Timóteos Mund frei und packte ihn am Arm.

»Ihr dürft sie nicht ansehen«, flüsterte Timóteo.

»Kann ich auch nicht. Es ist dunkel, und sie trägt einen Schleier«, knurrte Thomas zurück.

»Gut.«

Thomas führte Timóteo zum letzten verbliebenen Pferd und hievte ihn hinauf. Eine sperrige Tasche hing über der Schulter des Knaben. »Ihr habt etwas mitgebracht?«

»Euer Kräuternotizbuch und einige andere Dinge, Tomás. Ich wußte, daß Ihr uns verlassen würdet, als ich sah, daß Ihr zu dem Wagen davongingt.«

Du hast es noch vor mir gewußt. Thomas war wütend, freute sich aber auch, daß der Junge nun nicht der Rache der Mogule ausgesetzt war. »Ich sollte Euch beschützen. Was wird der Padre von mir denken?«

»Ihr beschützt mich doch, Tomás. Und ich werde Euch beschützen. Was ist das?« Der Knabe deutete auf Aditi.

»Das ist das Tanzmädchen Aditi, das ich in Bijapur verlor. Sie war tot, doch ich habe sie wiederbelebt.«

»Sie war tot, Tomás?«

»Wenn sie sich genügend erholt hat, wird sie uns sagen,

wer sie ermordete.« *Eine Wahrheit, die dir zweifellos das Herz brechen wird.* Vorsichtig stieg Thomas auf sein Pferd und stemmte Aditi hoch, so daß sie rittlings vor ihm saß. Sie ließ die Arme baumeln wie eine lebensgroße Stoffpuppe.

»Seid ihr soweit?« erklang Sthenos Stimme aus der Dunkelheit vor ihnen.

»Wir sind soweit«, sagte Thomas.

6

PETERSILIE

Diese Pflanze hat gefiederte grüne Blätter und bringt im Sommer weiße Blütendolden hervor. Das mit Wein vermischte Pulver aus der Wurzel stärkt das Gedächtnis und heilt das Hirn. Doch dieses bescheidene Gartenkraut kann mehr, als man meinen sollte, denn die Völker des Altertums weihten es lange Zeit den Toten. Die Römer und Griechen schmückten damit ihre Gräber. Wer an der wilden Jagd teilnahm, hieß es, käme nicht zu Schaden, wenn er die vorbeiziehenden Schatten um Petersilie bäte. Petersilie zu schneiden bringt angeblich Pech in der Liebe. Und man darf das Kraut nicht von einem Garten in einen anderen versetzen, weil das zu einem Todesfall in der Familie führt …

Porphredo stand in aller Frühe auf und kleidete sich an, während die Mogule ihre Gebete zum Tagesanbruch riefen. Da es schon lange her war, seit sie in einer fernen Gegend in einem fremden Bett gelegen hatte, war ihr Schlaf unruhig gewesen. Sie saß gerade auf einem der großen Kissen im Zelt und fragte sich, wann sie wohl eine Mahlzeit erwarten konnte, als sich Schritte ihrem Zelt näherten.

»Möge die Glorie des Morgens auf Euch herabscheinen, o Botentaube der Großen Begum.« Das war der Sufi Masum.

Porphredo lächelte. »Ich danke Euch und wünsche Euch desgleichen, o Meister der Poesie. Was führt Euch in dieser Wildnis an die Pforte meiner Wohnstatt?«

»Ich bringe Euch Erfrischungen im Namen des erhabenen Mirsa Ali Akbarshah, der Euch bittet, Euer Fasten zu unterbrechen und an seiner Gastfreundschaft teilzuhaben. Darf ich eintreten?«

»Seid so frei. Auf ebensolche Gastfreundschaft hatte ich gerade gehofft.«

»Er, Der Für Uns Sorgt, erfüllt alle Wünsche«, sagte der Sufi beim Hereinkommen. Zwei junge Männer mit Turban folgten ihm.

»Wahrlich, guter *faylasuf,* doch die Erfüllung eines Wunsches muß nicht immer ein Segen sein.«

Einer der jungen Männer stellte eine dampfende Terrine neben Porphredo ab. »Sie enthält in heißem Wasser ge-

dämpfte Tücher«, sagte Masum, »um Eure Hände und Füße zu erfrischen.«
Der andere junge Mann setzte ein Bronzetablett ab, das mit geometrischen Mustern und einer Sure aus dem Koran verziert war. Ein silberner Krug befand sich darauf. Neben dem Krug standen Porzellanteller, auf denen zerteilte Feigen, Melonen und Kokosnüsse, eine gedörrte und gesalzene Mango und Splitter von Zuckerrohr lagen, die in Ingwerhonig getränkt waren.
Masum nahm den Krug und goß eine milchige Flüssigkeit in eine lasierte Tonschale. »Erlaubt mir, Euch diesen Trunk zu reichen, Lady. Er besteht aus dem Saft von Kokosnüssen und Mangos, mit Zimt und Nelken gewürzt. Die ruchloseren Hindu unter uns nennen ihn *soma,* den Trunk der Götter.«
Dankbar nahm Porphredo die Schale aus seinen Händen entgegen, und ihr fiel auf, wie warm seine Finger waren. Sie nippte an dem kühlen, erfrischenden Saft und sagte: »Dort, wo ich herkomme, würde man das Nektar nennen.«
Masum gab den beiden Männern ein Zeichen, die sich daraufhin verneigten und gingen. »Vergebt mir gütigst das bescheidene Mahl, Lady. Das hier ist lediglich ein grobschlächtiges Armeelager und nicht der Palast des Mirsas. Für vieles davon könnt Ihr in Euren Gebeten Sultan Ibrahim danken, der uns diese Vorräte mitgab. Mein erhabener Mirsa gesteht, daß er selbst wenig Sinn für derartige Raffinessen hat.«
»Euer erhabener Mirsa scheint mir ein äußerst weiser und vorausschauender Mann zu sein.«
»Das ist er, Lady, und es ist mir eine große Ehre, ihm zu

dienen. Dennoch ist er wie der Bergsteiger, der den Pfad vor sich auf Steine untersucht, doch nicht innehält, um die Schönheit des Bergs, den er erklimmt, zu bewundern.«

»Gehört Ihr deshalb zu seinem Gefolge? Um ihm den Berg zu zeigen?«

Masum lächelte aus seinem zerzausten Bart heraus. »Es ist meine Hoffnung, ihm dabei helfen zu können, daß er wenigstens einen kurzen Blick darauf erhascht. Doch er hat mich nicht in seine Dienste genommen. Wißt Ihr, ich – doch vergebt mir. Ich möchte Euch durch meine Gesellschaft nicht ermüden, und einige verlieren bei meinen Geschichten die Geduld.«

»Ich habe Sufidichter noch nie ermüdend gefunden, guter *faylasuf*. Bitte setzt Euch zu mir und erzählt mir Eure Geschichte.« *Ist mir auf einmal nach Flirten zumute? In meinem Alter? Schäm dich, Porphredo.*

Masum wählte ein Kissen in ihrer Nähe, doch nicht zu nahe, und setzte sich. »Ich war einmal Soldat, und vielleicht war das meine Bestimmung. Doch seit ich ein *murid* wurde, habe ich andere Dinge studiert. Man könnte sagen, daß ich im Namen der Liebe auf Reisen bin.«

»Der Liebe?« sagte Porphredo und lupfte eine Braue. »Liebe zum Krieg oder Liebe zu den Frauen? Ich wußte nicht, daß dies der Weg der Sufis ist.«

Masum schüttelte den Kopf. »Was die Sufis unter Liebe verstehen, wird oft mißverstanden. Es ist nicht das Verlangen nach irdischen Dingen. Es ist das lautere Wissen um das Göttliche, das einzig und allein im Herzen ruhen kann, nicht im Verstand. Für den Sufi ist Liebe das Wesen der Göttlichen Macht.«

»Das ist seltsam, guter *faylasuf,* weil auch meine Königin schon seit vielen Jahren das Wesen der Liebe studiert.« *Allerdings eher in irdischer Form.*

Masum lehnte sich zurück und schlug mit glänzenden Augen die Hände zusammen. »Dann wandle ich wahrlich auf dem rechten Pfad. Ich hege die große Hoffnung, daß Eure Königin, die Leben und Tod in Ihren Händen abwägt, mich lehren kann, solche Liebe zu erfahren.«

Porphredo seufzte. »Ich kann nicht sagen, was sie Euch lehren würde. Was ihre Schüler angeht, so ist sie sehr ... wählerisch.« *O armer* faylasuf. *Wie glücklich du dich schätzen kannst, daß du meiner Despoina nie begegnen wirst. Sie würde dich gewiß enttäuschen.*

Masum verneigte sich. »Vergebt mir, ich spreche anmaßend. Es wird noch eine Weile dauern, bis mein Gebieter wieder die Notwendigkeit verspürt, mit Euch zu reden. Wünscht Ihr vielleicht eine Form der Zerstreuung? Wäre Euch Musik angenehm?«

»Musik ist eine der wenigen Freuden, die ich in meinem Alter noch genießen kann«, sagte Porphredo.

»Ah. Soweit ich weiß, ist ein *vina*-Spieler unter uns, der sich trefflich auf sein Handwerk versteht. Auch ich besitze ein bescheidenes Talent zur Musik. Ich habe gerade eine Flöte geschnitzt und noch nicht ausprobieren können, wieviel sie taugt. Ob Ihr wohl die Güte hättet, mir zu erlauben, daß ich Euch etwas darauf vorspiele?«

Porphredo ließ sich auf die Kissen zurücksinken und sonnte sich in dem seltenen Vergnügen eines aufmerksamen und interessanten Mannes. »Es wäre mir eine große Freude, guter *faylasuf.*«

Padre Antonio Gonsção erwachte spät und blinzelte in das Sonnenlicht hinaus, das durch den Zelteingang fiel. Die Wollrobe klebte ihm an der Haut, und er war benommen von der Hitze. *Weshalb hat Timóteo mich nicht zur Frühmesse geweckt?* »Timóteo?«

Kein Laut war zu hören, bis auf das Wiehern der Pferde und das ferne Raunen und Rufen der Männer, das beständig über dem Mogulheer lag. Gonsção erhob sich stöhnend. Er sah, daß Timóteos Lager aufgeräumt war.

Entweder hatte der Padre das Aufstehen des Knaben verschlafen, oder Timóteo war am vorigen Abend nicht ins Zelt zurückgekehrt.

Gonsção wusch sich Gesicht und Hände in einer Schüssel mit lauwarmem Wasser. Er beschloß, auf den schweren schwarzen Umhang zu verzichten, und trat in seiner ehemals weißen Robe, die vom Staub des Dekkan nun beinahe rotbraun war, vor das Zelt.

Zwei *soldados*, Carlos und Estevão, lagen noch immer schlafend neben dem Zelt. Gonsção stieß einen von ihnen mit dem Fuß an. »Estevão.«

»Mhmm? Oh, Padre. *Madre do Deus*, wie spät ist es?«

»Zu spät für Männer, die statt Wache zu halten anscheinend lieber schlafen.«

»Padre, wir waren aus Sorge um die *muçulmanos* lange auf, aber man kann nur eine bestimmte Zeit ohne Schlaf auskommen.«

»Schon gut, Estevão. Noch sind wir ja am Leben. Habt Ihr Bruder Timóteo gesehen?«

»Nein, Padre. Ey, Carlos. Wach auf.« Estevão schlug dem anderen *soldado* auf die Schulter.

»Mhmmm? Was willst du, Schweineschnauze? Ai!« Als Estevão ein zweites Mal härter zuschlug, richtete Carlos sich auf. *»Jesu e Maria,* was ist los?«
»Wir haben verschlafen. Und der Padre will wissen, ob du den kleinen Bruder gesehen hast.«
»Oh! Vergebt mir, Padre.« Carlos kämpfte sich voll angekleidet aus seinem Bettzeug – selbst sein Schwert hatte er umgeschnallt. »Nein, ich habe ihn nicht gesehen.«
»Euch ist vergeben«, seufzte Gonsção. »Und wo ist Euer Kamerad Joaquim?«
Estevão kratzte sich am Kopf. »Er wollte dem *inglês* folgen, wie Ihr befohlen habt, Padre. Ich sah, wie sie gestern abend zum Gauklerwagen gingen.«
»Habt Ihr sie auch zurückkommen sehen?«
»Nein, Padre. Sie sind wahrscheinlich noch dort und schlafen nach dem Gelage und Gehure.«
»Und der kleine Bruder«, sagte Carlos, »heftet sich gern an die Fersen des *inglês,* also ist er vielleicht ebenfalls dort.«
Gonsção warf einen finsteren Blick in Richtung des Gauklerwagens. *Wenn Tomás Timóteo verdorben hat ...* Doch noch etwas bereitete ihm Sorge. Gonsção drehte sich um und schaute ins Innere seines Zelts. Timóteos Leinensack, der die wenigen Habseligkeiten enthielt, die der Junge mit sich führte, sowie die Kräuter, die er unterwegs gesammelt hatte, fehlten. *Hat er sich vielleicht auf die Suche nach Kräutern gemacht? Ohne mir etwas zu sagen?* Panik befiel Gonsção wie eine Schar Läuse. Er verschloß den Zelteingang. Zu den Soldaten sagte er: »Folgt mir.«
Er war sich bewußt, daß mehrere der Mogule sie beobachteten, als Gonsção und die Soldaten raschen Schrittes auf

den Gauklerwagen zugingen. *Sollen sie doch starren. Wenn es zu Verrat oder schlechtem Benehmen gekommen ist, sollen sie ruhig sehen, daß nicht alle von uns so etwas gutheißen.*

Als er den farbenprächtig bemalten Wagen erreichte, klopfte Gonsção an die Seite. »Kommt heraus!« rief er auf lateinisch. »Timóteo! Tomás! Joaquim!«

Drinnen regte sich etwas, und die Hecktüren klappten auf. Dürftig bekleidete Tanzmädchen erschienen und rieben sich schläfrig die Augen. *»Kitne hai?«* murmelten sie.

»Wo sind der *inglês* Tomás und der Knabe Timóteo?« verlangte Gonsção zu wissen. Er wußte zwar, daß sie nicht alles verstanden, was er sagte, aber vielleicht reagierten sie auf die Namen.

Die Mädchen schüttelten nur den Kopf und schwatzten wie eine Schar verwirrter Singvögel auf sie ein. Gonsção versuchte in den Wagen zu spähen, doch die Mädchen versperrten ihm die Sicht. »Tomás! Timóteo! Joaquim!« rief er erneut.

»Qui es?« sagte eine Männerstimme, und der blinde Musiker streckte den Kopf zwischen zwei Mädchen hervor.

»Ihr!« sagte Gonsção. Zu seinem eigenen Erstaunen ergriff er den Blinden am Kragen seines *jama* und zerrte ihn aus dem Karren. Gonsção rammte den kleinen Musiker gegen die Wagenseite und knurrte auf lateinisch: »Ich weiß, daß Ihr eine westliche Sprache beherrscht. Ich weiß, daß Tomás Chinnery hier war. Sagt mir, was Ihr wißt. Wo sind sie?«

»B-bitte, *sacerdos,* fügt mir kein Leid zu! Die drei, von denen Ihr sprecht, waren gestern abend hier, sind aber bald wieder gegangen. Ich habe sie nicht mehr gesehen. Ich weiß nicht, wo sie sind!«

Langsam ließ Gonsção den Blinden los; er staunte über seine eigene Wut.

»Ai! Padre!« rief Carlos aus dem Gehölz der Tamarindenbäume. Mit einem letzten zornigen Blick auf Gandharva rannte Gonsção zu dem *soldado*. Er fand ihn von Grauen gepackt an einen Baum gelehnt vor. Mit zitterndem Finger deutete er auf den vor ihm liegenden Körper. »Ich habe Joaquim gefunden, Padre.«

Gonsção kauerte sich hin und untersuchte die Leiche. Wären nicht der Küraß und das Hemd aus goanischer Fertigung gewesen, hätte er Joaquim nicht wiedererkannt. Gesicht und Hals waren mit Dutzenden kleiner, geschwollener Einstichwunden bedeckt. Seine Haut war um die Löcher herum lila und weiß und an Nase und Lippen grau und schuppig. Seine Augen waren milchig und farblos.

»Es ist, als wäre er in ein Nest voller Vipern gefallen«, murmelte Gonsção.

»Schlangen sind in diesem Land weit verbreitet, hörte ich«, sagte Carlos mit bebender Stimme.

Gonsção blickte sich rasch auf dem Boden um, sah jedoch keine Schlangen und hörte auch kein Gleiten zwischen den Sträuchern. »Möglich.« *Konnte es Mord sein? Wollen die Mogule unsere Zahl herabsetzen? Oder war es das Werk der alten Hexe, die behauptet, von der Unsterblichen Königin zu kommen. Ich kann mir nicht vorstellen, daß Tomás zu so etwas fähig wäre, doch ich habe mich schon einmal in ihm getäuscht.* Gonsção erhob sich. »Geht und holt Bruder Andrew, wenn Ihr ihn findet. Und sorgt dafür, daß Estevão weiter nach Tomás und Timóteo sucht. Es scheint, als müßte ich heute morgen statt einer Messe eine Bestattung durchführen.«

Der Mirsa blickte von seinem Schreibpult auf, als eine der Wachen das Zelt betrat. »Erhabener General! Eure Kundschafter sind zurück.«

»Sehr schön. Schickt sie herein.«

Sieben junge Männer traten ein, übermüdet, ansonsten aber unbeschadet, und verbeugten sich vor ihm.

»Bitte setzt euch doch, ihr alle, und erholt euch ein wenig«, sagte der Mirsa. »Wer spricht für euch?«

»Ich, Erhabener Mirsa«, sagte der in der Mitte. »Mein Name ist Sabur.«

»Ich kann es kaum abwarten, Sabur, deine Geschichte darüber zu hören, was ihr alles gefunden habt.«

»Mein Gebieter, wir haben in jeder Richtung gesucht. Und wir haben keine Ebene der Steine gefunden, wie Leutnant Jaimal sie uns beschrieb. Im Osten liegen eine ausgedehnte Wüste und ein Fluß namens Bhima. Im Norden und Westen ist es ebenso, doch überragt eine hohe Klippe das wüste Land. Im Süden gibt es einen Fluß namens Krishna und einige felsige Hügel. Dort verlaufen auch alte Straßen, doch man sagte mir, daß sie zur Ruinenstadt Vijayanagar führten und stark zerfallen seien.«

Einer der Kundschafter schien in schlechter Verfassung zu sein und schielte beständig zum Zelteingang, als erwarte er jemanden. »Was hat dein Gefährte?« fragte der Mirsa.

Sabur warf dem Ruhelosen einen kurzen Blick zu und erwiderte: »Mein Gebieter, das ist Rafi. Sein Bruder Mumit

ist noch nicht von seinem Ritt zurück, und er sorgt sich um ihn.«
»In welche Richtung wollte Mumit denn reiten?«
»Nach Südwesten, mein Gebieter.«
»Ich verstehe.« Der Mirsa verspürte wachsende Unruhe. »Nun, höchstwahrscheinlich wurde Mumit lediglich aufgehalten und wird bald zurück sein.«
Dann sagte er: »Wenn ihr sonst nichts zu berichten habt, entlasse ich euch, damit ihr ihn suchen könnt. Seine Geschichte interessiert mich am meisten.«
Sabur verneigte sich und stand auf. Die Kundschafter waren erleichtert und beeilten sich, das Zelt zu verlassen.

7

EFEU

Um diese immergrüne Kletterpflanze ranken sich viele Legenden. Sie war den Griechen heilig und dem Gott der Wollust geweiht. Efeu bringt dem Haus Glück, an dem er wächst, doch wehe einem Haushalt, wenn er verwelkt und abstirbt. Verschenkt man ihn, so zerbrechen Freundschaften, und auf dem Grab eines ruhelosen Geistes wird kein Efeu wachsen. Die Blätter eignen sich gut zum Bedecken von Wunden, Schwellungen und Verbrennungen, und Efeutee ist ein treffliches Mittel gegen Schlangengift …

Der Horizont waberte wie von flüssiger Luft. Als die Sonne am Morgenhimmel höherstieg, sog die Hitze Thomas die letzte verbliebene Kraft aus den Gliedern. Er bemühte sich, seinen Kopf nicht auf Aditis Honigschultern sinken zu lassen und im Sattel einzunicken.

Seit sie das Mogullager verlassen hatten, waren sie fast ununterbrochen geritten, mit nur wenigen Aufenthalten, um den Pferden etwas Ruhe zu gönnen. Thomas war erstaunt, daß sich ihrem Aufbruch kein Wächter entgegengestellt hatte. Glücklicherweise schien die rätselhafte Despoina, die voranritt, ihren Weg auch im Dunkeln leicht zu finden. Während der ersten paar Stunden hatte Aditi zuweilen an heftigen Krämpfen gelitten, die sie und Thomas beinahe vom Pferd gerissen hätten. Mit der Zeit bekam sie sich aber anscheinend wieder besser in die Gewalt und hielt sich nun durch eigene Kraft aufrecht, wofür Thomas seiner schmerzenden Arme wegen dankbar war. Sie sprach noch immer kein Wort, bis auf einige unverständliche Silben dann und wann, doch ihr Blick schien allmählich seine Starre zu verlieren.

Neben ihnen ritt Timóteo, der auf dem riesigen Pferd klein aussah. Auch er nickte immer wieder ein und schrak auf, wenn er zu weit nach vorn sackte.

Ihre Pferde trugen sie durch ein flaches, baumloses Überschwemmungsgebiet, das sich offenbar meilenweit in alle Richtungen erstreckte. *Wohin kann unser Führer uns in dieser Wüstenei schon bringen?* Thomas betrachtete die Frau, die vor ihnen auf ihrem hellgrauen Pferd ritt, und sah, wie die leichte, warme Brise ihren schwarzen *shal* und den Sari blähte. *Ihr fehlt nur noch eine Sichel,* dachte Thomas schläfrig. Er schüttelte den Kopf, um zu verhindern, daß seine Gedanken der Richtung, die sie eingeschlagen hatten, weiter folgten. »Despoina«, rief er leise. »Wie weit müssen wir noch reiten?«

Die Frau drehte sich ein wenig im Sattel herum. Die Brise brachte den Schleier vor ihrer Kapuze zum Flattern, und Thomas bekam flüchtig den Umriß eines Gesichts von atemberaubender Schönheit zu sehen. »Bis wohin, mein Goldhaar? Bis zu meiner verborgenen Stadt?«

»Bis an einen Ort, wo wir uns ausruhen und erfrischen können, Despoina. Der Knabe ist, wie Ihr seht, in Gefahr, von seinem Pferd zu fallen. Wir alle brauchen Nahrung und etwas Schatten.«

»Vor uns liegt ein Dorf, in dem wir die Pferde wechseln werden. Dort könnt Ihr Euch ausruhen, allerdings nur für eine Weile.«

Thomas spähte zum Horizont und versuchte, ein solches Dorf auszumachen. Er glaubte, in der Ferne einen graugrünen Fleck zu erkennen, war sich aber wegen der wabernden Luft nicht ganz sicher. »Haben wir denn Grund zur Eile, Despoina?«

»Gewiß. Meine Magd hat mir zugetragen, daß Mirsa Akbarshah kein Narr ist. In Kürze werden uns Männer folgen.«

Thomas wandte sich um und blickte zurück, konnte in dem Land, durch das sie geritten waren, jedoch niemanden entdecken. »Ich sehe keine Verfolger.« Er fragte sich, ob Padre Gonsção sich ihnen wohl selbst auf die Fersen heften mochte, wenn er erst einmal feststellte, daß Timóteo verschwunden war. *Würden die Mogule es ihm erlauben? Oder werden sie sogar darauf bestehen?*

»Solltet Ihr auch nicht. Sagt, mein Schöner, wie kommt es, daß Ihr Euch auf die Suche nach mir begeben habt?«

Thomas überlegte, wieviel er offenlegen durfte und ob die Wahrheit ihn in ihren Augen nicht verdächtig erscheinen ließ. *Was mag Aditi ihr erzählen, wenn es ihr wieder so gutgeht, daß sie sprechen kann? Ich wüßte nicht zu beurteilen, ob sie schon wach genug ist, um es zu merken, wenn ich lüge.* »Von einem goanischen Alchimisten namens De Cartago bekam ich ein Fläschchen mit … *Rasa Mahadevi,* wie man es in Goa nennt. Er hatte auch eine Karte, die einen Hinweis enthielt, wo Eure verborgene Stadt liegt.«

»Ber … nar … do …«, seufzte Aditi so leise, daß Thomas annahm, Stheno habe es nicht gehört. Er drückte Aditis Schulter, um sie zu beruhigen.

»Und Ihr wolltet die Quelle finden, der diese Substanz entspringt, habe ich recht?« sagte Stheno mit schwarzem Humor in der Stimme.

»Es war nicht meine Entscheidung, Despoina. Von mir aus hätte ich nicht danach gesucht. Doch die Santa Casa in Goa, die Aditi das Orlem Gor nennt, nahm mich und De Cartago gefangen. Sie folterten uns und ließen mich nur deshalb frei, weil ich behauptete, einen aus ihrer Reihe zum Herkunftsort des *Rasa Mahadevi* führen zu können.« Thomas war froh, daß er griechisch sprechen

konnte, denn er fürchtete, Timóteo hätte ihm widersprochen.
»Ich verstehe«, sagte Stheno. »Ich habe von diesem Orlem Gor gehört, und es wird seine Untaten noch büßen. Also befanden sich in der Mogularmee auch Priester dieses schändlichen Hauses, die mit Euch ritten?«
»Ein Priester, Despoina.«
»Nur einer? Tötete er meine Tochter?«
Wie scharfsinnig sie in ihrer Einschätzung ist. Über welche Kräfte verfügt dieses Wesen, die mir noch unbekannt sind?
»Ich … weiß nicht, Despoina, halte es aber für möglich. Das solltet Ihr Aditi lieber selbst fragen, sobald sie wieder antworten kann.«
»Ich wünschte, das hätte ich früher gewußt. Hat der Knabe, der mit uns reitet, diesem Priester und dem Orlem Gor gedient?«
Thomas hatte das Gefühl, ein Eisklumpen wäre ihm in den Magen gefallen. »Er ist noch jung, Despoina.«
Ihr Lachen klang brüchig. »Glaubt Ihr, ich wollte an einem Kind Vergeltung üben? Wo denkt Ihr hin, mein Schöner. Indem wir ihn dem Priester wegnahmen, haben wir den Jungen vor einem schlimmeren Schicksal bewahrt, nai?«
»Vielleicht«, sagte Thomas.

Carlos und Estevão trugen Joaquims mit einem Tuch bedeckten Leichnam in Padre Gonsçãos Zelt. Wir werden ihn bald bestatten müssen, dachte Gonsção. *Ein Jammer, daß es ihm nicht vergönnt sein wird, in geweihter Erde zu liegen. Trotz all seiner kleinen Sünden und schrulligen Eigenarten hat Joaquim etwas Besseres verdient.*

Gerade als auch Gonsção das Zelt betreten wollte, hörte er, wie sich hinter ihm im Eiltempo schwere Schritte näherten.
»Padre, wer ist das? Wer ist verletzt?« fragte Bruder Andrew.
Gonsção bezähmte seine Wut und wandte sich langsam zu ihm um. Der ›Bruder‹ ähnelte in keiner Weise mehr dem Jesuitenmönch, dem Gonsção auf der Plaça do Catedral in Goa begegnet war. Bruder Andrew Lockheart kleidete seine untersetzte Gestalt jetzt nur noch in einheimische Gewänder, und sein dunkles Haar und der Bart waren vollständig nachgewachsen. Er hatte sogar einen Turban auf.
»Hättet Ihr mehr Bereitschaft gezeigt, unsere Gesellschaft zu ertragen«, sagte Gonsção, »hättet Ihr es zur selben Zeit erfahren wie ich, Bruder.«
Lockheart blickte ihn finster an. »Indem ich die Gesellschaft unserer Gastgeber ertrage, verlängere ich vielleicht unser Leben, Padre. Ich habe vieles erfahren, was uns von Nutzen sein kann. Also, wen hat man soeben in Euer Zelt gebracht?«
»Das war Joaquim Alvalanca, möge Gott seiner Seele gnädig sein.«
»Joaquim ist tot?« Lockheart schob sich an dem Priester vorbei ins Zelt und beugte sich über den Leichnam. »Was ist geschehen?«
Gonsção folgte ihm und blieb hinter dem Schotten stehen. »Es scheint das Werk von Schlangen zu sein.«
»Vielen Schlangen«, sagte Carlos.
»Schlangen?« Lockheart kauerte sich neben den Leichnam. »Ist er in ein Vipernnest getreten?«

»Dazu müßte er schon auf dem Kopf gelaufen sein«, sagte Estevão. »Die Bisse sind in seinem Gesicht.«
Lockheart schlug das Tuch von Joaquims Kopf zurück und sog heftig den Atem ein. »So etwas habe ich ja noch nie gesehen. Ihr solltet Thomas rufen. Er kennt sich mit Schlangengift aus.«
»Ich wollte Euch gerade fragen«, sagte Gonsção, »ob Ihr den jungen *inglês* oder Bruder Timóteo gesehen habt, oder ob Ihr wißt, wo sie sich aufhalten.«
Lockheart blickte jäh auf. »Habe ich nicht, und über ihren Aufenthalt weiß ich auch nichts. Wieso?«
»Sie werden vermißt, Bruder. Seit gestern abend hat sie niemand mehr gesehen. Und Timóteos Habe ist auch weg.«
»Weshalb habt Ihr mir das nicht früher gesagt?«
»Wir waren mit dem unglückseligen Joaquim beschäftigt, und Ihr wart nicht aufzutreiben«, sagte Gonsção. »Wißt Ihr, für einen, der Tomás' Vater schwor, über seinen Sohn zu wachen, leistet Ihr keine sehr gute Arbeit.«
Die Miene des Schotten verfinsterte sich. »Der Mirsa muß informiert werden«, sagte er kalt. »Vielleicht kann er einige Männer abkommandieren, damit sie sich nach Thomas und Timóteo auf die Suche machen.«
Gonsção nickte, obwohl er allmählich das Schlimmste befürchtete. Er wollte nicht hören, daß die Mogule Tomás und Timóteo womöglich getötet hatten. *Es wäre besser, wenn der* inglês *geflohen wäre, aus Angst, daß der Mirsa ihn für seine Lügen bestraft. Doch warum, o warum, Herr, hat er Timóteo mitgenommen?*
Ein lautes Geheul zerriß die Luft. Nicht das freudige Klagen der muslimischen Gebetsausrufer, sondern der

Schrei eines von jähem Leid erfüllten Herzens. Gonsção schlug die Zeltplane zur Seite und rannte hinaus, dicht gefolgt von den anderen.

Auch Mirsa Akbarshah hörte den furchtbaren Schrei und trat aus seinem Zelt in das heiße Sonnenlicht hinaus. Männer rannten vorbei, die Schwerter gezückt. »Was war das?« rief er ihnen zu.

»Wir wissen es nicht«, sagte einer der Soldaten, »doch wir werden es herausfinden.«

Der Mirsa wandte sich um und begann eilends in die Richtung zu gehen, in die sie rannten. Ein Mann kam auf ihn zu; einer der Kundschafter, die er ausgeschickt hatte. Der Mann blieb vor dem Mirsa stehen, und staubige Tränen liefen ihm über die Wangen. »Mein Gebieter …«, keuchte er.

»Was gibt's, Sabur?«

»Mein Gebieter, es geht um Mumit. Wir haben ihn gefunden. Er ist … kommt und seht selbst.«

»Na schön, bring mich zu ihm. Ist er tot?«

»Leider, Allah sei ihm gnädig. Aber bitte seht selbst.«

»Führe mich.«

Der Mirsa folgte Sabur eine gewisse Strecke über den Rand des Mogullagers hinaus nach Südosten, wo er über eine natürliche Felsenmauer steigen mußte, die entlang eines tiefen Flußbetts verlief, auf dessen Grund ein Rinnsal dahinfloß. Auf der anderen Seite des Flußbetts starrte eine Anzahl Männer in einen davon ausgehenden Spalt.

Der Kundschafter Rafi kniete in dem Spalt und weinte. »Mumit, mein Bruder, mein Bruder.« Vor ihm stand …

eine Statue. Das große Steinbildnis eines Mannes, der mit dem Rücken an der Felswand lehnte, die Arme zur Abwehr erhoben. Sein Gesicht zeigte den Ausdruck nackten Entsetzens, als erblicke er gerade eine ungeheure Monstrosität.

Vorsichtig bahnte der Mirsa sich einen Weg zu dem klagenden Rafi. Er kauerte sich hin und umarmte den Kundschafter teilnahmsvoll. Dann richtete er sich wieder auf und näherte sich der Statue. *Wie die Steinhand in der Grabstätte des namenlosen* shadid. Genau wie bei der Reliquie war der Stoff dort, wo er sich in einiger Entfernung zum Körper befand, noch Stoff, doch wo er ihm nahekam, ging er nahtlos in Stein über. Das Gesicht zeigte jede Pore und jedes Haar ungleich feiner, als ein Bildhauer es je vermocht hätte. Die Augen hatten das Weiß von Perlen angenommen.

Aus Neugier drehte der Mirsa sich um und blickte in dieselbe Richtung wie der verwandelte Mumit. Auf der anderen Seite der Spalte war ein kleines Loch. Er trat hinüber und untersuchte Schmutz und Stein. Auf dem Boden fand er Kohle, und an der Wand des Spalts befanden sich Rußschmierer. *Jemand hat hier kürzlich gelagert. Jemand, dem es vielleicht nicht gefiel, entdeckt zu werden.* Der Mirsa hörte furchtsames Gemurmel unter den Männern hinter sich, ein Raunen über Flüche und Hexenwerk. *Ich muß verhindern, daß eine Panik ausbricht.* Er erhob sich und rief zurück: »Sabur, es war noch jemand hier. Nimm dir zwei andere und sucht diese Gegend nach Fußspuren oder den Abdrücken von Hufen ab.«

»Sehr wohl, mein Gebieter.«

Er wandte sich an den klagenden Kundschafter und sagte: »Rafi, komm weg von hier. Wir müssen uns darum kümmern, daß dein Bruder anständig begraben wird.«
Rafi schloß unter gramvollem Schaudern die Augen und sprang auf. Mit dem Schrei »Mumit! Mumit!« umarmte er die Statue, zu der sein Bruder geworden war.
Doch zum Entsetzen des Mirsas zerfiel die Statue bei der Umarmung des Bruders, die Arme brachen an den Schultern ab, die Beine spalteten sich in Höhe der Knie. Der Steinmann kippte neben den Mirsa und zerplatzte vor seinen Füßen zu Geröll.
Wimmernd kniete Rafi sich neben den Steinhaufen und berührte ihn sanft. »Was habe ich getan? Was habe ich getan?«
Wenn für den Mirsa noch Zweifel daran bestanden hatten, daß die Statue einmal ein lebender Mensch gewesen war, so verlor er sie nun. Denn obwohl ein Teil des Steinmannes zu Staub zerfallen war, hatten andere Teile doch ihre Form bewahrt. Hier lag ein rötlicher Stein in der Form einer Leber, dort einer, der stark einem menschlichen Herz ähnelte. Weiße Marmorstücke glichen der Form nach Knochen. Der Mirsa hatte im Kampf schon viele verletzte und tote Männer gesehen, Männer, die in Fetzen gerissen worden waren, andere, denen er selbst die Wunden zugefügt hatte. Doch der Anblick des zerstörten Mumit bereitete ihm größere Übelkeit als jeder Tote aus Fleisch und Blut auf dem Schlachtfeld.

Porphredo stutzte und nahm das Waschtuch von ihrem Gesicht, als sie den furchtbaren Schrei hörte. *Was ist da geschehen? Stheno und Aditi sollten inzwischen weit fort sein. Hoffentlich hat es nichts mit uns zu tun.*

Doch gleich darauf hörte sie, wie jemand sich im Laufschritt ihrem Zelt näherte, und sie wußte, daß ihre Hoffnung vergebens war.

»Begum Porphredo!« rief Masum von außerhalb des Zelts.

»Ja, guter *faylasuf,* ich bin hier. Was ist passiert?«

»Lady, bitte folgt mir. Der Mirsa möchte, daß Ihr Euch etwas anseht.«

Porphredo schlang sich das lange Ende ihres blauen Sari dekorativ um den Kopf und trat in die Sonnenhitze hinaus. »Ich habe gerade einen Schrei gehört. Hat es damit zu tun?«

Der Mystiker hüpfte von einem Fuß auf den anderen, die Hände schlugen matt gestikulierend um sich, und die Augenbrauen in seinem Gesicht hoben und senkten sich wie sich krümmende Raupen. »Etwas ganz Erstaunliches, Lady. Ein Wunder! Oder schauriges Hexenwerk! Ich kann es nicht erklären. Kommt, der Mirsa hofft, daß Ihr ihm Aufschluß geben könnt.«

Voller Furcht, zu wissen, was sie zu sehen bekommen würde, sagte Porphredo: »Natürlich, guter *faylasuf.* Ich folge Euch und sehe mir dieses Wunder an.«

Ihre Furcht wurde zur Gewißheit, als der Sufi sie zum Südwestrand des Mogullagers führte und dann zu dem Flußbett, in dem Stheno Zuflucht gesucht hatte, um den Einbruch der Dunkelheit abzuwarten. Auf dem Grund des Spalts, der vom Flußbett abging, kniete ein turbantragender Mann und wehklagte über einem Haufen Geröll. Zwischen den Steinen konnte Porphredo einen Unterarm,

ein halbes Gesicht, einen Fuß ausmachen. *Ai, Despoina, was habt Ihr getan? Haben die Jahre Euch denn keine Vorsicht gelehrt?*
»Ah, Sri Porphredo«, sagte der Mirsa und trat neben sie. »Könnte das nicht ein weiteres Beispiel für den Zauber Eurer unsterblichen Königin sein?«
Porphredo nahm ihre würdevollste Haltung an. »Das kann ich nicht sagen, Hoheit, weil ich nicht weiß, was hier geschehen ist. Ich sehe einen Mann, der eine zerbrochene Statue beweint. War das ein Schatz, den Ihr mit Euch führtet? Ich hatte gedacht, geschnitzte Abbilder seien dem islamischen Gesetz nach verboten.«
Lange Zeit erwiderte der Mirsa nichts und musterte sie nur eingehend aus schmalen Augen. »Mein Soldat Rafi glaubt, daß die Statue einmal sein lebender Bruder war. Obwohl ich Magie und Wundern gegenüber gewöhnlich skeptisch bin, hat die Untersuchung des Steins, besonders nachdem er umgekippt und zerbrochen war, mich veranlaßt, ihm zuzustimmen. Ich dachte, daß Ihr, die Ihr uns erst kürzlich einen eigenen mächtigen Zauber vorgeführt habt, vielleicht wüßtet, wie sich das zugetragen hat.«
Glaubt er, ich hätte es getan? »Der Zauber meiner Königin richtet sich auf Leben und Weisheit. Doch der Dekkan ist eine unermeßliche Wildnis, Hoheit, und es heißt, daß viele Dämonen und Hexer hier leben, Wesen, die Eindringlinge in ihrem Land nicht dulden. Sicher seht Ihr nun, wie wichtig es ist, daß wir diesen Ort verlassen, und zwar so bald wie möglich.«
Auch diesmal antwortete der Mirsa nicht gleich, sondern strich sich über den Bart und musterte sie. Das Unbehagen

des langen Schweigens wurde unterbrochen, als vier der Männer aus dem Westen, zwei goanische Soldaten, der Priester und der stämmige Nordmann, auf sie zugerannt kamen. Alle warfen ihr mißtrauische Blicke zu.
»Mein Gebieter«, sagte der aus dem Norden, der in der vorigen Nacht für die Goaner übersetzt hatte, »wir haben jemanden schreien hören und sind gekommen, um nachzusehen, was geschehen ist.«
»Es ist nichts, was Euch beschäftigen müßte«, sagte der Mirsa kühl.
»Ah, vielleicht doch, Hoheit, denn wir sind auch hier, um Euch von unseren eigenen Problemen zu berichten. Einer aus unseren Reihen ist tot, und zwei andere werden vermißt.«
Porphredo spürte, wie der Knoten in ihrem Magen sich zuzog. *Nein, nicht noch mehr.*
Der Mirsa lupfte die Brauen und ließ die Hand von seinem Gesicht sinken. »Wirklich? Auf welche Weise starb der Tote, und wer von Euch war er?«
»Einer unserer Soldaten, mein Gebieter. Anscheinend starb er durch zahlreiche Schlangenbisse ins Gesicht. Wir haben ihn beim Wagen der Gaukler gefunden.«
Porphredo war nicht imstande, ihr Entsetzen zu verbergen. *Ai, Despoina, war ein solches Grauen nötig?* »Wie schrecklich. Ihr habt mein Mitleid.«
Bevor der Mirsa etwas erwidern konnte, erklang lautes Hufgetrappel. Ein Reiter preschte auf sie zu und blieb unmittelbar neben ihm stehen. »Mein erhabener Mirsa, wir haben Hufabdrücke gefunden, die von hier bis zum Wagen der Gaukler führen. Drei Pferde, glauben wir.«

Drei? dachte Porphredo. *Dann hat sie auch meines mitgenommen. Da diene ich ihr nun seit Jahrhunderten, doch meine Sicherheit ist ihr egal. Ich bin bloß ein Sklave, den man nach Gebrauch wegwirft.*

»Kannst du mir sagen, wie lange es her ist, seit diese Pferde aufgebrochen sind?« fragte der Mirsa.

»Sie haben Pferdemist hinterlassen, der Stunden alt ist, mein Gebieter. Die Pferde müssen sich in der Nacht auf den Weg gemacht haben.«

»In diesem Fall«, der Mirsa wandte sich wieder an den Nordmann, »bitte ich um Vergebung. Wie es aussieht, ist unser Schicksal doch miteinander verflochten. Ist der Gelbhaarige vielleicht ein Zauberer? Könnte er für das alles verantwortlich sein?« Der Mirsa machte eine weitausholende Gebärde zu der Geröllhalde menschlicher Überreste im Spalt. »Einschließlich des Todes Eures Soldaten?«

»Thomas ist ein einfacher Kräuterkundler, mein Gebieter, und er brächte es nicht über sich, jemandem auch nur ein Haar zu krümmen.«

»Und doch ist er fort, und zwei Männer sind auf seltsame Weise ums Leben gekommen. Sprich«, wandte der Mirsa sich an den Reiter, »hast du Hufabdrücke entdeckt, die vom Gauklerwagen wegführen? Kannst du mir sagen, in welche Richtung sie geritten sind?«

»Es war nicht leicht, mein Gebieter, aber wir glauben, Hufabdrücke entdeckt zu haben, die nach Südosten führen.«

Wieder zwang Porphredo sich, keine Reaktion zu zeigen.

»Mein Gebieter«, sagte der Mann aus dem Norden eindringlich, »ich bitte Euch, mir zu erlauben, diesen Spuren

zu folgen. Gebt mir einige Eurer Männer zur Begleitung mit, wenn Ihr wünscht. Und wenn Ihr mir außerdem noch ein Pferd leiht, werde ich meine Landsleute finden.«
Der Mirsa starrte ihn an und nickte. »Ich werde noch mehr tun, nämlich Euch persönlich begleiten.«

Er schritt in Richtung seines Zelts, ohne weiter auf die Rufe hinter ihm zu achten.
»Mein Gebieter!« rief sein Stellvertreter Jaimal und eilte ihm nach. »Mein Gebieter, stimmt es, was ich höre? Daß Ihr uns allein lassen wollt?«
Der Mirsa drehte sich um und legte Jaimal die Hand auf die Schulter. »Zwei Männer aus dem Westen sind geflohen, Jaimal, und einer von ihnen hat einen unserer Männer auf dem Gewissen. Um der Gerechtigkeit willen muß ich sie zur Strecke bringen.«
»Aber Ihr braucht doch nicht selbst …«
»Ich muß, sonst wäre ich ein armseliger Anführer. Doch ich hoffe, schon bald wieder zurück zu sein. Solange ich fort bin, sollt Ihr den Befehl über meine Streitkräfte haben. Ich weiß, daß Ihr Euch danach sehnt, Eure Fähigkeiten als Befehlshaber unter Beweis zu stellen. Nun hat Allah der Allessehende Euch diese Gelegenheit gegeben.«
Jaimal klappte der Mund auf, und ein gewaltiges Staunen trat in seine Augen, als werde er Zeuge eines Wunders. Er sank auf ein Knie nieder und ergriff die Hand des Mirsas. »Mein Gebieter, Ihr erweist mir eine große Ehre, daß Ihr mir dieses Vertrauen entgegenbringt. Ich schwöre bei allem, was mir heilig ist, daß ich mich als dieses Kommandos würdig erweisen werde.«

»Ich vertraue darauf, daß Eure wahren Qualitäten zur Entfaltung kommen, Jaimal. Führt die Männer gut, und wenn ich in fünf Tagen nicht zurück bin, schickt weitere Männer hinter mir her, denn uns könnte Verrat bevorstehen.« Der Mirsa begab sich in sein Zelt, zog seinen langen *talwar*-Säbel heraus und wickelte ihn in seine Gürtelschärpe. Als er wieder nach draußen trat, war Rafi auf einer lohfarbenen Stute herbeigeritten gekommen.

»Mein Gebieter, ich habe erfahren, daß Ihr dem Zauberer folgen wollt, der meinen Bruder tötete. Ich flehe Euch an, laßt mich Euch begleiten, damit ich sehe, wie ihm Gerechtigkeit widerfährt.«

»Auch wenn wir jenen, der Mumit tötete, vielleicht gar nicht finden«, sagte der Mirsa, »kann ich dir deinen Wunsch doch nicht abschlagen, Rafi. Reite mit mir und laß uns dieses Rätsel gemeinsam lösen.«

»Ich danke Euch, weiser Gebieter.«

Auf einem kleinen schwarzen Pony saß Lakart, einer der Männer aus dem Westen; er hatte sich das alles mit besorgter Miene angehört. *Nun, da bleibt mir wohl nur zu hoffen, daß mein Freund Tamas unschuldig ist und nicht der Bösewicht, für den ich ihn leider halte.*

Sabur kam auf einem Braunen herbeigeritten, die Zügel eines lebhaften Grauen in Händen. Wasserschläuche und Provianttaschen hingen von seinem Sattel. »Großer Mirsa, der ehrwürdige Shahbad bietet Euch seinen Hengst an und hofft, daß er Euch genehm sein wird.«

»Das scheint ein feines Tier zu sein«, sagte der Mirsa und nahm die Zügel entgegen. »Wie nennt Shahbad es?«

»Er nennt es Albaki, mein Gebieter.«

»Der Ausdauernde. Ein verheißungsvoller Name.« Flink schwang sich der Mirsa aufs Pferd und bemerkte, wie gut es ihm tat, endlich wieder in einem Sattel zu sitzen statt auf einem plumpen Elefanten. Inzwischen hatte sich die Geschichte von Mumit und den geflohenen Männern aus dem Westen schon im ganzen Lager verbreitet, und eine große Anzahl Soldaten und Reiter hatte sich versammelt. Viele meldeten sich freiwillig, um ihn zu begleiten, doch der Mirsa wählte lediglich zwei weitere Männer aus.

Dann hob er den Arm und rief ihnen zu: »Hört mich an, ihr alle. Ich gehe nun, um Gerechtigkeit geschehen zu lassen und Vergeltung für eine große Untat zu üben. Erfahrt, daß ich für die Zeit, in der ich fort bin, meinem höchst achtbaren Stellvertreter Jaimal die Befehlsgewalt übergeben habe. Gehorcht seinen Befehlen so aufmerksam, als wären es meine. Ich erwarte, in wenigen Tagen wieder zurück zu sein. Bis dahin seid auf der Hut, und möge Allah der Barmherzige mit euch sein.«

Der Mirsa trieb sein Pferd an, und die Menschenmenge teilte sich vor ihm.

8

CURCUMA

Dieses Gewürz stammt aus der Wurzelknolle einer Pflanze, die im Osten wächst und gelbe Blüten trägt; daher auch der Name Gelbwurz. Auf lateinisch nennt man es *terra merita* oder ›verdienstvolle Erde‹. Ein Heiltrank aus Curcuma lindert Koliken. Eine Tinktur aus Safran und Curcuma in Bier heilt Gelbsucht bei einem Pferd. Manche behaupten, Curcuma gedeihe nur dort, wo Blut vergossen wurde. Die Hindu glauben, daß es die Macht habe, günstiges Geschick herbeizuführen, und halten es für ein angemessenes Geschenk, um Älteren Respekt zu erweisen. Der Geruch von brennendem Curcuma soll böse Geister vertreiben, und es wird häufig verwendet, um zu überprüfen, ob jemand sterblich ist oder ein Dämon …

Thomas öffnete die Augen und spähte zu Aditis leinenumwickeltem Kopf hinüber. Seine Wange war klebrig vom Liegen auf den honigdurchtränkten Bandagen. Vor ihnen erstreckte sich ein breiter brauner Fluß. Am jenseitigen Ufer lag ein Dorf im Schatten zahlreicher Bäume. *Wie lange habe ich gedöst? Ein Wunder, daß ich nicht aus dem Sattel gekippt bin.*

Er wandte den Kopf und sah Timóteo, der nun neben ihm ritt und in der Mittagssonne blinzelte. »Wie geht es Euch, kleiner Bruder?«

»Mir geht es gut«, rief der Knabe zurück, »doch ich bin schläfrig und habe Hunger.«

»Ich auch. Despoina, werden wir in diesem Dorf Rast machen?«

»Ja, ja, wir werden rasten. Doch denkt daran, nicht allzulang.« Sie schien das Flußufer mit Blicken abzusuchen. Als sie dort eingetroffen waren, führte sie ihr Pferd hin und her, bis sie zu einem Felsen kam, an dem ein Seil festgebunden war. »Aha. Hier ist es. Folgt mir.« Sie gab ihrem Pferd die Sporen und führte es durch den Fluß, dessen Wasser offenbar nur knöcheltief war.

Thomas folgte mit seinem Pferd und stellte fest, daß sie über ein Holzgerüst ritten, das sich direkt unter der Wasseroberfläche befand. *Eine versenkte Brücke. Führt der Fluß gewöhnlich weniger Wasser, oder war das Absicht?*

Am anderen Ufer griffen die Pferde munter aus, auch sie sichtlich froh, in den Genuß des Schattens und der versprochenen Ruhepause im Dorf zu gelangen. Thomas nahm den Geruch von Viehmist wahr, der für jedes Hindudorf typisch gewesen war, das er bisher gesehen hatte.

Drei Männer, die nur den gewindelten Lendenschurz trugen, den man hier *dhoti* nannte, kamen aus dem Dorf gelaufen, um sie zu begrüßen. Sie waren kleiner und dunkelhäutiger als die Leute, die Thomas in Bijapur begegnet waren. Die Dorfbewohner verharrten einige Yards vor Sthenos Pferd, und plötzlich warfen sie sich mit ungeheurer Inbrunst zu Boden.

Als Stheno mit ihnen sprach, wandte Thomas sich an Timóteo. »Versteht Ihr, was sie sagt?«

Der Knabe lauschte einen Moment, dann schüttelte er den Kopf. »Mein Vater sagte einmal, in Indien gebe es mehr Sprachen, als selbst Gott verstehen könnte, was auch der Grund dafür sei, daß die Hindu so viele Götter haben.«

»Eine interessante Philosophie.«

»Devidur … ga«, sagte Aditi.

»Sie sagt ›Große Göttin‹«, erklärte Timóteo.

»Armes Ding. Wir müssen sie in den Schatten bringen.«

Zwei der Dorfbewohner rannten an ihnen vorbei zu der Stelle, an der sie den Fluß überquert hatten. Sie ergriffen das Seil, das auf dieser Seite an einem Felsen befestigt war, und zerrten heftig daran, dann ließen sie das Seil wieder los, das daraufhin wie eine Schlange ins Wasser glitt.

Damit wäre meine Frage wohl beantwortet, dachte Tho-

mas. *Wenn ich nicht irre, kann dieser Pfad jetzt von niemandem mehr benutzt werden, der uns folgt.*
Der dritte Dorfbewohner rannte zu den flachen strohgedeckten Hütten zurück und rief etwas. Was auch immer er sagte, zeigte unmittelbare Wirkung, denn plötzlich entbrannte hektische Aktivität, als Einheimische hinter Vieh und Kindern hersausten und sie in die Hütten trugen. Bis Sthenos Pferd in den äußersten Schatten der Bäume getreten war, schien das Dorf verlassen zu sein.
Neben der nächstgelegenen Hütte gab es ein freies Areal unter den Bäumen. Dort hielt Stheno ihr Pferd an und bedeutete Thomas und Timóteo, desgleichen zu tun. »Hier könnt Ihr Euch etwas ausruhen.«
Thomas glitt dankbar aus dem Sattel und sagte: »Ob es wohl möglich wäre, Aditi im Fluß zu baden? Ihre Wickel sind ihr unangenehm, und der Honig zieht bereits die Fliegen an.«
»Das halte ich nicht für sehr klug. Wie kräftig ist sie?«
Thomas streckte die Arme nach oben aus, um Aditi beim Absteigen zu helfen. Sie war in der Lage, zu ihm herunterzugreifen und sich an seine Brust zu lehnen. Doch als er sie auf die Beine stellte, sackte sie dichter an ihn heran, weil die Beine ihr Gewicht noch nicht tragen konnten.
»Leider ist sie noch nicht wieder voll bei Kräften, Despoina.«
»Dann könnte die Strömung sie mit sich reißen. Wir müssen warten, bis wir Bhagavati erreichen.«
Sie stand unmittelbar neben ihm, und Thomas konnte Sthenos Schweiß und Parfüm riechen. Für einen kurzen Moment blickte er auf ihr verschleiertes Gesicht, erstaunt

darüber, daß sie ebenso groß war wie er. Durch die schwarze Seide hindurch glaubte er den Umriß eines energischen Kinns erkennen zu können und volle, sinnliche Lippen. Er konnte fast ihre Augen sehen …

Rasch wandte sie das Gesicht ab. »Ich werde veranlassen, daß man Euch Speisen und Getränke schickt. Ruht Euch gut aus. Ich komme wieder, wenn es an der Zeit ist aufzubrechen.« Stheno ging davon, und dabei wiegte sie sich so anmutig und elegant in den Hüften, daß es Thomas schwerfiel, den Blick von ihr zu nehmen.

»Aber, Despoina, wollt Ihr uns bei unserem Mahl denn nicht Gesellschaft leisten?« rief Thomas hinter ihr her, doch sie antwortete nicht. Er spürte einen schmerzhaften Schlag auf der Schulter. »Heh!«

»Ich habe Euch gewarnt!« sagte Timóteo. »Blickt sie nicht an!«

Thomas seufzte vor Qual und Verdruß auf, Hitze und Müdigkeit zehrten an seinen Nerven. »Seid Ihr nun schon ebenso selbstgerecht wie der Padre?«

Ein alter Mann aus dem Dorf kam zu ihnen, verbeugte sich und ergriff die Zügel ihrer Pferde. Er führte sie die einzige Straße durch das Dorf hinunter, den Weg entlang, den auch Stheno genommen hatte.

Thomas sagte: »Helft mir mit Aditi, Timóteo. Meine Arme schmerzen so sehr, daß ich sie kaum halten kann.«

Timóteo packte sie an den bandagierten Füßen, und gemeinsam trugen sie Aditi zu einer Stelle, an der man eine große Matte aus geflochtenen Blättern auf dem Boden ausgebreitet hatte. Aditi seufzte, als man sie behutsam dort ablegte.

Zwei einheimische Mädchen kamen auf die Lichtung gelaufen, beide mit einem Holzkästchen. Sie setzten sie etwa einen Yard von Thomas entfernt auf dem Boden ab, machten kehrt und liefen in die nächste Hütte zurück. Thomas holte die Kästchen und sah hinein. »Sie haben uns Speis und Trank gebracht, sich aber nicht damit aufgehalten, sie uns zu reichen. Diese Leute haben große Angst vor Fremden.« Thomas zog aus einem der Kästchen einen hohlen Kürbis mit einem Loch am schmalen Ende. Er goß etwas Flüssigkeit daraus in eine Hand und kostete sie. Bei der Flüssigkeit handelte es sich um Wasser, das mit dem Saft einer ihm unbekannten Frucht angereichert war.

»Es ist die Lady, die sie fürchten«, sagte Timóteo.

»Wen, Aditi?«

»Nein. Die andere.«

»Wie kann das sein? Stheno ist dieser Ort sichtlich bekannt, und sie war früher schon hier.«

Timóteo blickte zur nächstgelegenen Hütte. Einige Kinder spähten hinter dem schlichten Türvorhang hervor zu ihnen herüber. Timóteo legte die Hände an seinen Hinterkopf und wackelte mit den Fingern. Die Kindergesichter verschwanden, begleitet von Geheul und unterdrücktem Schluchzen.

»Laßt das, Timóteo«, sagte Thomas. »Ihr macht ihnen angst.«

»Sie fürchten sich davor, daß die Lady sie in Stein verwandelt.«

Thomas fragte sich einen Moment lang, ob die Hitze Timóteo nicht ernsten Schaden zugefügt hatte. Er hatte nur wenige Fälle von Sommerfieber in Master Coulters

Laden gesehen, doch Master Coulter hatte ihm von Bauersleuten erzählt, die so lange in der Sonne gearbeitet hatten, bis sie zu delirieren begannen und auf der Stelle tot umgefallen wären, wenn man sie nicht sofort mit Schatten und Wasser versorgt hätte. Doch der Knabe drückte eine ruhige Ernsthaftigkeit aus, die Thomas an seiner Vermutung zweifeln ließ.

»Timóteo, wie fühlt Ihr Euch?«

Der Knabe antwortete nicht, sondern hob statt dessen den Leinensack auf, den er aus Goa mitgebracht hatte. Er blickte in die Runde, wie aus Furcht, daß man ihn beobachtete, als er sich Thomas näherte. »Ich muß Euch etwas geben, Tomás.«

»Das kann warten. Erst müßt Ihr etwas essen und trinken.«

»Nein! Es muß jetzt sein. Das ist vielleicht die einzige Gelegenheit. Hier.« Timóteo zog einen kleinen Spiegel mit silberner Rückseite aus dem Sack. Er hatte einen breiten Messingrahmen, in den Kreuze, Rosen und Lilien eingehämmert waren. Er reichte ihn Thomas.

Thomas sah sein eigenes Spiegelbild und war erstaunt, wie strohblond sein Haar geworden war und wie schmal und braungebrannt sein Gesicht. »Er ist sehr schön, Timóteo, doch ich verstehe nicht. Weshalb wollt Ihr ihn mir geben?«

»Er ist zu Eurem Schutz«, wisperte Timóteo laut. »Blickt die Lady nicht an, außer im Spiegel.«

Thomas betrachtete mit einiger Verwirrung das ernste braune Gesicht des Knaben. »Wenn das ein Scherz sein soll, Timóteo, hat er seine Absicht verfehlt.«

»Nein! Er dient ... ich habe es in den dicken Büchern gelesen. In der Santa Casa.«

»Was habt Ihr dort gelesen?«
»Das … das darf ich Euch nicht sagen.«
»Ach ja. Das Schweigegebot.«
Timóteo nickte.
»Doch die Santa Casa ist weit weg, genau wie der Padre.«
»Das macht keinen Unterschied. Ich habe einen Eid bei Gott geschworen.«
»Oh. Aber daß ich einen Spiegel benutzen muß, um Stheno anzusehen, könnt Ihr mir sagen. Dabei habe ich sie diese vielen Meilen lang angesehen und dadurch keinen Schaden erlitten.«
»Wenn sie nicht verschleiert ist. Dann müßt Ihr den Spiegel benutzen. Wie Perseus.«
»Wie …« Thomas war in den Klassikern bewandert genug, um den Namen des alten griechischen Heroen zu kennen. »Timóteo, Ihr meint doch wohl nicht … daß Stheno …«, seine Stimme verlor sich zu einem Flüstern, »daß sie eine Medusa ist? Eine Gorgone?«
Doch Timóteo starrte nur in sein Essenskästchen und fingerte zwischen den Blättern und Früchten herum und weigerte sich, noch ein Wort zu sagen.

Porphredo saß in ihrem Zelt und gestattete ihren morschen Knochen, die schwüle Hitze in sich aufzunehmen, während sie darüber nachdachte, wie sie vielleicht fliehen könnte. Oder wenn es ihr nicht zu fliehen gelänge, ob sie dann wohl die Schmerzen und Wunden ertragen könnte, die unvermeidlich auf sie zukämen. Und wieviel Schmerzen sie Despoina Stheno überhaupt schuldig war.
Die paar Leute, die Stheno verfolgten, waren eigentlich

nicht der Rede wert. *Wenn sie die Despoina wirklich einholen, wird sie spielend mit ihnen fertig. Um den Mirsa wäre es allerdings schade. Er scheint ein kluger und fähiger Mann zu sein – und gerade diese Eigenschaften bringen ihm jetzt vielleicht den Tod.*

Masums Stimme erklang vor dem Zelt: »Begum Porphredo, hier ist jemand, der Euch zu sprechen wünscht.«

Zwei Mogulsoldaten traten ein, gefolgt von dem Mann, den Porphredo neben dem Mirsa hatte sitzen sehen – Jaimal. *Ah, der Stellvertreter. Was wird er nun, da sein Gebieter fort ist, mit mir vorhaben?*

Porphredo erhob sich und verbeugte sich tief. »Verehrter Befehlshaber, ich wünsche Euch nur das Beste in dieser schwierigen Zeit und hoffe, Euch ebenso gute Dienste leisten zu können wie Eurem erhabenen Mirsa. Bitte macht es Euch bequem, denn das alles hier verdanke ich lediglich Eurer großzügigen Gastfreundschaft.«

»Brav gesprochen wie stets, ehrwürdige Alte«, sagte Jaimal. »Ich kam her, um mich persönlich davon zu überzeugen, ob es Euch wohl ergeht und mit Euch zu erörtern, wie wir einander am besten dienlich sein könnten.«

Porphredo fiel auf, wie ordentlich und sauber er gekleidet war, die tiefen Linien um den Mund, der stechende Blick seiner dunklen Augen, und sie dachte: *Der weiß genau, was er will und was er verlangt. Ich muß vorsichtig sein, wenn ich einen Vorteil aus ihm ziehen will.*

»Ich mache mir große Sorgen um meinen General, Lady, und hoffe, daß er in der Ebene der Steine, vor der Ihr uns gewarnt habt, nicht zu Schaden kommt.«

Da sie nicht wußte, worauf er hinaus wollte, sagte

Porphredo: »Ich nehme an, Euer Mirsa wird bald denen begegnen, die geflohen sind, so daß sich keine Gelegenheit ergibt, zu Schaden zu kommen. Dann können wir umkehren und zum verborgenen Berg ziehen.«
»Ja«, sagte Jaimal und musterte sie aus den Augenwinkeln. »Doch bis er zurück ist, befinden wir uns in einer schwierigen Lage. Selbst eine so kleine Armee wie die unsere wird rasch die Ressourcen aufzehren, die uns in dieser Gegend zur Verfügung stehen, und wenn wir gezwungen sind, hier mehrere Tage zu warten, könnten unsere Vorräte zur Neige gehen. Die ansässigen Kaufleute und Karawanen, die hier durchkommen, sind dem Kaiserreich Akbar nicht gerade wohlgesonnen und werden ohne hinreichende Ermunterung nicht mit uns Handel treiben.«
Ai, unterzieht er mich einer Prüfung? Was will er von mir? Ah! Natürlich, was für eine alte Närrin ich doch bin. »Bitte, vergebt mir, ehrwürdiger Befehlshaber«, sagte Porphredo und verbeugte sich, bis ihre Stirn den Zeltboden berührte. »Ich war so gedankenlos. Nehmt jede nur vorstellbare Entschuldigung dafür entgegen, daß ich diese Härten über Euch und Eure Männer brachte.« Porphredo drehte sich um und angelte zwischen den Kissen nach der breiten blauen Seidenschärpe, die sie getragen hatte, als sie im Mogullager eingetroffen war. Sie legte sie vor ihm ab und faltete den Stoff auseinander. Sieben flache Silberbarren lagen darin, jeder etwa drei Finger breit und einen Finger dick.
»Mir ist klar, daß das lediglich ein kleines Zeichen ist, ehrwürdiger Befehlshaber, und es ist mir unangenehm, Euch als Ausgleich für Eure Probleme ein solches Almosen

anzubieten. Ich hoffe, es wird Euch in irgendeiner Weise helfen, Lebensmittel für Eure Truppen zu beschaffen.«

»Ich … wahrlich. Ja«, sagte der Befehlshaber und starrte mit großen Augen die Barren an. »Das wird uns … weiterhelfen.«

»Ich wünschte bloß, ich hätte mehr«, sagte Porphredo. »Doch das sollte lediglich die Unkosten der Reise decken. Ich verspreche Euch, daß Ihr, sobald wir Bhagavati erreichen, voll entschädigt werdet.«

»Genau wie bei Ali Ahbad, als man ihm die Steinhand des namenlosen *shadid* brachte«, keuchte Masum, der Porphredo jetzt mit bewundernden Blicken anstarrte.

Porphredo schaute jäh zu dem Sufi hoch. *Woher weiß er davon?*

Befehlshaber Jaimal nahm die sieben Silberbarren ehrfürchtig entgegen. »Euer bescheidenes Geschenk, Lady, ist uns sehr willkommen. Ich persönlich habe nie an Eurem guten Willen gezweifelt. Mein erhabener Mirsa besteht jedoch darauf, den ständigen Beteuerungen der Goaner einen gewissen Glauben zu schenken, wonach Euer verborgener Berg im Südwesten liege. Der Umstand, daß seine Kundschafter Eure Ebene der Steine nicht fanden, hat ihn nur noch unsicherer gemacht. Da kommt Ihr ganz allein in unser Lager, eine ältere Frau, und erzählt ihm, daß wir in die falsche Richtung ziehen. Zugegeben, Euer Verhalten zeugt von hoher Gelehrtheit und großem … Reichtum. Doch ich wüßte nicht, was meinen erhabenen Mirsa von der Wahrheit Eurer Worte überzeugen könnte.«

Oder was Euch überzeugen könnte? »Hat ihn denn die

Demonstration der magischen Kräfte meiner Königin nicht überzeugt?«

»Ach ja. Der Mungo. Nun, wißt Ihr, in diesem Land bringt man Tieren die wundersamsten Dinge bei. Elefanten verrichten schwere Arbeit. Kobras tanzen aus Körben heraus. Vögel lehrt man das Sprechen. Wer weiß, wozu ein Mungo nicht alles fähig ist?«

Er möchte gern glauben, das sehe ich, doch er braucht ein weiteres Zeichen. Wozu? Noch eine Bestechung? Ich habe nichts, was ich ihm noch geben könnte. Ai, eines kann ich tun, obwohl es mich schwächen und in Gefahr bringen wird, wenn es ihn nicht überzeugt. In ihrem kältesten und ernstesten Tonfall sagte Porphredo: »Ihr zweifelt an den magischen Fähigkeiten meiner Königin?«

»Nicht ich bin es, der daran zweifelt«, sagte Jaimal und hob die Hände. »Ich selbst würde mich ohne Zaudern Eurer Führung anvertrauen. Es ist nur, daß ich das dem Mirsa und seinen Männern erklären muß.«

Hier stimmt etwas nicht. Ich glaube nicht, daß er dabei an den Mirsa denkt. Vielleicht will er die Armee auf eigene Faust in Marsch setzen. Das könnte für mich vorteilhaft sein. Doch wenn ich ihm nun keinen Beweis erbringe, könnten seine Zweifel wachsen. Porphredo richtete den Blick auf den verzierten Knauf eines Dolchs, der aus Jaimals Gürtel ragte. »Ich verstehe. Dürfte ich mir wohl Euren Dolch leihen, ehrwürdiger Befehlshaber?«

Die beiden Mogulwachen traten alarmiert vor. Masum richtete sich mit schreckensweiten Augen auf. Jaimal legte die Hand an den Knauf, die Stirn argwöhnisch gerunzelt.

»Habt keine Furcht, meine Gastgeber. Ich habe nicht vor, einen Mord zu begehen, noch möchte ich einem von Euch ein Leid zufügen. Ihr wünscht eine weitere Demonstration des Zaubers, der mich schützt. Ich will Euch diesen Wunsch erfüllen.«

Nach einer Weile nickte Jaimal den beiden Wachen zu, und sie zogen sich zurück. Er zog die lange, gewölbte Klinge aus der Scheide und reichte sie Porphredo, den Elfenbeinknauf voran.

Porphredo nahm sie in beide Hände. Das Messer war ein *khanjarli* mit tückischer Doppelkrümmung und vorn glücklicherweise recht schmal. Porphredo hielt den Dolch so, daß die Spitze zur Seite zeigte, damit sie keinen Argwohn erweckte, bevor es soweit war. Sie konzentrierte sich auf jeden einzelnen verstreichenden Augenblick, wie Prabaratma und andere Brahminmystiker vor ihm es sie gelehrt hatten. Sie nahm eine ruhige, aber gespannte Haltung ein. Sie suchte in Gedanken nach einem bestimmten Punkt im Körper, einer Stelle zwischen Herz und Lunge. Die Erinnerung an frühere Schmerzen half ihr dabei.

Plötzlich ließ sie das Messer mit der rechten Hand los und schlug den unteren Bereich ihres Saris zur Seite. Sie stieß rasch den Atem aus und rammte sich den Dolch in die welke Brust.

Kälte. Und dann Schmerz. Die entsetzten Aufschreie der verblüfften Männer um sie herum hörte sie kaum. Porphredo wartete einen qualvollen Herzschlag lang. Zwei. Drei. Dunkle Flecken bildeten sich vor ihren Augen. Der Zeltboden verschwamm. Jetzt. Porphredo spürte ihren

Arm noch, als sie den *khanjarli* aus ihrer Brust zog, und merkte, wie das warme Blut ihren Sari durchtränkte.

»Ehrenwerte Lady, ist alles in Ordnung?« Masums Arme streckten sich ihr entgegen.

Porphredos Lungen schmerzten, doch sie hielt noch einen Moment lang den Atem an. Sie konnte schon das heftige Jucken spüren, das anzeigte, daß die Wunde heilte. Der Blutfluß verlangsamte sich. Schließlich holte sie zitternd Luft. »Ja, guter *faylasuf*«, sagte sie leise. »Mit mir ist alles in Ordnung.« Erleichtert erkannte sie, daß weder Herz noch Lungen beeinträchtigt waren. Wären diese Organe verletzt worden, hätte sie das für wenigstens ein oder zwei Tage außer Gefecht gesetzt.

Porphredo wischte die Klinge des *khanjarli* an ihrem Sari ab und hielt sie Jaimal hin. »Seht Ihr, Befehlshaber. Der Zauber meiner Königin schützt mich.«

Jaimal starrte erstaunt von dem Messer zu ihrer Brust und wieder zurück. Der goanische Priester wirkte benommen und berührte sich in einer rituellen Geste an Kopf und Schultern. Masum ließ seine Arme sinken und lächelte, von traurigem Mitleid erfüllt.

»W-wahrlich, große Lady«, sagte Jaimal, als er den Dolch entgegennahm, »jetzt besteht kein Zweifel mehr.«

»Ich danke Euch.« Porphredo brachte sogar ein Lächeln zustande. »Ich hoffe, daß unser Bündnis nun auf der Grundlage des Vertrauens fortbestehen kann.«

»Unbedingt«, keuchte Jaimal.

»Lady Porphredo, kann ich Euch etwas bringen?« fragte Masum. »Irgendeine … Arznei?«

»Nein, guter *faylasuf.*« Porphredo zog den feinen Riß in

ihrem Sari auseinander. Die Wunde war jetzt nur noch eine weiße Narbe. »Wie Ihr sehen könnt, ist das nicht nötig.«

Jaimal warf den Dolch von einer Hand in die andere, unsicher, was er damit anfangen sollte. Schließlich reichte er ihn einer der Mogulwachen und sagte: »Säubere ihn!« Die Wache nahm ihn entgegen, als wäre er in Gift getaucht worden, und rannte aus dem Zelt.

Jaimal erhob sich und verbeugte sich vor ihr, diesmal tiefer. »Ich danke Euch und bitte um Vergebung dafür, Euch gestört zu haben, große Lady. Ihr habt mir alles gezeigt, was ich sehen mußte. Nun muß ich gehen und Vorbereitungen treffen, damit wir uns so schnell wie möglich Eurer Führung und Eurem Rat überlassen können.« Er ging und stieß die verbliebene Mogulwache vor sich her aus dem Zelt.

»Wahrlich, Lady«, sagte Masum, »die Hand einer Göttlichen Macht hat Euch berührt.«

»Oder mich verflucht«, sagte Porphredo und gestattete es sich endlich, auf die Kissen zurückzusinken.

»Das kann nicht sein«, sagte Masum. »Die Erfahrung des Göttlichen ist das Ziel des Wegs. Man bringt uns bei, von ganzem Herzen danach zu streben.«

»Es gibt eine Redewendung, guter *faylasuf,* wonach man mit seinen Wünschen vorsichtig sein sollte, denn es könnte sein, daß die Götter sie einem erfüllen. Wenn Ihr nichts dagegen habt, möchte ich nun eine Weile ruhen.«

»Vergebt mir«, sagte Masum. »Ich werde Euch nicht länger stören. Ruht sanft, ehrwürdige Lady. Mögen die Engel Euch Träume vom Paradies senden.« Trauer und Sehnsucht lagen in seinem Blick – doch Porphredo spürte, daß sie nicht nachvollziehen konnte, wonach er sich sehnte, was auch immer es sein mochte.

Als der Zelteingang sich hinter ihm schloß, krümmte Porphredo sich auf den Kissen zusammen und erlaubte sich, wegen des schmerzhaften Pulsierens in ihrer Brust leise zu stöhnen.

Mein Lebtag lang werde ich diese List nicht mehr gebrauchen, das schwöre ich bei Ihr, der Frau vom Wald und vom Mond.

Mit pfeifendem Atem und schmerzenden Beinen erreichte Enyo schließlich das Ende der Steintreppe, die um den Taubenturm herum nach oben führte. Obwohl eine Windbö ihr Gesicht umschmeichelte, schien die Sonne hier eher noch heißer auf sie herabzubrennen. *Weshalb vergesse ich nur immer wieder mein Alter? Aber ich war ja so erpicht auf die Neuigkeiten, daß ich selbst herkommen mußte, um sie abzuholen. Ich bin Porphredos Abwesenheit so wenig gewöhnt, daß die Sorgen mich wie Fliegen umschwärmen.*

Vor ihr war eine mit Schnitzereien versehene Basaltkuppel, deren Mauern ein verschlungenes steinernes Gitterwerk bildeten. Auf der Dachwölbung kauerten Steintauben, deren buntgefiederte Schwänze fächerförmig ausgebreitet waren.

Aus dem Inneren der Kuppel drang das Gurren lebender Vögel, die Spionen und Verbündeten der Despoina als Boten dienten.

Ein alter Mann in einem *dhoti* stand im Schatten der

Kuppel. »Ich bitte um Vergebung«, rief Enyo zu ihm hin, »doch habt Ihr Vayu gesehen, den Vogelhüter?«
Der Alte lächelte. »Der bin ich, Sri Enyo. Es freut mich, Euch wieder einmal zu sehen.« Er legte die Handflächen vor sich aneinander und verneigte sich tief.
»Doch der könnt Ihr nicht sein. Vayu war ... war ...«
»War viel jünger, als Ihr ihm zuletzt begegnet seid, Sri Enyo. Gewöhnlich kommt Eure Schwester hierher. Soweit ich weiß, hat die Zeit für Euch nicht dieselbe Bedeutung wie für uns niedrige Sterbliche.«
Enyo senkte verlegen den Blick. Sie erinnerte sich noch gut an das letzte Mal, als sie auf den Taubenturm gestiegen war. Es war geschehen, um die Kunde zu vernehmen, daß Vijayanagar gefallen war. Damals war Vayu noch ein stattlicher, gutaussehender Mann gewesen. Enyo wünschte, sie hätte mitverfolgen können, wie die Zeit sanft auf seinem Antlitz verstrich, nicht wie ein Sprung mitten hinein ins Alter. »Vergebt mir, Vayu. Das hatte ich vergessen.«
»Die Götter bedürfen keiner Vergebung, Sri Enyo. Sattva hat eine Botschaft gebracht.« Er deutete auf eine blütenweiße Taube, die hinter dem filigranen Gitterwerk aus Stein kauerte.
»Sie kommt aus Devidurga.« Vayu lächelte. »Aus dem Devidurga der Devidurga.« Er hielt Enyo ein Wegerichblatt hin.
»Dann sind sie also bald wieder da.« Enyo seufzte vor Erleichterung.
Sie faltete das Wegerichblatt auseinander und las, was darin eingeritzt war:

Enyo,
Wir kommen zurück.
Ich bringe zwei Gäste mit.
Bereitet die Unterkünfte vor.
Ich

»Ist das alles?« sagte Enyo stirnrunzelnd.

»Es ist die einzige Botschaft, die ich seit Tagen erhielt, Sri Enyo.«

Kein Wort von Porphredo.

Enyo reichte Vayu das Wegerichblatt zurück. »Ich danke Euch. Bitte tut damit, was Ihr gemeinhin damit tut.«

Der Vogelhüter nahm es entgegen und verneigte sich erneut. »Es ist mir stets eine Ehre, Euch und Eurem Haus zu dienen. Vielleicht wird es mir vergönnt sein, Euch zu meinen Lebzeiten noch einmal zu sehen, Sri Enyo.«

Enyo wandte sich ab, um ihr schuldbewußtes Zusammenzucken zu verbergen. »Das hoffe ich auch.« Da sie nicht wußte, was sie noch sagen sollte, raffte sie ihren Sari und eilte zur Treppe, um den langen Abstieg zu beginnen. *Wie traurig. Nun ja. Es wird schön sein, Porphredo wieder um sich zu haben.*

9

SMARAGD

Dieser grüne Beryll ist von großer Schönheit und Reinheit. Als Pulver in einer Tinktur genossen oder auf einer Wunde getragen, heilt der Smaragd Pest, Vergiftung, Schlangenbiß und Ruhr. Er verhindert Anfälle und lindert Lepra. Die Hindu glauben, es verleihe einem Wissen um die Seele und ewiges Leben, den Göttern Smaragde zu opfern. In einem Ring getragen, soll ein Smaragd vor dem Verzehr von Gift warnen und Schlangen das Augenlicht rauben. Als Mahnmal des ewigen Lebens legt man ihn oft auf die Glieder von Toten. Smaragde sollen Menschen helfen, Verlorenes wiederzuerlangen, und dem Reisenden bringen sie angeblich günstiges Geschick …

Die langen Schatten und das goldene Licht, das die untergehende Sonne warf, ließen die Felsen, zwischen denen Thomas hindurchritt, wie zu Stein gewordene phantastische Behemoths erscheinen. *Verfluchter Knabe, daß er derart meine Einbildungskraft reizt. Alles, was ich sehe, kommt mir wie das Werk von Gorgonen vor.* Er beobachtete Stheno, die vor ihm ritt und deren Pferd sich festen Schrittes einen Weg durch das Labyrinth aus Gestein und Dornbüschen bahnte. Thomas konnte den Blick nicht von ihr wenden, trotz Timóteos Warnungen. Eigentlich gerade deswegen; Thomas starrte Sthenos Hinterkopf an, suchte nach einem Haar, das vielleicht unter ihrem *shal* hervorlugte – und fand keines.

Andrew sagte einmal, die Mohammedaner erlaubten es Fremden nicht, auch nur eine Haarsträhne ihrer Frauen zu Gesicht zu bekommen, weil das als unsittlich gilt. Doch Stheno ist keine Muslim. Ich habe ihre Augen nicht gesehen, aber das könnte zu den Bräuchen ihres Volkes gehören.

Abgesehen davon, daß seine Gedanken wie Sandstürme durch seinen Kopf wirbelten, war der Ritt angenehm. Rast und Mahlzeit hatten Thomas' Lebensgeister wieder geweckt. Ein Pferdewechsel hatte sie mit kraftvolleren Hengsten versehen. Nun, da sie sich in den Hügeln jenseits des Dorfs befanden und die Sonne tiefer stand, hatte die Luft sich abgekühlt. Aditi war mittlerweile wieder soweit bei

Kräften, daß sie hinter ihm auf dem Sattel sitzen konnte, die Arme um seine Taille geschlungen. Das Gefühl ihres sich an ihn pressenden Leibes hätte ihm allerdings noch besser gefallen, wenn nicht die verklebten Bandagen gewesen wären, die sein Hemd mit Honig durchtränkten. Timóteo schwieg gepriesenerweise und ritt als letzter in der Reihe, den Blick fest auf den Hals seines Pferds gerichtet.

Als sie durch einen Spalt in einem gewaltigen Felsblock kamen, dachte Thomas: *Nur gut, daß ich eine solche Führerin habe – wäre ich auf eigene Faust hierhergereist, um nach der Stadt zu suchen, hätte ich nie Erfolg gehabt. Von fern wirkt dieser Einschnitt viel zu schmal zum Durchreiten. Und die Hinweise, an denen sie sich doch gewiß orientiert, sind für mich unsichtbar.*

Als sie auf der anderen Seite des gewaltigen Felsblocks wieder aus dem Spalt hinausritten, gelangten sie auf eine kahle Lichtung. Die gegenüberliegende Seite bildete eine Klippe, in die Wind und Sand ein tiefes Loch gemeißelt hatten, fast eine Höhle. Stheno zügelte ihr Pferd und stieg ab. »Hier machen wir Rast für die Nacht.«

Thomas ließ sich von seinem Pferd gleiten, dankbar für den ersehnten Aufenthalt, doch verdrossen über die grobe Lagerstätte. Als er Aditi beim Absteigen half, fragte er: »Sollen Timóteo und ich Feuerholz sammeln, Despoina?«

»Nein. Kein Feuer. Man könnte den Rauch sehen.«

»Ah.« *Dann wird es eine kalte Nacht werden.* »Wie steht es dann mit dem Essen, Despoina?«

»In Euren Satteltaschen findet Ihr von den Dorfbewohnern gebackene Reisbrotlaibe. Vergebt mir diese armseli-

ge Kost, mein Schöner, doch ich versichere Euch, daß es ein rauschendes Fest gibt, sobald wir Bhagavati erreichen. Der Boden der Grotte ist mit feinem Sand gefüllt und mit einem Mineral durchsetzt, das Insekten meiden, so daß Ihr darauf, oder vielmehr darin, behaglich schlafen werdet.«
»Was für ein Mineral ist das?« fragte Thomas. »Es könnte sich als wertvoll erweisen, um Ungeziefer von Häusern fernzuhalten.«
Stheno schüttelte den Kopf und lachte. »Ihr denkt wie eine erbärmliche Krämerseele, Kräuterkundler. Wenn wir zu Hause sind, werde ich Euch Geheimnisse offenbaren, die noch die kühnsten Träume der Alchimisten und Philosophen übersteigen.«
Thomas spürte, daß ihm jemand auf den Arm tippte. Aditi reichte ihm ein unförmiges Bündel, das in eine Blattart eingewickelt war, die ihm bekannt vorkam. »Weinrebenblätter? In Indien?«
»Ich ziehe sie in meinem Garten«, sagte Stheno. »Doch dieses Klima eignet sich nicht für Trauben, und der Wein, den wir daraus gewinnen, ist gräßlich. Dennoch war es einen Versuch wert. Wenn Ihr mich nun entschuldigen möchtet, ich muß gehen und dafür sorgen, daß unsere Spur getilgt und der Pfad versperrt wird.«
»Ich helfe Euch gern, Despoina«, sagte Thomas. Doch Stheno war schon, ohne eine Antwort zu geben, zwischen den Dornbüschen verschwunden. »Sie kann unmöglich eine Königin sein, wo sie doch soviel selbst macht.«
Aditi lächelte und schüttelte den Kopf. »Sie … macht Jagd auf Fliegen. Für ihre Kleinen.«
»Ihre Kleinen?« Thomas fragte sich, ob Aditi ihre Gesund-

heit nicht vielleicht schneller wiedererlangte als ihren Verstand. Er nahm sie am Arm und führte sie zu der weichen Sandgrotte hinüber, in der Timóteo sich bereits zum Essen niedergelassen hatte. Er setzte sich neben den Knaben und half Aditi, es sich bequem zu machen.

»Ihr habt heute abend nicht viel gesagt, Timóteo.«

Der Knabe zuckte mit den Achseln und biß in seinen Reisbrotlaib.

»Schmeckt's?« fragte Thomas, unbeeindruckt von seinem Schweigen. Thomas wickelte das Weinrebenblatt aus und entdeckte gepreßten Reis, den man mit Stücken von Zwiebeln, Knoblauch und Linsen gemischt hatte. Er nahm einen kleinen Bissen. Es war mit Kardamom, Ingwer und Zimt gewürzt. Rasch schluckte er den ganzen Rest hinunter und fand, es sei die beste Mahlzeit, die er seit langer Zeit zu sich genommen hatte.

Er schaute zu Aditi, um sicherzugehen, daß sie etwas aß. Sie knabberte zaghaft an dem Reisbrot, schien jedoch nicht viel zu verzehren. »Aditi, habt Ihr Eure Stiefmutter jemals … gesehen?«

Sie blickte ihn erschrocken an, und ihre Gedanken kehrten aus weiter Ferne zurück. »Die Mahadevi anzusehen bringt den Tod.«

»Das sagtet Ihr schon. Doch welche Art von Tod?«

Aditi blinzelte mit den graublauen Augen, die Miene ernst. »Tod«, erwiderte sie lediglich. Ihr Blick schweifte zu den Dornbüschen, oder vielleicht war es auch ein ferner Felsblock. Jedenfalls vermutete Thomas, daß ihre Gedanken nicht in der unmittelbaren Umgebung weilten, sondern bei etwas, was weit jenseits davon lag.

Irgendwann einmal muß ich sie fragen, wo sie in der langen Zeit, die ihr Leichnam im Wagen ruhte, eigentlich war. Ein Hindu wird sicher freimütiger von Indras Paradies sprechen als ein Christ vom Himmel.
Doch zufrieden damit, daß Aditi ihm einstweilen keine Antwort geben würde, richtete Thomas seine Aufmerksamkeit ganz und gar auf das Essen.

Padre Antonio Gonsção erhob sich von den Knien; seine Beine schmerzten. Er schaute zurück und bemerkte, daß Estevão und Carlos nicht mehr hinter ihm beteten. Einen Moment lang befiel ihn Panik, bis er die *soldados* vor dem Zelt sitzen und trinken sah. *Es muß viel Zeit verstrichen sein, während ich im Gebet versunken war.* Die Sonne war schon fast völlig untergegangen, und die *muçulmanos* kauerten nicht länger auf ihren Gebetsteppichen. Vielmehr hasteten die Mogulsoldaten umher; rissen Stangen aus, brachen Zelte ab und versorgten die Tiere …
Madre Maria! Sie machen sich marschbereit! Und Tomás und Timóteo sind noch nicht wieder da! Gonsção schritt zu Carlos und Estevão hinüber. »Wie könnt Ihr so ruhig hier sitzen, wenn all das um Euch herum geschieht?« brüllte er sie an. »Macht Euch sofort auf den Weg und findet heraus, weshalb wir aufbrechen und ob der Mirsa schon zurück ist.«
»Aber, Padre«, sagte Carlos, »wir beherrschen doch keine Mogulsprachen. Wie sollen wir sie fragen?«
»*Sim*, Padre«, sagte Estevão. »Gewöhnlich sprechen Bruder Andrew oder der kleine Bruder für uns, und die sind beide fort.«

Gonsção ballte die Fäuste, bis ihm die Hände weh taten, dann bekam er sich wieder in die Gewalt. *Ruhig, ruhig. Es muß eine Lösung geben. Mit wem könnte ich mich hier sonst noch verständigen? Dieser Tunichtgut, der blinde Lautenspieler, hat etwas Latein gesprochen, doch ich würde keinem seiner Worte vertrauen.* Dann wühlte ein eiskalter Schauder in seinem Magen, als ihm jemand anderer einfiel ... die Hexe Porphredo. *Wenn ich mich schon mit Verbündeten der finsteren Mächte einlassen muß, um die Aufgabe zu Ende zu führen, derentwegen man mir gestattete, in diese Welt zurückzukehren, sei's drum.*
»Wartet hier«, sagte er zu den *soldados* und wandte sich in Richtung des Zelts der Hexe.
Der Eingang wurde von zwei stämmigen Mogulen bewacht, die Gonsção mißtrauisch musterten, als er näher kam. Beim Versuch einzutreten, versperrten sie ihm mit gezückten Schwertern den Weg und stellten knurrend Fragen.
Unfähig, sie zu verstehen, rief Gonsção auf lateinisch: »Domina Porphredo, seid Ihr da? Wenn ja, dann seid bitte so gut und kommt heraus, um mit mir zu sprechen. Es hat sich eine dringende Angelegenheit ergeben, und ich ... ich brauche Eure Hilfe.«
»Fürwahr, *sacerdos,* ich bin da«, erklang es aus dem Zelt. Die Eingangsplane wurde zur Seite geschoben, und die hochgewachsene, ernste Alte erschien. Die Mogulwachen schauten unsicher drein, senkten jedoch nicht die Schwerter. »Was wünscht Ihr von mir?«
Du machst mir keine angst, Hexe. »Ich stecke in einem Dilemma, Domina. Ich sehe, daß man rings um mich

herum im Lager Vorbereitungen für den Aufbruch trifft. Dabei habe ich von den beiden Verschollenen aus meiner Gruppe bisher kein Wort gehört, und auch den Mirsa habe ich noch nicht zurückkehren sehen. Es ist mein Wunsch, diesen Ort erst dann zu verlassen, wenn für den Knaben und den *inglês* gesorgt ist. Doch weder ich noch meine Soldaten sind der Mogulsprache mächtig, und …«

»Ihr möchtet, daß ich für Euch übersetze«, sagte die Alte.

»Das möchte ich«, gestand Gonsção. Er fragte sich, ob wirklich der Ansatz eines ironischen Lächelns um ihre Mundwinkel spielte, oder ob er sich das nur einbildete.

»Ich würde mich glücklich schätzen, Euch behilflich sein zu dürfen, *sacerdos,* doch wie Ihr seht«, sie deutete auf die Mogulwachen, »kann ich noch nicht einmal so frei umherwandern wie Ihr.«

Aha. Der Befehlshaber traut ihr also auch nicht. Doch vielleicht kann sie diese Schwertträger, die zwischen uns stehen, fragen, was hier geschieht. Bevor er seinen Wunsch vorbringen konnte, streckte der ketzerische Mystiker Masum den Kopf zum Zelteingang hinaus und sagte etwas zu Porphredo. *Dieser seltsame Bursche ist bei ihr. Was sich wohl zwischen den beiden abspielt? Vielleicht ist es für meine Seelenruhe besser, das nicht zu wissen.*

Nachdem sie dem Mystiker eine Zeitlang etwas zugemurmelt hatte, wandte die Alte sich an Gonsção und sagte: »Masum wird Euch den Gefallen erweisen, Befehlshaber Jaimal aufzusuchen und den Grund des Aufruhrs zu erfragen.«

»Ich bin ihm sehr dankbar und werde seine Kunde erwarten«, sagte Gonsção wenig erfreut, daß seine Informationsquelle ausgerechnet der komische zottige Sufi sein sollte.

Lange Minuten verstrichen, bevor Masum zurückkehrte, dicht gefolgt vom stolz einherschreitenden Mogulbefehlshaber Jaimal, hinter dem wiederum mehrere bewaffnete und wachsame Männer gingen.
Es kann nicht die Furcht vor mir sein, die ihn veranlaßt, sich durch eine Eskorte zu schützen. Nein, sie beobachten das Lager um sie herum. Er fürchtet andere Mogulsoldaten. Ich rieche Verrat.
»Ehrenwerte Lady Porphredo«, erklärte Masum, der sie als erster erreichte. »Ich habe den Befehlshaber mitgebracht, und er sagt, er will Euch alle Fragen freudig beantworten.«
»Ihr habt meine Erwartungen noch übertroffen, guter *faylasuf*. Ich bin Euch sehr dankbar.«
Jaimal und seine Kohorte blieben stehen, ohne ihr Unbehagen und Mißtrauen gegenüber dem goanischen Priester zu verbergen. Der Priester schien auf der Hut zu sein, wich aber nicht zurück. Der Mogulbefehlshaber lächelte und verbeugte sich tiefer als nötig vor Porphredo. »Große und weise Begum, Botin der Unsterblichen Königin über Leben und Tod, man sagte mir, Ihr wäret in Schwierigkeiten. Bitte teilt mir Eure Sorgen mit, und ich will frohen Herzens alles tun, was in meiner Macht steht, um sie zu zerstreuen.«
So. Anscheinend hat meine kleine List mit dem Messer ihn für mich eingenommen. Oder er möchte es mich glauben machen. Ich frage mich, ob das Gutes oder Schlechtes verheißt. »Ehrwürdiger Befehlshaber, nicht ich bedarf der

Beruhigung, sondern jener arme Priester dort, der zwei geliebte Mitglieder seiner Gruppe verloren hat.«

Jaimal starrte ihn finster an. »Was will er?«

»Er ist verwirrt durch die Geschäftigkeit, die er um sich herum bemerkt und die stark den Eindruck erweckt, als bereiteten wir den Aufbruch vor. Doch er hat von seinen Gefährten noch kein Wort vernommen und auch den Mirsa nicht zurückkehren sehen, von dem er wünschte, er wäre hier, damit er ihm seinen Rat erteilt.«

»Sagt dem ketzerischen Priester, daß seine verlorenen Schäfchen nicht unsere Sorge sind. Diese Armee erhielt eine Mission von Schah-in-schah Akbar und wird in ihrem Streben nicht wanken. Ihr habt mich überzeugt, weise Lady, daß wir Eurem Pfad folgen sollten. Der Mirsa kann ruhig weiter in der Wildnis Zauberer jagen. Er wird uns schon einholen, wenn er von seiner vergeblichen Jagd genug hat. Wir werden nicht länger warten und zusehen, wie unsere Männer in dieser Wüste unausgesetzt dem Hungertod entgegengehen. Heute abend machen wir kehrt und ziehen in die Richtung, die Ihr uns geraten habt.«

Alle Wetter, da habe ich ja ganze Arbeit geleistet. Der Vorteil ist hierbei, daß dein Hochmut und deine Gier dich zu törichten Fehlern verleiten werden, Befehlshaber. Der Nachteil besteht darin, daß ich in der Nähe sein werde, wenn du sie begehst. Porphredo seufzte und wandte sich dem goanischen Priester zu. »Der ehrwürdige Befehlshaber drückt sein Beileid angesichts des Verschwindens Eurer Reisegefährten aus. Er erinnert Euch daran, daß keine geringere Persönlichkeit als der Mirsa selbst sich auf die Suche nach ihnen begab, und hofft, daß sie wohlauf und unbeschadet gefunden werden. Aber der Mirsa wies den Befehlshaber an, die Expedition zu einem Lagerplatz zu bringen, der sicherer ist, da der Verlust Eures Mannes durch Schlangenbisse und des seinen durch Zauberei deutlich mache, daß dieser Ort unter bösen Vorzeichen steht und gefährlich ist. Der Mirsa wird uns mühelos einholen können, sobald Eure Gefährten erst gefunden sind.«

Der Priester trat von einem Fuß auf den anderen. »Ich bin froh, daß ich mich im Irrtum befunden habe und der Befehlshaber offenbar ein ebenso ehrenhafter Mann ist wie sein General. Dankt ihm und sagt ihm, wir werden ihn zu dieser neuen Lagerstätte begleiten, um dort die Rückkehr unserer Freunde abzuwarten, möge Gott sie schützen und über sie wachen.« Der Priester verbeugte sich und ging zu den beiden verbliebenen Goanern zurück.

Porphredo übersetzte diese Rede nahezu wörtlich.

»Sehr schön«, sagte Jaimal, »Masum ist übrigens der Ansicht, man habe Euch zu Unrecht in Eurem Zelt unter Arrest gestellt. Ich entschuldige mich für das Mißtrauen meines Mirsas und möchte Euch zum Ausgleich bitten, mir die Ehre zu erweisen, mir heute abend beim Aufbruch auf meinem Elefanten Gesellschaft zu leisten.«

Also ist es jetzt dein Elefant, he? »Die Ehre wäre ganz auf meiner Seite, Befehlshaber, und mit Freuden will ich die Geschichten über jene wundersamen Dinge mit Euch teilen, die Ihr bald zu Gesicht bekommen werdet.«

»Großartig! Ich werde nach Euch schicken, wenn wir soweit sind. Bis dahin könnt Ihr frei umherschweifen und gehen, wohin es Euch beliebt.«

»Eure Güte gegenüber einer armen Botin ist wahrlich groß, ehrwürdiger Befehlshaber.« Porphredo verneigte sich. »Möge Euer Ruhm noch weiter wachsen.«
Trotz ihrer wiedererlangten Bewegungsfreiheit kehrte Porphredo in die düstere Geborgenheit ihres Zelts zurück.

Mirsa Ali Akbarshah musterte in dem trüben Zwielicht mit schmalen Augen den rissigen und zerklüfteten Boden vor den Hufen seiner Pferde.
»Mein Gebieter!« rief Sabur von weiter vorn. »Wir müssen für die Nacht haltmachen, bevor es zu dunkel ist. Ich kann die Fährte nicht mehr finden, und mein Pferd wäre fast in einen Graben gestolpert.«
»Nein«, sagte der Mirsa. »Sie haben schon zu viele Stunden Vorsprung. Wenn sie einen nächtlichen Aufenthalt einlegen, können wir sie vielleicht noch einholen.«
»Aber wir sehen nichts mehr! Der Mond wird heute nacht nicht hell genug sein.«
Der Mirsa stieg ab. »Dann sammeln wir Feuerholz und machen Fackeln.« Er band sein Pferd an einen nahen Felsen und begann, von einigen struppigen, abgestorbenen Sträuchern um ihn herum Zweige abzubrechen. Seine Männer und Lakart aus dem Westen taten desgleichen und wählten größere Zweige für die Fackeln aus und kleinere, um ein Feuer zu unterhalten. Als sich genug Reisig auf dem Boden stapelte, stellte Lakart sich als sehr geschickt im Feuermachen heraus, indem er erst von seinen Feuersteinen einen Funken auf das Reisig überspringen ließ und dann den Flammen durch vorsichtiges Hineinblasen Leben einhauchte.

»Das habt Ihr schon oft getan«, bemerkte der Mirsa.

»Ich habe die Welt durchstreift, Hoheit, und in so mancher Nacht waren die Geister des Feuers meine einzigen wärmenden Gefährten.«

»Weshalb habt Ihr die Welt durchstreift, Lakart?«

Der Mann aus dem Westen erhob sich und hielt einen Ast in die züngelnden Flammen. »Im Dienst einer fordernden Herrin, mein Gebieter.«

»Einer Königin? Einer Geliebten?«

»Einer großen Lady, Hoheit, doch obwohl sie mein Herz regiert und mein Leben ihr eigen nennt, ist meine Neigung keusch und besonnen.« Er hob seine Fackel und schaute zum Firmament hinauf.

Der Mirsa wandte den Kopf, um seinem Blick zu folgen, und sah nur die Sichel des Halbmonds. »Erinnert der Mond Euch an sie?«

»Das tut er, mein Gebieter.«

Lakart ging davon, um die Pferde zu holen. »Reiten wir weiter?«

»Bewegen wir uns zu Fuß, damit wir die Spuren im Fackelschein besser erkennen. Es ist ein Glück, daß die Fährte so gerade nach Südosten verläuft. Wer auch immer diese Gruppe anführt, weiß genau, wohin er will.«

»So scheint es, Hoheit.«

»Ihr glaubt, es ist Euer gelbhaariger Freund, jener, den zu beschützen Ihr seinem Vater gegenüber geschworen habt, dem wir hier folgen?«

Lakart zauderte, dann sagte er: »Das ist meine Hoffnung wie auch meine Befürchtung, Hoheit.«

»Glaubt Ihr, daß er den Weg zum verborgenen Berg

wahrhaft kennt und diese Spuren uns ebenfalls dorthin bringen können?«

Leiser sagte Lakart: »Auch das hoffe und fürchte ich gleichermaßen.«

»Weshalb solltet Ihr das fürchten? Vielleicht ähnelt diese Königin jener, der Ihr dient, und wird Euch deshalb vertraut erscheinen?«

»Das, mein Gebieter, hoffe und fürchte ich am allermeisten.«

Der Mirsa seufzte. *Er besteht darauf, in Rätseln zu sprechen.*

»Erhabener Mirsa«, sagte Sabur. »Wir sollten uns beeilen.«

Der Mirsa hielt inne und fragte sich, ob er nicht zum Lager zurückkehren sollte, um Jaimal und den Rest seiner Männer davon zu überzeugen, diesen Weg zu nehmen, trotz allem, was die geheimnisvolle Alte ihnen erzählt hatte. *Doch es könnten Winde aufkommen und die Fährte auslöschen. Und eine Königin, die sich verborgen hält, dürfte wenige Männer eher willkommen heißen als eine Armee.*

»Na schön, Sabur. So laß uns denn weiterziehen.«

10

ZYPRESSE

Dieser ehrwürdige Baum trägt kleine immergrüne Nadeln und wächst in Asien und im Heiligen Land. Sie ist eine kühlende Pflanze, von Saturn beherrscht, und deshalb gut gegen Fieber und Verbrennungen. Die Frucht lindert Magenbeschwerden, und die gekauten Samen verleihen Gesundheit und Kraft. Den Alten war die Zypresse heilig, und es heißt, das Kreuz unseres Herrn sei daraus gezimmert gewesen. Die Alten glaubten, die Säulen von Salomons Tempel seien aus Zypresse gemacht, ebenso Pfeil und Bogen des Eros. Sie ist ein Baum des Schicksals und der Furien, steht aber auch für die Herrscher der Hölle. Die Särge der Heroen bestanden aus Zypressenholz, weil es als Symbol der unsterblichen Seele und des Kummers galt …

Porphredo erwachte vor Sonnenaufgang, und Rücken und Glieder schmerzten sie vom Liegen auf den Steinen und dem unebenen Grund. Als die Morgengebete der Muslime an ihr Ohr drangen, angelte sie nach etwas zwischen den Kissen und brachte eine kleine Öllampe zum Vorschein. Aus dem Sack mit ihren wenigen Habseligkeiten zog sie einen Feuerstein und entzündete den Docht der Lampe, um diese dann vorsichtig zum nächsten großen Felsen zu tragen.

Der kleine Lichtschein, den die Lampe verbreitete, zeigte ihr, daß die mittlere Zeltstange sich in einem bedenklichen Winkel neigte und die Eckstangen alle in unterschiedliche Richtungen wiesen. Das Zelt hatte keinen Boden, lediglich Teppiche und Kissen, die auf dem steinigen Grund verstreut waren. Die flackernden Schatten, die die Lampenflamme warf, erweckten den Eindruck, als könnte das Zelt jeden Augenblick zusammenbrechen.

Jaimal hatte die Armee den größten Teil der Nacht hindurch marschieren lassen, eine der verlassenen Straßen entlang, die südwestlich nach Vijayanagar führten. Die Hunderte von Fackelträgern hatten von Jaimals *howdah* aus einen prächtigen Anblick geboten, doch Porphredo konnte sich mit der unverblümten, offenen Gier des Befehlshabers nicht anfreunden. *Wie gut, daß ich schon so alt bin. Hätte ich eine jüngere Figur, wäre mir seine*

Hand auf meinem Knie oder Schlimmeres wohl nicht erspart geblieben.

Schließlich hatte die Armee spät in der Nacht ungeachtet des Zustands des Landes ihr Lager aufgeschlagen. In einem wirren Durcheinander hatte man um ein enges, mit Geröll angefülltes Flußbett herum die Zelte aufgebaut. Der Flußlauf war jetzt trocken, obwohl er früher im Jahr sichtlich Monsunströme zum Krishna geführt hatte.

»Verehrte Botin?«

Die wispernde Stimme an ihrem Zelteingang ließ Porphredo zusammenzucken. »Ja? Wer da?«

Ohne eine Erlaubnis abzuwarten, trat Masum ein. Sobald er sich im Zelt befand, blieb er mit banger und trauriger Miene zögernd stehen.

»Guter *faylasuf.* Weshalb betet Ihr nicht mit den anderen?«

»Allah der Barmherzige vergibt mir, wenn es dafür einen Grund gibt.« Seine Hände zitterten, und anscheinend konnte er nicht ruhig stehen.

»Es hat also seinen Grund, wenn Ihr mich noch vor Tagesanbruch besucht?« Einen Moment lang fragte Porphredo sich, ob er gekommen war, um ihr Gewalt anzutun, doch sie konnte sich nicht vorstellen, daß so etwas in seiner Natur lag. *Und meine Messer-in-der-Brust-List hat ihn sicher von der Vergeblichkeit solchen Tuns überzeugt.*

»Ganz recht.« Er rieb sich die Augen und strich mit den Fingern durch seinen wilden Bart. »Ich komme zu Euch, Lady, weil ich nicht weiß, wem ich sonst vertrauen soll.«

»Es … ehrt mich, daß Ihr mir noch immer Vertrauen entgegenbringt, Masum.«

Er blickte sie an. »Ich nehme an, daß Ihr nicht aus Böswilligkeit handelt. Mein Herz sagt mir, daß Ihr gut seid. Welche Sünden Ihr auch begehen mögt, Ihr begeht sie offenbar im Namen des Friedens.«
Porphredo verspürte einen inneren Schmerz, den sie lange nicht mehr empfunden hatte. »Es freut mich, daß Ihr so denkt, denn es gibt wahrhaftig einen Grund für mein Handeln. Doch mir scheint, guter *faylasuf*, daß die Worte Eures Herzens Euch Kummer bereiten.«
Masum schüttelte den Kopf und ließ sich aufs Erdreich plumpsen, als hätte man einen Sessel unter ihm weggezogen. »Es geht um andere Belange, nicht um Euch. Vorige Nacht war ich vor unserem Aufbruch in unserem alten Lager damit beschäftigt, auch noch das Letzte, was zurückzubleiben drohte, aufzulesen. Jaimal hält wenig von mir, so daß er mir die niedrigsten Aufgaben zuweist. Doch als ich dort meine Arbeit verrichtete, durch einige Sträucher, glaube ich, nicht sichtbar, reitet auf einmal Jaimal mit vier Bogenschützen an mir vorbei. Ich höre, wie er ihnen befiehlt, sich am Wegrand zwischen den Felsen zu verstecken und auf die Rückkehr des Mirsas zu warten.«
»Um ihn aus dem Hinterhalt heraus zu töten«, mutmaßte Porphredo.
»Eben das«, wisperte Masum und starrte auf seine Hände.
Porphredo seufzte. *Weshalb empfinde ich diesen Schmerz in meiner Seele? Ist diese Entzweiung nicht genau das, was die Despoina wollte? Es wird die Expedition völlig vernichten. Doch … der Mirsa ist ein ehrenwerter und kluger Mann. Und ich habe nicht den Wunsch, jemanden wie Jaimal siegen zu sehen. Was Masum angeht, der sich*

nur nach Frieden, Freude und Wissen sehnt ... »Guter *faylasuf,* seid Ihr zu mir gekommen, weil Ihr auf meine Hilfe hofft?«
Der Sufi blickte auf, Tränen in den Augen. »Das ist viel verlangt, ich weiß. Doch, teure Lady, wenn der Zauber Eurer Königin Euch die Möglichkeit bietet, den Mirsa zu retten, so flehe ich Euch an, zu seinen Gunsten einzugreifen. Ich für meinen Teil bin im Ränkespiel nicht sehr bewandert, sonst würde ich jene aufsuchen, die dem Mirsa treu ergeben sind, und eine Revolte gegen Jaimal anzetteln. Doch ich weiß nicht einmal, wer ihm noch die Treue hält. Jaimal hat allen Männern große Reichtümer versprochen, sobald wir Eure verborgene Stadt finden. Jene, die den Mirsa liebten, könnten durch die Verheißung des Goldes nun ebenfalls gegen ihn eingenommen sein. Ich war niemals ein guter Soldat. Vielleicht habe ich mich deshalb berufen gefühlt, dem Pfad der Tugend zu folgen. Ich versteckte mich so oft auf dem Schlachtfeld und betete um Schutz, daß das Gebet mir zur zweiten Natur geworden ist.«
Porphredo legte Masum die Hand auf den Arm. »Ich weiß nicht, was für ein Zauber Euren Mirsa retten könnte. Doch vielleicht ist unser beider Scharfsinn dazu in der Lage.«
Seine Augen weiteten sich. »Ihr wollt uns helfen?«
»Meine Pflicht gegenüber meiner Königin ist erfüllt. Die Botschaft ist überbracht. Ihr werdet jedoch verstehen, daß ich Euch, wenn ich Euch helfen soll, Geheimnisse anvertrauen muß, die sonst niemand erfahren darf.«
»Edle Lady, ich schwöre beim Licht meiner Seele, daß Eure Worte nur mir und Gott zu Gehör kommen.«

»Also gut. Ich glaube, wir können Eurem Mirsa helfen, denn ich weiß, wohin die Fährte, der er folgt, führt. Und wo er notgedrungen haltmachen muß. Wenn ihm das Glück nicht hold war, werden unsere Bemühungen vergebens sein. Doch wenn er noch lebt, weiß ich, wo wir ihn finden können, um ihn zu warnen.«

»Aber, große Lady, um das zu können, bräuchten wir Engelsflügel. Er ist in die Gegenrichtung zu der unseren gereist und, falls er nicht bereits den Rückweg angetreten hat, schon viele Meilen entfernt. Wir können keine Pferde stehlen – die Männer bewachen sie eifersüchtiger als ihre Frauen.«

»Wir werden keine Pferde brauchen, guter *faylasuf*. Nun muß ich Euch enthüllen, daß es unter uns noch jemanden gibt, der wie ich der Königin dient. Es ist der blinde *vina*-Spieler Gandharva, den Ihr vielleicht bei den Tänzerinnen im Gauklerwagen gesehen habt.«

»In der Tat, ich habe mit ihm gesprochen – in Ibrahims Palast wie auch auf unserer Reise. Er redet wie ein äußerst gescheiter Mensch.«

»Ich versichere Euch, das ist er auch. Wir werden seine Unterstützung benötigen. Ihr müßt als Mittler zwischen ihm und mir auftreten, denn ich wünsche nicht, daß ein Verdacht auf ihn fällt. Ihr müßt zu ihm gehen und ihn fragen, ob er noch Tauben übrig hat. Wenn ja, wird unser Plan ganz einfach. Wenn nicht, wird unsere Aufgabe schwieriger und gefährlich.«

»Fahrt fort, Lady Porphredo. Ich lausche Euch so aufmerksam wie der Affe dem Brotfruchthändler.«

»Wenn Gandharva keine Tauben mehr hat, müssen wir die

Botschaft selbst überbringen. Zu diesem Zweck müßten wir den Hindugott der Liebe anflehen und die Rede auf Wein bringen.«

Hinter sich hörte er einen Laut zwischen Winseln und Stöhnen. Aditi saß mit dem Rücken an der Grottenwand und zupfte kläglich an ihren Leinenbinden. Thomas ging zu ihr und faßte sie sanft an den Schultern. »Aditi?« Sie war nicht mehr klebrig, wegen der feinen Staubschicht, die sie bedeckte.

»Das hier … weg«, sagte sie.

»Nein, nein, Aditi. Eure Mutter sagt, man wird Euch vollständig baden, wenn Ihr nach Hause kommt.«

Sie blickte jäh zu ihm auf, die stahlblauen Augen geweitet. »Mutter?«

»Nai, Aditi. Sie ist hier und führt uns zu Eurer verborgenen Stadt.«

»Das … kann nicht sein.«

»Es ist wahr. Es war ihr Blut, das Euch wiederbelebte.«

»Schau an«, sagte Stheno und bog um die Krümmung der Felswand, »sind also alle Seelen wieder von den Ufern der Lethe zurück?« Ihre Stimme klang tief, melodisch und ein wenig spöttisch. Sie war wieder völlig in schwarze Seide gekleidet und glich einem dunklen Gespenst oder ihrem eigenen Schatten.

»Mahadevi!« rief Aditi. Sie warf sich bäuchlings auf den Boden und kroch zu Sthenos Füßen. »Vergebt … mir.«

»Schon gut, liebe Aditi.« Stheno beugte sich leicht vor, berührte sie jedoch nicht. »Mach dir keine Sorgen.«

»Aber … ich habe versagt.«

»Darüber reden wir später, wenn es dir bessergeht. Sag mir nur dies: Wer war es, der dich erschlug?«
»Ich … Hals. Schwertklinge.«
»Ja, wir haben die Wunde gesehen, doch wer brachte sie dir bei?«
Aditi schüttelte den Kopf. »Der Priester …«
»Der Priester des Orlem Gor?«
»Er … wollte … drohte …«
»Beruhige dich, Kind. Wir werden später noch einmal darüber reden.«
Die gewürzten Reislaibe waren trocken geworden und schmeckten bei weitem nicht mehr so gut wie am Abend zuvor. Stheno aß nicht mit ihnen, genau wie gestern, und Thomas fragte sich: *Bedürfen Unsterbliche keiner irdischen Speisen? Oder gleicht sie darin dem Hindu, dem Joaquim einst mit der Folter drohte … einem, dem das Essen so unangenehm ist, daß er in der Öffentlichkeit darauf verzichtet? Oder ißt sie etwa so eigenartige Sachen, daß sie das vor uns verbergen muß?* Aus Furcht, sie zu erzürnen, beschloß Thomas, lieber keine Fragen zu stellen.
Stheno führte drei Pferde auf die Lichtung – frische Pferde, nicht jene, auf denen sie vom Dorf bis zu diesem Lagerplatz geritten waren. *Ich möchte wissen, woher sie die hat.* Doch Thomas half Aditi in den Sattel von einem davon und stieg hinter ihr auf.
Nach zweistündigem beschwerlichem Ritt gelangten sie an eine hohe Klippenwand mit gewaltigen Felsbrocken davor. Thomas schaute in die Runde, konnte jedoch keinen Pfad sehen, der links oder rechts davon weggeführt

hätte. Stheno glitt von ihrem Pferd, begab sich zur Klippe und begutachtete die Felsen, die vor ihr aufragten.
Sucht sie vielleicht nach einem Zeichen, das ihr von hier aus den Weg weist?
Stheno hob einen Stein auf und näherte sich einem der Felsbrocken. Thomas fragte sich bereits, was in Gottes Namen sie vorhaben mochte, als sie mit dem Stein gegen den Felsen schlug. Das Geräusch, das dabei entstand, war nicht das Klacken von Gestein, sondern ein dumpfes Pochen, als klopfe sie an eine Tür.
Im Inneren der Klippe ertönte ein tiefes Rumpeln, und Thomas hob rasch den Blick, um zu schauen, ob ein Felssturz die Klippe hinuntergebrandet kam. Doch der einzige Felsen, der sich bewegte, war jener, gegen den Stheno geschlagen hatte und der jetzt unvorstellbarerweise von selbst zur Seite rollte.
»Tomás, seht!« sagte Timóteo. »Er ist wie der Stein, den die Engel vom Grab unseres Herrn fortschoben!«
So erstaunt er auch war, vermutete Thomas doch eher, daß hier handwerkliches Geschick am Werk war und nicht ein Wunder. Hinter dem Felsen offenbarte sich eine gewaltige, mit Eisen beschlagene Tür, die sich langsam nach innen öffnete.
»Kommt«, befahl Stheno und bestieg wieder ihr Pferd. »Beeilt Euch.«
Thomas trieb sein Pferd mit den Fersen an, damit es ihr folgte. Das Tier ging bereitwillig zu dem finsteren Eingang, als kenne es den Weg. Als sie die Tür erreichten, wandte Thomas den Kopf und sah, daß der rollende Felsbrocken in Wahrheit bemaltes Holz in einem Ge-

stell war. Er glaubte, einen kleinen Mann mit Turban und *dhoti* erkennen zu können, der sich darin verbarg.
»Da, seht Ihr, Timóteo? Es ist kein Mysterium. Ihr Volk ist sehr schlau und würde jedem Theaterleiter zur Ehre gereichen.«
»Ich bin noch nie in einem Theater gewesen«, sagte Timóteo.
»Dann sind Euch viele Sünden erspart geblieben«, sagte Thomas kichernd.
Die gewaltige Tür führte in einen Tunnel, der nur sehr schwach von Binsenlicht erhellt wurde. Als Timóteos Pferd den Eingang passiert hatte, schloß die Tür sich mit einem weiteren Rumpeln hinter ihnen und riegelte sie endgültig von der Außenwelt ab.
Die Luft war sehr stickig und roch nach feuchter Erde. Es gab aber auch die vertrauten Gerüche eines Hindudorfs. Als sie schweigend dastanden, konnte Thomas gerade eben noch die Laute der Menschen um sich herum wahrnehmen – das Rascheln der Kleidung, das Klimpern von Schmuck, das Wispern, mit dem erschreckte Kinder zum Schweigen gebracht wurden. *Leben in dieser Finsternis Menschen? Wenn das hier die verborgene Stadt ist, handelt es sich wohl eher um den Hades als um den Olymp.*
»Ist das Euer Zuhause, Aditi?« sprach er leise in ihr bandagiertes Ohr.
»Zuhause«, sagte sie in einem so zögerlichen Ton, daß Thomas nicht entscheiden konnte, ob es eine Bestätigung oder eine Frage war.
Irgendwo vor ihnen rief Stheno etwas, und ihre Stimme klang wie ein Peitschenknall. Schritte hämmerten weit vor

ihnen auf dem Boden. Ein davonlaufender Mann schrie wieder und wieder dieselben Worte.
»Verstehst du, was er sagt, Timóteo?«
»Nein, Tomás. Aber ich denke, er wird sagen, die Königin kommt.«
»Seid Ihr noch da, mein Goldener?«
»Nai, Despoina. Ist das Eure verborgene Stadt?«
Ihr Gelächter hallte von Felswänden und Decke wider. »Herrje, was müßt Ihr von mir denken? Das hier ist lediglich ein Eingang. Uns steht noch ein gutes Stück Wegs bevor. Nun folgt mir.«
Thomas trieb sein Pferd an und wurde sich jetzt gelegentlich eines Schattens in Menschengestalt bewußt, der sich in einem der Seitengänge versteckte, die hier und da abzweigten. Die Hufe ihrer Pferde plumpsten leise auf den Erdboden.
Timóteo wisperte hinter ihm eine fortwährende Litanei von Gebeten. Weiter und weiter ritten sie, wobei der Tunnel leicht nach oben führte.
Thomas war sich nicht mehr sicher, wieviel Zeit eigentlich verstrich. Die Welt wurde zu diesem Tunnel widerhallenden Geflüsters und schwacher Inseln des Kerzenscheins inmitten von Finsternis.
Endlich, vielleicht nach mehreren Stunden, erklang vor ihnen ein Rumpeln. Thomas riß die Arme vors Gesicht, als Sonnenlicht den Tunnel unvermittelt in gleißende Helligkeit tauchte.
»Willkommen in meiner Stadt, Goldener«, sagte Stheno. »Willkommen in Bhagavati.«

Der Mirsa ging wohl zum zwanzigsten Mal mit seinem Pferd am Flußufer entlang. Er blickte über den reißenden braunen Strom auf das gegenüberliegende Dorf, das so nahe war und doch so frustrierend weit weg. »Es muß einen Weg geben.«

»Mein Gebieter«, sagte Sabur, der von der Taille abwärts triefnaß war, »ich versichere Euch, die Spuren enden am Wasser und tauchen weder links noch rechts davon wieder auf.«

»Dann müssen sie an dieser Stelle übergesetzt sein.«

»Ich habe das Wasser abgesucht, mein Gebieter. Eine Pferdelänge von diesem Schilf entfernt geht es steil nach unten und wird zu tief. Die Strömung würde jedes Pferd flußabwärts reißen.«

»Und ich habe versucht, über den Fluß zu rufen«, sagte Lakart, »doch entweder ignorieren die Dorfbewohner mich, oder sie rennen außer Sichtweite.«

»Jene, die wir verfolgen«, sagte der Mirsa, »hätten ihre Pferde nicht einfach in die Strömung geführt, um zu ersaufen.« Er musterte die braunen Flußsteinhügel, die sich gegenüber dem Dorf erhoben, wobei jede Anhöhe etwas höher als die vorige war. Auf solchen Anhöhen hatte der Mirsa überall im Dekkan zerfallene Festungen aus alten, untergegangenen Königreichen gesehen. Doch auf diesen Hügeln befanden sich keine Festungen. *Ein Hinweis darauf, daß in der Richtung eine größere Stadt liegt, oder bedeutet das vielmehr, daß es nie eine gegeben hat?*

»Mein Gebieter«, beharrte Lakart, »wenn wir zu Eurer Hauptstreitmacht zurückkehren und sie hierherführen, haben wir genug Seile und Männer, um eine Behelfsbrücke zu bauen. Es würde höchstens drei bis vier Tage dauern, und so lange müßte sich das Wetter halten.«

»Nein!« sagte Rafi. »Hört nicht auf den Ungläubigen, mein Gebieter. Wenn wir die Verfolgung jetzt abbrechen, könnte Mumits Mörder allzuleicht entkommen.«

Der Mirsa seufzte. »Was du sagst, hat mancherlei für sich.« Er wandte sich im Sattel um und schaute den Weg zurück, den sie gekommen waren. Es war ein Ritt von vielen Stunden zum Hauptlager, und er wollte nicht mit leeren Händen zurückkehren. Jaimal würde sich zweifellos nur um so mehr sträuben, weiter in diese Richtung zu ziehen. Doch was konnte er hier am Flußufer schon noch ausrichten?

»Denken wir darüber nach, wie wir den Fluß überqueren könnten«, sagte der Mirsa. »Wenn wir bis Sonnenaufgang keinen Weg gefunden haben, kehren wir um.«

Wenn Bijapur eine Stadt wie aus einem Märchen gewesen war, so glich Bhagavati sicher einer Erscheinung aus einer Legende. Als Thomas' Augen sich endlich an das helle Sonnenlicht gewöhnt hatten, kam er nicht umhin, noch einmal vor Ehrfurcht und Staunen zu blinzeln.

Bijapur hatten elegante Kalligraphien und anmutige Gitterwerke geschmückt; Säulen und Wände seiner schlichten Moscheen waren mit Lotos und anderen pflanzlichen Abbildungen verziert gewesen, die den Blick dazu verlockten, ins Detail zu gehen. Bhagavati hingegen bestürmte die Augen allerorten mit Skulpturen; Säulen, Pfosten, Stürze und Wände waren mit Steinschnitzereien bedeckt.

Pferde, Kamele, Elefanten, Tiger und Stiere mit schweren Halsringen, von klein bis lebensgroß und größer, sprangen, kauerten oder bäumten sich im Relief auf oder boten sich fast vollständig ausgearbeitet dar, als hätte der Felsen sie geboren. Auch Menschengestalten hatte man gemeißelt; nackte Tänzerinnen, Jäger, die Pfeile auf fliehende Hirsche abschossen, Priester bei der Andacht, Krieger in der Schlacht, Musikanten mit Flöte und Trommel, Edelleute in feierlicher Prozession. Verwirrender waren die Gestalten derer, die Thomas für Hindugottheiten hielt – halb Mensch, halb Tier; dicke Wesen mit Elefantenköpfen, Frauen mit zahlreichen Armen und großen, hervorquellenden Augen und heraushängender Zunge und geschmeidige Geschöpfe, die von der Taille abwärts Schlangen waren – und von denen einige auch Schlangen auf dem Kopf hatten.

Wegen der im Überfluß vorhandenen Gestalten an den Wänden konnte man kaum die Umrisse der Häuser ausmachen oder Wohnbereiche von Tempeln unterscheiden. Von den Blöcken der Eingangsstufen bis zur Spitze der abgestuften Pyramidendächer war alles mit unglaublichen Schnitzereien bedeckt. Die Stadt schien in ständiger, anmutiger Bewegung zu sein, ein endloser, zu Stein gewordener Tanz. Es machte benommen, war verwirrend anzusehen, und Thomas bemerkte, daß auch Timóteo den Blick nicht auf eine Stelle gerichtet halten konnte, sondern den Kopf unablässig hierhin und dorthin wandte, Augen und Mund weit aufgerissen.

Thomas fiel auf, daß die Straßen in seltsamem Gegensatz zur Lebendigkeit der Architektur still waren, bis auf das ferne Läuten tiefer, reiner Glocken. Wie unten im Dorf und in den Tunnels, aus denen sie gerade gekommen waren, gab es Anzeichen für Bewohner, doch nirgends waren welche zu sehen. Thomas spürte, daß sich überall um sie herum Menschen befanden, in den Gebäuden verborgen, sah jedoch keinen. Es war, als wäre die Stadt in dem Augenblick, als er sie betreten hatte, auf der Stelle verwaist.

»Aditi, wo sind all die Menschen?«

»Sie … verbergen sich. Aus Respekt vor der Devidurga.«

»Aus Respekt oder Angst?«

»Ist … das nicht das gleiche?«

»In meinem Land macht man der Königin, wenn sie vorbeikommt, zwar den Weg frei, doch die Menschen drängen sich dicht an Fenstern, Türen und auf Gehwegen, ja selbst auf Dachrinnen und Dächern, in der Hoffnung, einen Blick auf sie werfen zu können.«

»Hier … ist das verboten.«

Aus Respekt vor ihr, oder weil sie eine Gefahr für sie sein könnte? sinnierte Thomas. *Doch das ist bei Monarchen recht oft der Fall. Ihre Angst allein beweist noch nicht, daß sie etwas anderes als sterblich ist.*

Die Straße verlief in einem weiten Bogen und brachte sie spiralartig immer näher zu einem Berg in der Mitte der Stadt. Andere Gebäude versperrten den Blick darauf, was sich auf dem Berg befand, bis sich ein großer Platz vor den Reitern auftat. Auf der Mitte des Platzes stand ein Elefant, einen Fuß und den Rüssel vor Angst drohend erhoben. Als sie vorbeiritten, fragte Thomas sich unwillkürlich, ob der Elefant nicht vielleicht einmal echt gewesen war. Auf der anderen Seite des Platzes führte eine Anzahl breiter Stufen zu einer Mauer aus schwarzem Stein hinauf, in die zwei riesige Bronzetore eingelassen waren. Hinter der Mauer ragte der eigentliche Berg auf, mit überdimensionalen Portiken, Säulen, Kuppeldächern, achteckigen Türmen und Reihen mit Kolonnaden versehener Bauwerke, ähnlich den Zeichnungen griechischer Tempel, die Thomas einmal gesehen hatte. Der Berg war eine architektonische Ungeheuerlichkeit, nichts fügte sich zu einem einheitlichen Bild zusammen, kein Bereich verschmolz mit dem anderen – Teile und Stücke aus unterschiedlichen Zeitaltern und Zivilisationen waren wild durcheinandergeworfen. »Der Palast einer Dohle«, murmelte Thomas.

Die Bronzetore schwangen auf, und eine Anzahl Männer in langen Safranroben erschien und stellte sich rechts und links die Stufen hinauf auf. Auf ein unsichtbares Zeichen hin stimmten sie mit leiser Stimme einen Singsang an, der allmählich lauter wurde und über den Platz hallte, bis Thomas eine Gänsehaut bekam.

»Sie singen … um uns willkommen zu heißen«, sagte Aditi.

»Ihr versteht sie?«

»Es … ist eine der *vedas,* doch ich kenne sie nicht.«

»Weshalb sind diese Männer mit dem Privileg gesegnet, die Gegenwart ihrer Königin zu erleben?«

»Sie … sind Priester. Deshalb sind sie alle blind.«

»Ah.« Voller Abscheu musterte Thomas ihre Gesichter und stellte fest, daß Aditi die Wahrheit gesagt hatte.

Durch die Öffnung zwischen den Bronzetoren trat eine

kleine alte Frau in einem schlichten sandfarbenen Gewand, das um Taille und Schultern herum gerafft war. Sie war eindeutig nicht blind, denn ihre Augen waren unversehrt und strahlten hoffnungsfroh, als sie die Stufen hinab zu Sthenos Pferd eilte. »Willkommen daheim, Despoina!« sagte sie auf griechisch. »Ist ... ah, Aditi!« Sie lief zu Thomas' Pferd und streckte die Arme zu Aditi empor. »Was haben sie dir angetan? Du siehst wie eine tote Königin Ägyptens aus!«

Thomas war Aditi behilflich, sich in die Arme der alten Frau gleiten zu lassen. »Das ... war Gandharvas Werk. Um mich aufzubewahren. Dieser hier«, Aditi deutete auf Thomas, »rettete mich.«

Die alte Frau blickte zu Thomas hoch. »Wie erstaunlich! Ich habe seit vielen Zeitaltern niemanden mehr mit seiner Haarfarbe gesehen. Versteht er mich?« Auf Aditis Nicken hin fuhr sie fort: »Ich danke Euch, leuchtender Herr, daß Ihr uns Aditi zurückgebracht habt.«

»Es war mir eine Ehre und ein Vergnügen, gute Frau.«

»Ah! Ah! Er spricht unsere Sprache«, rief die Alte. »Also ist sie doch nicht aus der Welt verschwunden.«

»Sie ist eine der Sprachen der Gelehrten, holde Dame, und hat sich dadurch erhalten.«

»Wie erfreulich. Doch ... wo ist Porphredo? Ist sie nicht bei Euch?«

Einen Moment lang erschrak Thomas, als das alte Weib erwähnt wurde, das ins Mogullager gekommen war. *Doch natürlich kennen die Diener der Mahadevi einander.*

»Wenn Ihr genug geschwatzt habt, Enyo«, sagte Stheno, »könnt Ihr Aditi mitnehmen und baden und für ihre

Bequemlichkeit sorgen. Ihr könnt Euch auch darum kümmern, daß man unseren Gästen eine Unterkunft zuweist und ihnen Erfrischungen reicht.«

Die kleine Alte ließ sich nicht abhalten. Sie ging schnurstracks zu der schwarzgekleideten Stheno und verlangte zu wissen: »Habt Ihr sie zurückgelassen? Ganz auf sich gestellt? Wie konntet Ihr nur?«

Stheno seufzte: »Eure Schwester ist sehr wohl in der Lage, allein auf sich aufzupassen, anders als Ihr, und ich habe keinen Zweifel, daß sie zurückkehren wird, sobald es ihr beliebt. Außerdem hat sie Gandharva zu ihrer Unterstützung. Wollt Ihr Euch nun um meine Tochter und unsere Gäste kümmern, oder muß ich Euch in die Gruft schicken, damit Ihr dort eine Bestandsliste aufnehmt?«

Die Alte seufzte und bemerkte dann Timóteo, der sie anstarrte. »Wer ist der Knabe?«

»Ein zufälliger Begleiter«, sagte Stheno, »doch ein wichtiger. Behandelt ihn wie einen Ehrengast.«

Mit einem verächtlichen, aber auch etwas ängstlichen Blick auf den Mönchsknaben legte die Alte den Arm um Aditi und führte sie die Stufen hinauf.

»Wie es aussieht, muß ich mich selbst um Eure Unterbringung kümmern«, seufzte Stheno. »Laßt Eure Pferde, wo sie sind, und folgt mir.«

Thomas folgte der Königin, ein wandelnder Bereich der Nacht, die Treppe hoch und durch die gewaltigen Bronzetore, und er gab sein Bestes, die Ohren vor dem schaurigen Singsang der blinden Priester zu verschließen.

11

AKELEI

Diese Pflanze heißt nach den Blättern ihrer blauweißen Blüten, die die Form von fünf Tauben haben, auch Columbine, denn Columba ist das lateinische Wort für Taube. Man nennt sie aber auch Löwenkraut, weil es angeblich Mut bringt, wenn man die Blätter auf der Haut zerreibt. Ein Sud aus den Wurzeln lindert innere Beschwerden, und eine Salbe daraus hilft bei Rheuma. Tee aus Akelei ist gut gegen Schmerzen in Mund und Kehle. Obwohl der Venus geweiht, ist sie ein Symbol der verlorenen Liebe, und manche halten sie für ein Kraut der Narretei …

Gandharva stimmte geduldig seine *vina,* während er auf dem Dach des Gauklerwagens dahinfuhr. Die Saite, an der er zupfte, war alt, und er wußte, daß sie bald reißen würde. Auf einmal ertönte ein Klingeln aus dem Taubenkorb.

»Gandharva!« sagte das Mädchen Pramlocha. »Eine Taube kam herabgeflogen und ist in Euren Käfig stolziert! Ich glaubte Euch nicht, als Ihr sagtet, daß jene, die Ihr fortschickt, ersetzt werden.«

»Ausgezeichnet. Tja, nun erfahrt Ihr den Wert des Glaubens, meine Holde. Welche Farbe hat die Taube?«

»Sie ist weiß.«

»Ah. Dann stammt sie von der Devidurga.«

»Die Götter schicken Euch Tauben?«

Gandharva lächelte. »So könnte man sagen. Wenn ich bitten darf, seht Euch den Vogel genau an, ob ein Stück Papier oder ein Blatt um sein Bein gewickelt ist.«

»Ja, er trägt etwas.«

»Tut mir den Gefallen und nehmt es ab, wenn Ihr so gütig sein wollt, und gebt es mir.«

»Die Taube ist ganz zahm, Gandharva. Ist sie jemandes Haustier?«

»Nein, sie kennt nur ihre Aufgabe. Habt Ihr das Papier?«

»Es ist ein Jasminblatt, doch völlig zerkratzt.«

»Zerkratzt es nicht noch mehr, Mädchen, gebt es mir einfach.«

»Wie Ihr wollt.«

Gandharva streckte die Hand aus und spürte, wie sie ihm das Blatt auf die Innenfläche drückte. Er ließ seine *vina* auf den Schoß sinken und richtete seine ganze Aufmerksamkeit auf das Blatt in seinen Händen. Die ›Kratzer‹ waren natürlich Buchstaben, die man eingeritzt hatte, damit er sie durch Abtasten lesen konnte. Die Buchstaben waren griechisch, also stammte die Botschaft von Stheno.

Der Priester hat sie getötet.
Bringt ihn mir. Lebend.
Stheno

»Weshalb streichelt Ihr das Blatt so, Gandharva?«

»Es spricht zu mir, liebes Mädchen.«

»Ich habe nichts gehört. Senden Euch die Götter eine frohe Botschaft?«

»Es spricht von Gerechtigkeit, die geschehen muß.«

»Ah. Die Götter sind mit ihren Geschenken ja manchmal so knauserig. Sie können sehr kalt sein.«

»Das können sie, meine Liebe. Wahrlich, sehr kalt.«

Padre Antonio Gonsção schäumte noch vor Wut, als die Mogularmee haltmachte, um das Nachtlager aufzuschlagen. Von der finsteren Miene, die er den ganzen Tag in Staub und Hitze beibehalten hatte, taten ihm die Augenbrauen weh. *Sie haben gelogen. Die Hexe oder dieser Befehlshaber oder beide. Es ist ihnen egal, ob Timóteo oder Tomás gefunden werden. Sie lassen sogar ihren General zurück und erlauben dieser verdorrten Zauberin, sie mit Geschichten von großen Schätzen durch die Wildnis zu lotsen.*

Gonsção stieg von dem ausgemergelten Klepper herunter, den die Mogule ihm als Reittier überlassen hatten. Carlos und Estevão, die neben ihm geritten waren, taten es ihm nach. Schweigend kam ein Mogul herbei und brachte die Pferde weg.

»Padre, ich fürchte, daß wir hier nicht mehr willkommen sind«, sagte Carlos.

»Ich fürchte sogar«, ergänzte Estevão, »daß sie uns morgen überhaupt keine Gäule mehr geben werden und wir hinter den Elefanten herlaufen müssen.«

»Fürchtet Euch nicht. Suchen wir die Hexe auf, damit sie wieder für uns übersetzt.«

Doch als die Goaner zwischen den Männern umhergingen, die damit beschäftigt waren, Zelte aufzustellen und Kamele und Pferde zu versorgen, bekamen sie auf ihre Frage »Begum Porphredo?« keine hilfreiche Antwort.

Schließlich sagte Gonsção: »Es ist zwecklos. Die Mogule wollen wahrscheinlich nicht, daß wir mit ihr reden. Ah, da vorn ist ja der Gauklerwagen. Vielleicht können wir diesen kleinmütigen Heiden von einem Lautenspieler dazu bewegen, daß er uns etwas sagt.«

Als Gonsção die Soldaten zu dem protzigen, vergoldeten Wagen führte, breiteten die Mogule schon ihre Matten zum Gebet aus. Der blinde Hindumusiker saß neben dem Wagen und stimmte angelegentlich eine Saite.

»Ihr da. Musiker. Gandharva, nicht wahr?« sprach Gonsção ihn auf lateinisch an.

Gandharva legte den Kopf schräg. »Ah, der Priester des Orlem Gor. Gonzao, nicht wahr?«
Gonsção verbarg sein Erstaunen. »Ja. Wir suchen nach der Frau namens Porphredo. Habt Ihr sie … ich meine, wißt Ihr, wo sie ist?«
»Aber ja! Sie war noch vor kurzem hier. Ich glaube, sie wird bald wieder zurück sein. Setzt Euch doch zu mir und wartet auf sie. Ich werde Euch unterhalten und so dafür sorgen, daß die Zeit schneller vergeht.«
»Das wird nicht nötig sein«, sagte Gonsção. Er bedeutete Carlos und Estevão, die unmittelbare Umgebung abzusuchen.
»Ah, der gute Priester versteht mich offenbar falsch. Ich habe viele Geschichten zu erzählen, kann mit Geheimnissen und Ratschlägen aufwarten. Wenn die Männer aus dem Westen mich nur darum bäten, wäre es mir ein leichtes, ihnen behilflich zu sein.«
»Geheimnisse«, schnaubte Gonsção verächtlich, »welche Eurer Geheimnisse könnten mich schon interessieren?«
Als um sie herum die Gebetslieder der Muslime erklangen, sagte Gandharva: »Ihr wißt, daß der Weg, den wir eingeschlagen haben, falsch ist.«
Gonsção blinzelte überrascht. »Euch ist bekannt, daß die alte Frau lügt?«
»Natürlich tut sie das«, sagte Gandharva. »Sie beschützt die verborgene Stadt ihrer Mahadevi. Weshalb sollte sie wollen, daß eine Armee vor ihrer Haustür aufzieht?«
Gonsção verschränkte die Arme vor der Brust. »Und nun wollt Ihr mir wohl weismachen, daß Ihr allein den Weg zur verborgenen Stadt kennt?«

»Der Priester des Orlem Gor ist sehr klug.«
»Der Priester des Orlem Gor ist kein Narr. Was dachtet Ihr denn, wieviel wir Euch dafür bezahlen würden, daß Ihr uns dorthin führt?«
»Nichts.«
»Ha! Dann wollt Ihr uns also in die Irre führen, damit andere uns ausrauben können?«
Gandharva schüttelte den Kopf. »Es bringt kein gutes *karma,* wenn man denen um einen herum nur Mißtrauen entgegenbringt.«
»Meiner Erfahrung nach bringt es viel Gutes, wenn man bei Geschäften mit anderen vorsichtig ist.«
»Der Priester des Orlem Gor versteht nicht.«
Gonsção hörte irgendwo hinter sich einen der Soldaten etwas schreien. Er antwortete dem Musiker nicht, sondern drehte sich um und rief: »Carlos? Wo seid Ihr?«
»Hier unten!«
Unten? Gonsção zwängte sich durch eine lange Reihe dichten Gestrüpps und stellte fest, daß er am Rand einer steilen Felsböschung stand, die zu einem reißenden braunen Strom hinabführte. Carlos und Estevão standen am Flußufer und untersuchten einen blauen Stoffetzen.
Estevão bedeutete Gonsção, sich zu ihnen zu begeben. »Kommt und seht Euch das an, Padre!«
Gonsção schlitterte unbeholfen die Böschung hinunter. »Was ist das?«
»Gehörte das nicht zur Kleidung der Alten?«
Gonsção begutachtete den zerrissenen, mit Silberfäden durchwirkten blauen Seidenfetzen. »Ja, das sieht mir recht ähnlich aus.«

»Und seht hier, Padre. Das scheinen Blutflecken zu sein. Und sie sind noch feucht.«
Gonsção starrte auf den Fluß hinaus. *Ist noch jemand hinter ihre Lügen gekommen und hat ihr Gewalt angetan?*
»Habt Ihr weitere Hinweise auf sie gefunden?«
»Es gibt Fußabdrücke, Padre. Und da drüben ist wohl Wein auf dem Sand verschüttet worden. Das ist alles.«
»Wenn sie ersäuft wurde«, sagte Gonsção, »könnte ihre Leiche schon flußabwärts getrieben worden sein, an eine Stelle, wo keiner von uns sie mehr fände.«
»Aber ich dachte, die Alte wäre unverwundbar, Padre. Geschützt durch den Zauber ihrer Königin. Habt Ihr uns nicht selbst erzählt, Ihr hättet gesehen, wie sie sich erdolchte, ohne zu sterben?«
»Vielleicht«, sagte Gonsção, »schützt der Zauber ihrer Königin sie nur dann, wenn sie auf den Schaden gefaßt ist. Vielleicht ist sie ja gar nicht unsterblich.«
»Der Befehlshaber wird wütend sein«, sagte Estevão. »Er hat darauf gezählt, daß sie uns führt.«
»Ja«, sagte Gonsção. »Wir müssen es ihm mitteilen. Vielleicht findet er wieder Gefallen an uns, wenn wir ihm das hier zur Kenntnis bringen. Es könnte sogar sein, daß er endlich auf uns hört und dorthin zurückkehrt, wo wir Timóteo und Tomás zuletzt sahen. Kommt.«
Sie kletterten die steile Böschung wieder hinauf, und Gonsção schaute sich nach dem blinden Musiker um. Er saß nicht länger neben dem Wagen.
»Was sollen wir machen, wenn er nicht für uns übersetzt?« fragte Carlos.
»Wir werden uns diesem Jaimal schon verständlich ma-

chen. Es gibt Mittel und Wege.« Gonsção blickte über die Rücken der im Gebet versunkenen Muslime hinweg zum großen, gestreiften Zelt des Befehlshabers.

Die Hinduwächter vor Jaimals Zelt versperrten Gonsção und den Soldaten mit ihren Speeren den Weg, als die Goaner sich näherten. Gonsção hielt den blauen Stofffetzen hoch und sagte nur: »Begum Porphredo.«

Die Wächter warfen einander verdrossene Blicke zu, und einer von ihnen duckte sich und verschwand im Zelt. Es folgte eine lautstarke Auseinandersetzung, von der Gonsção nichts verstand. Als der Hindusoldat wieder auftauchte, bedeutete er den Goanern mit seinem Speer wütend, daß sie eintreten sollten.

»Der Befehlshaber hat es ihm wohl übelgenommen, daß er ihn beim Beten störte«, sagte Carlos, als sie ins Zelt gingen.

Tatsächlich stand Jaimal mit gerunzelter Stirn neben seinem Gebetsteppich. Gonsção verbeugte sich vor ihm auf europäische Art und hielt ihm den blutbefleckten blauen Seidenfetzen hin.

Jaimal riß ihn ihm aus der Hand und starrte auf das Stofftuch.

»Das haben wir am Fluß gefunden«, sagte Gonsção langsam, bedächtig und ein wenig zu laut auf Latein. »Versteht Ihr? Am Fluß.« Gonsção vollführte mit den Händen die wellenförmige Bewegung von Wasser. »Wir fürchten, ihr könnte etwas zugestoßen sein.«

Jaimal bellte einen Satz, und die Wächter kamen wieder herein und packten Gonsção an den Armen.

»Was tut Ihr?« schrie Gonsção. »Wir hätten Euch dieses

Beweisstück wohl kaum gebracht, wenn wir es wären, die ihr ein Leid angetan haben!«

Carlos und Estevão wichen zurück und zogen ihre Schwerter.

»Nein!« sagte Gonsção. »Laßt die Waffen fallen, beide. Das ist lediglich ein Mißverständnis. Es ist unseren Tod nicht wert.«

Nach einigem Zögern gehorchten die Soldaten.

Mit einem Blick auf Jaimal sagte Gonsção: »Sucht Gandharva auf. Den blinden Musiker. Gandharva kann für uns übersetzen. Findet Gandharva.«

Jaimal sprach wieder mit den Wächtern, und Gonsção wurde davongeführt, gefolgt von den beiden Soldaten.

Die Götter müssen die Unzulänglichkeit lieben, dachte Porphredo, während sie sich an das Bündel aufgeblasener Weinschläuche klammerte, *denn nichts ist so gelaufen, wie ich es erhofft hatte.*

Sie hatte nach Einbruch der Dunkelheit verschwinden wollen, doch Jaimal hatte sie wissen lassen, daß er nach den Abendgebeten ihre Gesellschaft wünsche. Ihr und Masum war kaum genug Zeit geblieben, um zu Gandharvas Wagen zu eilen und die Weinschlauchflöße zu holen, die er vorbereitet hatte, und sich zum Flußufer zu begeben, bevor am Rand des Lagers Wächter aufgestellt wurden. In der Eile hatte sie sich an einem Dornbusch die Haut aufgekratzt, und ein Teil ihres Saris war abgerissen. *Aber sicher bin ich nur wieder eine alte Miesmacherin. Den Fetzen wird niemand finden, wenn er nicht danach sucht.*

Und außerdem gab es jetzt dringlichere Probleme, um die sie sich kümmern mußte. Das Wasser des Flusses Krishna war an dieser Stelle reißend schnell, und sie mußte Felsen ausweichen oder behutsam darüber hinwegtreiben. Zu ihrem Erstaunen handhabte Masum sein Floß äußerst gut und glitt mühelos durch die Stromschnellen. Als der Fluß breiter wurde und das Wasser sich beruhigte und sie eindeutig weit genug vom Mogullager entfernt waren, schrie Porphredo zu ihm hinüber: »Guter *faylasuf,* ich wußte ja gar nicht, daß Ihr schwimmen könnt!«

»Kann ich auch nicht!« erwiderte er mit einem Grinsen.

»Dann gewöhnt Ihr Euch aber erstaunlich schnell an das Wasser.«

Irgendwie paddelte der Sufi näher an sie heran und streckte den Arm nach ihr aus. »Nehmt meine Hand.«

Porphredo tat, wie ihr geheißen, obwohl sie es nicht für sonderlich klug hielt.

»Lauscht dem Rhythmus des Wassers, und laßt zu, daß es Euren Geist besänftigt. Verfolgt das Spiel des Lichts auf der Oberfläche, und laßt Euch davon betören. Wehrt Euch nicht dagegen, daß seine Glätte Euch die Angst nimmt. Atmet tief ein, und erlaubt dem Wasser, Euch zu tragen, denn wo sonst als im Wasser weilt die Seele des Göttlichen.«

Ob es die Berührung seiner Hand oder der Klang seiner Stimme war, jedenfalls begann Porphredo sich zu beruhigen und ließ sich mit der Flußströmung treiben. Sie sann darüber nach, daß, wäre sie noch ein junges Mädchen, ihr das alles wie ein einziges großes Abenteuer erschiene. Sie warf einen raschen Blick zur Seite auf Masums glückseliges Gesicht mit dem triefnassen Bart und stellte auf einmal fest, daß sie sich von ganzem Herzen wünschte, jünger zu sein.

Thomas wußte nicht, was er in Sthenos Palast zu sehen erwartet hatte. Das Gagan Mahal, Sultan Ibrahims Palast in Bijapur, war mit Schätzen angefüllt gewesen und so angelegt, daß, egal, wohin der Blick fiel, man stets von den Verzierungen der Architektur und den anmutigen Gärten geblendet und entzückt war. Master Coulter war einmal in Whitehall gewesen, wo Königin Elisabeth im Winter residierte, und hatte berichtet, daß es voller Leute war, die ständig kamen und gingen, um irgendwelche Geschäfte zu tätigen.

Sthenos Palast glich keinem von beiden. Die Steinkorridore, die man hier angelegt hatte, waren dunkel und kahl, und obwohl erst kürzlich gefegt worden war, rochen sie nach Staub, Moder und Alter. Hin und wieder enthüllte ein kleiner Strahl Tageslicht auf einer Wand ein längst verblichenes Gemälde. Wenn es königliche Schätze gab, so waren sie verborgen, oder sie befanden sich in einem anderen Palastbereich. An Menschen waren die einzigen anderen Bewohner, die Thomas zu Gesicht bekam, vereinzelte blinde Priester. Die Korridore waren still bis auf den Klageruf eines Pfaus in einem fernen Garten.

Es ähnelt eher einer Gruft als einem Palast, dachte Thomas. Ein Palast der Toten. Oder einer, der den Toten vorbehalten sein sollte.

Schließlich blieb Stheno vor einer Holztür stehen. »Hier werdet Ihr untergebracht, mein Goldener. Und dort«, sie

deutete auf eine andere, kleinere Tür zur Linken, »kann der Knabe bleiben.«
»Wir danken Euch, Despoina«, sagte Thomas, »doch wenn ich fragen darf …«
Stheno hatte die Hände an den Kopf gelegt, als bereite er ihr Schmerzen. »Bitte entschuldigt mich«, unterbrach sie ihn. »Ich … muß Euch nun allein lassen. Ich schicke Euch Enyo, damit sie sich um alles Nötige kümmert. Streift nicht ohne Begleitung im Palast herum, denn er ist … alt, und es gibt Bereiche, die gefährlich sind. Ich werde Euch heute abend wiedersehen.« Sie machte kehrt und eilte in einen Seitengang hinein.
»Despoina, ist Euch nicht gut?« rief Thomas ihr nach. Doch sie antwortete nicht und verschwand rasch zwischen den Schatten des dunklen Gangs.
»Vielleicht haben ihre Schlangen sie gebissen«, sagte Timóteo.
»Schweigt! Kein Wort mehr davon. Nicht, wenn sie oder ihre Diener Euch hören können.«
»Ich glaube, es ist ihr einerlei, daß ich es weiß, Tomás.«
Thomas fand das eher erschreckend als beruhigend. »Wir sollten wenigstens nicht das Risiko eingehen, sie zu kränken, indem wir es offen aussprechen. Wir wissen noch nicht, welche Gefahren an diesem neuen Ort lauern. Kommt, schauen wir uns einmal die Unterkünfte an, die man uns zugewiesen hat.«
Thomas zog die Holztür auf, wobei er mit einiger Sorge feststellte, daß man sie von außen verriegeln konnte, und trat ein.
Hier herrschte der verschwenderische Überfluß, den er zu

sehen erwartet hatte: Das schmale Bettgestell bestand aus poliertem Gold, und stilisierte Kobraköpfe erhoben sich auf den Pfosten. Die Bettdecke war aus Leinen und mit zahlreichen Goldfäden durchwirkt. Gekreuzte Schwerter mit goldenen Griffen hingen hoch oben an der Wand. Tisch und Stuhl bestanden aus geschnitztem Elfenbein. Der Plüschteppich auf dem Boden ähnelte denen in Ibrahims Palast. Große Kupferlampen hingen von der Decke, jede an drei Ketten aufgehängt. Die Lampen waren erforderlich, bemerkte Thomas, weil der Raum keine Fenster hatte.

»Tomás! Ich glaube, das sind römische Schwerter!« sagte Timóteo. Er eilte hinüber, um sie sich anzusehen, doch sie befanden sich außerhalb seiner Reichweite. »Mein Großvater erzählte mir einmal von den Gladiatoren und Zenturionen.«

»Tat er das?« sagte Thomas. Er saß auf dem Bett und stellte fest, daß die Bettdecke an den Rändern ausgefranst und leicht fleckig war. Und sichtlich sehr alt. Ihm fielen auch die kleinen Haufen Staubflusen und Spinngewebe an den Wänden auf. »Mir scheint, daß Domina Stheno nicht sehr oft Gäste hat.«

»Wir können uns glücklich schätzen, Tomás.«

»Irgendwie vermute ich, daß Glück dabei keine Rolle spielt«, sagte Thomas und dachte noch einmal an all die Entscheidungen und Ereignisse, die zu seinem Eintreffen hier geführt hatten.

»Ihr habt recht, Thomas. Es ist nicht Glück. Es ist Gottes Wille.«

»Oder sonst jemandes Wille.« Da er nicht wußte, welcher

Gott nun der Hüter seiner Seele war, ob der protestantische oder der katholische oder die heidnische Göttin, die sein Vater verehrt hatte, war Thomas nicht geneigt, einem davon sein Schicksal zuzuschreiben.

Thomas hörte Bewegungen und das Scheppern von Geschirr an der Tür und erwartete, daß ein Diener eintreten werde. Als das nach geraumer Zeit noch immer nicht geschehen war, stand Thomas auf und öffnete die Tür.

Ein wild dreinblickender Mönch, der lediglich einen *dhoti* trug, der von einem Safranstrick zusammengehalten wurde, sprang zitternd und entsetzt zurück. Er sank auf die Knie und verbeugte sich etliche Male. Mehrere Schüsseln standen in einer Reihe neben der Tür.

»Eh, Verzeihung. Timóteo, könntet Ihr bitte kommen und mit diesem Burschen sprechen?«

Timóteo kam herbei. »Er vollzieht ein *puja*.«

»Was ist das? Irgendeine Zeremonie? Vielleicht ein Willkommensritus?«

Timóteo zuckte mit den Achseln. »Ich weiß nicht. So huldigen die Hindu, und ich weiß wenig über derlei Dinge.«

»Huldigen?«

»In Goa habe ich Leute gesehen, die so etwas auf den Tempelstufen vor ihren Götzen taten.«

»Als wäre ich ... ein Gott?«

»Ich weiß es nicht, Tomás.«

Die kleine alte Frau mit dem wachen Blick kam um eine nahe Ecke gebogen und keuchte auf, als sie den Mönch sah. Sie schrie ihn an und begann mit den Händen zu fuchteln, scheuchte ihn fort, als wäre er ein streunender

Hund, der auf eine Türschwelle pinkelt. Unter großem Gemurmel und Wippen des Kopfes fügte der Mönch sich und schlurfte durch den Korridor davon.

»Vergebt uns«, sagte die Alte, während sie die Schüsseln einsammelte und zur Seite stellte. »Das war nur Prabaratma. Einer der Lieblinge der Despoina. Er ist harmlos, doch manchmal glaube ich, er ist verrückt.«

»Kein Grund, sich zu entschuldigen. Ich war nur erschrocken. Was machte er hier?«

»Wer weiß? Achtet nicht auf ihn, er ist nicht recht bei Trost.« Sie straffte sich mit einem Seufzer. »Seid Ihr mit Eurer Unterkunft zufrieden?«

»Ja, sie scheint … angemessen zu sein. Wie geht es Aditi?«

Ein strahlendes Lächeln legte sich auf das Gesicht der Alten. »Sie ist wohlauf und wird bald völlig wiederhergestellt sein. Ich danke Euch nochmals, Despos, daß Ihr sie gerettet habt.«

»Es war mir … eine Freude. Obwohl ich von jemandem namens Gandharva Hilfe hatte.«

»Ah! Gandharva! Ihn vermissen wir auch. Es war ein solches Vergnügen, ihn um sich zu haben. Wird er demnächst zurückkehren?«

»Ich … fürchte, das weiß ich nicht, edle Dame.«

Sie trat einen Schritt näher. »Seid so gut und sagt mir, ob mit Porphredo alles in Ordnung ist.«

»Despoina Porphredo ist … Eure Schwester?«

Die Frau nickte. »Ich heiße Enyo. Und eigentlich ist es nicht richtig, uns Despoina zu nennen, denn wir waren unser Lebtag lang Dienerinnen. Bitte, wie geht es ihr?«

»Als ich sie zuletzt sah, stand alles zum besten, und sie

schickte sich an, eine Mogularmee in eine Richtung zu lotsen, die möglichst weit von hier wegführt.«

»Ah.« Der Ansatz eines besorgten Stirnrunzelns über Enyos Brauen blieb. »Also wird sie vorerst wohl nicht zurückkehren.«

»Das weiß ich wirklich nicht zu sagen.«

»Ich verstehe. Habt Dank. Gibt es noch etwas, was ich Euch besorgen oder für Euch tun kann, um Euch zu erfrischen?«

»Für Timóteo kann ich nicht sprechen, doch ich hätte gern ein Bad, wenn's recht ist.« Timóteo trat hinter Thomas hervor. »Habt Ihr einen Wunsch hinsichtlich Eurer Bequemlichkeit? Ich habe um ein Bad gebeten.«

»Ein Bad!« schloß Timóteo sich voller Sehnsucht in den Augen an.

»Sei's denn«, sagte Enyo und sprach nun ihr Lateinisch mit dem seltsamen Akzent. »Wäre meine Schwester hier, könnten wir Euch einen Zuber und heißes Wasser bringen. Doch da sie nicht hier ist, muß ich Euch zu unserer heißen Quelle führen, wenn Euch das genehm ist.«

»Das wäre uns sogar sehr genehm«, sagte Thomas. »Darf ich fragen, weshalb es hier so wenig Diener gibt? Das scheint ein sehr großer Palast zu sein – seine Pflege erfordert sicher viel Arbeit.«

Enyo wurde nervös und wandte den Blick ab. »Domina Stheno ist sehr … wählerisch darin, wen sie in ihre Nähe läßt. Um ihrer und der Ihren Sicherheit willen. Sie zieht das einfache Leben vor, daher auch die wenigen Diener.«

»Aber sie muß doch eine Küche mit Köchen haben, oder nicht?«

»Das Volk von Bhagavati versorgt uns mit Nahrung. Und

die Mönche haben ihren eigenen Koch und essen nicht viel.«

»Ich verstehe. Und Gärtner?«

»Meine Schwester und ich pflegen die Gärten.«

»Ah.«

»Die Mönche fegen die Korridore und säubern die … Latrinen als Teil ihrer Ehrerbietung. Wirklich, ich wüßte nicht, weshalb unsere Alltagsgepflogenheiten Euch interessieren sollten. Laßt mich Euch zu den heißen Quellen führen. Doch Ihr müßt mir bitte folgen und dürft nicht von dem Weg abweichen, den ich Euch weise.«

»Ja, Domina Stheno hat uns bereits gewarnt. Einige Bereiche dieses Palasts sind alt und gefährlich.«

»Genau. Hier entlang, wenn ich bitten darf.«

Sie kamen an der Tür vorbei, auf die Stheno mit dem Hinweis gedeutet hatte, daß dahinter Timóteos Unterkunft läge, und Thomas öffnete die Tür kurz und warf einen Blick hinein. Der Raum dahinter war klein, mit einem niedrigen, runden Tisch darin und mit etwas ausgelegt, was weiche Kissen zu sein schienen. Doch er war zu einer Seite hin offen, und ein anmutiger Säulengang trennte ihn von einem Balkon, von dem aus man einen Garten überschauen konnte.

»Hm«, sagte Thomas, »Eure Räumlichkeit ist in gewisser Hinsicht angenehmer als meine, Timóteo.«

»Wirklich? Wenn Ihr wollt, können wir tauschen, Tomás.«

»Nein!« sagte Enyo. »Das dürft Ihr nicht. Domina Stheno hat ausdrücklich bestimmt, daß Ihr, Domine Tamas, das größere Zimmer erhalten sollt. Es würde sie aufbringen, zu erfahren, daß Ihr woanders … untergebracht seid.«

»Nun ja. Wir wollen Domina Stheno schließlich nicht aufbringen, oder?«

»Das wäre unklug«, sagte Enyo.

Thomas und Timóteo blickten einander an und folgten weiter der alten Frau.

Sie führte sie einen Weg entlang, der in weitem Bogen verlief, und Thomas merkte, daß sie sich wieder spiralartig dem Mittelpunkt des Palasts näherten. Timóteo huschte von Wand zu Wand, spähte in Seitengänge und benahm sich viel knabenhafter als in Sthenos Gegenwart. Seine Neugier beunruhigte die Dienerin Enyo sichtlich, doch sie schalt ihn erst, als er an einer Stelle, an der zwei Korridore aufeinandertrafen, sein Gesicht an eine schmale Öffnung zwischen den Wänden preßte.

»Tomás! Kommt und schaut! Solche Bäume habe ich noch nie gesehen.«

Thomas ging hinüber und preßte sein Gesicht ebenfalls an die Öffnung. »Das sind Zypressen, Timóteo. Sie wachsen in Europa. Und da sind Eichen! Ich hätte nie gedacht, in diesem fernen Land solche Bäume zu sehen. Da bekomme ich ja fast Heimweh. Was für ein herrliches Arboretum.«

»Und seht«, sagte Timóteo, »in der Mitte ist ein Teich oder See.«

»Wenn ich bitten darf, Magister!« rief Enyo hinter ihnen. »Das solltet Ihr Euch nicht anschauen.«

Timóteo trat von der Öffnung zurück und lief zu Enyo. »Bitte zeigt uns den Weg hinunter in diesen Garten. Ich möchte gern mehr von diesen Bäumen sehen.«

»Nein«, sagte Enyo bestimmt.

»Aber ich bin Kräuterkundler! Genau wie Tomás! Wir studieren Pflanzen, damit wir Menschen heilen können.«
»Tut mir furchtbar leid, junger Magister«, sagte Enyo mit Anspannung in der Stimme, »doch das ist eine heilige Stätte. Ein geheimer Garten. Der Zutritt ist Euch verwehrt.«
»Ohne Zweifel«, sagte Thomas und ging zu ihnen hinüber, »wäre Domina Stheno äußerst aufgebracht, wenn wir ihn betreten würden, und sei's zufällig?«
»Ja«, sagte Enyo. »Das wäre sie.«
Etwas an dem Verhalten der Frau ließ Thomas vermuten, daß sie noch erheblich mehr dagegen einzuwenden hatte als Stheno. Sie sagte jedoch nichts mehr, bog in den linken Korridor ein und brachte sie nach wenigen Dutzend Metern zu einer Treppe, die in eine finstere Grotte hinabführte, die nur durch Spalten in der Felsenkuppel über ihnen erhellt wurde.
Thomas durchschoß der Gedanke, wie sehr sie dem Aljouvar in Goa glich, dem Höhlengefängnis, in dem Menschen den Richtspruch des Gouverneurs erwarteten. Doch statt mit verzweifelten Menschen angefüllt zu sein, enthielt die Grotte einen großen Teich, der von warmem Wasser dampfte. Der Dampf roch schwach nach Mineralien, weitaus angenehmer als der Gestank des Aljouvar. Die Quelle war aber nicht mit den ätherischen, betäubenden Wassern des Gagan Mahal zu vergleichen. Dieses Becken erweckte den Eindruck, älter, verborgen, geheim und ursprünglich zu sein. Obwohl die Ziersteine eindeutig Handarbeit waren, handelte es sich eher um ein Gebilde der Natur als um Menschenwerk.
»Tretet ein und macht es Euch bequem«, sagte Enyo. »Ich

werde Euch Handtücher und frische Kleidung holen. Ich muß jedoch darauf bestehen, daß Ihr diesen Ort erst wieder verlaßt, wenn ich zurück bin, um Euch zu führen. Wollt Ihr mir das versprechen?«

»Ja, natürlich«, sagte Thomas und fragte sich, welche Gefahren in einem derart verlassenen Palast wohl auf die Unachtsamen lauern mochten.

Enyo verließ sie, und Timóteo riß sich die Robe vom Leib und sprang ins Becken. Thomas tat es ihm nach und spürte, wie das mineralhaltige Wasser seiner Haut augenblicklich wohltat.

»Es ist wie Cupido und Psyche«, sagte Timóteo, während er herumspritzte und im Wasser planschte.

»Wer? Was?«

»Eine der alten Geschichten, die mein Großvater mir erzählte. Ein wunderschönes Mädchen namens Psyche muß zu diesem großen, rätselhaften Palast gehen, wo sie nur in einem Bereich leben und den Rest nicht sehen darf. Und Cupido, der Gott, Ihr wißt schon welcher, kommt sie abends besuchen und … küßt sie, nehme ich an. Bloß ist es ihr nicht erlaubt, ihn anzusehen, und so weiß sie nicht, wer er ist. Schließlich zündet sie eines Nachts eine Kerze an und sieht ihn, und … dann passiert irgendwas. Ich habe vergessen, was.«

Thomas fielen die Komplimente wieder ein, mit denen Stheno ihn überhäuft hatte, und fröstelte. »Eure Geschichte ist nicht gerade beruhigend, Timóteo. Doch alle Paläste haben verbotene Orte. Außerdem gibt es bereits eine Mär, die unserer Gastgeberin entspricht. Wir sollten die Mythen nicht durcheinanderbringen, oder?«

Timóteo antwortete nicht, sondern tauchte mit dem Kopf unter, kam dann wieder hoch und schüttelte seine zur Tonsur geschnittenen Locken wie ein Hund.

Außerdem, dachte Thomas, *nähert sich mein Anteil an dieser Geschichte allmählich dem Ende. Ich habe Aditi sicher nach Hause gebracht und den Herkunftsort des* Rasa Mahadevi *gefunden. Hier könnte ich uraltes Wissen vorfinden, das ich mit nach England nehmen kann. Wissen, das es mir erlaubt, zu Hause als großer Reisegelehrter willkommen geheißen zu werden, und nicht als gescheiterter Gehilfe. Das sollte meine Geschichte sein, und nicht irgendeine traurige und verblichene Legende.*

12

JOHANNISKRAUT

Dieses kleine Kraut hat lange, schmale Blätter und riecht nach Terpentin. Im Hochsommer bringt es gelbe Blüten hervor. Besonders wirksam soll es am Johannistag sein, von dem es auch seinen Namen hat, und manche tun das Kraut in ein Amulett und geben es Kindern zum Tragen, damit es sie vor jeglichen Krankheiten bewahrt. Johanniskrautöl hilft, tiefe Wunden zu heilen und zu säubern, und ein Umschlag aus den Blättern zieht das Gift aus einem Schlangenbiß. Kreuzritter, die das Kraut aus dem Osten mitbrachten, nannten es ›Dämonenbann‹, und angeblich schützt es ein Heim vor Dämonen und Siechtum. Manche sagen, die Blätter zeigen an dem Tag des Jahres, an dem Salome Johannes' Enthauptung verlangt haben soll, scharlachrote Flecken. Tritt ein Mensch auf das wilde Kraut, so erscheint nach Ansicht vieler ein Zauberpferd neben ihm und trägt ihn fort …

Aditi kleidete sich langsam an und schaute zum Mond hinauf. Obwohl erst halbvoll, schien sein Licht hell auf den Balkon vor ihrem Zimmer. Ihre Arme und Hände gehorchten nur zögernd ihrem Willen. Ihre Gedanken bewegten sich nicht weniger langsam, als wäre der Honig, mit dem man sie einbalsamiert hatte, in ihren Verstand gesickert. Doch ein Gedanke war stets bei ihr, seit sie in Gandharvas Wagen das Bewußtsein wiedererlangt hatte: *Ich habe eine neue Chance bekommen.*
Ihre Tür öffnete sich, und Enyo kam herein. Aditi lächelte die alte Frau an, die sich kein bißchen verändert hatte, seit Aditi ein kleines Findelkind gewesen war. Enyo wiederzusehen machte Aditi froh. *Endlich bin ich zu Hause.*
»Wie fühlt Ihr Euch?« fragte Enyo.
»Viel … besser«, brachte Aditi hervor. »Aber alles ist … so langsam.«
»Das ist schon in Ordnung. Ihr habt jetzt alle Zeit, die Ihr braucht. Obwohl die Despoina gern mit Euch spräche, wenn Ihr soweit seid.«
Die Erinnerung an ihre Adoptivmutter Stheno brachte Aditis Hände zum Zittern und durchstob wie ein kalter Windstoß ihre Heiterkeit. »Ich bin … soweit. Fast.« Als Aditi ihre *peshwaz*-Jacke zuknöpfte, fragte sie leise: »Hat Sie … mir vergeben?«
»Was vergeben, meine Liebe? Wahrlich, die Despoina tobt und plappert über so vieles, daß man nur schwer sagen

kann, was sie dieser Tage aufbringt oder freut. Ich jedenfalls nicht. Das war nie der Fall, und sie läßt es mich auch nicht vergessen. Ihre Abscheu vor mir ist das einzige Gefühl, auf das man sich verlassen kann.«

»O Enyo«, seufzte Aditi mit einem Lächeln. Die Beschwerden der *aya* waren alt, so vertraut wie ein Lieblingskissen aus der Kindheit. »Ihr wißt, daß die Despoina sich auf Eure gute Laune und Euer sanftes Wesen verläßt.«

»Ihren Vorteil daraus zieht, meint Ihr wohl. Ai, wie werde ich mich freuen, wenn Porphredo zurückkehrt. Sie hat ein soviel dickeres Fell als ich. Sie läßt die Widerborstigkeit der Despoina an sich abprallen wie ein Kettenhemd ein darauf einschlagendes Schwert.«

Aditi antwortete nur mit einem weiteren Lächeln.

»Aber, meine Liebe, Ihr habt einen Knopf übersehen.« Enyo ging zu ihr, nestelte an ihrer Kleidung herum und kämmte und flocht ihr das Haar. Aditi ertrug es mit dem ergötzlichen Gefühl, wieder ein Kind zu sein. *Als wäre ich wahrhaft wiedergeboren worden.*

Schließlich trat Enyo zurück. »So – nun könnt Ihr Euch sehen lassen. Sie wird mich nicht allzusehr schelten. Seid Ihr aufbruchbereit?«

Aditi nickte und nahm Enyos Arm, denn ihr Schritt war noch unsicher. Sie war viele Tage nicht mehr gegangen, und es schien, als müßten ihre Beine das erst wieder lernen.

Langsam bewegten sie sich durch einen der zahlreichen Palastkorridore. Aditi war froh, daß sie langsam gehen mußten, denn ihre Augen wollten den kostbaren, vertrauten Anblick des schwach erleuchteten Gangs in sich aufnehmen und sich an die Jahre der Kindheit erinnern, als der Palast ihr Spielplatz gewesen war, und jede Biegung und Krümmung des Gangs Mysterien für sie bereithielt, alte Geschichten in verblichenen Fresken, seltsame Inschriften, zerbrochene Statuen und wilde Gärten, um die sich kaum jemand kümmerte.

Es war seltsam, wußte sie jetzt, daß sie die Gesellschaft anderer Kinder niemals vermißt hatte. Sie hatte die Mönche und ihre *ayas* gehabt, Enyo und Porphredo, die ihr Freundinnen und Spielgefährten zugleich gewesen waren. Und mit einem ganzen Palast voller Wunder, den sie durchstreifen konnte, hatte sie kaum jemals Langeweile gekannt. Nun gab es Tamas, der an ihrem Leben teilhatte. Aditi fragte sich, was er wohl davon hielt.

Enyo führte sie in einen Garten mit erhöht angebrachter Plattform hinaus – Garten des Monsuns wurde er genannt, wie Aditi sich erinnerte, denn er wies in die Richtung, aus der die Stürme kamen, und ertrug oft die Wucht der ersten schweren Regenfälle. Man konnte ihn jetzt benutzen, weil Trockenzeit herrschte.

Auf der Plattform standen mehrere Säulen, die nichts stützten, als handle es sich um einen Ruinentempel. Aditi hielt inne, denn das Mondlicht auf den Säulen erinnerte sie an ein Bild aus Visionen, an die sie sich nicht mehr erinnerte – Visionen, die sie nach ihrem Tod gehabt hatte. Aus irgendeinem Grund standen hier und da Stoffleinwände aus schwarzem Gewebe unter den Säulen. In den Schatten, die sie warfen, saß irgendwo die Mahadevi, die Devidurga, die ehrenwerte Despoina Stheno.

»Wir sind da, Despoina«, rief Enyo.

»Gut. Verlaßt uns, Maus. Ich möchte allein mit meiner Tochter sprechen.«
Ah, Aditis Haut prickelte, als sie diese Stimme wieder hörte. So reich an Weisheit und Macht.
Enyo verneigte sich und ging rasch davon. Aditi starrte in die Dunkelheit mitten auf der Plattform und brachte kein Wort heraus.
»Willkommen daheim, Aditi.«
Aditi öffnete den Mund, doch ihre Lippen bebten, ohne daß sie etwas zu sagen vermochte. Und plötzlich warf sie sich auf die Steine und lag mit ausgebreiteten Armen auf dem Boden. »Bitte ... Große Mutter«, wisperte sie schließlich. »Vergebt ... mir.«
»Dir vergeben ...« Eine lange Pause. »Für welche Überschreitung wünschst du Vergebung?«
»Für Goa«, sagte Aditi. »Für so viele ... die an das Orlem Gor verlorengingen.« Und Aditi, die in ihrem ganzen Leben so selten geweint hatte, spürte Tränen auf ihrem Gesicht.
»Ah. Die Priester des Orlem Gor sind Ungeheuer. Es kommt die Zeit der Vergeltung, Aditi, das versichere ich dir. Es ist ein Jammer, daß du dich nicht gegen sie behaupten konntest, doch du bist lediglich eine Sterbliche, wenn auch eine mit Fähigkeiten und Kenntnissen, die nur wenige Sterbliche besitzen. Es ist wahr, daß du nicht den Erfolg hattest, den ich mir erhoffte, besonders, nachdem du so gut begonnen hattest, mit dem Gouverneur und dem Vizekönig. Ein Jammer.«
»Vergebt mir!« sagte Aditi erneut.
»Aditi. Habe ich dir nicht mein eigenes Blut des Lebens

gebracht, mich mitten in die Mogularmee begeben, damit du wieder leben kannst? Zeugt das nicht von Vergebung? Habe ich dich und deinen Retter nicht selbst hierher in meine geheiligte Stadt Bhagavati geführt? Zeugt das nicht von Vergebung?«

Aditi war sich nicht sicher, wie sie antworten sollte. »Ja?«

»Wäre ich wütend auf dich gewesen, mein Kind, hätte ich dich dem Tod überlassen. Doch wenn du ein Opfer darzubringen wünschst, eine Geste, um mein Wohlwollen zu gewinnen, so sei es: Gib mir Tamas.«

Aditi erhob sich bedächtig und kauerte sich auf die Fersen, fragte sich, ob sie richtig verstanden hatte. »Große Mutter?«

»Sicher bist du inzwischen wieder genug bei Verstand. Ich sagte, gib mir Tamas. Sein Wesen behagt mir. Dieses goldene Haar. Ich hatte seit so vielen Jahren keinen anderen, der mir Vergnügen bereitete, als diese hirnlosen, blinden Mönche. Du kannst dir nicht vorstellen – nein, natürlich kannst du das nicht. Er ist dir sichtlich zugetan, doch das läßt sich ändern. Die Männer sind so wankelmütig, wenn man erst den Punkt findet, an dem ihre Seelen aufgehängt sind. Gib mir Tamas, und alles ist verziehen.«

Aditi blinzelte, und ihre trägen Gedanken wirbelten umher, ob sie Tamas so weit ihr eigen nennen konnte, um ihn wegzugeben, und ob … so seltsam, das zu denken … ob es gerecht war. Sie war eine Göttin … die Mahadevi konnte jeden Sterblichen haben, nach dem es Sie verlangte, oder nicht? *Weshalb will Sie gerade den haben, den ich liebe?* dachte Aditi. *War es nicht Prabaratma, der einmal sagte, daß es die Götter am meisten freut, wenn wir das opfern, was uns am liebsten ist?* Welch grausame Gerechtigkeit liegt darin? Ein kleiner Bereich ihres Herzens, der seit ihrem Erwachsensein weder Sultan noch Gouverneur noch Edelmann oder eine sonstige Autorität außer der Mahadevi anerkannt hatte, erwog auf einmal ... Rebellion.

»Weshalb sprichst du nicht?« wollte die Mahadevi wissen.

»Ich ... meine Gedanken ... sind träge«, sagte Aditi. »Ich ... bitte laßt mich mit ihm reden. Nur noch einmal. Um es ihm zu sagen.«

»Ah. Natürlich. Von deinen Lippen wird er deine Zurückweisung besser aufnehmen, da bin ich sicher. Sprich gut zu ihm über mich. Ich möchte, daß er Begierde empfindet. Verführung kann so ermüdend sein, wenn die Männer unsicher sind. Tue es bald. Tue es heute abend, wenn du kannst.«

»Wenn ... die Große Mutter das wünscht.«

»Ich wünsche es. Geh nun. Ruh dich aus. Wir sprechen noch darüber, welche neue Aufgabe du erhältst, wenn du dich besser erholt hast.«

»Ja, Große Mutter.« Unter beträchtlichen Mühen erhob Aditi sich und verließ unsicheren Schrittes die Plattform. *Sie hat sich verändert, oder ich habe mich in den Jahren verändert, seit ich von zu Hause fort bin. Kann ein Gott so unwichtig werden wie eine Sterbliche? Bin ich so stolz geworden, daß ich es fertigbringe, Ihr zu trotzen, obwohl Sie mir das Leben zurückgab? In den alten Geschichten stellen Sterbliche sich manchmal gegen die Götter. Wenn sie klug sind, gewinnen sie sogar, allerdings zu einem hohen Preis. Gandharva sagt, ich sei klug, doch meine*

Gedanken wirbeln nun wie Wolken an einem windstillen Himmel umher. Was kann ich schon tun?

Mirsa Akbarshah blickte vom Lagerfeuer zum Mond empor. Er fühlte sich recht allein unter dem forschenden Blick des Nachtgestirns und der Sterne.

Aus den Augenwinkeln heraus fiel ihm auf, daß das Mondlicht über dem Fluß Krishna eine andere Färbung annahm. Ein dunkler Schatten trieb dahin und näherte sich dem Ufer. Aufmerksam geworden erhob der Mirsa sich und griff nach seinem Dolch.

»Allah Akbar!« schrie eine Stimme vom Fluß. »Ist das der Große Mirsa Ali Akbarshah, den ich da sehe?«

Der Mirsa ging auf das Flußufer zu, blieb jedoch kurz davor stehen. Die Sträucher am Ufer waren lediglich dunkle Schemen, die Schatten warfen und es unmöglich machten, festzustellen, wer oder was ihn da angesprochen hatte. Einen Moment lang fragte der Mirsa sich, ob ein Dschinn des Flusses ihn wohl ins Verhängnis locken wollte. Vielleicht war es ja der Zauberer, der Mumit verwandelt hatte, oder ein Sohn des Schaitans, der versuchte, seine Seele zu verführen. »Ich bin Mirsa Akbarshah, der Gesandte des mächtigen Kaisers Akbar!« rief er aus, um die bangen Gedanken in seinem Kopf zu vertreiben. »Wer spricht da?«

»Allah sei gepriesen!« erklang eine Stimme dicht am Flußufer. »Ich bin es, Masum al-Wadud, und ich bringe Euch Begum Porphredo. Wir haben nach Euch gesucht.«

Zwei triefnasse Gestalten erhoben sich aus dem Wasser und traten auf den Sand hinaus.

»Masum?« sagte der Mirsa erstaunt.
»Was gibt es? Was ist geschehen?« rief Rafi vom Lagerfeuer her.
»Bring mir eine Fackel vom Feuer«, befahl der Mirsa. »Mach schnell!«
Kurz darauf kamen alle vier seiner Männer herbeigeeilt, Fackeln und Dolche in den Händen. Im Licht der Fackeln sah der Mirsa nun, daß wahrhaftig Sufi Masum vor ihm am Flußufer stand, verdreckter denn je, und die alte Frau Porphredo stützte sich schwer auf ihn.
Der Mirsa trat an ihre Seite und nahm ihren Arm. »Wie ist das möglich? Was für ein ...« ihm fiel kein besseres Wort ein »... Wunder hat Euch aus dem Fluß hierhergeführt?«
»Wir bringen eine Botschaft von großer Wichtigkeit«, begann Porphredo, und dann brach sie in einem Hustenanfall zusammen. Der Mirsa hob sie hoch, fand sie für eine so großgewachsene Frau erstaunlich leicht und trug sie zum Feuer.
»Mein Gebieter«, sagte Masum, der mit glucksender Kleidung hinterherging, »wir sind gekommen, um Euch zu warnen.«
»Mich zu warnen?« Der Mirsa legte die alte Frau behutsam auf der weichen Erde neben dem Feuer ab. Inzwischen hatte sich auch Lakart blinzelnd und mit gerunzelter Stirn halb aufgerichtet. »Vor was warnen?«
»Ihr dürft nicht zu Eurer Armee zurück«, sagte Masum atemlos. »Befehlshaber Jaimal hat sich gegen Euch gewendet und will nun selbst Eure Expedition führen. Entlang der Strecke, auf der Ihr zurückkehren würdet, hat er im Hinterhalt Bogenschützen versteckt.«

Der Mirsa und seine Männer starrten den Sufi einige Momente lang erstaunt an.
»Mein Gebieter«, sagte Sabur schließlich, »woher sollen wir wissen, daß er nicht von Jaimal geschickt wurde oder auf eigene Faust kam, um uns von der Armee getrennt zu halten, damit wir hier draußen einsam sterben?«
»Ich schwöre bei meiner Seele!« sagte Masum. »Ich schwöre bei allem, was mir heilig ist, möge Allah über meine Worte richten, ich spreche die Wahrheit.«
Der Mirsa musterte das ernste Gesicht des Sufis. »Ich glaube ihm, Sabur. Ich hätte wissen müssen, daß Jaimal so etwas tut. Nun sehe ich, daß ich ihm nicht die Befehlsgewalt hätte übertragen dürfen.«
»Wir könnten auf einem anderen Weg zurückkehren«, sagte Sabur, »und jene, die uns in eine Falle locken wollten, aus dem Hinterhalt angreifen.«
Der Mirsa strich sich durch den Bart und nickte. »Das wäre eine Möglichkeit.«
»Ich möchte meinen Gebieter daran erinnern«, sagte Lakart, »daß wir nur zu fünft sind, wenn der gute Sufi nicht beschlossen hat, seine Schwüre zu brechen und das Schwert zur Hand zu nehmen, in welchem Fall wir zu sechst wären. Nicht gerade viele für eine Konterrevolte gegen fünfhundert.«
»Sicher sind einige Männer dem Mirsa noch treu ergeben!« sagte Rafi. »Wenn wir zurückkehren, werden sie sich mit uns gegen die Verräter erheben.«
»Doch wer vermag zu sagen, welche Lügen Jaimal ihnen erzählte?« sagte der Mirsa. »Wenn er ihnen Reichtümer

versprach, so bedenke, daß man mit Gold einem Mann mitunter die Ehre abkaufen kann.«

»Solche Männer verdienen den Tod«, sagte Rafi.

»Wenn Ihr nichts dagegen habt, mein Gebieter«, schnarrte Porphredo vor ihm auf dem Boden, »ich hätte einen anderen Vorschlag.«

»Und der wäre?« fragte der Mirsa.

»Ihr seid den ganzen weiten Weg gekommen, weil Ihr die Rani über Leben und Tod sucht. Ich sage Euch, daß Ihr recht hattet, diesen Weg zu wählen, denn ihre verborgene Stadt liegt hinter jenen Hügeln auf der anderen Seite des Flusses. Ich werde Euch selbst dorthin führen.«

Auf ihren Vorschlag hin herrschte einige Zeit verblüfftes Schweigen. »Wollt Ihr damit sagen«, meinte der Mirsa schließlich, »daß Ihr uns zuvor belogen habt, jetzt aber die Wahrheit sprecht und uns helfen wollt, das zu finden, wonach wir suchen?«

Die alte Frau richtete sich auf, und der ergreifende Blick kehrte in ihre Augen zurück. »Ich hatte nicht den Wunsch, eine Armee vor die Mauern unserer verborgenen Stadt zu führen. Ich muß meine Königin und ihr Volk nach Kräften beschützen. Doch nun seid ihr wenige, und ich finde, die Große Rani sollte den Gesandten des mächtigen Herrschers Akbar empfangen, ob sie will oder nicht.«

»Alles gut und schön«, sagte Lakart leise, »doch wie will man uns zu einer Stadt jenseits des Flusses führen, wenn wir ihn nicht einmal überqueren können?«

»Ein wichtiger Punkt«, pflichtete der Mirsa bei. »Wie sollen wir Euch glauben können, Weib?«

»Wäre es Beweis genug«, sagte Porphredo, »wenn ich Euch zeige, wie man hinüberkommt?«
»Na schön«, sagte der Mirsa und stand auf, »zeigt uns, wie das möglich sein soll, und dann treffen wir unsere Entscheidung.«
Die alte Frau streckte die Arme zu Masum aus, der ihr half, auf die Beine zu kommen. Wieder stutzte der Mirsa und fragte sich: *Was geht zwischen den beiden vor? Welche Bande schmieden sie aneinander? Hat sie den Sufi irgendwie zum Verrat bewogen?*
Porphredo nahm einen lodernden Ast aus dem Lagerfeuer und ging mit Masums Hilfe den Fluß entlang, bis sie sich unmittelbar gegenüber dem Dorf, das auf der anderen Seite lag, befanden. Die Alte schwenkte die Fackel und begann Worte zu rufen, die der Mirsa nicht verstand.
Nach wenigen Augenblicken erschien eine dunkle Gestalt am jenseitigen Ufer, die ebenfalls eine Fackel schwenkte und etwas schrie. Ihr Gespräch setzte sich eine Weile fort, bis der Dorfbewohner wieder zwischen den Hütten verschwand. Die Alte sank ermattet gegen Masum, der sie auffing und ihr half, auf unsicheren Beinen dorthin zurückzugehen, wo der Mirsa auf sie wartete.
»Bald«, sagte sie mit heiserer Stimme, »werdet Ihr Euren Beweis haben und hinübergelangen.«
Der Mirsa und seine Männer warteten. Er bemerkte, daß in dem Dorf auf der anderen Flußseite hektisches Treiben herrschte, doch das Mondlicht enthüllte ihm nicht, was genau vor sich ging. Nach einer Weile hörte er ein leises Rumpeln und spürte eine leichte Erschütterung im Boden unter seinen Füßen. *Ein Erdbeben?* fragte er sich.

»Seht dort«, sagte Porphredo und deutete auf den Fluß hinaus.
Das Mondlicht zitterte auf dem Wasser, als die Strömung von einer Bewegung unter der Oberfläche in Unruhe versetzt wurde. Ein breites dunkles Band erschien, das sich vom einen Ufer bis zum anderen erstreckte.
Der Mirsa nahm eine lodernde Fackel von Rafi und ging zum Rand des Wassers hinunter. Eine flache Brücke aus Holzplanken erhob sich über dem Fluß.
»Was ist das für Hexenwerk?« fragte Sabur.
»Das einzig zuverlässige Hexenwerk«, sagte Porphredo. »Die Baukunst.«
Der Mirsa bemerkte, daß Lakart, der Mann aus dem Westen, nachdenklich auf die Brücke starrte. »Fragt Ihr Euch, wie das gemacht wurde? Vielleicht weiht uns Begum Porphredo auch in dieses Geheimnis ein.«
»Eigentlich, Hoheit, sann ich eher über die philosophische Bedeutung der Brücke und des Flusses nach.«
»Aber ja, natürlich«, sagte Masum. »Die Fluten des Flusses bringen Nahrung und den Tod – höchst angemessen, wenn man unseren Bestimmungsort bedenkt. Und wie treffend, daß der Fluß den Namen Krishna trägt, jenen des Hindugottes der Liebe, denn unternehmen wir diese Reise nicht um der Liebe Gottes willen?«
»Eh, mag sein«, sagte Lakart, »doch meine Gedanken drehten sich eher um Grenzen und Beschränkungen. Drüben liegt ein fremdes Land, sowohl vom Gelände her wie im Geiste. Der Fluß ist ein sichtbares Zeichen für einen Entschluß, den man trifft, einen Schritt, den man wagt und von dem es vielleicht kein Zurück mehr gibt.«

»Oh, ich verstehe«, sagte Masum. »Den Fluß zu überqueren bedeutet, seine geistige Befindlichkeit zu ändern, sich einen Schritt weiter auf den heiligen Pfad zu begeben.«
Der Mirsa seufzte. »Vielleicht liegt es ja nur an meiner Müdigkeit, doch ich sehe lediglich ein Hindernis, das wir überwunden haben, zweifellos eines von vielen, die sich uns zwischen diesem und unserem Bestimmungsort noch auftun werden.«
»Ja, wahrhaftig«, sagte Masum. »Auch Euren Worten mangelt es nicht an innerem Wert.«
Sabur kehrte dorthin zurück, wo sie standen. »Mein Gebieter, wir sind soweit.«
»Nun denn«, sagte der Mirsa, »begeben wir uns hinüber.«

Thomas saß mit Timóteo im Zimmer des Knaben und schaute über den Balkon hinweg auf den mondhellen, halb verwilderten Garten. Hier war es durch den kühlen Abendwind viel angenehmer als in seiner eigenen engen und geschmacklosen Kammer. »Soviel Versäumnis«, sinnierte er, »inmitten von soviel Reichtum. Weiß die Despoina nicht, was sie an alledem hat, oder ist es ihr nur egal?«
Timóteo zuckte mit den Achseln, sagte jedoch nichts. Nach dem Bad war er nicht sonderlich aufgelegt zu Gesprächen.
»Ach, was macht es schon? Es war ein langer Tag, und sicher seid Ihr von unseren Reisen erschöpft.«
Timóteo seufzte. »Ich muß ständig an den Padre denken. Ich frage mich, wie es ihm wohl ergeht.«
Fast hätte Thomas ein gewisses Schuldgefühl empfunden. Fast, bis er sich vor Augen hielt, daß der Padre Aditi getötet hatte. »Padre Gonsção ist stärker und … findiger,

als Euch vielleicht klar ist, Timóteo. Ich bin sicher, daß er bestens zurechtkommt.«

»Doch nun muß ich Königin Stheno die Geschichte Gottes ganz allein erzählen, ohne seine Hilfe. Das … das ist eine schwere Bürde, diese Pflicht, die mir auferlegt ist.«

»Ihr habt vor, Despoina Stheno zu bekehren? Obwohl sie eine … selbst wenn sie das ist, wofür Ihr sie haltet?«

»Erst recht, wenn sie eine Gorgone ist. Dann wird sie nämlich den Ruhm unseres Herrn erkennen und vielleicht beten, um ihre Seele zu erlösen, und Er wird ihr Haupt von den Schlangen befreien.«

Thomas schüttelte den Kopf, gleichermaßen erstaunt über die Stärke von Timóteos Glauben wie über seine Vorstellungskraft. »Vielleicht ist es dann ja besser, daß der Padre nicht bei uns ist. Ihr wißt doch, daß er die Absicht hatte, den Herkunftsort des *pulvis mirificus* zu vernichten, oder nicht? Das bedeutet, er würde versuchen, Despoina Stheno zu töten.«

Timóteo starrte ihn an. »So etwas täte er nie. Die Santa Casa tötet niemanden.«

Dein Glaube in Ehren, dachte Thomas, *doch unter uns gibt es wenigstens eine Person, die gerade erst von den Toten auferstand und es eindeutig besser weiß.* »Wir befinden uns nicht mehr in der Santa Casa, Timóteo. Und wer weiß, wozu ein Mensch fähig ist, wenn er nur wütend oder ängstlich genug ist?«

»Der Padre ist ein guter und weiser Mensch.«

»Ja. Doch er ist trotz allem nur ein Mensch.«

Ein Klopfen an der Tür ließ beide zusammenzucken. »Wer ist da?« fragte Thomas auf griechisch.

Die Tür öffnete sich. »Ich bin es«, sagte Aditi.

Thomas sprang auf die Beine und lief zu ihr. »Aditi! Wie entzückend Ihr ausseht! Schon soviel besser. Wie fühlt Ihr Euch?«

»Ich … werde wieder. Allmählich.«

»Was für ein Wunder.« Er wollte sie in die Arme schließen, doch dann fiel ihm der Knabe hinter ihm ein. »Timóteo, hättet Ihr wohl die Güte, für eine Weile meine Unterkunft aufzusuchen?«

»Weshalb, Tomás? Wollt Ihr, daß ich Euch von dort etwas hole?«

»Ich möchte gern privat mit Lady Aditi sprechen. Wenn Ihr nichts dagegen habt.«

»Oh.« Timóteo eilte hinaus und verbeugte sich mit skeptischer Miene vor Aditi. Thomas nahm Aditi bei der Hand, führte sie ins Zimmer und schloß die Tür hinter ihr.

»Euer Begleiter … mißbilligt das?« fragte Aditi.

»Er ist noch in vieler Hinsicht unschuldig. Ich glaube, er ist verwirrt und weiß gar nicht, was er da mißbilligt.«

Aditi lachte, und Thomas fand, das sei der wunderbarste Laut, den er seit Tagen gehört hatte. Plötzlich verlangte es ihn nach dem Trost ihrer Berührung, und er zog sie dicht an sich und küßte sie. Er ließ sie erst los, als sie sich ihm behutsam entwand.

»Ach, Aditi«, flüsterte er, »Eure Lippen sind noch immer so süß wie der Honig, der Euch umgab.«

»Freut mich, daß der Kuß … Euch gefallen hat«, sagte sie und wich einen weiteren Schritt zurück. »Es könnte nämlich unser letzter gewesen sein.«

»Was?« Thomas glaubte, der Schlag habe ihn getroffen.

Aditi ging zur Wand und lehnte sich dagegen, als bereite es ihren Beinen noch Mühe, sie zu tragen. »Die Mahadevi ... hat mich gebeten, Euch freizugeben. Als Strafe dafür, daß ich in Goa versagte. Ihr gehört nun nicht mehr mir ... sondern Ihr.«
Thomas blinzelte. »Was?« sagte er wieder. Er empfand eine seltsame Mischung aus Ärger und Abscheu, fühlte sich aber auch geschmeichelt. »Hält Eure Despoina Stheno mich für ein ... ein ... preisgekröntes Schaf, das man einfach jemandem abkaufen kann?«
Aditi zuckte mit den Achseln. »Sie ist die Mahadevi. Sie kann verlangen, was immer Sie will.«
»Ihr glaubt wahrhaftig, sie sei eine Göttin, nicht wahr?«
»Ich weiß nicht mehr ... was ich noch glauben soll. Ich habe mit Enyo darüber gesprochen. Enyo sagt, die Mahadevi habe sich verändert. Sie sei zu lange allein gewesen und verfiele nun dem Wahnsinn. Das sei ein ewiger Kreislauf bei Ihr, sagt Enyo. Wie die Jahreszeiten, nur jahrhundertelang. Enyo sagt, es gebe eine höhere Gottheit, der die Mahadevi huldigen sollte, doch Sie tue es nicht. Enyo sagt, die Mahadevi werde vielleicht deshalb mit Wahnsinn gestraft.«
›Wen die Götter vernichten wollen ...‹, wie ein alter Weiser einst schrieb. Ich werde wahrlich göttliche Hilfe brauchen, wenn meine Gastgeberin nicht bei klarem Verstand ist. »Eine höhere Gottheit, sagt Ihr? Nun, wenn mein Vater und der Schotte, der mit mir reiste, recht haben, wurde ich als Kind einer Göttin geweiht, einer, der ich mit Leib und Seele gehöre, egal welchen Anspruch andere Glaubensbekenntnisse und Götter auch auf mich erheben mögen.«

»Wahrhaftig?« sagte Aditi verwundert. »Was für eine Göttin ist das?«

Thomas nahm Aditi bei der Hand und führte sie auf den Balkon hinaus. Er deutete zum Mond hinauf. »Jene dort. Artemis. Diana. Die Heilige Jägerin. Die Herrin der Tiere.«

Aditi sah ihn an. »Ich hörte, wie auch Enyo diesen Namen für die Höhere Göttin gebrauchte – Herrin der Tiere.«

Trotz seiner Zweifel in heidnischen Glaubensfragen durchlief Thomas ein eisiger Schauder. »Wirklich?«

»Wenn das wahr ist«, sagte Aditi, »und Ihr der Höheren Göttin geweiht seid, dann kann die Mahadevi Euch nicht bekommen.« Ein verstohlenes Lächeln erschien um ihre Lippen. »Ich muß Euch Ihr nicht opfern.«

Thomas drückte ihre Schulter. »Könnt Ihr mir sagen, ob Timóteo und mir von der Mahadevi Gefahr droht?«

Aditi schaute wieder auf, mit festem und ernstem Blick. »Wenn Ihr etwas mißfällt, kann die Mahadevi sehr rachsüchtig sein. Ich habe Geschichten gehört … so manchen tötete Sie schon aus geringeren Anlässen. Ihr müßt wachsam sein, Tamas. Ladet nicht Ihren Zorn auf Euch.«

»Aber wenn ich mich ihrer Macht nicht beuge, wird das doch sicher ihren Zorn erregen, nai? Und Eure Dienerin deutete an, daß die Mahadevi allmählich dem Wahnsinn verfiele. Ich frage mich, wie ich ihrem Zorn entgehen soll. Vielleicht hilft es, wenn Ihr mir sagt, welcher Art von Gefahr ich ausgesetzt bin? Wie vernichtet sie jene, die ihr mißfallen? Vielleicht kann ich mich davor schützen.«

»Wenn Ihr das wissen wollt«, sagte Aditi mit leiser, sanfter Stimme, »so kann ich Euch zeigen, was geschieht. Folgt mir.« Sie öffnete die Tür, trat in den Gang hinaus und nahm eine Fackel von einem Leuchter an der Wand. Thomas folgte ihr und fragte sich einen Moment lang, ob er Timóteo warnen sollte. *Nein, der Junge braucht Ruhe. Mag er bleiben, wo er ist, und seine Sorgen pflegen. Ich will ihn nicht in Schwierigkeiten bringen.* Sie gingen durch halbdunkle Tunnel, und die einzigen Laute, die sie hörten, war das Flüstern ihrer Schritte und das ferne Zirpen von Grillen. Thomas gewann die Überzeugung, daß der Palast bewußt wie ein Irrgarten angelegt war. *Wie leicht man sich hier verirren kann. Ich muß mir den Weg einprägen und Vorsicht walten lassen, wenn ich einmal allein durch diese Gänge streife.* Er versuchte sich zu merken, wie oft sie nach links und rechts abbogen und was es sonst an Orientierungspunkten gab ... das verblichene Fresko einer barbusigen Frau, die Lotosblüten hielt, ein Fries umhertollender Affen über einem Torbogen, eine Amphore in einer Ecke, deren einer Griff abgebrochen war. Die Gänge wurden schmaler, und immer weniger Stuck zierte die Wände, bis nur noch nackter Fels zu sehen war. *Anscheinend nähern wir uns dem älteren Bereich des Palasts, von dem Enyo sagte, wir sollten ihn nicht betreten.* Aditi blieb vor einer Holztür stehen, die in einen Alkoven mit einer Nische daneben eingelassen war. Eine kleine Bronzestatue, vor der eine Kerze brannte, kauerte in der Nische. Ein Arm der Figur war ausgestreckt, als wolle sie jemanden herbeiwinken, der andere hoch erhoben, eine Schale in der Hand. Auf beiden Seiten der Figur stand ein Steinhund mit Bronzetupfern und vier Augen. Thomas starrte ihn an und erinnerte sich an das Medaillon, das

Lockheart trug und eine von Jagdhunden flankierte Frau zeigte. »Ist das … die Göttin, die noch über Stheno steht?«

Aditi lachte. »Nein, das ist Yama. Er war einer der ersten Sterblichen, der erste Mann, der starb. Nun ist er der Wächter der Toten und heißt die Seelen in seiner Unterwelt willkommen.« Aditi legte eine Hand an die Tür und zögerte. Rechts von ihnen drangen leise Stimmen aus dem Tunnel.

Aditi drehte sich um und reichte Thomas die Kerze. »Geht allein hinein. Ich werde denjenigen ablenken, der da kommt, denn man darf Euch hier nicht finden.«

Thomas nahm die Kerze. »Aber …«

»Los, macht schnell. Ich werde Euch hier erwarten, wenn Ihr herauskommt.« Aditi eilte durch den Gang davon.

Thomas seufzte und drückte gegen die Tür. Sie öffnete sich mit einem leisen Knirschen, und er schlüpfte durch den Spalt, bemüht, das Holz nicht mit der Kerzenflamme zu versengen. Er schloß die Tür hinter sich, wandte sich um – und sah sich einer weiteren Nische mit einem weiteren Götzen gegenüber.

Dieser hier zeigte einen Mann, der von der Taille abwärts in ein Tuch gehüllt war, eine runde Krone auf dem Kopf. Seine Arme waren vor der Brust verschränkt, und eine Hand hielt einen Schäferstab, die andere einen Dreschflegel.

Bist du auch eine Gottheit des Todes? dachte Thomas. *Heißt auch du mich in deiner Unterwelt willkommen?* Er hielt die Kerze hoch und sah links von sich Steinstufen, die nach unten führten. Thomas stieg zwei in einem Bogen verlaufende Treppen hinab und erspähte an jeder Krüm-

mung eine Nische mit einem Götzen. Thomas musterte sie nicht eingehender, um nicht daran erinnert zu werden, daß er offensichtlich eine Gruft betrat. Die Wände der Treppen rochen nach Feuchtigkeit und Moder, obwohl sie einmal getüncht gewesen waren.
Thomas bog um die letzte Ecke und erschrak plötzlich, hätte fast die Kerze fallen lassen, um nicht auf die beiden Männer vor ihm zu prallen. »Ich bitte um Vergebung ...« begann er. Und dann hielt er inne. Die beiden Männer vor ihm rührten sich nicht.
Er hielt die Kerze höher. Sie standen zu beiden Seiten eines Torbogens, zwei Männer in arabischen Gewändern und mit Turbanen. Beide Männer hielten die Arme vors Gesicht, als schirmten sie ihre Augen vor dem Licht ab. Ihre Münder waren zu einem lautlosen Schrei aufgerissen und die Gesichter in einem Ausdruck des Entsetzens erstarrt. Beide schimmerten, weil sie aus Stein waren.
»Lieber Gott«, wisperte Thomas. »Dann ist es also wahr?« Er streckte die Hand nach einer der Statuen aus, berührte sie jedoch nicht ganz – aus Furcht, sie zu beschädigen. Die Kleidung schien aus durchscheinendem, blassen Onyx zu bestehen, die Gesichter und Hände waren aus Marmor von dunklerer Färbung. Jede Einzelheit war deutlich zu erkennen, die Details genau wie im Leben, nur daß die Augen einfache milchigweiße Murmeln waren.
So eine hervorragende Schnitzarbeit habe ich ja noch nie gesehen. Welcher Bildhauer versteht sich derart trefflich auf den Faltenwurf der Kleidung und die Poren der Haut?
Thomas hatte Timóteos Warnungen bisher als befremdliche Möglichkeit abgetan, die höchstens einer philosophi-

schen Betrachtung wert war. Ihr volles Ausmaß kam ihm erst jetzt zu Bewußtsein. Sein Magen rebellierte, und die Kerze in seiner zitternden Hand flackerte.
Über den Torbogen hatte jemand mit Kohle griechische Buchstaben geschrieben. Unwillkürlich übersetzte Thomas sie. *»Panta proeteon … elipda …* oh. Wer hier eintritt, der lasse alle Hoffnung fahren.« *Welcher grausame Patron erlaubte sich einen solchen Scherz?* Gebannt vor Entsetzen trat Thomas durch den Bogen.
Und wünschte, er hätte es nicht getan. Statt mit ruhigen, würdevollen Gräbern war die Gruft nämlich mit weiteren Statuen angefüllt, als wäre ein dichtbevölkerter Marktplatz zu Stein erstarrt. Manche standen, manche lehnten steif an der Wand, manche lagen seitlich auf dem Boden, manche waren … in Stücke zerbrochen. Es handelte sich um Männer und Frauen, die jede nur erdenkliche Kleidung trugen – hinduistische, persische, arabische und andere Gewänder, die Thomas nicht kannte, und manche hatten überhaupt nichts an. Es gab Kinder und Erwachsene und sogar alte Männer mit langen Bärten. Alle zeigten den Ausdruck unbändiger Furcht, bis auf einen. Das Gesicht eines Alten in einer bis zu den Knöcheln reichenden ausgefransten Robe und mit einem langen krausen Bart, der an der Spitze sauber gestutzt war, wies lediglich tiefe Kummerfalten auf.
Sie hat niemanden verschont, nicht einmal Kinder oder Greise. Wie viele hat Despoina Stheno schon auf diese Weise ermordet? Vor manchen der Statuen, auch vor der des kummervollen Langbärtigen, standen Votivkerzen, deren schwaches Licht ihren Gesichtern fast den Anschein

von Leben verlieh. *Ich wüßte zu gern, wer diese Opfergaben für die Toten hier zurückließ? Trauern die Mönche oder Enyo um die Verstorbenen? Bleiben die Seelen dieser Menschen in ihren Steinleibern gefangen und warten darauf, daß irgendein Zauber sie befreit? Das muß ich Aditi unbedingt fragen.*

Thomas begab sich einige Schritte weiter hinein und betrachtete die schimmernden Gesichter mit den ausdruckslosen Augen, die mit weit aufgerissenen Mündern entsetzt vor ihm zurückzuweichen schienen oder stumme Vorwürfe und Warnungen schrien. Die Haare standen ihm zu Berge, und seine Haut kribbelte, als wolle sie sich von seinem Körper lösen und auf eigene Faust davonkriechen. Er gelangte in den hinteren Bereich des Raums, in dem die Figuren schon so lange standen, daß der Putz und Mineralien von Wand und Decke abgebröckelt waren und sie in einen erstarrten Wasserfall gehüllt hatten. Mancherorts waren nur noch ausgestreckte Arme und stumm schreiende Gesichter zu sehen, als versuchten sie, einer Mauer zu entrinnen, die sie unerbittlich verschlang.

Etwas knirschte unter Thomas' Fuß, und er blickte hinunter. Er war auf etwas getreten, was einmal eine Hand gewesen war, doch jetzt handelte es sich nur noch um perfekte Steinknöchel, die sich auf Fingerscherben abhoben. Seine Übelkeit nahm zu, und Thomas verlor jeden Mut zu weiteren Erkundungen. Er taumelte zurück, stieß gegen eine weitere Statue, die ins Wanken geriet. Thomas ließ die Kerze fallen, rannte zum Torbogen und die Treppen hinauf, während der Unglückliche umkippte und zerbarst.

Thomas hetzte zur Tür am oberen Treppenabsatz und preßte das Ohr dagegen. Außer dem Hämmern seines Herzens war nichts weiter zu hören. Er stieß die Tür auf und war dankbar, in den trockenen, leeren Korridor hinaustreten zu dürfen. Nur daß Aditi nicht da war. Sie war nicht zurückgekehrt, um auf ihn zu warten.

Thomas holte tief Luft und überlegte, ob er auf sie warten sollte. Doch jede Faser seines Körpers verlangte danach, sich so weit wie möglich von der schrecklichen Gruft zu entfernen. *Sie sagte, man dürfe mich hier nicht finden. Also gehe ich wohl besser.* Froh darüber, sich die Orientierungspunkte gemerkt zu haben, lief Thomas so schnell er es wagen konnte zu seiner Unterkunft zurück.

13

ALRAUNE

Diese Pflanze hat violette, glockenförmige Blüten und bringt im Hochsommer fleischige gelbe Beeren hervor. Ihre Wurzeln wachsen in der Form eines Männleins. Der Saft der Wurzel ist von alters her als Mittel zur Linderung von Schmerzen bekannt, doch darf man ihn nur mit großer Vorsicht verwenden, weil er auch ein starkes Gift sein kann. Ein Aufguß der Wurzel hilft gegen Beschwerden von Lunge und Hals, und das Fleisch der rohen Wurzel ist ein treffliches Abführmittel. Manche schreiben der Alraune die Macht zu, Lust zu entfachen, während andere sie als Glücksbringer tragen, der zu Wohlstand und Erfolg führen soll. Es heißt, daß Hexen sie bei ihren mächtigsten Bannsprüchen benutzen, und häufig kennt man sie auch als Pflanze der Circe, weil die Zauberin der Legende nach mit Alraune die Opfer in ihren Bann schlug und verwandelte …

Padre Antonio Gonsção seufzte und versuchte, den Wunsch nach mehr Luft in den Lungen zu unterdrücken. Er spürte, wie die Sonne am Himmelsgewölbe langsam höherstieg. Jede Stunde, in der die Sonne auf ihn niederbrannte, schrumpften die Eselshäute, in die man ihn und die *soldados* gepackt hatte, mehr und zogen sich enger zusammen, bis sie ihnen den letzten Atem aus dem Leib pressen würden. Wenn die Häute weiter schrumpften, dachte Gonsção, brachen sie ihnen letzten Endes vielleicht sogar die Knochen. Unmöglich zu sagen, ob er zuerst der Hitze, inneren Blutungen oder dem Erstickungstod erliegen würde. Sein Berufsstand hatte den unglückseligen Vorteil zu wissen, wieviel Schaden man einem Menschen zufügen konnte, ohne ihn zu töten.

Erneut murmelte der Padre ein Gebet und fragte sich, ob er in der vorigen Nacht etwas hätte anders machen können, um diesem Schicksal zu entrinnen. Anscheinend hatte man das Lager durchsucht, und als festgestellt wurde, daß die Hexe Porphredo Kleidung und andere Gegenstände zurückgelassen hatte, war Befehlshaber Jaimal nicht mehr von der Überzeugung abzubringen gewesen, daß der Padre und seine Soldaten sie umgebracht hatten.

Dachte er, daß ich mich der Tat brüsten wolle, fragte sich Gonsção, *als ich ihm das blutbefleckte Tuch brachte? Welche traurige Ironie des Schicksals, daß kein vertrau-*

enswürdiger Dolmetscher zur Stelle war. Oder vielleicht sind diese Ungläubigen auch so wenig des Vertrauens wert, wie man ihnen nachsagt, und der Befehlshaber suchte nur nach einer Rechtfertigung für unseren Tod?

Aus welchem Grund auch immer, jedenfalls hatte man drei Esel geschlachtet und gehäutet, und der Padre und die *soldados* waren fest in die Häute eingewickelt worden, um auf einer nahen Hügelkuppe dem Tod überlassen zu werden. Als Gonsção die ganze Nacht lang wach gelegen und gebetet hatte, mit gebundenem Leib und die Wange auf den scharfen, kalten Steinen, hatte sein einziger Trost darin bestanden, daß er wenigstens nicht zu frieren brauchte.

Gonsção atmete ein und versuchte sich mit der geringen Menge Luft, die er kriegen konnte, zufriedenzugeben. Er hörte das Knarren der Haut, in die Carlos neben ihm eingehüllt war, und Gonsção zuckte schuldbewußt zusammen.

»Erzählt es mir noch einmal, Padre«, stöhnte Carlos. »Erzählt mir noch einmal von der Reise des Todes. Ich habe ... solche Angst, Padre.«

»Ihr habt nichts zu befürchten«, flüsterte Gonsção, um nicht zuviel Luft zu verbrauchen. »Es gibt ein Jenseits, in dem Gott Euch Wunder zeigen wird.« Es tat nichts zur Sache, daß die Wunder, die Gonsção gesehen hatte, ihn verwirrt und beunruhigt hatten. Die leidenden *soldados* brauchten nicht zu wissen, daß das, was jenseits lag, vielleicht nicht dem entsprach, was sie erwarteten.

Auf der anderen Seite des Padre stöhnte Estevão: »Weshalb haben sie uns nicht einfach mit Schlangen getötet

wie Joaquim? Das wäre wenigstens schnell gegangen. Weshalb diese Folter hier?«
»Wir wissen nicht, wer Joaquim tötete, mein Sohn«, sagte Gonsção, obwohl er den Verdacht hatte, daß der *inglês* Tomás es gewesen war.
»Padre«, sagte Carlos, »ich höre Pferde.«
Einen Moment lang fragte Gonsção sich, ob Carlos Estevão lediglich Mut machen wollte, doch dann hörte er sie selbst – Pferde, die den Hügel heraufkamen. »Ihr habt recht, Carlos. Was hat das zu bedeuten?«
Eine Minute später kamen sie zum Vorschein: Ein Mogul auf einem Pferd führte ein anderes, auf dem der blinde Musiker Gandharva saß.
Gonsção hätte aufgelacht, wenn sein Atem es ihm erlaubt hätte. Er fragte sich, ob der grausame Jaimal das vielleicht als zusätzliche Folter befohlen hatte – daß die Goaner durch die Melodie einer schaurigen fremdländischen Musik in den endgültigen Schlaf gesungen werden sollten. Oder bestrafte man den Musiker ebenfalls? Doch Gandharvas Hände und Arme waren frei.
Der Mogul blieb mit den Pferden vor den gebundenen Männern stehen und stieg ab, wobei er seinen langen Krummsäbel zog.
Dann sagte Gandharva auf lateinisch: »Befehlshaber Jaimal und ich wünschen Euch allen einen guten Morgen.«
Gonsção musterte den Säbel des Moguls und überlegte, ob der Befehlshaber wohl beschlossen hatte, Gnade walten zu lassen und ihnen durch Enthauptung einen schnellen Tod zu gewähren. »Wenn ich bald den Himmel schauen darf, so ist es wahrlich ein guter Morgen.«

»Vielleicht nicht so bald, wie Ihr meint«, sagte Gandharva mit einem Lächeln. Der Mogul trat hinter sie und zerrte Gonsção in kniende Stellung. In Erwartung des Hiebs auf sein Genick schloß Gonsção die Augen, ein Gebet auf den Lippen.

Statt dessen spürte er, wie die Säbelklinge unter das Leder an seinem Rücken glitt und daran riß. Binnen weniger Augenblicke fiel die Eselshaut von ihm ab, und Gonsçãos Brust fühlte sich an, als wollte sie sich bis zum Horizont ausdehnen. Schweigend verließ der Mogul ihn und tat das gleiche bei Carlos und Estevão.

»Es ist mir gelungen«, sagte Gandharva, »den Befehlshaber davon zu überzeugen, daß er mir Audienz gewährt, leider zu spät, um Euch diese Tortur zu ersparen. Doch ich brachte Zeugen vor, die Euch den gestrigen Tag ständig beobachtet hatten und Euch nicht in Porphredos Nähe sahen. Außerdem ist der Sufi, der den Mirsa beriet, zufällig ebenfalls verschwunden. Es war mir ein leichtes, die Schuld von Euch auf den verschollenen Sufi zu schieben, dem Jaimal ohnehin nie getraut hat.«

»Was wird nun aus uns?« fragte Gonsção.

Der Mogul knurrte dem Musiker einige Worte zu, der in aller Ausführlichkeit erwiderte. Nach der Antwort des Moguls glitt Gandharva von seinem Pferd und ließ den Mogul beide Tiere wieder den Hügel hinabführen. Der Blinde machte einige zögernde Schritte auf Gonsção zu.

»Was Eure Frage angeht, Magister, so weiß ich nicht, was der Befehlshaber mit Euch im Schilde führt. Ich glaube, daß seine Gedanken zur Zeit mit anderen Dingen beschäftigt sind. Doch ich möchte Euch ein Angebot machen, das Ihr Euch anhören solltet.«

Gonsção lehnte sich gegen einen kleinen verkrüppelten Baum und rieb sich Arme und Schultern, die vom stundenlangen Verschnürtsein schmerzten. »Ein Angebot? Ihr?«

Ein schiefes Lächeln erschien auf dem Gesicht des Musikers. »Ich mag einen bescheidenen Eindruck erwecken, doch gibt es nicht schlichte Vögel, die herrliche Lieder singen, und einfach gebundene Bücher, die großes Wissen bergen?«

»Es gibt auch Schurken«, sagte Gonsção, »die sich ein bescheidenes Äußeres zulegen. Wenn ich nicht irre, ist Euer Latein auf einmal viel besser geworden, obgleich Ihr einen etwas seltsamen Akzent habt.«

Gandharva verbeugte sich. »Ihr irrt Euch nicht, Magister. Doch das Gespräch ist nun wichtiger als Äußerlichkeiten. Ich nehme an, Ihr habt noch immer den Wunsch, den Herkunftsort des *Rasa Mahadevi* zu finden und etwas über das Schicksal Eures Schützlings zu erfahren, des kleinen Mönchs.«

Gonsção erstarrte. »Wißt Ihr, wo Timóteo ist?«

Der blinde Musiker nickte knapp. »Ich weiß, wo man ihn vermutlich hinbrachte, zusammen mit dem Goldhaarigen.«

»Sagt es mir«, schnarrte Gonsção. »Sofort.«

»Habt keine Angst. Ich glaube, er befindet sich vorerst in Sicherheit. Er ist jetzt dort, wo Ihr hinwolltet – in der verborgenen Stadt der unsterblichen Königin.«

»Also«, wisperte Gonsção, »hat Tomás uns verraten.«

»Sagen wir, er hatte zwingende Gründe, die Armee zu verlassen.«

»Hat er den anderen aus unserer Gruppe getötet, den *soldado* namens Joaquim?«

Gandharva legte mit einem verdutzten Stirnrunzeln den Kopf schräg. »Was? Aber nein. Ich versichere Euch, das war nicht das Goldhaar. Euer Gefährte wurde durch die Bisse von Schlangen getötet. Wißt Ihr, die sind in dieser Gegend recht häufig.«

»Wie lautet Euer Angebot?«

»Daß ich Euch einen Wunsch erfülle. Daß ich Euch zur verborgenen Stadt bringe. Ich habe meiner Königin bereits mitgeteilt, daß Ihr Euch nähert, und Sie wünscht, daß ich Euch zu Ihr führe.«

»Ist das der Ort, an den auch der Sufi und Porphredo gegangen sind?«

»Ihr seid sehr scharfsinnig, Magister. Das ist er in der Tat. Meine Königin hat nicht den Wunsch, daß eine Armee vor Ihren Toren auftaucht, doch Besucher aus anderen Ländern heißt Sie willkommen. Im Namen der ... Gerechtigkeit bat Sie darum, daß ich Euch ebenfalls zu Ihr bringe.«

»Gandharva, wie könnt Ihr uns führen, wenn Euch das Augenlicht fehlt? Oder ist das auch nur wieder eine List?«

»Keine List, nein, doch ich war nicht immer blind. Ich wurde in der verborgenen Stadt Bhagavati geboren und kenne das umliegende Land gut. Ich kann Euch sagen, auf welche Wegmarkierungen Ihr zu achten habt.«

»Dieses Angebot ist ebenso kläglich wie jenes, das Tomás

uns machte. Weshalb sagt Ihr uns nicht einfach, welche Richtung wir einschlagen müssen? Helft uns, eine Karte zu zeichnen, die wir benutzen können.«

»Erstens, weil man Euch die Karte stehlen könnte und sie so vielleicht andere zu Gesicht bekämen. Zweitens, weil man einen von Euch fangen und so lange foltern könnte, bis er sein Wissen preisgibt. Und drittens wünsche ich, diese Mogule zu verlassen und nach Hause zurückzukehren, und dazu benötige ich Eure Hilfe. Sind das nicht genug Gründe?«

»Werden die Mogule uns erlauben zu gehen?«

»Ich halte es für unklug, sie von unserer Abreise zu unterrichten, zumal sie argwöhnen könnten, wohin wir wollen. Nein, wir müssen vorsichtig sein und uns heimlich davonmachen. Ich darf also davon ausgehen, daß Ihr mein Angebot annehmt?«

Nun verstehe ich, weshalb ich am Leben blieb, dachte Gonsção. *Vor meinem Tod habe ich nie an das Schicksal geglaubt; weshalb sollte Gott dem Menschen sonst seinen freien Willen gegeben haben. Doch kann ich noch zweifeln, wenn Gottes führende Hand so deutlich ist?* Er wandte sich an die *soldados.* »Estevão, Carlos, ich fürchte, ich muß diesem Mann vertrauen, denn ich sehe keine andere Möglichkeit, die es uns erlaubt, Timóteo zu finden und meine Mission zu Ende zu führen. Es ist jedoch nicht nötig, daß Ihr mich bei diesem gefährlichen Unterfangen begleitet. Vielleicht könnt Ihr die Mogule bitten, daß man Euch nach Bijapur zurückkehren läßt.«

»Niemals, Padre«, sagte Carlos. »Zu Hause in Goa erwartet uns der Tod, und in der Mogulstadt wäre für uns kein

Platz. Wir werden Euch nicht allein lassen.« Estevão nickte bestätigend.
»Nun denn. Ich bin Euch für Eure Treue und Tapferkeit dankbar«, sagte Gonsção. An Gandharva gewandt, fuhr er fort: »Beschreiten wir also den Rest des Wegs gemeinsam. Schmieden wir unsere Pläne.«

Enyo eilte so schnell durch den Korridor, wie es ihr mit dem schweren Tablett in den Händen möglich war. Sie hatte sich heute morgen bei der Despoina beschwert, daß mehr Bedienstete erforderlich seien, wenn die Despoina darauf bestand, Gäste im Palast zu haben. Es half ein wenig, daß Aditi wieder zu Hause war, konnte aber nicht Porphredos betrübliche Abwesenheit wettmachen, und Enyo hatte Aditis Kräfte nicht zu stark belasten wollen, so kurz nach ihrer Wiederauferstehung zum Leben.
Der Morgen hatte ein weiteres beunruhigendes Omen gebracht. Vayu war vom Taubenturm herabgekommen, um zu melden, daß während der Nacht alle Botentauben ohne Botschaften aus dem Dorf der Devidurga eingetroffen waren. Das mußte nicht unbedingt etwas zu bedeuten haben – vielleicht waren die Dorfkinder ungeschickt gewesen oder hatten den Erwachsenen einen Streich gespielt und die Vögel grundlos freigelassen. Doch Enyo wollte es nicht gelingen, eine zunehmende Besorgnis aus ihren Gedanken zu vertreiben.
Sie stellte das Tablett neben der Tür ab und klopfte vor dem Eintreten an. »Despotas Chinnery?« Sie hörte undeutliches Stöhnen und beschloß, die Tür zu öffnen. »Despotas, seid Ihr wohlauf?«

Der junge Mann saß auf der Bettkante, lediglich mit einer Hose bekleidet, den Kopf in die Hände gestützt. Aus trüben Augen blickte er zu ihr hoch. »Was gibt es?« fragte er.
»Ich habe Euch das Frühstück gebracht, Despotas. Darf ich es Euch servieren?«
Auf sein Grunzen und Nicken hin holte Enyo das Tablett herein und stellte es auf dem Ebenholztisch ab. Der junge Mann rührte sich nicht. *Ai, er sieht nicht gut aus. Ob er krank ist?* »Despotas, was ist mit Euch?« fragte sie erneut. »Braucht Ihr eine Arznei oder einen Arzt?«
»Nein! Nein ...« Er stand auf und rieb sich mit den Händen das Gesicht. »Ich habe nur ... schlecht geschlafen.«
»War Euch das Bett unbequem, Despotas? Ich könnte die Matratze oder den Bezug wechseln lassen oder Euch ein ganz neues Bett besorgen.«
»Nein, daran lag es nicht.« Der junge Mann seufzte. »Träume haben meinen Schlaf gestört. Alpträume. Ich leide schon seit meiner Kindheit darunter.«
»Oh. Tut mir leid, das zu hören.« Enyo nahm eine Schale mit Joghurt und Gurke vom Tablett, eine weitere mit Reis und eine dritte mit *dhal* sowie einen Teller mit geröstetem Fladenbrot. Da sie die Gebräuche des jungen Mannes nicht kannte, wußte sie nicht, ob es höflich wäre, sich nach der Natur seiner Träume zu erkundigen oder ihm anzubieten, einen Mönch zu schicken, der sie deutete.
Der junge Mann begann, unruhig im Zimmer auf und ab zu gehen. »Nicht der Rede wert. Ich bin daran gewöhnt. In jedem Alptraum kommen dieselben drei Frauen vor – Furien würdet Ihr sie wohl nennen –, die mich quälen. So war es auch diese Nacht. Ich träumte, daß man mich nackt

an Händen und Füßen aufs Bett gefesselt habe. Sie standen über mir und lachten schadenfroh und legten mir Schlangen auf den Leib, die herumkrochen, und … ich erzähle Euch lieber nicht, was sie sonst noch taten.«
Als Enyo Tee einschenkte, sagte sie: »Tut mir wirklich leid, daß Ihr so unruhig geschlafen habt, Despotas.«
»Und heute morgen«, fuhr er fort, und seine Stimme nahm einen ängstlichen Tonfall an, »erwachte ich dann und entzündete die Kerze neben dem Bett. Und im Staub befanden sich die Fußabdrücke einer Frau und die Tropfen vom Wachs einer Kerze. Seht selbst … sie sind noch da.«
Enyo warf einen Blick auf den Steinboden, und ein trauriger Verdacht stieg in ihr auf. »Ich bitte um Vergebung, Despotas. Euer Zimmer hätte besser gereinigt werden sollen. Ich werde dafür sorgen, daß das umgehend geschieht.«
»Gestern waren sie noch nicht da«, sagte der junge Mann, und seine Hände ballten sich zu Fäusten.
Enyo fragte sich, was wohl geschehen sein mochte, daß der junge Mann kurz davor stand, in Hysterie zu verfallen. »Gibt es etwas, was ich für Euch tun kann, Despotas, damit Ihr Trost erfahrt?«
Der junge Mann wandte sich ihr mit flehentlichem Blick zu. »Ihr scheint eine gute Frau zu sein, Enyo. Bitte sagt mir … Ihr würdet doch sicher keinen Gast in dem Haus, dem Ihr dient, willkommen heißen, wenn Ihr wüßtet, daß ihn hier sein Verhängnis erwartet. Habe ich recht?«
»Was meint Ihr damit, Despotas?« sagte Enyo und fürchtete, nur zu gut zu wissen, was er damit meinte. »Die

Despoina blickt mit Wohlgefallen auf Euch. Nur wenige haben bisher das Privileg erfahren, in Ihrem Palast zu wohnen. Ihr könnt Euch glücklich schätzen, zu den Auserwählten zu gehören, Despotas. Ihr seid Ihr Gast, nicht Ihr Feind.«

»Und wenn sie eines Tages nicht mehr mit Wohlgefallen auf mich blickt?«

Enyo öffnete den Mund, merkte jedoch, daß sie darauf keine Antwort wußte.

»Timóteo und ich … sind wir hier sicher, Enyo?«

»W-was für eine Frage, Despotas!« *Ach, welch schwache Person ich doch bin. Irgendwie hat er von der wahren Natur der Despoina erfahren. Und dennoch beschütze ich sie, obgleich sie mir das so wenig dankt.*

»Damit meine ich, Enyo, wenn … wenn Ihr erfahren würdet, daß einem Gast in diesem Haus Gefahr droht, tätet Ihr dann nicht alles, was in Eurer Macht steht, um diesen Gast zu warnen und ihm vielleicht zu helfen?«

Was könnte sie mir schon tun, dachte Enyo, *wenn ich jemanden davor bewahrte, von ihr zu Stein verwandelt zu werden? Sie kann mich nicht töten. Ich bin ebenso unsterblich wie sie. Mich ins Exil schicken? Den Zorn der Herrin der Tiere auf mich herabrufen? Stheno ist keine Göttin, sosehr sie sich auch den Anschein zu geben versucht. Wenn ich ihr also den Gehorsam verweigerte, wäre das keine Hybris. Vielmehr ist sie es, die das* moira *übertreten hat und die Ordnung der Dinge stört. Sie ist es, die sich vor der* nemesis *hüten muß.*

Enyo seufzte und sagte: »Obwohl ich meiner Despoina in jeder Hinsicht diene, schwöre ich, daß ich ihre Launen niemals über Euer Leben stellen werde. Das schwöre ich bei der Herrin der Tiere und der Priesterin, der ich einst diente.«

Porphredo erwachte in der kleinen dunklen Hütte und erinnerte sich daran, daß sie sich jetzt im Dorf der Devidurga befand. Die Hitze und das Sonnenlicht, das zur Tür hereinfiel, verrieten ihr, daß später Morgen war. Das Gesicht des Sufis Masum tauchte über ihr auf.

»Begum Porphredo. Seid Ihr wach? Geht es Euch gut?«

»Masum. Weshalb habt Ihr mich so lange schlafen lassen?« Porphredo richtete sich auf, und ihr Rücken und die übrigen Muskeln beschwerten sich.

»Vergebt mir. Ich wußte nicht, wieviel Ruhe Ihr braucht. Gestern abend wart Ihr so müde. Ich sagte dem Mirsa, daß Ihr kräftig und ausgeruht sein müßtet, wenn Ihr uns als Führerin dienen sollt.«

Porphredo erhob sich von der Schilfmatte, auf der sie geschlafen hatte, und ordnete ihren Sari. *Ich muß wahrlich einen zerknitterten Anblick bieten.* Die Männer des Mirsas hatten darauf bestanden, den unterirdischen Mechanismus zu sehen, der es den Dorfbewohnern erlaubte, durch das Drehen eines großen Rades die Brücke über den Krishna zu heben. Am Ende der Besichtigung war Porphredo völlig erschöpft gewesen. Obwohl sie für die Ruhepause dankbar war, hatte sie doch gehofft, früher aufbrechen zu können. Der Befehl, den sie erteilt hatte – daß man Despoina Stheno nicht von ihrem Eintreffen unterrichtete –, widersprach so sehr den bisherigen Anordnungen und der generationenlangen Gewohnheit der

Dorfbewohner, daß Porphredo wenig Hoffnung hatte, daß man ihr gehorchte.
Sie trat aus der Hütte heraus und blinzelte im grellen Sonnenlicht. Dorfbewohner näherten sich und verbeugten sich ehrfürchtig mit Schalen voll Reis in den Händen. Porphredo musterte sie eingehend und fragte sich, ob sie nicht vielleicht einen von ihnen wiedererkannte. Sie kam so selten nach Devidurga, daß sie diese Personen das letzte Mal gesehen hatte, als sie noch Kinder waren. Die Männer und Frauen berührten ihre Arme und erkundigten sich behutsam nach ihrem Befinden. Doch in ihren Augen lag Angst. *Sie fragen sich, ob die Despoina sich gegen sie gewandt hat. Was soll ich in aller Aufrichtigkeit dazu sagen?*
»Alles ist gut, alles ist gut«, murmelte Porphredo und verscheuchte sie. Sie lehnte die angebotene Speise ab, weil sie nicht hungrig war. Sie schritt auf dem Haupttrampelpfad des Dorfes dahin, streckte sich und ließ sich von der Sonne die alten Knochen wärmen. *Vielleicht gleiche ich ja wirklich einer Eidechse,* dachte sie, *wie die Despoina mir immer wieder versichert.*
Sie folgte dem Pfad bis zum Fluß, in der Hoffnung, dort den Mirsa zu finden. Statt dessen traf sie auf den stämmigen Nordmann Lakart, der am Ufer stand und nach Nordosten starrte, den Weg zurück, auf dem der Mirsa und er hierhergekommen waren.
Porphredo spähte in die gleiche Richtung und fragte sich, ob er etwas Besorgniserregendes sah. Sie sah nichts als das Schimmern des rotbraunen Horizonts.
»Was seht Ihr da?« fragte sie ihn schließlich. »Es kann doch

nicht sein, daß sich bereits die Armee von Befehlshaber Jaimal nähert.«

Lakart zuckte leicht zusammen und warf ihr ein klägliches Lächeln zu. »Ah, Begum Porphredo. Nein, ich sehe nicht die Armee nahen, sondern meine Zukunft.«

»Wenn Ihr vorhabt, mich zur verborgenen Stadt zu begleiten«, sagte Porphredo, »liegt Eure Zukunft in einer ganz anderen Richtung.«

»Mag sein«, murmelte Lakart, »denn behaupten nicht manche, daß das Schicksal des Menschen auf dem göttlichen Webstuhl gewoben wird und das Weberschiffchen seine Taten entwirft, bis der Faden des Lebens zerreißt?«

»Manche behaupten das«, erwiderte Porphredo.

»Doch was, wenn ein Mensch erklärt, daß ihm das Muster, das man für ihn webt, nicht gefällt? Was, wenn er aus freien Stücken dafür sorgt, daß sein Schiffchen zwischen die verzogenen Fäden fällt, und er sich so vom Webstuhl des Schicksals losreißt?«

Porphredo runzelte die Stirn und fragte sich, worauf dieser seltsame Mann hinauswollte. »Ich bin mit Eurem Glauben nicht vertraut, mein Herr. Doch bei meinem Volk gälte das als undenkbar, weil Seele und Faden eins sind. Woher wollt Ihr wissen, ob Ihr nicht, wenn Ihr das Muster Eures Lebens in Frage stellt, in Wahrheit eben dem Muster folgt, das man für Euch entworfen hat?«

»Oh, das Muster meines Lebens ist in Stein gemeißelt und mit Eiden gefesselt, die mir im Blut stecken. Ich kenne den Weg, der mir vorherbestimmt ist. Undenkbar, davon abzuweichen, nicht wahr? Wie peinigend ist dann das Trugbild der eigenen Freiheit. Es scheint, als könnte ich das

Muster meines Lebens nur dann verändern, zerstören, wenn ich diesen Fluß noch einmal überquerte oder mich seiner Strömung anvertraute und mich forttreiben ließe, fort von jenen, an die ich gebunden bin. Seht, wie einfach das wäre ...« Pathetisch streckte Lakart die Arme zum Fluß aus und machte einen Schritt auf das seichte, schlammige Wasser zu. Und dann noch einen. Und einen dritten.

Will er sich ersäufen? überlegte Porphredo. *Wie soll ich ihn aufhalten?* Sie hörte, wie etwas durch die niedrige, verdorrte Hecke zu ihrer Rechten brach. Und dann ein Meckern und der Schrei eines Kindes. Ein schwarzer Schatten kam hinter der nächststehenden Hütte hervorgeschossen und zerrte einen Strick hinter sich her. Ein kleines Mädchen hetzte mit einem Stock hinterdrein und rief in ihrem Telugu-Dialekt: »Halt! Halt! Du blödes Vieh!« Doch das Tier raste geradewegs in den Fluß und rannte Lakart über den Haufen, so daß er rücklings ins Wasser fiel. Als es stehenblieb, erkannte Porphredo, daß es ein kleiner schwarzer Geißbock war. Für einen Moment starrte er den nassen Lakart an, der auf Rücken und Ellbogen lag. Dann setzte er mit einem empörten »Määäääähh« davon, und seine junge Herrin verfolgte ihn kreischend und platschend.

Porphredo kicherte und sagte: »Nun, mein guter Philosoph, mir scheint, die Natur ist entschlossen, ihre Ordnung der Dinge aufrechtzuerhalten und Euer Schiffchen weiter im Geflecht ihrer Fäden zu halten.«

»Ja«, sagte Lakart ernst und starrte dem Geißbock mit blassem Gesicht nach. »Ich habe einen scharfen Verweis erhalten.«

»Ah, wir haben sie gefunden«, sagte der Mirsa hinter ihr, und Porphredo wandte sich um. Der Mirsa glotzte Lakart mit eigenartiger Miene an.
»Ja, Hoheit, hier bin ich. Seid Ihr und Eure Männer aufbruchbereit?«
»Das sind wir schon seit Tagesanbruch, Lady. Aber Masum sagte uns, Ihr bedürftet noch der Ruhe. Und Sri Lakart bedurfte offenbar eines Bads.«
Der Mann aus dem Norden schüttelte den Kopf und erhob sich ungelenk, wobei ihm das Wasser in Strömen von Armen und Gewand floß. »Eher bedurfte ich der Richtigstellung«, sagte er, »und die ist erfolgt.«
Der Mirsa lupfte die Brauen und sah Porphredo an, die beschloß, das Rätsel auf sich beruhen zu lassen, um dem Nordmann unnötige Peinlichkeiten zu ersparen. Sie hob die Schultern, um sich tatendurstiger zu geben, als sie sich in Wahrheit fühlte. »Und ich habe die Ruhe gehabt, deren ich bedurfte. Wenn Ihr nun Eure Männer zusammenrufen wollt, Hoheit, so können wir uns auf den Weg machen.«

RAUTE

Dieses immergrüne Kraut besitzt Blätter, die ein ätherisches Öl hervorbringen, und gelbe Blüten, die im Spätsommer blühen. Es galt lange als Symbol der Trauer und Bußfertigkeit und wird deshalb auch Gnadenkraut genannt. Eine Salbe aus dem Öl lindert Zipperlein und Rheuma, während ein Aufguß aus den Blättern Würmer heraustreibt und Magenbeschwerden heilt. Doch Raute ist ein bitteres Kraut und ein Gift und führt, wenn man es falsch verwendet, zu Krankheit und schrecklichen Visionen. Die Alten schrieben, daß Wiesel Raute als Schutz gegen Schlangenbisse fressen, und Künstler benutzten es, um ihr Sehvermögen zu schärfen. Rautenreisig diente einst dazu, Dämonen auszutreiben, und verstreute man die Zweiglein in Gerichtshöfen, hielt das Ratten fern. Raute zu essen kann helfen, die Keuschheit zu bewahren, denn ist man versucht und kostet von dem Kraut, so schwindet das Verlangen …

Aditi preßte fest den verkorkten Tonkrug an sich, den der Fliegenhüter ihr gegeben hatte, als sie das innere Heiligtum der Mahadevi betrat. Das leise Summen und Vibrieren im Inneren des Krugs ließen ihn fast lebendig erscheinen. Die Erinnerung daran, diese Aufgabe schon als Mädchen verrichtet zu haben, der Mahadevi Fliegen zu bringen, war herzerwärmend, erfüllte sie jedoch auch mit Unbehagen. Aditi hatte nie genau erfahren, was die Mahadevi mit den Fliegen anstellte – als Mädchen hatte sie sich vorgestellt, daß die Mahadevi sie in einer großen schwarzen, chaotisch umherschwirrenden Wolke freiließ. Nun vermutete Aditi, daß die armen Geschöpfe die Gegenwart der Mahadevi nicht lebend verließen.

Aditi blieb an der ersten Tür zu den Unterkünften der Mahadevi stehen. An der Wand daneben sah sie eine der Fresken der Kali, die, wie Enyo sie gewarnt hatte, jetzt überall im Palast auftauchten ... diese hier war bis auf das Gesicht beinahe fertig. Sie verlagerte das Gewicht des schweren Krugs in die rechte Armbeuge und kraulte den Steintiger zwischen den Ohren, wie sie es als Mädchen immer getan hatte, dann öffnete sie die Tür.

Aditi trat in den nächsten Raum und verharrte. Hinter dem Perlenvorhang vor ihr erklangen Stimmen – die der Mahadevi und von noch jemandem. Behutsam und lautlos setzte Aditi den Krug auf dem Steinboden ab und lauschte. Ah, Prabaratma war bei ihr.

»Alles geht seinen Gang«, sagte der blinde Brahmin gerade. »Ganescha trägt Krishna auf dem Rücken herbei. Die Liebe kommt mit der Weisheit. Bald werden Kali und Shiva eins sein.«

»Ja«, seufzte die Mahadevi. »Er ist wirklich ganz außergewöhnlich, Pra. Ich habe noch nie einen so gutaussehenden Mann mit so herrlichem Haar gesehen, seit langer Zeit keinen so entzückend großen *lingam.*«

Sie sprechen über Tamas, erkannte Aditi und erstarrte, während sie noch auf dem Boden kniete. Sie wollte nicht hören, was sie sagten, und konnte doch nicht anders, als mit angehaltenem Atem zu lauschen.

»Garuda dreht sich«, fuhr Prabaratma fort, »mit vom Herrn der Stürme erhobenen Schwingen. Es wird erstaunlich anzusehen sein, wenn die Kräfte sich vereinen.«

Wovon redet er da? dachte Aditi. Sie wußte noch, daß Prabaratma, als er in den Palast gekommen war, ein kluger Gelehrter und tüchtiger Lehrmeister gewesen war. Nun war er anscheinend dem Wahnsinn verfallen. Doch das tat die Mahadevi den Männern oft an, war Aditi aufgefallen. Sie fragte sich, ob das auch Tamas' Schicksal sein würde – ob er sich wohl eines Tages die blauen Augen herauskratzte und der Mahadevi Lieder wahnsinniger Freude vorsang. Der Gedanke bereitete ihr Übelkeit.

»Du hättest sehen sollen, wie er auf mich reagiert, Pra«, sagte die Mahadevi mit leiser und rauchiger Stimme. »Sogar im Schlaf. Er wird lernen, mich zu lieben, und dann … ah!«

»Das Schwert des Königs wird die göttliche Macht durchbohren«, sang Prabaratma, »und der hervorquellende Fluß wird die Welt erneuern und erquicken.«

»Ja!« schrie die Mahadevi auf, und plötzlich wurde Aditi klar, was sie gerade mit Prabaratma oder sich selbst tat. Aditi wußte, daß sie fliehen sollte, doch die Beine wollten ihr nicht gehorchen.

Hinter dem Perlenvorhang erklangen leise, bebende Seufzer, gefolgt von einem langen Stöhnen. Aditi konnte sich noch immer nicht rühren. Sie begriff nicht, weshalb dieser Beweis der fleischlichen Gelüste der Mahadevi sie erstaunte und verärgerte. War nicht oft die Rede davon, wie sehr es die Götter nach außergewöhnlichen Sterblichen verlangte? *Und ich bin selbst kein Unschuldslamm …*

Sie hörte ein Rascheln und Klimpern und schaute ohne nachzudenken zum Perlenvorhang auf. Eine nackte Frau näherte sich dem Vorhang, hochgewachsen und schlank, mit einer Aureole brauner, sich windender Schemen um den Kopf. Ihre Hände teilten den Vorhang, und … Aditi fuhr in Windeseile herum und wandte den Blick ab. Doch nicht, bevor sie gesehen hatte, daß …

»Aditi!«

»Vergebt mir, Große Mutter. Ich wollte Euch nicht … stören.«

»Das hast du nicht, doch was treibst du hier?«

»Ich bringe Euch Fliegen vom Fliegenhüter.«

»Wo ist Enyo? Weshalb bringt sie sie mir nicht?«

»Sie kümmert sich um T… Eure Gäste, Große Mutter. Da Ihr sagtet, daß ich den Goldhaarigen aufgeben soll, fanden wir, das sei angemessen.«

»Ah ja. Sehr gut. Es ist mir eine Freude, dich wieder im

Palast zu haben, Aditi. Ich habe dich trefflich großgezogen, wie mir scheint.«

»Wenn Ihr die Güte haben mögt, zu erwägen, mehr Bedienstete in Euren Palast aufzunehmen, bestünde weniger die Gefahr, daß ein solches Vorkommnis sich wiederholt, und es wäre Enyo und mir eine große Hilfe.«

»O nein, hat diese zerknitterte kleine Maus dich auch mit ihren Klagen beschwatzt? Also gut, ich werde darüber nachdenken. Nun solltest du aber gehen: Ich möchte dich nicht noch einmal wiederbeleben müssen. Wie du weißt, ist es ... aufwendiger und ungewisser, solche wiederzubeleben, die mein Antlitz geschaut haben.«

»Ja, Große Mutter.«

»Weißt du zufällig, wo Tamas ist? Ich habe das Bedürfnis, mit ihm zu sprechen ... und frag ihn, ob er angenehme Träume hatte.«

Verhöhnt sie mich absichtlich? Oder ist das eine Prüfung? Vorsichtig erwiderte Aditi in nüchternem Tonfall: »Woher soll ich wissen, wo er ist, Große Mutter, wo Ihr mich doch gebeten habt, mich nicht mehr mit ihm abzugeben? Da müßt Ihr schon Enyo fragen.«

»Ah, natürlich. Das werde ich tun.«

Aditi erhob sich und achtete darauf, nicht nach hinten zu schauen, doch ehe sie hinauslaufen konnte, fuhr die Mahadevi fort: »Aditi, meinst du, Tamas würde mich lieber in einem roten oder in einem blauen Sari sehen? Ich muß mich anziehen und kann mich nicht entscheiden.«

Sie ist grausam. »Tamas hat mir gegenüber nie erwähnt, welche Farbe er vorzieht, Große Mutter. Ich fürchte, ich kann Euch keinen Rat geben.«

»Hmmm. Dann vielleicht den roten. Das ist eine Farbe, die die Sinne erregt, sagte man mir. Dieses Gewand ist zwar ein bißchen sehr durchscheinend und schamlos, doch wahrscheinlich hat er ja nichts dagegen, nai?«
»Gegen ein solches Gewand haben nur wenige sterbliche Männer etwas, Große Mutter.«
»Die Welt draußen hat dich große Weisheit gelehrt, Aditi. Doch nun geh schon, geh! Weshalb bist du noch hier und bringst dich in Gefahr? Hinfort. Wir sprechen später weiter miteinander.«
»Habt Dank, Große Mutter.« Von lodernder Wut erfüllt, eilte Aditi endlich aus den Gemächern der Mahadevi. *Ihr armen Fliegen, für euch gibt es keine Hoffnung. Armer Tamas. Möge das, was du in der Gruft gesehen hast, dich davor bewahren, eine solche Kreatur zu lieben!*

Thomas folgte Enyo durch die staubigen, uralten Korridore, erleichtert darüber, daß sie anscheinend nicht in die Nähe des Eingangs zur schrecklichen Gruft der Statuen kamen. Timóteo ging schweigend neben ihm her und schmollte noch immer wegen Thomas' Verschwinden am gestrigen Abend und weil Thomas ihm nicht sagen wollte, wohin er sich begeben und was er gesehen hatte.
Doch welchen Nutzen brächte ihm das schon? Womöglich würde er den Ort selbst aufsuchen und sich in Gefahr bringen. Oder er würde damit herausplatzen, daß ich dort gewesen bin, ohne an die Folgen zu denken. Es ist besser, daß er eine Weile wütend auf mich ist, wenn uns das wenigstens eine gewisse Sicherheit verschafft.
Um sich den Tag über die Zeit zu vertreiben, hatte Enyo

ihnen angeboten, ihnen die Palastbibliothek zu zeigen. Timóteo hatte mit solcher Inbrunst eingewilligt, daß Thomas es für das beste gehalten hatte, sich sofort auf den Weg zu machen, in der Hoffnung, den Knaben von seinen Grübeleien abzuhalten und sich selbst eine Möglichkeit zu geben, seine Alpträume zu vergessen.

Enyo führte sie zu einer Tür am Ende eines staubigen Gangs, der noch schäbiger und vernachlässigter als die anderen wirkte. In einer Nische über der Tür stand die Statue einer Frau, die auf einer geöffneten Lotosblüte saß. In einer Hand hielt sie ein Buch und in der anderen ein Saiteninstrument, das Thomas noch nie zuvor gesehen hatte.

»Gandharva würde diese Gottheit gefallen«, sagte Thomas.

Enyo drehte sich mit einem unerwarteten Lächeln zu ihm um. »Ja, tut sie auch. Das ist Saraswati, die Göttin der Gelehrsamkeit und der Künste. Wir fanden, sie wäre eine angemessene Hüterin der Bibliothek. Wäre ich eine Hindu, würde ich sie der Verehrung für würdig erachten.« Enyo hantierte eine Weile am Schloß herum, bevor es ihr schließlich gelang, die Tür zu öffnen.

Der erste Raum, den sie betraten, war klein, und alle Wände waren vom Boden bis zur Decke mit tiefen Regalen versehen, in denen eng gewickelte Schriftrollen lagen.

»Hier verwahren die Mönche ihre Sutren«, sagte Enyo. »Deshalb muß ich Euch bitten, diese Werke nicht anzurühren, denn sie sind den Mönchen heilig. Außerdem wären sie für Euch bedeutungslos, wenn Ihr nicht Sanskrit lesen könnt.«

Thomas schaute zu Timóteo, der angesichts der Schriftrollen nachdenklich die Stirn runzelte. »Wir werden ihnen Respekt entgegenbringen, Enyo, auch wenn sie nicht unseres Glaubens sind.«

Timóteo warf Thomas einen schuldbewußten Blick zu, als habe er seine Gedanken gelesen.

»Sehr schön«, sagte Enyo. »Wenn Ihr mir bitte weiter folgen wollt.« Sie schob einen Vorhang in verblichenem Scharlachrot und Weiß zur Seite, und eine kleine Staubwolke stieg von dem Stoff auf.

Hustend folgte Thomas ihr in den nächsten Raum. Er war viel größer und wurde von schmalen Fenstern hoch oben in der Wand erhellt. Doch auch hier waren die Tische und Bänke, die den Raum ausfüllten, mit Staub und Spinnweben bedeckt. Die Regale waren unordentlich mit Büchern, Schriftrollen, Kodizes, Folianten und losen Seiten aus Pergament, Papier, Leinen und Papyrus vollgestopft. Auf der gegenüberliegenden Seite des Raums befand sich ein weiterer Torbogen, vor dem ein blaues Tuch hing, das an seinen Haken sichtlich verrottete.

»Bitte verzeiht das Durcheinander«, sagte Enyo peinlich berührt. »Es war schon lange niemand mehr hier, um aufzuräumen. Meine Schwester und ich, wir können uns nicht um alles kümmern, und die Mönche … nun ja, die sind zum größten Teil blind, wißt Ihr.«

Thomas blickte sich staunend und mit wachsendem Groll um. Er zog aufs Geratewohl einen goldenen Zylinder aus dem Regal, das ihm am nächsten war. Behutsam entfernte er ein Ende und ließ den aufgerollten Papyrus darin herausgleiten. Ihm stockte der Atem, als er feststellte, daß die Worte darauf griechisch waren und es sich bei den

Zeilen offenbar um ein Gedicht oder Theaterstück handelte. Der Rand des Papyrus begann in seinen zitternden Händen zu zerfallen, und rasch steckte Thomas die Rolle in den Zylinder zurück und verschloß ihn wieder. »Wißt Ihr eigentlich, welche Wunder Ihr hier vielleicht habt?«

»Es müssen wohl Wunder sein, Despotas. Gelehrte aus der ganzen Welt haben uns ihre Schätze gebracht. Und manches davon stammt noch von den Reisen der Despoina, bevor sie hierherkam. Die Despoina hat sich selbst gebrüstet, Gegenstände aus der Großen Bibliothek von Alexandria … gerettet zu haben, bevor sie niederbrannte.«

»Und doch ist nichts davon geordnet? Es besteht also keine Möglichkeit, bestimmte Werke über Kräuterkunde oder, sagen wir, Arzneien zu finden?«

Enyo seufzte traurig. »Keine. Es tut mir furchtbar leid, Despotas. Ihr werdet schon selbst nach diesen Dingen suchen müssen.«

»Was ist das hier?« rief Timóteo und hielt einen Papyrusstreifen hoch, der mit blauer und goldener Farbe verziert war und Piktogramme in Schwarz enthielt.

»Das dürfte ägyptisch sein«, sagte Enyo. »Bitte seid äußerst vorsichtig damit. Ich bin sicher, es ist sehr alt.«

Timóteo ließ es rasch wieder in den geschnitzten Holzkasten fallen, aus dem er es gezogen hatte, als habe der Papyrus seine Haut verbrannt. »Und was ist das?« sagte er und hielt ein dünnes Holzbrett hoch, auf dem in senkrechten Zeilen schwarze Schriftzeichen aufgemalt waren, die Thomas nicht identifizieren konnte.

»Das stammt von einem Ort namens Chang'an im Fernen Osten.«

»Kathai«, murmelte Thomas. »China.« Er spürte einen seltsamen Schmerz, denn das war der Bestimmungsort der gescheiterten Expedition gewesen, mit der er von England aus aufgebrochen war.
Timóteo warf das Brett wieder ins Regal zurück und streifte weiter umher, ganz und gar von dem eingenommen, was er sah.
»Wenn Ihr mich nun entschuldigen möchtet«, sagte Enyo, »es gibt noch zahlreiche andere Verpflichtungen, denen ich nachgehen muß. Ihr könnt hier so lange bleiben, wie das Licht es erlaubt. Dort hinten befindet sich ein weiterer Raum mit ähnlichen Werken, obgleich er in keinem besseren Zustand als dieser hier ist. Doch ich bin froh, daß diese Bibliothek endlich wieder einmal von solchen besucht wird, die zu schätzen wissen, was sie enthält. Bis später, Despotas, und auch Euch viel Vergnügen, kleiner Herr.« Sie verbeugte sich vor den beiden und ging durch den einst scharlachroten Vorhang davon.
»Ist das nicht wunderbar, Tomás?« sagte Timóteo, der anscheinend völlig vergessen hatte, daß er eigentlich schmollte. »Ich wünschte, ich könnte das alles lesen. Welche Geschichten sich hier verbergen!«
»Wahrlich, was für Geschichten«, sagte Thomas und ging an den Regalen vorbei, ohne zu wissen, was er gefahrlos berühren konnte. Er sah einen runden Holzbehälter für Schriftrollen, auf dem in griechischer Sprache *Phaetons Bäume* stand. Behutsam zog er die Schriftrolle heraus und hoffte, daß es sich um ein Werk der Kräuterkunde handele, doch nach raschem Überfliegen stellte er fest, daß es ein Theaterstück über drei trauernde Weiber war. Andächtig

schob Thomas die Rolle wieder in den Behälter und durchstöberte weiter die Regale.
Sein Blick fiel auf einen in Leder gebundenen Wälzer, der weniger alt zu sein schien, und er nahm ihn heraus. Er enthielt brüchige Pergamentseiten mit enger lateinischer Schrift, die von herrlichen Illuminationen von Pflanzen und phantastischen Tieren umgeben war.
»Das hier scheint das Werk eines Reisenden zu sein, der seine Entdeckungen niederschrieb«, murmelte Thomas. Er setzte sich auf die nächstgelegene Bank und sah sich den Text genauer an, um festzustellen, ob er ihn übersetzen konnte. »Timóteo, kommt her. Das wird Euch interessieren. In diesem Werk scheint es viele Pflanzen zu geben, doch ob sie mythischer Natur sind oder wirklich existieren, kann ich nicht sagen. Timóteo?« Thomas blickte auf und sah, daß der Knabe wie gebannt auf etwas starrte, was sich hinter Thomas' rechter Schulter befand.
Thomas drehte sich um. Es war Stheno, nun ganz in rote, durchscheinende Seide gekleidet, die sie von Kopf bis Fuß einhüllte. Doch Einhüllen war nicht unbedingt der richtige Ausdruck, denn obwohl ihr Kopf dicht umwickelt und ihr Gesicht verschleiert war, war ihre verlockende Gestalt vom Hals abwärts deutlich zu erkennen, jede Kurve ihrer Taille, ihrer Brüste und Schenkel. »Guten Morgen, Tamas«, sagte sie mit ihrer melodiösen Stimme, in der nur ein leichter Anflug ihrer verborgenen Macht mitschwang.
Thomas schluckte, und seine Kehle war wie ausgedörrt. Er versuchte, das heftige Zittern seiner Hände zu unterdrücken. »Auch Euch einen guten Morgen … Despoina.«

An Timóteo gewandt, sagte sie auf lateinisch: »Kleiner Mönch. Euch grüße ich desgleichen.«
Timóteo keuchte auf, dann bekreuzigte er sich hastig und rannte durch den verrottenden blauen Vorhang hinaus. Thomas beneidete ihn und wünschte, er hätte ebenfalls fliehen können.
Stheno lachte, und ihr Lachen klang wie flache Steine, die gegeneinander schlugen. »Ich bedaure, daß ich auf Euren Freund so furchteinflößend wirke. Erfreulicherweise seid Ihr nicht so schüchtern wie er. Findet Ihr Gefallen an meiner Bibliothek? Ich sollte Enyo und Porphredo befehlen, hier irgendwann Ordnung hineinzubringen … ein solches Durcheinander ziemt sich nicht für Gäste.«
»Wahrhaftig, diese Bibliothek ist voller Wunder, Despoina. Könntet Ihr mir wohl zeigen, welche Bücher vielleicht Wissen über Arzneien enthalten?«
»Nein, ich weiß wirklich nicht mehr, was sich hier alles verbirgt. Ich habe schon vor langer Zeit das Interesse daran verloren. Vieles von dem, was der Mensch dazu auserkor, durch Feder oder Stift festgehalten zu werden, erscheint mir töricht.« Stheno griff bedächtig zu einem Regal hinauf und zog einen großen, viereckigen Gegenstand heraus, der in purpurne Seide eingeschlagen war. Sie blies den Staub von dem Stoff und wickelte ihn aus. Eine verknotete Schnur hielt zwei viereckige Holzbretter zusammen, zwischen denen Seiten aus dickem, grobem Papier lagen. Stheno blickte auf das obere Brett und las: »*Die Weda der Sieben Erleuchteten.* Pfui. Eine schrullige Hindugeschichte. Weshalb heben wir so einen Unsinn überhaupt auf?« Sie warf das Buch wieder in das Regal

zurück. »Also. Ich nehme doch an, Ihr habt gut geschlafen, mein Tamas?«

Lieber Gott, was soll ich ihr sagen? Wenn sie wirklich wahnsinnig ist, wird sie mir die Wahrheit übelnehmen, und ich teile vielleicht das Schicksal jener anderen bedauernswerten Seelen in der Gruft. Wenn ich lüge, glaubt sie vielleicht, ich wolle sie dazu ermutigen, mich öfter zu besuchen. »Ich … schlief, Despoina, obwohl meine Träume … nicht so waren, wie ich mir erhofft hätte.«

»Nicht so, wie Ihr Euch erhofft hättet?« wiederholte Stheno, während sie um ihn herumging. »Das ist eine sehr vorsichtige Beschreibung.« Sie strich mit den Fingerspitzen leicht über Thomas' Schultern.

Thomas mußte all seine Kraft zusammennehmen, um zu verhindern, daß er unter ihrer Berührung erbebte. Ihr Sari roch stark nach Patschuli, Zimt und Rosenwasser. Ihm wurde ganz übel davon. Und doch bewirkte ihre dunkle, honigsüße Stimme, daß es zwischen seinen Lenden warm anschwoll. *Was für ein seltsamer Zauber ist das? Dieser Teil meines Körpers folgt ihrem Ruf, während mein Wille sie verschmäht?* »Ist es Euch noch nie so ergangen, Despoina? Habt Ihr noch nie von einer Sache oder Person geträumt und Euch gewünscht, es wäre eine andere?«

»Ich träume selten«, sagte sie. »Doch wen habt Ihr in Eurem Traum denn gesehen, von dem Ihr wünschtet, er wäre nicht da?«

Glücklicherweise konnte Thomas diese Frage wahrheitsgemäß beantworten. »Furien mit großen schwarzen Schwingen und Stimmen, die nach Vergeltung schrien. Sie suchen meine Träume häufig heim.«

»Ah. Und wen wünscht Ihr zu sehen?«
»Es wäre … zu dreist von mir, das zu sagen … Despoina.« Er hoffte, daß sie die Atemlosigkeit in seiner Stimme für Verlangen statt Furcht nahm, und dann wurde ihm klar, daß er beides empfand, und sofort hoffte er, daß sie das nicht merkte. »Außerdem ist mein Volk der Ansicht, daß die … Gefühle, die ich letzte Nacht in meinen Träumen hervorbrachte, dem Stand der Ehe vorbehalten sein sollten.«
Wieder lachte sie und strich sich über den Schleier, der ihr Schlangenhaar bedeckte. Thomas saß stocksteif da, um bloß nicht zusammenzuzucken. »Ihr seid von der höflichen, zurückhaltenden Sorte. Es freut mich, das zu sehen. So etwas behagt mir. Kriecherische oder vulgäre Männer liegen mir nicht. Die Leute aus Bhagavati, diese Hindu, machen ebenfalls viel Aufhebens um die Bande der Ehe. Ah, wie ich sehe, habt Ihr die Chronik des François Aphasius entdeckt. Das war einer von der gelehrten Sorte. Er blieb recht lange hier, erst zwei Jahrhunderte ist das her. Er fand mich ungemein faszinierend. Doch leider aus den falschen Gründen.«
Stheno beugte sich über ihn, und ihre Brüste strichen über Thomas' Schulter. »Möchtet Ihr ihn kennenlernen? Vielleicht könnte er sein Buch für Euch übersetzen?«
Gott steh mir bei, sie ist wirklich wahnsinnig. »W-wie sollte das möglich sein, Despoina, wenn er vor zweihundert Jahren lebte?«
»So etwas liegt in meiner Macht«, sagte sie und trat einen Schritt von ihm zurück. »Ich kann alle Arten von Wunder wirken. Deshalb nennt mein Volk mich die Mahadevi.

Mein Wille kann Leben erneuern oder vorübergehend außer Kraft setzen … oder beenden.«

Versucht sie mir zu drohen? »Ich … ich hoffe, daß ich der Despoina nie einen Anlaß gebe, mein Leben beenden zu wollen.«

»Weshalb solltet Ihr das – Ihr, der Ihr meine Tochter gerettet habt? Ich möchte Euch ehren und belohnen. Ihr braucht nur um etwas zu bitten, und ich … es wird Euch gehören.«

Sie ist fast so geradeheraus wie eine Hure. Doch sind die Götter und Dämonen in den alten Geschichten nicht alle so? Wie kann ich sie davon abhalten, sich auf mich zu werfen? »Was, Despoina, wenn das, wonach es mich verlangt, von solcher Art ist, daß ich nicht darum zu bitten wage? Unschicklich und … gefährlich?«

»Ah. Sicher habt Ihr gehört, daß es den Tod bringt, mir ins Antlitz zu schauen. Doch meine Schwester Euryale fand schon vor langer Zeit heraus, daß demjenigen kein Leid geschieht, der ohne Furcht und voller Liebe auf uns blickt.«

Das Problem ist nur, wie soll dich jemand ohne Furcht ansehen? »Wahrhaftig?« lautete seine Antwort.

»Ihr zweifelt an meinen Worten? Ich könnte Euch den einen vorstellen, dem das gelang. Doch er war so alt, als er schließlich – nun ja, und sosehr er meine Schwester auch liebte, für mich hatte er lediglich Mißfallen übrig. Aber fürchtet Euch nicht, mein goldener Tamas, Euer Verlangen ist vielleicht nicht so vergeblich, wie Ihr meint. Habt Geduld. Heißt es nicht, daß die Götter die Duldsamen belohnen?«

»Das … bringt mich zu etwas anderem, Despoina. Zu

etwas, von dem man mir sagte, ich solle es Euch mitteilen. Als ich noch ein Kind war, weihte man mich mit Leib und Seele einer Göttin. Jener Göttin, die Ihr anscheinend als Herrin der Tiere kennt.«

Stheno rührte sich einen Moment lang nicht. Und dann lachte sie erneut, doch diesmal war ihr Lachen kälter und rauher. »Jemand hat Euch einen schlechten Rat erteilt. War es Enyo? Oder Aditi? Nun, ich würde weniger von ihr halten, wenn sie es nicht versucht hätte. Doch Ihr müßt verstehen, Tamas, daß es mir einerlei ist, welchem Götzen oder Namen Ihr versprochen seid, wenn das überhaupt wahr ist, was Ihr sagt. Die Herrin der Tiere ist ein machtloses altes Weib.« Sthenos Stimme wurde schrill vor erbitterter Wut. »Sie beschützte meine Schwestern und mich nicht vor Athenas Fluch, und sie wird auch Euch nicht um Aditis willen beschützen. Solange der Mond sie nicht ausspeit und sie herabgeritten kommt, um persönlich Anspruch auf Euch zu erheben, werde ich nicht an sie glauben, geschweige denn respektieren, daß Ihr dieser Person geweiht wurdet!«

Die Wickel um ihren Kopf begannen sich zu winden, und Thomas wandte den Blick ab und fragte sich, ob er sich gerade sein eigenes Grab geschaufelt hatte.

Doch Stheno hielt inne, und ihre Stimme, nun ein wenig trauriger, nahm wieder ihren aufreizenden Tonfall an. »Vergebt mir, Tamas. Ihr habt an eine alte Wunde gerührt, von der ich fürchte, daß sie niemals heilen wird.«

»Mit Verlaub, Despoina, ich bin es, der um Vergebung bitten muß. Ich hatte nicht vor, Euch aufzuregen.«

»Ich weiß. Ich vergebe Euch. Es ist … unklug von mir,

mich so zügellos zu gebärden. Ich überlasse Euch nun Euren Studien, doch denkt immer daran: Eure Wünsche sind nicht unmöglich. Seid tapfer und voller Hoffnung. Euch ist Großes beschieden, Tamas. Selbst meine Priester haben mir das gesagt. Alles, was ein Sterblicher sich nur ersehnen kann, soll Euch gehören.«

Thomas hörte, wie ihre Schritte sich entfernten. Vorsichtig warf er einen Blick über die Schulter, um sicherzugehen, daß sie auch fort war, bevor er mit einem großen, gestöhnten Seufzer seinen Atem entweichen ließ.

Nachdem es in der Bibliothek eine Weile still gewesen war und Timóteo so lange und eindringlich gebetet hatte, bis die verwirrende Schwellung zwischen seinen Lenden endlich wieder abklang, kehrte er durch den blauen Vorhang zurück. Tomás saß noch immer an dem Tisch, das Gesicht in den Händen verborgen. »Tomás?«

Der *inglês* sprang auf und starrte Timóteo an. »Oh. Ihr habt mich erschreckt. Es ist alles in Ordnung, Timóteo. Sie ist fort.«

Timóteo ging mit hängendem Kopf zu dem Tisch hinüber. »Vergebt mir, Tomás. Ich war feige. Ich hätte nicht weglaufen sollen.«

Tomás lächelte kläglich. »Es gibt Zeiten, kleiner Bruder, in denen es das Klügste ist, wegzulaufen. Ich gestehe, daß ich es auch gern getan hätte.«

»Aber ich … ich wollte die Domina nicht kränken.«

»Ich glaube, es hat sie eher amüsiert als gekränkt, Timóteo.«

Timóteo ließ sich auf die nächste Bank sacken und zog

mit dem Finger geistesabwesend Kreise in den Staub auf dem Tisch. »Sie … sie hat mich dazu gebracht, an Dinge zu denken, an die ich nicht denken sollte.«

»Das scheint ihr Freude zu machen«, sagte Tomás.

»Doch Ihr hättet in Gefahr sein können. Wie soll ich meine Aufgabe erfüllen, derenthalben man mich herschickte, wenn ich feige bin? Ich hätte nicht weglaufen sollen. Vor dem Tiger bin ich doch auch nicht geflohen. Weshalb dann vor ihr?«

»Tiger können einen nicht in Stein verwandeln.«

Timóteo blickte auf. »Ihr glaubt mir jetzt?«

Tomás nickte ernst. »Ich glaube Euch.«

»Was hat sie Euch gesagt, Tomás? Worüber habt Ihr gesprochen? Hat sie Euch vom Olymp erzählt?«

»Nein, nein, nichts dergleichen. Sie zieht es vor, über sich selbst zu reden. Ich fürchte, sie hat … gewisse Pläne mit mir. Sie sagte, daß man, wenn man mit … Liebe und ohne Furcht auf sie schaut, ihr ins Antlitz sehen könne, ohne Schaden zu nehmen.«

Plötzlich spürte Timóteo, wie ihn neue Hoffnung erfüllte. »Aber das sind ja wunderbare Neuigkeiten, Tomás! Das heißt … das heißt, wenn ich sie durch die liebenden Augen Gottes betrachte und sie somit nicht fürchte, daß ich ihr dann ins Antlitz schauen kann. Das wäre der Beweis für die Wahrheit unseres Herrn und würde ihre Seele retten.«

»Ich glaube nicht, daß sie diese Art von Liebe meinte.«

»Aber was denn sonst? Das ist die größte Liebe, die es überhaupt gibt!«

»Bitte, Timóteo«, sagte Tomás entschieden und ergriff über den Tisch hinweg seinen Arm, »Ihr *müßt* vorsichtig sein.

Euer Glaube ist stark, daran besteht kein Zweifel, doch Ihr dürft nicht vergessen, daß es manches gibt, was stärker ist als Euer Glaube.«

Zorn durchwogte Timóteo, und er riß sich los. Einen Moment lang dachte er, Tomás behandle ihn wieder wie ein Kind. Dann sah er, wie bleich und ernst Tomás war, und schämte sich. »Ihr habt recht, Tomás. Das ist die Sünde des Stolzes, vor der mich der Padre warnte. Ich werde daran denken. Ihr müßt aber auch vorsichtig sein, hört Ihr? Habt Ihr den Spiegel noch, den ich Euch gab?«

»Den Spiegel? Oh, ja. Er ist bei meinen Sachen. Ja, ich dürfte ihn noch haben.«

»Gut. Dann können wir ihn benutzen, wenn wir den Eindruck haben, daß unser Glaube nicht stark genug ist, richtig? Zum Schutz.«

»Ja, ich denke schon.« Der *inglês* klang skeptisch. »Timóteo, ich hätte eine Bitte – dürfte ich von nun an in Eurer Unterkunft schlafen?«

»Ihr wollt die Zimmer tauschen, Tomás?«

»Nein! Ich finde ...« Er blickte zu dem ehemals scharlachfarbenen Vorhang hinüber, als wolle er sichergehen, daß niemand dort stand. Tomás beugte sich vor und fuhr fort: »Ich finde, wir sollten beide in Eurem Zimmer bleiben. Meines ist ... zu eng. Ich glaube, dort gibt es üble Dünste, die ... die mir Alpträume bereiten und schlecht für unsere Gesundheit wären.«

»Mein Zimmer ist klein, Tomás.«

»Ich kann draußen auf dem Balkon schlafen. Wir haben Trockenzeit, und die Nächte sind angenehm warm. Ich werde es dort bequem haben.«

»Wird die Domina nichts dagegen haben?«

»Es … es ist mir gleich, ob sie etwas dagegen hat.«

»Oh. Wie Ihr wünscht, Tomás.« Ein kleiner Engel in seinem Inneren warnte Timóteo, daß Tomás ihm etwas Wichtiges vorenthielt. Doch Timóteo hatte auch den Eindruck, daß er es, was immer das sein mochte, lieber gar nicht erst wissen wollte.

ASTER

Diese kleine Blume ähnelt sehr dem Gänseblümchen, ist jedoch vielfältiger in der Farbe: weiß, rosa und blau. Ihrer Form wegen bringt man sie schon lange mit den Sternen am Himmel in Verbindung, und unter Astrologen gilt sie als Kraut der Venus. Im Osten heißt es, daß aus den Stengeln und Blättern gegorener Wein das Leben verlängern und Unglück fernhalten soll. Die Blüte wird häufig verwendet, um festzustellen, wer einen liebt und ob eine Liebe wohl andauern werde. Die Alten schmückten ihre heidnischen Altäre mit Asternkränzen, und die Griechen haben die Blume angeblich verbrannt, damit ihr Rauch die Schlangen vertreibt …

Können wir nicht ein Feuer anzünden, Begum Porphredo?« fragte Mirsa Ali Akbarshah. Die kühle Abendluft, die ihm anfangs so angenehm erschienen war, brachte ihn allmählich zum Frösteln.

»Nein. Kein Feuer.« Die Alte schaute sich auf der Lichtung um, auf der sie haltgemacht hatten, um ihr Nachtlager aufzuschlagen. »Wir wissen nicht, wer uns vielleicht beobachtet und das Licht oder den Rauch sehen könnte.«

»Sie sind hiergewesen!« rief Lakart von einem felsigen Überhang aus. »Der kleine Bruder aus Goa hat ein Zeichen zurückgelassen.«

Der Mirsa ging zu ihm hinüber und warf einen Blick über die Schulter des Schotten. Selbst im trüben Licht der Abendsonne konnte er ein Kreuz und römische Buchstaben mit Zahlen daneben erkennen. »Was steht da?«

»Lediglich sein Name und das Datum. Aber wenigstens wissen wir jetzt, daß wir nicht in die Irre geführt werden.«

»Es sei denn, daß man uns auf dem gleichen Weg in die Irre führt wie sie.«

»Auch wieder wahr, Hoheit. Doch ich suche nach meinem Schützling Thomas Chinnery, und dieses Zeichen zeigt mir, daß ich mich auf dem richtigen Weg befinde.«

»Ah.« Der Mirsa wandte den Kopf, als er Rafi, Sabur und Masum zurückkommen hörte.

»Mein Gebieter«, sagte Sabur. »Wir haben die Pferde da drüben angebunden, doch mit Ausnahme von Dorn-

büschen finden sie nur wenig Futter.« Er starrte Porphredo an, als hätte die Alte das so beabsichtigt.
»Morgen dürften wir Bhagavati erreichen«, sagte Porphredo freundlich, »dort können Eure Pferde sich satt fressen.«
Auch die anderen gesellten sich nun zu ihnen unter den Felsüberhang, breiteten ihre Decken aus und packten den Reis und die Bananen aus, die man ihnen in Devidurga gegeben hatte. Dem Mirsa fiel auf, wie furchtsam und grimmig Rafi und Sabur dreinblickten. Lakart, der Mann aus dem Westen, war lediglich neugierig auf alles um sich herum. Doch der Sufi Masum schien mehr denn je vor Freude außer sich zu sein. Der Mirsa neidete ihm seinen Wahnsinn, wenn es denn welcher war. *Wie leicht die Welt auf Masums Schultern ruht.*
Der Mirsa wandte sich Porphredo zu, die sich in einiger Entfernung hingesetzt hatte, nicht mitten in ihrem Kreis. *Hat sie den Eindruck, daß ihr als Frau dieser Platz gebührt, oder ist es Furcht oder irgendein anderes Gefühl, das sie veranlaßt, sich weiter weg von uns niederzulassen?* Er bedeutete ihr, sich zu ihnen zu gesellen, und als sie herbeikam, staunte der Mirsa wieder darüber, mit welcher Anmut sie sich bewegte, wenn man ihr Alter bedachte und wie erschöpft sie von der Reise sein mußte.
»Lady Porphredo, da Ihr die Güte hattet, zu beschließen, daß wir es wert sind, Eurer Königin zu begegnen, wäre es jetzt sehr hilfreich, wenn wir mehr über ihr Wesen erführen und darüber, wie wir uns ihr nähern sollten.«
»Es fällt mir nicht leicht, einen Anfang zu finden, Erhabener Mirsa. Als erstes sollte ich Euch wohl warnen. Ihr dürft ihr nicht ins unbedeckte Antlitz schauen, auch nicht

in die Augen, denn die Legenden sind wahr – das bringt den Tod.«

»War sie es, die Mumit tötete?« wollte Rafi wissen.

»Ich fürchte ja«, sagte Porphredo. »Obwohl sie sicher nicht vorhatte, ihn zu töten. Vielleicht stieß er zufällig auf ihr Versteck und erschreckte sie.«

In plötzlicher Erkenntnis fragte der Mirsa Porphredo: »Wenn Mumits Tod das Werk Eurer Königin war, heißt das, daß sie unser Lager an jenem Abend persönlich besuchte?«

»Sie und ich, wir trafen gemeinsam ein«, sagte Porphredo. »Ich, um Eure Armee in die Irre zu führen, sie, um ihre Tochter zu retten.«

»Ihre Tochter! Wer ist ihre Tochter und wie gelangte sie zu uns?«

»Über die Einzelheiten bin ich mir nicht sicher«, sagte Porphredo, »doch sie wurde mit dem Wagen der Gaukler in Eure Armee eingeschmuggelt.«

»Und Ihr wart es«, sagte der Mirsa an Lakart gewandt, »der um diesen Wagen bat. Ihr und Euer goldhaariger Freund wußtet also noch weit mehr, als wir vermuteten.«

Lakart hob eine Hand. »Friede. Ich weiß weniger, als Ihr glaubt. Mein Schützling Thomas sagte mir, ich solle um den Wagen bitten, weil der goanische Priester seine Liebste getötet habe, und er hoffte, daß sie wiederbelebt werden könne, wenn er den Herkunftsort des *Rasa Mahadevi* fände. Ich erwartete nicht, daß der Ursprung des lebenspendenden Bluts zu uns käme. Und ebensowenig, daß sie nicht nur ihre Tochter mitnähme, sondern auch Thomas und Timóteo.«

Der Mirsa strich sich durch den Bart. »Doch Ihr hieltet es nicht für erforderlich, mir über den Verwendungszweck des Wagens Meldung zu machen. Ich finde diesen Mangel an Vertrauen in höchstem Maße beunruhigend.«

»Bitte vergebt mir, Hoheit. Da wir in keiner Weise mit Eurem Glauben vertraut sind, wußten wir nicht, wie Ihr es aufnehmen würdet, daß man in Eurer Mitte den Leichnam einer Toten befördert. Und ehrlich gesagt, wollten wir auch sicher sein, daß der goanische Priester Gonsção, den wir für ihren Mörder halten, nichts davon erfuhr.«

»Ich verstehe. Es war Euch gleich, ob die Beförderung dieser Toten meine Männer in Gefahr brachte.«

»Wir sahen keine Gefahr voraus, Hoheit. Wir machten uns mangelnder Vorstellungskraft schuldig, ohne Euch und den Euren etwas Böses zu wollen.«

»Ah.« Der Mirsa seufzte und lehnte seinen Hinterkopf gegen den kalten Stein. »Nun, Begum Porphredo? Weshalb hat Eure Königin sich uns nicht offenbart, wenn sie doch in der Nähe war? Weshalb die Ausflüchte?«

»Macht Mumits Tod nicht deutlich, welche Gefahr ein solcher Besuch mit sich bringt?« erwiderte Porphredo. »Meine Königin hat im Laufe der Jahrhunderte gelernt, vorsichtig zu sein. Doch ich muß Euch darüber in Kenntnis setzen, daß ihr Interesse an offiziellen Beziehungen zu Eurem Kaiser äußerst gering ist. Es ist meine Hoffnung, daß Ihr sie eines anderen belehren könnt. Sie verschanzt sich schon zu lange in ihrem Palast und hat vergessen, daß es draußen noch eine größere Welt gibt. Sie verfolgt gebannt die Intrigen fremder Länder, ist sich über die Folgen jedoch nicht im klaren. Meine Schwester und ich fürchten, daß sie … aus dem Gleichgewicht geraten sein könnte. Ich hoffe, Euer Eintreffen bringt sie noch einmal zur Besinnung.«

»Vielleicht erwartet Ihr mehr von mir, als ich zu leisten vermag«, sagte der Mirsa, »doch um meines Kaisers willen werde ich tun, was in meiner Macht steht. Was schlagt Ihr vor, das ich ihr anbieten soll, da ich doch nicht in der Lage bin, Ihr Geschenke zu bringen?«

»Einfluß. Anerkennung. Wissen. All das schätzt sie sehr. Schmeichelt ihrer Eitelkeit, und Ihr dürftet Erfolg haben.«

»Also haltet Ihr«, sagte Lakart, »Eure Königin nicht für eine Göttin?«

Porphredo starrte den Mann aus dem Westen mit einem amüsierten Ausdruck auf dem mit tiefen Linien gezeichneten Gesicht an. »Nein. Sie ist eine Frau, die verflucht wurde, genau wie ich. Wir haben uns an unser Leid angepaßt, doch ist es für uns deshalb keine geringere Belastung.«

»Sie kann nicht die Göttliche sein«, sinnierte Masum, »höchstens ein Abbild der Göttlichen, erschienen, um unsere Liebe für die herrliche Bilqis, die weise Sophia, zum Vorschein zu bringen.«

»Liebe?« schnaubte Sabur. »Wie kann man eine Frau lieben, bei deren Anblick man tot umfällt?«

»Das Antlitz der Göttlichen zu schauen bringt mehr Seligkeit, als der bloße Sterbliche ertragen kann. Doch das Abbild der Göttlichen wirft diese Seligkeit nur zurück, wie ein Spiegel. Und deshalb kann die sterbliche Seele, wenn die göttliche Liebe sie einhüllt, ohne Furcht auf die Spiegelung schauen und ohne daß ihr ein Leid geschieht.«

»Das Ebenbild der Göttin«, murmelte Lakart. Der Mirsa blickte ihn eindringlich an, doch der Mann aus dem Westen schien in Gedanken versunken zu sein.
»Guter *faylasuf*«, sagte Porphredo, »Eure Worte sind der Wahrheit näher, als Ihr vielleicht wißt. Meine Königin studiert schon seit vielen Jahren das Wesen der Liebe, denn sie glaubt, wenn sie jemanden fände, der ohne Furcht und von Liebe erfüllt den Blick auf sie richtet, daß dieser Mann nicht sterben werde. Doch die Art von Liebe, die sie im Sinn hat, ist anders als Eure. Ich würde Euch raten, Euch in acht zu nehmen.«
»Ich habe nicht vor, achtsam zu sein, sondern aus freien Stücken zu geben«, sagte Masum.
Der Mirsa fühlte sich immer unwohler in seiner Haut, weil er spürte, daß es um Belange von spiritueller Bedeutung ging, die seine praktische Natur nicht nachvollziehen konnte, als wäre er einer von jenen, die für bestimmte Farben blind sind, oder als könnte er keine Schriften lesen.
»Mir scheint, wir haben morgen wichtige Dinge zu erledigen. Gehen wir nun alle schlafen, um uns tüchtig auszuruhen.« *Und beim Barmherzigen, möge ich nicht träumen, denn ich fürchte, daß ich nicht die Weisheit besäße, den Sinn meines Traums zu erfassen.*

Thomas lag auf dem Balkon und starrte zum Mond hinauf. Das leuchtende Rund schien abgenommen zu haben. *Wenn du meine Beschützerin bist,* dachte er, *so wache diese Nacht bitte über mich und rette mich vor ihr, die deine Herrschaft über meine Seele ins Wanken bringen will.*

Er kam sich albern vor, wie ein Kind, das sich beim Anblick eines Sterns etwas wünscht, doch er zog es vor, jede nur erdenkliche Vorsichtsmaßnahme zu ergreifen. Thomas hatte den Spiegel, den Timóteo ihm gegeben hatte, an einen der geschnitzten Pfosten der Balkonbrüstung gelehnt, in der Nähe seines Kopfs und zur Tür gewandt. Er bezweifelte, daß Stheno die Kühnheit besäße, ihn im hellen Mondlicht zu besuchen, wenn Timóteo so nahe war, doch die Anwesenheit des Spiegels beruhigte ihn ein wenig.

Hinter sich konnte er Timóteos leises Schnarchen hören, und er beneidete den Knaben. *Ist es sein Glaube oder seine Jugend, die ihm einen so sorglosen Schlaf erlaubt? Schlief ich auch so gut, als ich in seinem Alter war?* Thomas stellte fest, daß er sich nicht erinnern konnte. Sein Leben in England schien schon so lange her zu sein.

Thomas wälzte sich auf den Bauch, seufzte und hoffte, wenigstens keine Alpträume zu bekommen. Er versuchte, sich in Gedanken mit praktischen Fragen zu beschäftigen. *Bei dem ungeheuren Wissen, das Sthenos Bibliothek birgt, könnte ich vieles mit nach England zurückbringen, wenn ich mich eine Weile hier aufhielte. Ich bräuchte lediglich ihre Leidenschaft für mich zu bändigen, sie mit freundlichen Worten und falscher Bescheidenheit sanft auf Abstand zu halten, um schließlich mit der Weisheit von Äonen in meinen Händen zu fliehen. Ist das nicht einige Unannehmlichkeiten wert, ein wenig Heuchelei und Schmeichelei, auch wenn sie ein Monster ist? Vielleicht könnte ich ihr das Geheimnis ihres lebenspendenden Bluts entlocken und der größte Arzt der gesamten Christenheit werden? Vielleicht ist das die Bestimmung meiner Reise, mir von jener göttlichen Macht auferlegt, die mich leitet, welche auch immer das sein mag? Hab Mut, Tom, denn alles kommt zu dem, der warten kann.*

Endlich fiel er in Schlaf, leicht und unruhig. Thomas wußte nicht, wie spät es war, als das Klicken des Türschlosses ihn weckte. Er rührte sich nicht, öffnete jedoch ein Auge. Der Mond war untergegangen, so daß jetzt lediglich das schwache Sternenlicht den Balkon erhellte. *O unbeständiger Mond, hast du mich verlassen?* dachte er. *Doch sicher ist das nur Timóteo an der Tür, der den Abtritt benutzt hat und nun zurückkehrt.* Thomas schaute in den Spiegel und sah, daß er sich irrte.

Erst sah er die Kerze, die von einer kleinen, tanzenden Flamme erhellt wurde. Dann die zierliche Hand, die diese Kerze hielt. Und dann sah er zwei große, runde Brüste über einer schmalen Taille. Und darüber ein atemberaubend schönes Gesicht mit vollen Lippen, einer aristokratischen Nase und großen, dunklen Augen. Und um dieses Gesicht herum … die Schlangen; zahlreiche, sich träge windende Schlangen mit glänzenden Häuten und kleinen Augen, die in einem schwach rötlichen Glühen funkelten.

Thomas kniff fest die Augen zusammen und kämpfte die Revolte in seinem Magen nieder. *Lieber Gott, lieber Gott, es ist wahr.* Obwohl die Statuen in der Gruft ihn rein verstandesmäßig bereits überzeugt hatten, konnte nun kein Teil von ihm mehr leugnen, was für eine Art Wesen Stheno war. Er wagte es nicht, sich zu bewegen, und hoffte, daß die Gorgone seine Reglosigkeit für Schlaf hielt. Er spürte, wie sie die Baumwolldecke von ihm herunterzog, und bedauerte jetzt, daß er darunter nichts weiter als ein persisches Hemd trug. Er spürte sie seine Wade liebkosen, seinen Schenkel, sein Gesäß, und ihre bewundernden Seufzer fanden ein Echo im Zischen ihrer Schlangen. Dann spürte er, wie sie die Lippen auf seine Beine drückte, jeder zärtliche Kuß vom geschmeidigen Gleiten glatter Schlangenschuppen auf seiner Haut begleitet und von kleinen, tastenden Zungen, die ihn kitzelten.

Thomas ballte langsam die Fäuste und biß die Zähne zusammen, stählte seinen Willen, um nicht vor Entsetzen aufzuschreien. *Ich darf nicht. Wenn ich Timóteo wecke, könnte das ebenso sein Verhängnis sein wie meines.*

»Despoina!« erklang ein rauhes Flüstern vom Eingang.

»Schweig!« schnarrte Stheno, und das Zischen ihrer Schlangen war wie ein Sturmwind, der durch welkes Laub fegt.

»Despoina ...«

»Was *ist* denn, Enyo?«

»Ihr müßt kommen. Sofort!«

»Mögen die Götter dich holen«, grollte Stheno, doch Thomas hörte, wie sie aufstand und von ihm wegtrat. Er atmete nicht eher, als bis die Tür sich klickend hinter ihr geschlossen hatte.

»Mögen die Götter dich segnen, Enyo«, seufzte er tief erleichtert. »Vieltausendmal segnen ...«

Enyo stand im Korridor und erwartete die ersten Ausbrüche des hitzigen Temperaments der Despoina. Sie brauchte nicht lange zu warten.

»Wie kannst du es *wagen*, mich zu stören, wenn ich bei

einem Gast bin!« zischte Stheno in der Dunkelheit, sobald die Tür zu war. »Weißt du, welchen Schaden du hättest anrichten können?«

Dein unverschleiertes Gesicht ist wohl meine Schuld, was?

»Ich wage es, wenn eine dringende Angelegenheit, von der Ihr wissen solltet, das erforderlich macht, Despoina.«

»Was könnte so dringend sein?«

»Aufrührer sind vor den Palasttoren, Despoina, und sie verlangen Eure Aufmerksamkeit.«

»Aufrührer? Unmöglich. So etwas gibt es in meinem Volk nicht.«

»Vielleicht solltet Ihr mitkommen und Euch mit eigenen Augen überzeugen.«

Unter wütendem Gemurmel stürmte Stheno vor Enyo her, die nach Kräften hinterherstolperte, um Schritt halten zu können. »Ein Glück, daß ich weiß, wie wenig Verstand du besitzt, Maus, sonst würde ich behaupten, daß du mein Liebesspiel vorsätzlich gestört hast.«

Ein Glück, daß du mich für so einfältig hältst, dachte Enyo, *weil wir dich wirklich dabei stören wollten, Aditi und ich. Sie versammelte die Stadtbewohner und versicherte ihnen, daß du ihnen Aufmerksamkeit schenken wirst. Ich wartete, bis ich dich dort eintreten sah, wo Tamas schlief. Gemeinsam besitzen wir vielleicht genug Verstand, um dich zu besseren Taten zu bewegen.*

Im Licht der wenigen Fackeln und der Myriaden Sterne tastete Enyo sich einen Weg die Treppe hinauf, die nach oben auf die Palastmauer führte. Wie so vieles an dem uralten Bauwerk, das schon lange nicht mehr repariert worden war, zerfiel auch die Mauer an manchen Stellen, und Enyo mußte genau darauf achten, wohin sie den Fuß setzte. Sie erreichte den Wachturm über dem Palasttor erst lange nachdem Stheno dort eingetroffen war.

Ungeduldig verlangte Stheno: »Gib mir deinen *shul.*«

Enyo nahm sich das Tuch von den Schultern und reichte es Stheno, die es rasch über ihr Schlangenhaupt legte und es sich tief ins Gesicht zog. Dann lugte Stheno durch einen Schießspalt in der Mauer hinaus. »Das nennst du einen Aufruhr, Maus?«

Männer und Frauen aus allen Kasten standen mit emporgereckten Armen auf den Stufen zum Palast, manche knieten auch oder lagen bäuchlings auf dem Boden. Einige zeterten, daß die Mahadevi ihnen Gehör schenken möge, einige sangen *vedas*, andere schüttelten ihre Fäuste in Richtung der Palasttore und verlangten, daß die Göttin ihr Flehen erhöre. Sie waren von Schalen mit Schwimmkerzen sowie Öl- und Binsenlampen umgeben. Viele hielten Blumen in den Händen oder Schalen mit Opfergaben, und die Stufen ähnelten einem Tempel während des Fests der Diwali.

»Sie trafen wutentbrannt als gewaltige Woge hier ein, Despoina. Wer hätte sagen können, wozu sie imstande waren? Ich fand, Ihr solltet sofort davon erfahren. Hört Ihr, wie sie nach Euch rufen?«

»Was wollen sie?«

»Hört ihnen doch einfach zu. Eine Familie sagt, der Tunnel, in dem sie lebe, sei beinahe über ihnen zusammengebrochen. Eine andere sagt, ihr Haus sei eingestürzt, weil sie ein weiteres Stockwerk gebaut hätten, um ihre Familie unterzubringen.«

»Was gehen mich ihre armseligen Fähigkeiten als Baumeister an?«
»Sie benötigen Platz, Despoina. Mehr Land. So wenig von diesem Palast wird genutzt ...«
»Du bist genau wie deine Schwester! Du willst, daß ich diesen menschlichen Karnickeln meinen herrlichen Palast als Stall zur Verfügung stelle, damit sie sich hier vermehren können, bis ich daraus vertrieben werde! Weshalb können sie nicht selbst darauf achten, wie viele sie werden?«
»Manche Kinder werden als Geschenk Lakschmis betrachtet, Despoina. Sie erleichtern der Familie die Arbeit und bringen Wohlstand.«
»Also war ich zu großzügig, und sie vermehrten sich zu sehr. Weshalb beschweren sie sich bei mir?«
Mit ernster Stimme entgegnete Enyo: »Ihr seid ihre Göttin! Ihr seid die Mahadevi, ihre Große Mutter, die für alles sorgt. Sie verlassen sich darauf, daß Eure Macht und Weisheit sie beschützt. Durch eben den Wohlstand, den Ihr nun so verächtlich behandelt, habt Ihr ihnen Eure Größe und Güte bewiesen. Wem sollten sie sonst Vertrauen entgegenbringen? Wer könnte ihre Hilfeschreie besser beantworten?«
Lange Zeit sagte Stheno kein Wort und starrte auf die aufgebrachte Menge hinunter. »Also gut«, sagte sie schließlich. »Sag ihnen, daß ich, ihre Göttin, sie erhört habe und sie eine Antwort erhalten werden. Der Schultheiß und die Brahmine der Stadt sollen morgen mittag zur Audienz zu mir kommen. Schick mir Aditi, und wir werden die erforderlichen Maßnahmen ergreifen.«

»Nai, Despoina.« Enyo verneigte sich mit einem Seufzer der Erleichterung.
»Stör mich heute nacht nicht mehr. Ich muß über vieles nachdenken und Pläne schmieden.« Stheno schritt davon, und ihre Haltung war ein wenig majestätischer als zuvor.

Padre Antonio Gonsção saß oben auf dem Wagen der Gaukler und wiegte sich bei jeder Bewegung und ertrug das Rumpeln und Rucken. Befehlshaber Jaimal hatte den Goanern Pferde und sogar Mulis verweigert, so daß Gonsção und die *soldados* gezwungen gewesen waren, in dem Wagen mit den Musikanten, Tänzerinnen und Huren mitzufahren.
»Mir fällt auf, Gandharva, daß die Armee erneut die Richtung gewechselt hat und wir jetzt wieder nach Südosten ziehen.«
»Ihr habt recht«, sagte der blinde Lautenspieler. »Meine kleine Spionin hier«, setzte er hinzu und tätschelte die Hand des Mädchens neben ihm, »sagt mir, daß die Abwesenheit des Mirsas Jaimals Mißtrauen erregt hat. Er glaubt nun, daß der Mirsa eine Route zur sagenumwobenen verborgenen Stadt gefunden hat und allein dorthin unterwegs ist, um den Schatz für sich zu behalten. Also folgen wir der Richtung, die der Mirsa eingeschlagen hat.«
»Zieht unser Befehlshaber denn nicht die Möglichkeit in Betracht, daß der Mirsa einem Unglück zum Opfer fiel?«
»Keinem, für das Jaimal nicht selbst gesorgt hätte.«
Gonsção hob die Brauen. »Ich verstehe. Bringt uns dieser Verrat und Richtungswechsel Vorteile?«
»Alle Ereignisse haben ihre Vorteile und Nachteile, Magi-

ster. Auf diesem Weg wird der Fluß breiter, doch wir gelangen näher an unser Ziel, obwohl wir dafür das Risiko eingehen, Jaimal zur verborgenen Stadt zu führen.«

Prompt fragte sich Gonsção, dessen Glieder und Rücken noch von der Nacht in der Eselshaut schmerzten, ob es nicht ratsamer wäre, dem Mogulbefehlshaber einfach zu sagen, wie er die verborgene Stadt finden konnte, und mit einer Armee als Begleitschutz den ganzen Weg dorthin zu reiten. Doch rasch schalt er sich deshalb einen Narren. *Was ist schon meine Bequemlichkeit, gemessen an dem Grauen, das daraus erwachsen würde, wenn die* muçulmanos *den Herkunftsort des* Rasa Mahadevi *in ihre Gewalt bekämen? Ich sollte bereit sein, weitaus schlimmeres Leid auf mich zu nehmen, sogar noch einmal zu sterben, um das zu verhindern.*

FLIEDER

Dieser Strauch trägt Büschel mit weißen oder violetten Blüten. Der erste Flieder soll gewachsen sein, als ein Falke die Samen in den Garten einer alten Frau fallen ließ. Ein vorbeikommender Prinz ließ eine Feder von seiner Mütze auf den Pflanzen zurück, die daraufhin ähnlich aussehende Blüten hervorbrachten. Manche glauben, ein Bad in Fliedertau am ersten Mai verleihe für den Rest des Jahres Schönheit. Man soll Flieder jedoch nicht in geschlossene Räume bringen, besonders nicht weißen, weil das einen Todesfall im Haushalt herbeiführe. Auch soll man die Blüten an keinem anderen Tag als dem ersten Mai tragen, weil man sonst nie heiraten werde, und seiner Zukünftigen Flieder zu schenken bedeutet, daß man das Verlöbnis auflöst …

Timóteo war stiller als gewöhnlich gewesen, hatte nach dem Aufstehen seine Morgengebete gesprochen, sonst aber nicht viel gesagt. Thomas fragte sich, ob das lediglich bedeutete, daß der Knabe seinen eigenen Gedanken nachhing, oder ob er Zeuge dessen geworden war, was sich in der Nacht abgespielt hatte, und nicht darüber zu sprechen wagte. Für den Fall, daß es sich um letzteres handelte, drängte Thomas ihn nicht, und er verlangte auch nicht, daß der Knabe ihm den Grund für sein Schweigen offenbarte.

Jemand klopfte an die Tür, und Thomas erschrak. *Bitte laß es Enyo sein. »Qui est?«* sagte er schließlich.

Auf der anderen Seite der Tür erklang das Geplapper einer schrillen Männerstimme.

»Es ist einer der Brahmine«, sagte Timóteo und sprang auf. Der Knabe öffnete die Tür und schwatzte für eine Weile mit jenem dahinter, dann drehte er sich zu Thomas um. »Wir haben Glück, er spricht kanaresisch. Er sagt, wir sollen sofort mitkommen. Die Mahadevi lädt uns zu einer Audienz ein, die sie dem Schultheiß von Bhagavati gewährt. Sie sagt, es sei sehr wichtig, daß Ihr dabei seid.«

»Nun ja, in der Öffentlichkeit wird sie mir allzu große Peinlichkeiten wohl ersparen.« Thomas stand auf und streckte sich. »Wenn die Königin befiehlt, sollten wir besser gehorchen.«

Der Brahmin war ein Mann um die Vierzig und trug einen

langen, cremefarbenen Mantel und weite Hosen. Er war blind, wie anscheinend alle Priester im Palast, und nun begriff Thomas auch die Notwendigkeit dieses Zustands. *Wenigstens ist es nicht der verrückte Alte, der vor meiner Tür Opfergaben darbrachte, als wir hier ankamen.*

Der Priester führte sie, indem er sich mit den Fingerspitzen an den Wänden entlangtastete. Er war sich seines Wegs so sicher, daß das fehlende Augenlicht ihn offenbar gar nicht störte.

Thomas prägte sich gut ein, an welchen Stellen sie wohin abbogen, und bemerkte, daß sie sich weder dem alten Palastbereich noch dem heiligen Garten oder der Bibliothek näherten. »Dieser Palast ist so riesig«, murmelte er Timóteo zu, »daß ich nicht glaube, ihn jemals vollständig erkunden zu können, und wenn ich meine ganze sterbliche Lebensspanne hier verbrächte.«

Der Priester führte sie zu einer mächtigen Doppeltür aus herrlichem, poliertem dunklen Holz, das von Eisenriemen zusammengehalten wurde. Der Brahmin zog an einem der großen Ringe aus Eisen, und langsam öffnete sich die entsprechende Tür. Bevor Thomas und Timóteo eintreten konnten, kam Enyo heraus.

»Ah, da seid Ihr ja, Despotai«, sagte die alte Frau und verbeugte sich vor den beiden. »Die Despoina befürchtete schon, daß Ihr nicht kommen würdet oder daß sich Euer Eintreffen verspätet.«

»Wenn sie unsere Anwesenheit befehlen kann«, sagte Thomas, »dann besteht doch wohl sicher kein Anlaß, sich darüber Sorgen zu machen.«

Die alte Frau zuckte zusammen. »Manchmal, Despotas,

zieht sogar sie es vor, daß ihre Untertanen aus freiem Willen handeln. Wenn Ihr mir nun folgen möchtet. Ich werde Eure Dolmetscherin sein.«

Thomas begann Timóteo gerade zu übersetzen, was Enyo gesagt hatte, als sie durch die Tür traten. Und beim Anblick der großen Halle vor ihm blieb er schlagartig stehen. Der Boden war eine riesige Fläche aus schwarzem Marmor. Gewaltige Säulen, in der Farbe von Blut bemalt, flankierten die Wände. Fenster gab es keine – die einzige Beleuchtung stammte von den Flammen in den Kohlepfannen aus Bronze, die in jeder Ecke standen, wobei zwei weitere das hohe Stufenpodium flankierten, das die Halle dominierte. Auf dem Podium stand ein hoher Wandschirm aus blasser Seide, der sich von einer Wand bis zur anderen erstreckte.

Das gleicht eher einem heidnischen Tempel als dem Hof einer Königin, dachte Thomas. *Doch wahrscheinlich ziemt sich das so für eine Königin, die behauptet, eine Göttin zu sein.*

Enyo führte sie auf die gegenüberliegende Seite der Halle zu einem niedrigeren Podium, auf dem drei reichverzierte Sessel standen. Sie wies Thomas den Platz auf dem mittleren Sessel zu und Timóteo einen links davon. Sie selbst setzte sich in den Sessel zur Rechten. Sobald sie saßen, rief Enyo auf griechisch: »Wir sind da!«

Thomas hörte das Klimpern von Armreifen und sah, daß Aditi hinter dem Wandschirm hervorkam und auf die mittlere Stufe des Podiums hinabstieg. Sie trug einen mit Goldfäden durchwirkten scharlachroten Sari und ein goldenes Diadem auf dem dunklen, geflochtenen Haar. »Aditi!« rief Thomas ihr zu, doch Enyo faßte ihn am Arm.

»Ihr dürft sie nicht ansprechen, Despotas. Tut mir leid, doch so lautet der Befehl der Despoina.«
Aditi blickte kurz zu ihm herüber und sah dann schnell weg. Thomas sackte mit einem Seufzer der Enttäuschung in seinem Sessel zusammen. Seltsam, wie außerordentlich schön sie mir erscheint, jetzt, da sie mir verwehrt ist. Er fragte sich, wohin er den Blick wenden sollte, um sie nicht zu betrachten. Da bemerkte Thomas in der Wand zu seiner Linken, unmittelbar gegenüber vom großen Podium, zwei Türen, die sogar noch größer als jene waren, durch die Timóteo und er eingetreten waren. Erneut vernahm er den schwachen Lärm einer Menge. »Enyo, haben sich viele zur Audienz bei Königin Stheno versammelt?«
»O ja, Despotas. Fast die ganze Stadt erwartet ihr Dekret, obwohl nur die Repräsentanten der höchsten Kasten die Erlaubnis erhalten werden, hierherzukommen.«
»Dekret? Was erwarten die braven Städter sich denn?«
»Sie haben darum ersucht, daß etwas gegen ihre Übervölkerung unternommen wird, denn das Volk von Bhagavati blüht und gedeiht und wird immer zahlreicher. Bei dieser Audienz wird sie eine Antwort geben, und hoffentlich ist es eine kluge Antwort.«
»Wenn ihnen ihre Antwort nicht gefällt, würden die Städter dann gegen sie aufbegehren?«
»Oh, um Himmels willen, nein. Und wenn sie es versuchten, so würde ihr … Zauber dem schnell ein Ende bereiten.« Enyo musterte stirnrunzelnd die Tür. »Ich hoffe, daß es dazu nicht kommt«, setzte sie leise hinzu.
»Ich auch, gute Enyo, ich auch.«
»Wovon spricht sie, Tomás?« fragte Timóteo.

»Ich bitte um Vergebung, junger Mann«, sagte Enyo und wechselte zu Lateinisch. »Das ist die Sprache, die ich benutzen sollte, damit auch Ihr mich versteht, nicht wahr? Ich sagte Eurem jungen Magister gerade, daß Königin Stheno uns hier versammelte, um zu verkünden, wie sie der Bevölkerung von Bhagavati mehr Platz für ihre Häuser und Familien geben will. Ich persönlich hoffe ja, daß sie einen Teil ihres Palasts zur Verfügung stellen wird, weil hier viel mehr Platz ist, als sie benötigt.«
Timóteo nickte, dann sagte er: »Aber wäre das denn nicht gefährlich?«
Bevor Enyo etwas erwidern konnte, gab Aditi mit klarer Stimme einen Befehl, und langsam öffneten sich die gegenüberliegenden Türen.
Aditi scheint mir heute weitaus eher eine Königin zu sein als Stheno, dachte Thomas.
Etwa zwanzig bis dreißig Männer in langen Jacken und Hosen wie jene, die der Brahmin getragen hatte, kamen im Gänsemarsch durch die Tür herein und knieten in mehreren Reihen vor dem großen Podium nieder.
»Sie ordnen sich gemäß ihrer Kaste an«, sagte Enyo. »In der ersten Reihe seht Ihr die *gamabhojaka,* den Schultheiß und seine zwei Brüder. Hinter ihm knien die Repräsentanten der anderen Brahmin-Klane. Dahinter befinden sich jene der Kriegerkasten und dahinter die der Kaufleute. In der letzten Reihe versammelt sich der Rest – Musiker und Weber und so weiter.«
Als die letzten Männer sich hingekniet hatten, wurden die großen Türen von Palastpriestern geschlossen. Ein Klang … ein tiefes, klagendes Geschmetter, als werde in

das Jagdhorn Gottes gestoßen, hallte durch den gewaltigen Raum. Und dann erscholl ein weiteres über dem ersten, so daß die Töne abwechselnd miteinander verschmolzen und aufeinanderbrandeten. Und dann fiel ein drittes ein, bis der Lärm – man konnte es nicht Musik nennen – selbst noch Thomas' Knochen zum Schwingen brachte. Er preßte sich die Hände auf die Ohren und schaute sich hektisch nach dem Ursprung des Lärms um. Schließlich entdeckte er in dem düsteren Licht eine Galerie hoch oben an der Wand ihnen gegenüber, hinter den Säulen. Mönche standen auf der Galerie und hielten unglaublich lange Blechhörner in Händen, die von der Decke gehangen haben mußten.

Die Hörner dröhnten und dröhnten, und der Lärm, den sie hervorriefen, schien über dem Raum zu kreisen wie ein Falke, der darauf wartet, sich in die Tiefe zu stürzen. Es war ein erstaunlich verschachtelter Klang, dessen Aufbau ihm eine Gänsehaut verursachte und seine Phantasie beflügelte, so daß er weit weg das Halleluja von Engeln und das Geplapper von Dämonen hören konnte. Dann, ebenso plötzlich, wie es angefangen hatte, verstummten die Hörner auch wieder. Und die folgende Stille klang hell wie ein Glockenschlag aus reinem Kristall.

»Tibetische Hörner«, sagte Enyo im Plauderton. »Aus den Bergen weit im Norden. Eindrucksvoll, nicht wahr?«

»Wahrhaftig«, keuchte Thomas, »denn ihr Klang übte durchaus einen starken Druck auf mich aus.«

Timóteo nahm die Hände von den Ohren und bekreuzigte sich. »Madre Maria. Ich hatte geglaubt, es sei Gabriel und dies sei das Jüngste Gericht.«

»Ohne Zweifel dürfte die Trompete des Weltuntergangs ganz ähnlich wie diese Hörner klingen, wenn erst der Tag kommt«, pflichtete Thomas bei. »Doch wenn es schlimmer werden sollte, hat mein Geist hoffentlich keine Ohren mehr, um noch zu hören.«

Aditi klatschte in die Hände und richtete in einer lieblichen, flüssigen Sprache das Wort an die versammelten Männer. »Sie heißt sie im Namen der Mahadevi willkommen«, übersetzte Enyo. »Sie sagt ihnen, daß in der Person der Mahadevi das himmlische Licht der Göttlichen auf die unwürdige Erde gekommen sei, um ihr Kunde zu geben und sie zu verwandeln, wie es Ehemann und Eheweib in ihrer Hochzeitsnacht aneinander vollbringen.«

Thomas blickte Enyo stirnrunzelnd an. »Sollte man vor einer hehren Versammlung über so etwas sprechen?«

»Für diese Leute hat das große Bedeutung«, sagte Enyo. »Die Verschmelzung der Gegensätze nimmt in ihrem Glauben einen hohen Stellenwert ein.«

Aditi hielt inne und schien auf etwas zu warten. Dann sprach sie weiter und gestikulierte dabei anmutig, als würde ihre obere Hälfte tanzen.

Enyo schnalzte mit der Zunge und schüttelte den Kopf. »Ai, Stheno verspätet sich offenbar. Das ist die Rede, die wir halten, voller Lobpreisungen der Mahadevi, wenn sie noch nicht aufgetaucht ist. Sie kann ja so respektlos gegenüber ihren Untertanen sein. Manchmal kann das stundenlang so gehen. Ich hoffe nur, sie war nicht so unhöflich, uns alle vergebens zusammenzurufen.«

»Es war nicht vergebens«, murmelte Thomas, während er Aditi beim Sprechen zusah.

Thomas vernahm ein leises Rascheln und Klimpern hinter dem Wandschirm, und Aditi schien sich zu beeilen, mit ihrer Rede zum Ende zu kommen. Plötzlich blitzte etwas hinter dem Wandschirm auf – dort waren eindeutig noch zwei Kohlepfannen entfacht worden –, und ein Schatten wurde auf die Seide geworfen. Die Schattengestalt hatte viele wogende Arme, mehrere Beine, und über dem Kopf bewegten sich träge Schlangen hin und her.

Timóteo packte Thomas am Arm. »Seht Ihr? Seht Ihr?«

Als Thomas seine Stimme wiederfand, sagte er: »Ja, kleiner Bruder, ich weiß. Ich zweifelte nicht an Euch. Allerdings frage ich mich, wie ihr auf einmal die zusätzlichen Gliedmaßen gewachsen sind.« Stheno schien es geschickt so einzurichten, daß sich verschiedene Teile ihres Körpers deutlich auf dem Schirm abzeichneten; einmal der Umriß einer schweren, mit Juwelen behängten Halskette, die einen Oberkörper mit schmaler Taille und rundlichem Busen schmückte; dann mehrere Paare gestikulierender Arme; schließlich ein starkes Profil, von Schlangen eingerahmt.

Wäre ich ein einfacher Hindu, dachte Thomas, *hätte ich keinen Zweifel daran, daß das ein zum Leben erwachter heidnischer Götze ist.*

Dann sprach Stheno, und ihre Stimme hatte etwas von der volltönenden Art der tibetischen Hörner. Thomas fragte sich, welchen Apparat sie wohl verwendete, um diese Wirkung zu erzielen.

»Sie heißt die Bürger von Bhagavati willkommen«, übersetzte Enyo gewissenhaft, »und meint, sie habe ihre Hilfeschreie erhört und sei in ihrer Barmherzigkeit gekommen, um ihnen Antwort zu geben. Doch weil es töricht von ihnen gewesen sei, den Wohlstand und das Wachstum, das sie ihnen brachte, zu vergeuden, verlangt sie für ihre Hilfe einen hohen Preis. Ai, das klingt mir gar nicht gut.«

Anschließend sprach der Mann, der den Schultheiß der Stadt stellte, und Enyo übersetzte: »Er sagt, das dankbare Volk von Bhagavati wird jeden Preis bezahlen, den die Mahadevi verlangt, denn sie habe sie Generation für Generation am Leben erhalten und beschützt.

Zu viele Generationen lang, lautet Sthenos Antwort. Und nun, sagt sie, habe man sie darauf aufmerksam gemacht, daß ein großer Teil ihres Palasts wenig genutzt werde und besser dazu diene, einigen aus ihrem Volk Obdach zu bieten. Ah ja, Despoina! Nun zeigt Ihr Weisheit. Und jetzt sagt sie, weil sie kürzlich ihre Tochter opfern mußte, um ein größeres Geschenk zu erlangen, müsse das Volk von Bhagavati nun ein ähnliches Opfer bringen. Ai, nein! Das kann sie doch nicht tun!« Dann verstummte Enyo und kaute an einem Fingerknöchel, während Stheno weitersprach. An einer Stelle richteten die Männer von Bhagavati sich erstaunt auf und erhoben Einwände, nur um von der Kreatur hinter dem Wandschirm niedergebrüllt zu werden.

Schließlich mußte Thomas Enyo sanft an der Schulter rütteln. »Enyo? Was ist? Was sagt sie?«

»Es ist besser und schlimmer, als ich befürchtete«, murmelte die alte Frau. »Sie hat verlangt, daß alle Familien in Bhagavati ihre nicht vermählten Töchter aufgeben, jedes jungfräuliche Mädchen von acht Jahren an aufwärts. Sie müssen sie in den Palast bringen, wo die Mädchen für den Rest ihres Lebens ohne Ehemänner und Kinder als Dienerinnen tätig sein sollen. Ai, hoffentlich hat sie nicht vor, sie alle zu blenden. Sie sagt, die Mädchen müßten bis morgen abend bei Sonnenuntergang in den Palast gebracht werden. Sie sagt, in drei Tagen soll eine große Hochzeit stattfinden – die Mädchen werden mit … ihr vermählt, in ihrem Aspekt als Gott Shiva, damit sie sich keine anderen Ehemänner nehmen können.«

Thomas starrte entgeistert auf den Wandschirm. »*Sie* will die Mädchen heiraten? Das ist … das ist ja abscheulich!«

»Doch leider entspricht es dem Glauben dieser Menschen. In ihrem eigenen Familienleben sind sie recht streng und herkömmlich, doch von ihren Gottheiten glauben sie das Allerseltsamste.«

Mehrere der Männer aus Bhagavati drehten sich um und blickten Thomas an.

»Was jetzt?« fragte Thomas.

»Ai, junger Magister, sie sagt, daß sie sich in ihrem Aspekt der Kali einen Gatten nehmen werde.« Enyo wandte sich um und starrte ihn eindringlich an. »Dieser Gatte sollt Ihr sein, Tamaschinri.«

»Ich … was? Niemals … werde … ich …« Thomas machte Anstalten, sich aus dem Sessel zu erheben.

»Nicht, Magister!« sagte Enyo. »Bringt die Despoina nicht vor ihrem Volk in Verlegenheit, sonst könnte ihr Zorn unschuldigen Menschen Schaden zufügen. Beruhigt Euch, und wir werden später überlegen, was zu tun ist.«

Wutentbrannt setzte Thomas sich wieder. Er begegnete Aditis Blick und sah trauriges Mitgefühl in ihren Augen.

»Stheno hat mich noch nicht einmal gefragt, ob ich sie überhaupt heiraten will.«
»Die Mahadevi bittet nie jemanden um Erlaubnis«, seufzte Enyo. »Ai, welch ein Heidendurcheinander das wird. Wie sehr wünschte ich, daß Porphredo hier wäre.«
Prabaratma saß summend neben dem Lotosteich und wiegte sich von Freude erfüllt hin und her. Welche Wunder sie erwarteten! Die Mahadevi hatte alle zeugungsfähigen Mädchen Bhagavatis zu sich in den Palast gerufen. Welch ein *shakti!* Und sie würden mit der göttlichen Macht vermählt werden, Erde mit Himmel verbunden. Bald, sehr bald schon, käme die Kraft der männlichen Energie nach Bhagavati und würde die Mauern des Palasts durchdringen … Ah! Welch eine göttliche Explosion, wie die einer berstenden Samenkapsel. Die Zerstörung, die zur Schöpfung führt.
Soeben hatte Prabaratma dem Goldenen, der Göttlichen Opfergabe, heimlich eine Botschaft überbracht. Die Himmelstochter Aditi wünschte, den Fremden heute abend, wenn der Mond aufging, im heiligen Garten zu treffen. Prabaratma war die Bedeutung dieses Ereignisses nicht klar, doch irgendwie schien es richtig zu sein. Wieder und wieder dankte er den göttlichen Mächten, ihm gewährt zu haben, zu dieser Zeit an diesem Ort zu sein. Er spürte ringsum die Bewegung der gewaltigen Kräfte, auch wenn er ihren Ursprung nicht sah, so wie das Kräuseln auf dem Lotosteich die großen Fische verriet, die in der Tiefe verborgen umherschwammen.

17

DIAMANT

Dieser Stein, auch Adamant genannt, ist rein und leuchtend, doch seinem Wesen nach eine Mischung aus Gut und Böse. Im Osten wird ein Sud mit diesem Stein verwendet, um Manneskraft und langes Leben herbeizuführen. Trägt man diesen Stein, so halte das Seuche und Pest fern und verleihe Stärke und Tapferkeit. Doch führe es auch dazu, daß man nachts schlaflos umherwandere, und ein Stein von schlechter Qualität bringe dem Träger Sorgen, Lahmheit, Krankheit und Unbill. Manche sagen, der Diamant sei eine Quelle der Sünde und strahle lediglich so hell wie die Tugend seines Besitzers …

Thomas wartete in den dunklen Schatten neben dem Toreingang zum heiligen Garten. Erneut hatte er Timóteo zurücklassen müssen, diesmal mit Anweisungen, welche Lügen er Enyo oder Königin Stheno auftischen sollte, wenn eine von ihnen nach ihm fragte. Der Knabe war in höchstem Maße beunruhigt, und Thomas konnte es ihm nachfühlen.

Als der wahnsinnige Priester mit Aditis handgeschriebener Botschaft gekommen war, hatte Thomas sich gefragt, ob das nicht eine Falle war. Doch der Priester hatte darauf beharrt, daß Aditi sie ihm persönlich gegeben und ihm eingeschärft habe, daß Stheno nichts davon erfahren dürfe, und so hatte Thomas ihm geglaubt. *Vielleicht verlangt es mich zu sehr danach, wieder mit Aditi zu sprechen, und ich habe ihm glauben wollen. Vielleicht ist es ja doch eine Falle, durch die diese monströse Königin meine Bereitwilligkeit, sie zu heiraten, auf die Probe stellen will. Doch was soll's. Sie wird es noch früh genug herausfinden.*

Er vernahm ein Geräusch im Garten und sah eine Frauengestalt sich im fahlen Mondlicht nähern. Sie war nicht verschleiert, also handelte es sich bestimmt nicht um Stheno. Und sie war auch nicht klein und gebeugt, so daß es sich ebensowenig um Enyo handeln konnte. Es war Aditi, und als sie näher kam und das Eisentor aufschloß, wäre Thomas fast über die Stangen mit den eisernen Dornen gesprungen, um sie in die Arme zu schließen.

»Habt Dank!« sagte er in ihr weiches Haar hinein. »Ich danke Euch, daß Ihr Euch erneut mit mir trefft.«

»Psst.« Aditi schob ihn zurück und legte einen Finger an ihre Lippen. »Nicht so laut. Wir wissen nicht, wer uns vielleicht hört. Sprecht Ihr portugiesisch?«

»Nein. Ich fürchte, ich habe in Goa lediglich ein oder zwei Worte gelernt.«

»Also gut. Dann müssen wir mit griechisch vorliebnehmen und hoffen, daß uns niemand belauscht. »Kommt.« Sie nahm ihn bei der Hand und führte ihn tiefer in den Garten hinein.

»Weshalb habt Ihr diesen Ort vorgeschlagen? Es wird Enyo kränken, wenn sie jemals erfahren sollte, daß ich hier eingedrungen bin.«

»Weil die Mahadevi niemals hierherkommt. Enyo glaubt, das geschehe aus einem Schuldgefühl heraus oder weil die Mahadevi nicht akzeptieren will, daß es eine höhere Gottheit als sie gibt. Doch Ihr dringt hier nicht ein, Tamas, denn wenn Ihr wahrhaftig der Herrin der Tiere geweiht seid, dann gehört Ihr hierher.«

»Diese Bäume«, sagte Thomas, als ihm die Zypressen und Eichen auffielen, »sie gelten in Europa als heilig, doch in Eurem Land wachsen sie nicht.«

»Enyo sagt, man habe diese Pflanzen von sehr weit her geholt und der Garten sei in der Form eines fernen, uralten Schreins angelegt. Der Teich steht für einen See, und jene kleinen Säulen dort bilden einen Tempel. Die Hügel hinter den Bäumen stellen Berge und Gebirgszüge dar. Der wahre Schrein muß ein herrlicher Ort sein.«

»Wenigstens war er das einmal. Wer weiß, wie lange es her ist, seit Stheno ihn sah.«

»Stimmt auch wieder.« Aditi drängte ihn in die Dunkelheit unter eine mächtige Eiche. »Doch nun laßt uns von Euch reden.«

»Von mir? Da gibt es nicht viel zu sagen, außer daß ich irgendwie dieser … falschen Heirat mit Eurer Mahadevi entgehen muß.«

»Was fürchtet Ihr denn?«

»Ist das nicht offensichtlich? Sie sagte mir, daß sie glaubt, wenn man sie wahrhaft liebe, könne man ihr ins Antlitz schauen, ohne zu sterben. Eine Kreatur wie sie kann ich nicht lieben, und so wird der Tag, an dem sie mich bittet, den Blick auf sie zu richten, um meine Liebe zu beweisen … auch der Tag sein, an dem ich sterbe und mich zu den Statuen in der Gruft geselle.«

Aditi nickte. »Sie sind nicht wirklich tot, wißt Ihr? Deshalb sorgt Prabaratma auch für sie. Wenn man eine dieser Statuen, wie Ihr sie nennt, mit dem Blut der Mahadevi bestreicht oder darin badet, erwacht sie wieder zum Leben.«

»Um so größer ist das Verbrechen!« keuchte Thomas. »Dann hat sie also die Macht, ihnen neues Leben einzuhauchen, und tut es nicht.«

»Hin und wieder tut sie es. Doch wenn man einen Mann ins Leben zurückruft, dessen Familie längst tot und Vergangenheit ist, dann ist er ein Fremder in der Welt, in die er noch einmal hineingeboren wird. Solche Menschen tun sich mit ihrem neuen Leben sehr schwer.«

»Ich sah … daß manche Statuen zerstört waren. Heißt das …«

»Für sie gibt es keine Hoffnung mehr«, sagte Aditi grob. »Wenn sie erst einmal zerstört sind, kann man sie nicht mehr wiederbeleben.«

»Dann habe ich mich des Mordes schuldig gemacht. Aditi, als ich dort unten war, habe ich aus Versehen einen von ihnen umgekippt.«

»Macht Euch keine Vorwürfe, Tamas. Viele stürzen um, wenn die Erde bebt oder aus anderen Gründen.«

»Weshalb packt man sie dann nicht ein oder sorgt sonstwie besser für sie?«

»Die Mahadevi hält nicht viel von sterblichem Leben. Verglichen mit ihr sind wir alle bloß Ameisen.«

»Noch ein Grund mehr, sie nicht zu heiraten!«

»Scht.« Aditi schwieg einen Moment.

»Was ist?«

»Ich dachte, ich hätte jemand in den Sträuchern gehört. Nein, jetzt ist alles still.«

»Könnt Ihr mir helfen zu fliehen, Aditi? Wir könnten nach Bijapur zurückkehren, Ihr und ich.«

Aditi lachte. »Tamas, habt Ihr vergessen, daß uns auf halbem Weg eine Mogularmee erwartet?«

»Wir könnten uns um sie herumschleichen. Es muß einen Weg geben, Aditi.«

»Und was wird aus dem kleinen Mönch?«

»Der könnte doch sicher mitkommen.«

Sie wandte sich ab, und im Schein des Mondes sah Thomas Unschlüssigkeit und Abwehr auf ihrem Gesicht. »Dies ist mein Zuhause, Tamas. Ich will hier nicht fort. Seit so vielen Jahren bin ich eine Fremde in der Welt draußen. Hier habe ich meinen Platz. Hier gehöre ich her.«

»Um einer Kreatur wie Stheno zu dienen?«

»Als geliebte Tochter von Enyo und Porphredo und Prinzessin des braven Volkes von Bhagavati. Und Ihr wollt, daß ich fortgehe und Eure Dienerin werde?«

Thomas öffnete den Mund und schloß ihn wieder, weil er nicht wußte, was er erwidern sollte.

»Da, wo Ihr herkommt«, fügte Aditi hinzu, »heißt man dort Fremde willkommen, die so aussehen wie ich?«

Thomas mußte zugeben, daß sie recht hatte. Einwanderer, die vom Kontinent auf die Insel kamen, wurden oft mit großem Argwohn betrachtet, sofern sie nicht von adligem Geblüt waren. Fremde aus anderen Ländern, Afrikaner und Asiaten, hielt man bestenfalls für Kuriositäten. *Wenn ich Aditi nach London mitbrächte, träfe Master Coulter der Schlag und er würde abstreiten, mich jemals gekannt zu haben. Mein Vater ... nun, wer kann schon sagen, was dieser unergründliche Mensch wohl täte?* »Nein«, sagte er schließlich.

»Das dachte ich mir. Außerdem bin ich einige Jahre älter als Ihr. Das mag jetzt noch nicht viel bedeuten, später aber sicher. Ich finde, Ihr solltet jeden Gedanken daran aufgeben, statt der Mahadevi mich zu heiraten.«

Thomas wandte sich von ihr ab, er konnte den Anblick ihres so hinreißend vom Mondlicht beschienenen Gesichts nicht mehr ertragen. *Alles, was sie sagt, ergibt Sinn, und es sind sogar Überlegungen, die ich selbst bereits anstellte. Weshalb schmerzt mich ihre Weisheit dann so?*

»Und ich finde, Ihr solltet es auch nicht so eilig damit

haben, aus Bhagavati zu fliehen«, fuhr Aditi fort. »Prabaratma beharrt darauf, daß Ihr bei den kommenden Ereignissen eine wichtige Rolle spielt.«
»Prabaratma? Enyo sagt, der alte Priester sei verrückt.«
»Vielleicht. Doch ich kenne ihn schon seit vielen Jahren, und es gab Zeiten, in denen seine Visionen wahr wurden. Selbst Verrückte sprechen manchmal die Wahrheit. Ich glaube, Eure Anwesenheit hat einen tieferen Sinn.« Sie schlenderte näher an ihn heran, beinah kokett. »Wißt Ihr, daß ich Euch auf unserer langen Reise einmal fast getötet hätte? Mehrmals sogar. Ich habe furchtbar mit mir gerungen, ob ich Euch erdolchen oder vergiften soll.«
Thomas blickte jäh zu ihr auf. *Treibt sie nun grausame Scherze, um mir die Klinge noch tiefer ins Herz zu bohren?*
»Wahrhaftig? Aber ich lebe noch. So eine schlechte Meuchlerin seid Ihr doch sicher nicht, meine Lady.«
»Jedesmal, wenn ich daran dachte oder den Versuch unternahm, hielt mich etwas zurück. Manchmal die Umstände. Manchmal ein zärtliches Gefühl. Ich habe mich oft darüber gewundert. Es ist nämlich meine Pflicht als Tochter der Mahadevi, Euch daran zu hindern, ihre Geheimnisse zu erfahren. Und doch seid Ihr nun hier. Trotz der Bemühungen des Orlem Gor und der Mogule und meiner Person, Euch aufzuhalten, seid Ihr hier.«
»Mein Gefährte Lockheart sagte mir einmal fast dasselbe. Daß das Schicksal mich offenbar in den Fängen habe wie eine Hündin ihren Welpen und dorthin trüge, wohin ich wolle.«
Sie wandte den Kopf in Richtung eines nahen Strauchs,

als es dort abermals raschelte. »Ich muß gehen.« Ohne ein weiteres Wort lief sie davon.
Thomas seufzte schwer und rannte zum Eisentor zurück, verlangsamte jedoch seine Schritte, als er es passiert hatte. *Was macht's, ob man mich sieht oder nicht? Wenn mein Schicksal in den Händen der Götter liegt, geschieht ohnehin ihr Wille. Weshalb sollte ich mich noch um etwas kümmern? Weshalb sollte ich mich gegen die göttlichen Mächte sträuben, die ihr grausames Spiel mit mir treiben?*
Thomas trottete zu seiner Unterkunft und öffnete die Tür, entschlossen, den Raum mit dem Balkon erst wieder zu verlassen, wenn er dazu gezwungen wurde. »Ich bin zurück, Timóteo. Timóteo?«
Der Knabe war nicht mehr da.

Timóteo rannte durch den langen, von Kerzenschein erhellten alten Gang, das kleine, zerschlissene Gebetbuch fest umklammert. *Es muß jetzt sein, Bom Deu, hilf mit bei dem, was ich tun muß, bevor die Gorgone eine so große Sünde begeht und Tomás mit in den Untergang reißt. Mach, daß ich sie für dich retten kann, solange es noch geht! Mach, daß ich diesmal tapfer bin und sie nicht fürchte.* In gewisser Hinsicht war es gut, daß Tomás ihn allein zurückgelassen hatte, weil der *inglês* sicher alles darangesetzt hätte, um Timóteo von seinem Vorhaben abzuhalten.
Nach der Audienz bei der Königin hatte Timóteo in der Hitze des Tages ein Nickerchen gehalten. Beunruhigende Träume hatten ihn heimgesucht. Er träumte, daß es im Palast, wohin sein Blick auch fiel, von wunderschönen

Mädchen wimmle, wie auf der Insel der Venus, die in *Os Lusiadas* beschrieben wird. Er träumte, daß er über ihnen schwebe, ihre Gesichter ihm zugewandt wie Blüten der Sonne. Und daß er von einer zur anderen husche und jeder das Wort Gottes bringe, und sie hätten ihren Geist zu ihm emporgeschwungen, die Arme zu ihm ausgestreckt, und sein ganzes Wesen sei von eitel Freude erfüllt gewesen.

Er war in einem feuchten und besudelten Bett aufgewacht und hatte sich zutiefst geschämt. *Den Traum hat mir der Teufel geschickt, um mich von meiner Bestimmung abzubringen. Oder es war eine Warnung der Engel. Dama Stheno darf ihren Plan nicht ausführen.*

Obwohl er sich verirrt hatte, lenkte Timóteo seine Schritte in die Richtung, in die die Dienerin Enyo sie ermahnt hatte, nicht zu gehen. Er versuchte, nicht auf die Steingötzen über den Türeingängen zu achten – ihr seliges Lächeln schien ihn zu verspotten, zu verlachen. Wann immer er einen blinden Priester entdeckte, der einen Korridor fegte, ging Timóteo zu ihm hin und fragte ihn auf kanaresisch: »Wo ist die Rani Stheno? Wo ist die Mahadevi? Bitte bring mich zu ihr.«

Doch entweder verstanden die Priester ihn nicht, oder sie wichen mit warnenden Worten zurück. Endlich fand Timóteo einen, den er wiedererkannte, obgleich ihn das nicht gerade beruhigte. In einem kleinen Hofgarten saß unter einem *asoka*-Baum der verrückte Priester Prabaratma und summte in einem monotonen Singsang Sutren vor sich hin. *Wenigstens versteht er etwas Kanaresisch. Doch werde ich ihn verstehen?*

»Bitte, heiliger Herr«, sagte Timóteo, obwohl es ihm nicht

behagte, diesen wahnsinnigen Heiden einen Heiligen zu nennen, »ich möchte gern mit der Mahadevi sprechen. Könnt Ihr mir sagen, wo ich sie finden kann?«

Prabaratma lächelte und verneigte sich, dann murmelte er eine Flut von Worten, die wie Wasser waren, das eine Straße hinabfließt. Timóteo konnte nur hier und da ein Wort verstehen. »Die Mahadevi ... ja ... im Herzen ... im Geist ... sprecht durch die Sutren ... erfüllt die Welt und den Himmel.«

Timóteo faßte sich in Geduld, obwohl er den Mann am liebsten geschüttelt hätte. »Könnt Ihr mich zu ihr bringen? Ich möchte sie sprechen.«

Der alte Priester hielt inne, der Atem stockte ihm in der Brust. Er streckte seine kräftigen braunen Hände aus und berührte sanft Timóteos Gesicht und Hals. Wieder murmelte er, die Stimme von Staunen erfüllt.

»Bitte, werdet Ihr mich zu ihr bringen?«

Prabaratma erhob sich und verneigte sich sehr tief. Er legte Timóteo eine Hand auf den Kopf und wisperte etwas, was ein Hindusegen gewesen sein mochte. Dann packte er Timóteo am Handgelenk und schlurfte davon, wobei er Timóteo hinter sich herzog.

Timóteo folgte bereitwillig, als der alte Priester ihn noch durch viele weitere Korridore führte, bis sie einen Vorraum erreichten. An einer Wand befand sich das Bild einer Hindugottheit, bis auf einen Lendenschurz nackt, die Zunge herausgestreckt und Schwerter in den zahlreichen Armen. Timóteo wandte den Blick von dieser lästerlichen Darstellung ab und fragte sich, weshalb man die Augen nicht hineingemalt hatte. Sein Blick blieb auf einem

Steintiger haften, der neben einem Durchgang mit Perlenvorhang kauerte und schnaubte. *Warst du einmal aus Fleisch und Blut, mächtige Katze?* Wie ein Narr überlegte er, ob es sich wohl um denselben Tiger handelte, den er auf dem Weg nach Bijapur mit Steinen verjagt hatte. Doch auf dem Rücken des Tigers war viel Staub, und offenkundig befand sich die Statue schon lange hier. Auf der anderen Seite des Durchgangs stand ein Bronzestier mit einem Halbmond zwischen den Hörnern. Er war eindeutig nie lebendig gewesen, sprach jedoch stumm von uralten Mythen und Zivilisationen. Timóteo wünschte, er hätte das Land sehen können, in dem man ihn angefertigt hatte, und die Zeit erleben dürfen.

Der alte Priester trat durch den Perlenvorhang und sprach dahinter mit jemandem. Timóteo durchlief ein Frösteln, als er Sthenos Stimme antworten hörte.

Prabaratma erschien wieder im Eingang und bedeutete Timóteo, daß er eintreten möge. Timóteo schluckte schwer und ging mit klopfendem Herzen hinein. Es war schwierig zu sagen, wie groß der innere Raum war, denn überall befanden sich Seidenbehänge und Wandschirme aus mit Schnitzereien verziertem Holz und dünner, durchscheinender Jade, die in seltsamen Winkeln zueinander standen. Die Luft roch schwer nach dem Duft von Hibiskus und dem Rauch der an den Wänden angebrachten Öllampen. Er konnte nirgendwo Fenster sehen. Auf dem Wandschirm zu seiner Linken kräuselten sich Schatten und schoben sich ineinander, und er vernahm das Geräusch von Wind, der durch welkes Laub fährt.

»Also, kleiner Mönch des Orlem Gor«, sagte Stheno in

ihrem seltsamen Latein, »man teilte mir mit, daß Ihr gekommen seid, um mich zu sprechen.«
Ihre dunkle, honigsüße Stimme jagte Timóteo Schauer über den Rücken, die nicht allein der Furcht entsprangen, und er wurde unangenehm an seine nachmittäglichen Träume erinnert. »Ja … ganz recht.« Er umklammerte sein Gebetbuch fester. »Ich muß mit Euch reden.«
»Ihr müßt? Nun, es muß wohl dringend sein, wenn es Euch zu dieser späten Stunde noch zu mir führt.«
Die wellenförmigen Schatten auf dem Jadewandschirm bewegten sich, während Timóteo hörte, wie sie aufstand und sich ihm näherte. Er erstarrte in gebannter Ehrfurcht.
»Nun denn«, fuhr sie fort, »hier bin ich. Ihr seid der Gefährte meines künftigen Gatten, und so werde ich Euch eine Gunst nicht verwehren. Was wollt Ihr fragen?«
»Ehm …« Auf einmal war Timóteo sich nicht mehr sicher, wie er anfangen sollte.
»Geht es um Tamas?«
»Nein. Ja. Also, um ihn und Euch. Und Euer Volk. Doch vor allem bin ich hier, um Euch zu retten.«
»Um mich zu *retten?* Was für ein bezaubernder, naiver Einfall. Wovor, mein Kind, möchtest du mich denn bewahren?«
»Vor Euch selbst. Vor Eurem mangelnden Wissen. Ihr bringt Verderben über Euch, Domina. Und Tomás' Seele zieht Ihr gleich mit ins Verderben. Diese … Vermählung mit den Mädchen darf nicht stattfinden.«
»Was glaubt Ihr denn? Daß ich … oh, was für schmutzige Gedanken Ihr doch habt. Das soll eine göttliche Vermählung werden. Die Mädchen werden Priesterinnen. Ich

werde sie nicht anrühren. Ich bin keine Sappho. Ich habe Frauen ausprobiert und versichere Euch, auch wenn sie angenehm sind, so ziehe ich Männer bei weitem vor.«

Die Bedeutung ihrer Worte bewirkte ein wildes Durcheinander in Timóteos Gedanken, und er heftete den Blick fest auf die Flamme einer Öllampe vor ihm. »Das … das ist egal.« Er holte tief Luft. »Ich bin gekommen, um Euch das Wissen Christi zu bringen, des einzigen Sohnes Gottes, durch den alle sterblichen Seelen Erlösung finden.«

Sie lachte, und Timóteo spürte, wie ihn langsam der Mut verließ. »Diese Informationen sind für mich nutzlos, kleiner Mönch, denn ich bin keine sterbliche Seele.«

Timóteo versuchte es erneut. »Auch wenn Ihr vielleicht als Dämon geboren seid …«

»Ich wurde sterblich wie Ihr geboren, mein Kind. Seitdem habe ich mich jedoch ein wenig … verändert.«

»Dann besteht Hoffnung, Domina! Nehmt den Erlöser und Seine heilige Kirche in Euer Herz auf, und vielleicht nimmt er Euch die Schlangen vom Haupt und befreit Eure Seele vom Bösen! Ihr braucht nicht länger eine Gorgone zu sein.«

»Also, dieses Wort habe ich nun wahrlich lange nicht mehr gehört. Gorgone. Ihr kennt also meine Natur. Wie kommt es, daß ein braver Christenknabe sich mit alten Mythen auskennt?«

»Mein … mein Großvater kannte die alten Geschichten und erzählte sie mir.«

»Wie erfreulich, daß gewisse Lügen ein solch langes Leben haben. Seit wann wißt Ihr, was ich bin?«

»Kurz bevor ich Goa verließ, erfuhr ich es in … der Santa

Casa.« *Bom Deu, mach, daß sie mich nicht dazu verleitet, das Schweigegebot zu brechen.*

»Ach ja, die Santa Casa, das Orlem Gor. Meine Tochter verbrachte viel Zeit in Goa und hat mir eine Menge von Eurem blutrünstigen Tempel erzählt.«

»Das ist kein blutrünstiger Tempel!«

»Welche Dienste habt Ihr dort verrichtet, kleiner Mönch?«

»Ich … ich war Anwalt. Ich stand den Gästen der Santa Casa mit Rat zur Seite, damit sie offen ihre Sünden bekennen und ihnen dadurch vergeben werde und Gott sie in seiner Gnade wieder aufnehmen kann.«

»Ja. Gäste. Einige Freunde meiner Tochter waren Gäste in Eurer Santa Casa. Hakim Zalambur. Und Domina Serafina. Und Magister Bernardo De Cartago. Hattet Ihr mit einem davon zu tun?«

Ihre Stimme klang messerscharf, und Timóteo fragte sich, ob es schlimmer oder besser wäre, wenn er schwiege. »Ich habe … mit der Domina gesprochen. Und mit Magister De Cartago.«

»Und doch sind sie alle tot. Eure Tätigkeit hat offenbar eine verderbliche Wirkung gehabt.«

»Nein! Domina Serafina hat ein Bekenntnis abgelegt und lebt.« Plötzlich schlug Timóteo sich die Hand vor den Mund, um zu verhindern, daß noch mehr Worte heraussprudelten. *Deus vergib mir. Ich habe das Gelübde gebrochen.*

»Und Tamas, um ihn habt Ihr Euch doch auch gekümmert, oder?«

»Ja. Und er hat Gott in seinem Bekenntnis bereitwillig angenommen.«

»Ein Bekenntnis, das durch Folter erzwungen wurde, indem man ihn an den Armen aufhängte, bis die Schultern heraustraten, wie Aditi mir erzählte. Unter solchen Schmerzen ist man zu vielen Lächerlichkeiten bereit. Ihr müßt schon ein sehr naiver Knabe sein, um nicht gesehen zu haben, daß Euer sogenanntes Heiliges Haus lediglich dazu dient, die Bevölkerung in Angst und Schrecken zu versetzen und möglichst viel Geld für sich zu scheffeln.«
»Das sind Lügen! So etwas dürft Ihr von der Santa Casa nicht denken. Ihr habt nur schlimme Geschichten gehört, die Euch böse Menschen erzählten. Die Santa Casa ist eine Stätte des Mitgefühls, an der jene, die von der Sünde geblendet sind, ihre Fehler einsehen und sich der Liebe Gottes überlassen können.«
»Mitgefühl? Liebe? Wie ich sehe, habt Ihr eine recht kranke Vorstellung von diesen Gefühlen. Seid Ihr etwa einer von den Menschen, denen es Freude bereitet, an anderen Grausamkeiten zu verüben?«
Timóteo fiel wieder ein, wie Großinquisitor Sadrinho sich über Domina Serafina beugte, als sie mit Draht gefesselt auf einem groben Holzbrett lag. Das Verlangen in den Augen des Inquisitors, als er ihr über den Arm strich und ihr das Haar liebkoste und ihr sanft das Bekenntnis entlockte ... »Nein! Ich bat sie lediglich zu gestehen, damit sie keine Schmerzen erleiden mußten! Ihr versteht die Santa Casa ganz falsch. Alle Menschen, die dort dienen, verzehren sich vor Gram über die Sünder, die zu uns kommen, und wir verehren einen liebenden Gott.«
»Ein liebender Gott. Nach allem, was ich von Eurem

Christus hörte, klingt er nicht im geringsten wie Krishna oder Eros. Glaubt Ihr, Euer Gott könnte auch mich lieben?« Hoffnung keimte in Timóteos Herz auf. »Ja! Aus diesem Grund bin ich hier, Domina. Er wird Euch erhören und vergeben, wenn Ihr bei Ihm Zuflucht sucht.«

»Im Verlauf der Jahrhunderte habe ich mich schon an viele Götter und Göttinnen gewandt, doch keiner hat meine Gebete beantwortet und diesen Fluch von mir genommen.«

»Weil sie alle falsche Götter waren, Domina. Es gibt nur den einen wahren Gott, und er wird Euch vergeben und segnen.«

»Das wäre wahrlich ein nachsichtiger Gott. Für Euer Alter seid Ihr sehr beflissen. Euer Heiliges Haus muß Eure Dienste hoch geschätzt haben. Doch nun sind wir in meinem Heiligen Haus, und hier geschieht mein Wille. Ihr sagtet, Euer Gott sei ein liebendes Wesen. Na schön, lassen wir es darauf ankommen. Wie ich Tamas schon sagte, wird der, der ohne Furcht und mit Liebe im Herzen auf mich blickt, nicht zu Stein verwandelt. Also biete ich Euch eine Wette an, kleiner Mönch. Ich werde Euch Gelegenheit geben, meiner ansichtig zu werden. Ihr dürft dabei auch Euren Gott um Hilfe bitten. Wenn Ihr meinem Antlitz standhaltet und Euch kein Leid widerfährt, dann werde ich Euren Gott und Euren Glauben und Euren blutrünstigen Tempel als meinen eigenen annehmen. Seid Ihr damit einverstanden?«

Timóteos Mund fühlte sich trocken an. Das war die Gelegenheit, auf die er gehofft hatte, und doch schwankte er. *Ist es nicht die Sünde des Stolzes, zu erwarten, daß*

Bom Deu mich beschützt? Der Padre sagt, ich sollte mich nicht zu oft auf das Eingreifen der Engel verlassen. Doch wenn ich mich nun weigere, wird die Gorgone mich auslachen, und ihre Seele wird für immer verloren sein. Er schluckte schwer und sagte: »Ja, Domina. Ich bin einverstanden.«

»Ihr seid tapfer, kleiner Mönch. Ich werde Euch etwas Zeit lassen, damit Ihr Euch vorbereiten könnt.«

Timóteo kniete nieder und betete verzweifelt. *Bom Deu, erhöre mich. Stehe mir bei. Ich tue dies nicht aus Stolz, sondern für ihre Seele und für Dich. Laß mich diese Frau für Dich retten. Gib mir die Kraft, ihrem Blick zu widerstehen. Erlöse sie von dem Fluch und mach, daß ihr Herz sich Deiner Liebe zuwendet. Amen.* Er bekreuzigte sich und stand auf. »Ich bin soweit.«

»Jetzt schon? Also gut.«

Er hörte, wie einer der Wandschirme zur Seite geschoben wurde, und dann das leise Rascheln von Seide. Timóteo schloß einen Moment lang die Augen und atmete aus, versuchte sein Herz von aller Furcht zu befreien. Obwohl er sich jede nur erdenkliche Mühe gab, restlos in seinem Glauben und seiner Pflicht aufzugehen, wußte er doch, daß er im Begriff war, das Antlitz einer alten Legende zu schauen, eines Wunders des Olymp. Er öffnete die Augen wieder und sah, wie ihre in einen Sari gehüllte Gestalt hinter dem nächststehenden Wandschirm auftauchte. Sie drehte sich um und stand mit entblößtem Haupt vor ihm.

Sie war wunderschön, auf eine Weise, wie Timóteo es sich bei den Geschöpfen in den Geschichten seines Großvaters immer vorgestellt hatte. Und die Schlangen, die auf ihrem Haupt hin und her wogten, schienen dort … ihren natürlichen Platz zu haben, als könnte es keine passendere Umrahmung für ihr Gesicht geben, nichts, was einer so überirdischen Schönheit angemessener wäre. Er hätte sie leicht verehren können. *Bom Deu, was denke ich da?*

Ihre Augenbrauen hoben sich, und ein Lächeln umspielte ihre vollen Lippen. »Nun denn, ich bin beeindruckt. Ich hätte nicht gedacht, daß ich einmal einen so jungen Liebhaber bekäme, doch dafür werdet Ihr um so länger halten.« Sie griff mit einer Hand nach oben und löste mit einem leichten Zupfen den oberen Bereich ihres Saris von der Schulter. Die Seide glitt ihre vollen Brüste hinab wie eine Schlange an einem Ameisenhügel, und auf einmal verharrte Timóteos Blick dort wie gebannt.

»Nein, Domina, Ihr versteht nicht. Nicht ich bin es … nicht ich, der …« Sein Herz raste, und wieder spürte er, wie es zwischen seinen Lenden anschwoll. Er errötete, seine Hände und Füße wurden kalt, und plötzlich überkam ihn eine überwältigende Furcht unbekannter Art. *Bom Deu, nein, laß nicht zu, daß ich solche Dinge denke!* Sein Atem wurde flach, und er schaute Stheno wieder ins Antlitz, wissend, daß die Furcht sich allmählich in seinen Augen zeigte.

Ihr Blick verriet nun wildes Verlangen, und ihr Lächeln war das eines Tigers, der Beute sieht. Die Schlangen auf ihrem Kopf peitschten hektisch umher und strebten nach vorn, die Zungen schnellten vor und zurück. Die Iris von Sthenos Augen begannen rot zu glühen, und Timóteo spürte, wie seine Füße kälter wurden. Sein Magen geriet

in Aufruhr, und ein seltsames Ziehen durchdrang seine Knochen.
»Nein«, winselte er. »Bom Deu, vergib mir, ich schaffe es nicht!« Timóteo schlug die Arme vors Gesicht und wandte sich zur Flucht. Doch etwas hinderte ihn daran, einfach davonzulaufen, und statt dessen stürzte er zu Boden, während ein grauenhafter Schmerz seine Beine hinaufkroch.

18

BANYAN

Dieser Feigenbaum wächst in Indien und trägt große Blätter und rote Früchte in der Form von Kirschen. Man sagt, wenn sein Samen auf einen anderen Baum falle, erwürge der Banyan seinen Wirt während des Wachstums. Ein Sud aus den Früchten zieht Flüssigkeit zusammen, die sich bei Krankheiten der Brust und des Halses sammeln. Eine Salbe aus seinem Saft, der aus Stengeln und Blättern gewonnen wird, soll gegen Warzen helfen. Eine Paste aus dem gekochten Fruchtfleisch läßt Furunkel schrumpfen. Die Hindu betrachten den Banyan als Baum der Vergeltung sowie als Symbol des Wissens. Sie glauben, er sei ihrem heidnischen Gott Shiva geweiht, und wer einen Banyan abholze, auf den falle ein Fluch, der seine ganze Familie vernichtet …

Am frühen Nachmittag konnte Stheno es nicht länger aushalten und ging zum Palasthof gleich vor dem Haupttor, wo die Mädchen versammelt wurden. Sie hatte sich wie eine alte Frau gekleidet, in einen schlichten mausgrauen Sari und einen *shal*, das Gesicht verschleiert. Sie hoffte, unbemerkt unter ihnen umherstreifen und ihre geflüsterten Dankesworte hören zu können, daß sie jene Generation bildeten, die man als Bräute der Göttin auserwählt hatte, und ihre ehrfürchtige Verehrung der Mahadevi zu vernehmen, der sie dienen würden.

Doch ihr Schritt verlangsamte sich, als sie den Torweg zum Hof erreichte und über die Lotosteiche hinweg nach drüben schaute. *Wie kommt es, daß es so wenige sind? Versammelt Enyo sie woanders und hat es mir nicht gesagt? Sicher, meinem Volk bleiben noch einige Stunden, um alle Mädchen herbeizubringen, aber es sind hier ja kaum einhundert, obgleich es in Bhagavati wenigstens fünfhundert unverheiratete Jungfrauen gibt!*

Sie tat, was sie vorgehabt hatte, und ging nahezu unbemerkt unter den Mädchen umher. Zu ihrem wachsenden Verdruß waren viele der Mädchen, die sie sah, lahm oder krank oder entstellt. Manche wiegten sich und murmelten vor sich hin, litten an Krankheiten des Geistes.

Erwartet mein Volk von mir, daß ich diese Kreaturen heile? Oder haben sie so wenig Respekt vor mir, daß sie mir als Opfergabe die Spreu schicken und nicht den Weizen?

Stheno blieb in der Nähe einer Gruppe von Mädchen stehen, die miteinander schwatzten. Sie hörte mit an, wie sie sich zuflüsterten, daß eine Schwester oder Base einstweilen zurückbehalten werde, um am Abend heimlich mit einem verfügbaren, geeigneten Mann oder Knaben vermählt zu werden. Manche Männer, sagten sie, nähmen sogar mehrere Weiber, damit die Mädchen nicht die trostlose Gefangenschaft der Göttin erleiden müßten. Lediglich jene, die man nicht schnell genug vermählen konnte, waren zum Palast geschickt worden, um die Braut der Mahadevi zu werden.

Stheno sank mit dem Rücken an einer Mauer zusammen und ballte fest die Faust um den Stoff ihres Saris. *Mein eigenes Volk betrügt mich! Sie verwehren mir ihre besten Töchter, damit sie noch mehr Kinder bekommen und die Übervölkerung weiter zunehmen kann. Und da wagen sie es, mir vorzujammern, daß ich ihre Probleme lösen müßte. Narren! Was für doppelzüngige Narren!*

Stheno schlurfte in eine Ecke des Hofs, in der ein großgewachsenes, wunderschönes Mädchen von hoher Kaste – wahrscheinlich eine Brahmin, dachte Stheno, nach den feinen Stoffen und den vielen Goldhalsketten zu urteilen – andere um sich versammelt hatte. *Also schickt man mir wenigstens eine schöne Jungfrau. Ich muß herausfinden, zu welcher Familie sie gehört, um sie zu belohnen.*

Stheno stellte sich in die Nähe und lauschte.

»Papa sagt, im Palast der Mahadevi würden nur alte Frauen und blinde Priester dienen. Jetzt, wo Prinzessin Aditi zurück ist und Fremde mitgebracht hat, werden mehr Bedienstete gebraucht, und deshalb hat man nach all diesen Mädchen verlangt. Ich habe nicht vor, jemandes Dienerin zu sein. Ich werde mich mit Prinzessin Aditi anfreunden, und sie wird mich so liebgewinnen, daß wir gemeinsam über Bhagavati herrschen werden.«

Oho, dachte Stheno. *Also hat man dich mir geschickt, weil du zu ehrgeizig und halsstarrig bist, um das Weib eines anständigen Hindu zu werden. Nur recht und billig. Wenn ich dir den richtigen Ansporn gebe, kann ich deinen Willen für mich nutzbar machen.*

»Doch was ist mit der Mahadevi?« sagte ein anderes Mädchen einer sichtlich niedrigeren Kaste. »Meine Familie meint, wir sollen die himmlischen Bräute der Göttin werden, und Sie ist es, der wir dienen werden.«

Ein verschwörerisches Funkeln erschien in den Augen des Brahminmädchens, und sie beugte sich vor, um den anderen etwas zuzuflüstern. Stheno mußte sich näher heranschleichen, um hören zu können, was gesprochen wurde.

»Habt ihr die Mahadevi jemals gesehen?«

»Natürlich nicht! Sie anzuschauen bringt den Tod. Das weiß jeder.«

»Sehr raffiniert, findet ihr nicht?« sagte das Brahminmädchen. »Wir werden von jemandem regiert, den wir nie zu Gesicht bekommen. Nach allem, was wir wissen, könnte auch eine dieser alten Krähen das Sagen haben.«

»Das ist nicht wahr! Mein Vater war im Palast, als sie Audienz hielt, und er sagt, sie sehe genauso aus wie die Götzen.«

»Ihr Schatten, meinst du wohl?« sagte das Brahminmädchen. »Hör zu. Meine Mutter hat mit einer Base von mir gesprochen, die Tänzerin war, bis sie erblindete. Dieses Mädchen, sagt Mutter, tanzt nun hinter der Mahadevi als zusätzliches Armpaar der Göttin. Dieses Bild, das unsere Väter auf dem Wandschirm gesehen haben … ist eine Fälschung! Die Mahadevi ist nur eine Erfindung, die uns alle zum Gehorsam …«

»Scht! Die Alte da hört mit!«

Stheno starrte sie durch ihren Schleier hindurch an und spürte, wie ihre Augen heiß wurden. *Sieh an. Mein Volk glaubt also nicht mehr an mich. Habe ich mich so lange verborgen gehalten, daß sie alles vergessen haben?*

»Na und?« sagte das Brahminmädchen. »Sie ist bloß eine Dienerin von niedrigem Stand. »Du!« sagte sie zu Stheno. »Weshalb belauschst du uns?«

Stheno trat schlurfend vor und sagte in ihrem besten Altweibertonfall: »Hüte dich, mein Kind. Hüte dich davor, gegen die Mahadevi zu lästern, denn Sie hat allerorts Augen und Ohren und vernimmt jedes deiner Worte.«

Ein Anflug von Unsicherheit huschte über das Gesicht des Brahminmädchens, doch an dessen Stelle trat gleich wieder ihr hochmütiger Blick. »Glaub von mir aus, was du willst, Alte. Aber meine Familie besteht aus Priestern, deren Lebensaufgabe es ist, die *vedas* zu studieren, und sie kennen den wahren Glauben.«

Wie kann sie so unerschrocken lügen? dachte Stheno halb bewundernd, halb entsetzt. *Oder ist ihr und ihresgleichen nicht bewußt, was die Priester, die mir dienen, wissen?*

»Der Mahadevi ist es gleich, ob du von hoher Geburt bist, mein Kind. Die göttliche Wahrheit lebt nicht in den überlieferten, aufgezeichneten Worten selbsternannter gelehrter Männer. Die Götter leben nicht allein in deren Gebeten.«

Gekränkt und zornig atmete das Brahminmädchen tief durch und hob die Nase. Die anderen Mädchen keuchten auf und bedeckten die Münder. »Nun bist du es, die lästert, Alte. Wie kannst du es wagen, über Höherstehende so etwas zu sagen! Wenn mein Vater dich hören könnte, ließe er dich auspeitschen oder sogar verbannen. Nein, die Götter leben nicht in überlieferten Worten, sie leben in ihrem Himmel, wo sie auch hingehören, nicht auf der Erde.«

Stheno richtete sich würdevoll auf und sprach fast schon mit ihrer echten Stimme im Tonfall der Brahmine: »Täte er das jetzt auch noch, du freches Balg? Wie kannst du es wagen, jemandem zu drohen, über den du nichts weißt?«

Das Brahminmädchen zögerte, doch die Anwesenheit der anderen Mädchen schien sie davon abzuhalten, den Rückzug anzutreten. »Verhöhnst du meine Art zu reden, Alte? Weißt du nicht, welche Strafe darauf steht, vorzugeben, aus einer höheren Kaste zu stammen als der eigenen? Nun geh und hol uns Wasser und etwas zu essen, sonst reiße ich dir den Schleier und die Kleider vom Leib und enthülle vor aller Welt deine häßlichen Runzeln.«

Einige der Mädchen kicherten nervös hinter vorgehaltener Hand.

O ja, dachte Stheno, und wilde Gier, die bereits an Verlangen grenzte, stieg in ihr auf. *Tu' das. Reiß mir den Schleier vom Gesicht und empfange die Überraschung, die dir gebührt. Ein Jammer, daß dein Entsetzen und deine Reue so kurz wären.* Stheno spürte, wie ihre Augen heißer brannten und ihre Brust sich ruhelos unter Schleier und Turban zu bewegen begann. *Doch nein. Es soll nicht hier geschehen, nicht jetzt. Einige der unschuldigen Mädchen könnten zu Schaden kommen, und in der Stadt könnte eine Panik ausbrechen, so daß sie mir keine Töchter mehr schicken würden. Ich lasse mir von einer halsstarrigen Eselin wie dir doch nicht die Hochzeit verderben.*

»Ich werde gehen«, sagte Stheno düster. »Doch halte künftig dein Zunge im Zaum, Mädchen, denn du kannst dir nie sicher sein, mit wem du sprichst.« Als Stheno sich abwandte, hörte sie nervöses Lachen hinter sich und spürte, wie ein Hagel aus Zweigen und kleinen Steinen auf ihrem Rücken niederprasselte. Stheno war vor Wut fast außer sich, als sie wieder die kühlen, finsteren Korridore betrat und zu ihrem Allerheiligsten eilte.

Wie viele werden noch so sein? dachte Stheno nüchtern, als sie den Perlenvorhang beiseite fegte. *Wird man mir in meinem eigenen Zuhause nachstellen, bis ich Angst habe, diesen törichten, unwissenden, halsstarrigen Kindern mein Gesicht zu zeigen – den wenigen, die mein ach so geliebtes Volk mir zu schicken beliebt –, und alles nur, damit Enyo zufrieden ist, weil ich meinem Volk ungenutzten Raum zur Verfügung gestellt habe? Meinem Volk – das nicht länger an mich glaubt?*

Sie betrat ihr Schlafgemach, und ein Priester sprang hinter einem Wandschirm auf. »Große Mutter, ich muß mit Euch sprechen!«

Stheno fuhr erschrocken zurück. Dann fauchte sie ihn an wie eine bis aufs Blut gereizte Wildkatze. Sie bedauerte, daß er blind war, weil ihre Wut so keine andere Wirkung haben konnte, als daß er sich auf den Boden kauerte und die Hände auf die Ohren preßte.

»Große Mutter, vergebt mir! Ich wollte doch bloß ... ich meine ...«

Er war keiner von ihren üblichen Liebhabern, und sie konnte sich nicht an seinen Namen erinnern. Er gehörte zu den Fanatikern, die sich die Augen ausgestochen hatten, um ihr im Palast dienen zu können. »Wie kannst du es wagen, mir in meinem Zimmer aufzulauern und mich so anzuspringen! Dafür sollte ich außer deinen Augen auch noch Zunge, Ohren und Hoden von dir fordern!«

Der Priester warf sich bäuchlings auf den Boden. »Vergebt mir!«

»Es wird Zeit«, sagte sie, »daß ich mein Volk daran erinnere, wer ich bin.« Eine tiefe Ruhe überkam sie.

»Große Mutter?«

Stheno wickelte ihren Sari ab und ließ ihn vor ihre Füße fallen. Sie zog ihr *choli*-Mieder und den Unterrock aus, bis sie nur noch einen Lendenschurz über den Hüften trug. Sie nahm den Schleier herunter und wickelte behutsam den Turban ab. Eine nach der anderen kamen züngelnd ihre Kleinen zum Vorschein, die Myriaden braunen Schlangen, und wogten frei um ihren Kopf herum. Sie konnte ihre Erleichterung und Freude darüber spüren, nicht länger gefangen zu sein.

Stheno ging zu einem Zedernkästchen, das auf einem nahen Tisch stand, und entnahm ihm eine Kette mit Katzenschädeln. Die hängte sie sich um den Hals und ließ die Knochen vor ihren nackten Brüsten herabbaumeln.

Einem anderen Kästchen entnahm sie ein Zeremonienmesser mit Elfenbeingriff und band es mit einer Lederschnur an ihrem linken Schenkel fest.
»Große Mutter? Weshalb seid Ihr so still?«
»Es wird Zeit, daß ich meine Anwesenheit für mich sprechen lasse und auf große Worte verzichte. Mein Volk glaubt nicht mehr an mich. Es wird Zeit, daß die Göttin wieder unter ihnen wandelt.«
Das Gesicht des Priesters wurde aschfahl vor Entsetzen.
»Große Mutter … nein! Bitte …«
»Geh und warne sie, wenn du willst. Doch am heutigen Tag werde ich unter ihnen wandeln und sie daran erinnern, wer ich bin.«
Der blinde Priester rappelte sich auf und stolperte aus dem Gemach, ertastete sich den Weg. Stheno folgte ihm und blieb vor dem Raum stehen, um das Fresko der Kali anzuschauen, als blicke sie in einen Spiegel. Sie bückte sich und nahm den Deckel von dem Farbtopf, den der Künstler zurückgelassen hatte. Sie tunkte zwei Fingerspitzen hinein und setzte sie auf Kalis unvollendete Augen, verlieh ihr Pupillen und machte sie lebensechter. »Die Augen sind der Spiegel der Seele«, murmelte sie. Stheno strich die restliche schwarze Farbe von ihren Fingern in Schlieren an ihren Schenkeln ab und ging weiter.
Im Hof wurde sie durch das Geschrei und Gezeter der Mädchen belohnt, die vor ihr auseinanderstoben wie Pfauen bei der Annäherung eines Tigers. Stheno schritt hocherhobenen Hauptes dahin, ohne jemand im besonderen anzusehen. Wenn ihr Anblick schlimme Wirkungen

zeitigte, so bemerkte sie das nicht. Sie hörte, daß die Warnglocken zu läuten begannen, erst im Inneren des Palasts, dann überall in der Stadt, begleitet von den Rufen: »Die Göttin wandelt unter uns! Die Göttin wandelt unter uns!«
Stheno lächelte und genoß die Wärme der Sonne auf ihrer nackten Haut, auf ihren Kleinen, während sie die großen Bronzetore des Palasts durchschritt und die Basaltstufen zur Stadt Bhagavati hinabstieg. Als sie barfuß über die mit Furchen durchzogenen Steinstraßen schritt, ergötzte sie sich an den Angstschreien, der panischen Flucht, den Rufen: »Hinein! Hinein!« Aus den Augenwinkeln heraus sah sie, wie Männer und Frauen sich zu Boden warfen, die Arme über den Kopf geschlungen, um dem schrecklichen Blick zu entgehen. Manche sprangen durch mit Tüchern verhängte Eingänge und klappten lautstark die Holzläden vor den Fenstern zu.
Wie herrlich das ist! Sich frei und unverschleiert durch die Stadt zu bewegen, unter meinem Volk. Das muß ich öfter tun.
Stheno bog in eine Straße zu ihrer Rechten ab, in eine staubige Gasse, die von den wackligen Holzhäusern der niedrigeren Kasten gesäumt wurde. Etwas Kleines, Dunkles versperrte ihr den Weg, und sie schaute nach unten.
Es war ein Kind, ein molliger, nackter, kleiner Junge von nicht mehr als zwei Jahren. Er stand da und starrte zu ihr hinauf, den Finger im Mund. Seine Augen waren von Neugier erfüllt. Sthenos Schlangen streckten die Köpfe vor, um dieses seltsame Wesen zu beäugen, das es wagte,

sie offen anzustarren. Vielleicht war es die Bewegung der Schlangen oder etwas an Sthenos Miene, was dem Kind plötzlich Unbehagen bereitete. Seine Brauen schossen angsterfüllt nach oben, und sein kleiner Mund klappte auf, die Lippen bebten, und es holte keuchend Luft, um laut aufzuschreien.

Alle Schlangen auf Sthenos Haupt stießen zischelnd nach vorn. Sthenos Augen erhitzten sich, doch statt ihr Antlitz abzuwenden, ließ sie das lange unterdrückte Gefühl in sich wachsen und labte sich am Anblick des entsetzten Kindes. Die Wärme floß ihr vom Gesicht in die Brust und hinab in die Lenden, bis die Woge aus Macht und Hitze sie beinahe erbeben ließ. Ein triumphierendes Knurren entrang sich ihrer Kehle.

Die Haut des kleinen Jungen wechselte von Braun zu Aschgrau, das sich rasch von den Füßen bis zum Kopf ausbreitete. Sein Schrei wurde im Ansatz erstickt, und übrig blieb nur mehr ein Pfeifen von Luft wie durch eine Steinflöte. Seine Augen wurden trüb, milchigweiß und blind.

Nach einer Weile schauderte Stheno erneut und seufzte. Ihre kleine Brut ließ die Köpfe hängen und entspannte sich auf ihren Wangen und Schultern.

Klagerufe erklangen zu ihrer Rechten, und eine Frau kam aus einer nahen Hütte gerannt. Sie hielt sich einen Teil des Saris vors Gesicht und warf sich zu Sthenos Füßen in den Staub.

»Mächtige Kali! Große Mutter Durga! Weshalb habt Ihr uns verflucht? Bitte, ich flehe Euch an, stellt ihn wieder her! Gebt mir meinen Sohn zurück!«

»Er wagte es, der Mahadevi ins Antlitz zu schauen. Es war nur ein Kind«, sagte Stheno. »Man hält mich jetzt für ein Schauermärchen, das man Kindern erzählt, um ihnen angst zu machen, man glaubt nicht mehr an meine Existenz. Deshalb wandelte ich am heutigen Tag unter euch, und deshalb verwandelte ich deinen Sohn zu Stein – er mußte den Preis für Bhagavatis Vergeßlichkeit bezahlen. Doch es gibt einen Weg, ihn zu erlösen. Stell deinen Sohn in der Mitte des Marktplatzes auf, damit alle ihn sehen können und an meine Macht erinnert werden. Jeden Tag sollst du neben ihm stehen und allen, die dir zuhören wollen, die Geschichte dessen erzählen, was sich hier zugetragen hat. Wenn sieben Jahre vergangen sind, so komm noch einmal zu mir, und wenn du deine Sache gut gemacht hast, werde ich ihn wieder zum Leben erwecken.«

»Sieben Jahre ...«, schluchzte die Frau. »Aber Große Mutter, in sieben Jahren kann soviel passieren. Vielleicht bin ich bis dahin schon tot.«

Verdutzt fuhr Stheno sie an: »Dann mußt du eben jemanden aus deiner Familie auswählen, der an deiner Stelle für dich spricht, falls du stirbst. Sorg dafür, daß das geschieht, sonst gibt es für den Jungen keine Hoffnung. Nun geh beiseite, oder ich verwandle auch dich zu Stein.«

Die Frau kroch zurück, und Stheno ging weiter bewußt ohne jede Eile die gewundene Gasse entlang. Jede Straße in Bhagavati endete schließlich an der Mauer des großen Bergs und an den Eingängen zu dem Tunnel, der zum Flußtal des Krishna hinabführte. Abzweigungen führten zu Geheimgängen, die unter der Stadt und durch den ganzen Palast hindurch verliefen. War sie einmal in den Gängen, so konnte Stheno ungesehen und ungehindert überall hingehen und plötzlich auftauchen, um die Achtlosen zu überraschen. *Mein Volk wird wieder wissen, wie es ist, eine Göttin zu haben, die unter ihnen lebt,* dachte Stheno und lächelte dabei.

Thomas streifte durch die leeren Korridore des Palasts, sich vage des Tumults in der Ferne bewußt. Timóteo war in der Nacht nicht in seine Unterkunft zurückgekehrt. Thomas hatte ihn nirgendwo finden können und war nicht imstande, sich den wenigen Priestern, denen er begegnete, verständlich zu machen. Enyo war ungemein hektisch gewesen und hatte sich um die Mädchen kümmern müssen, die man zu Sthenos abscheulicher Hochzeit brachte; sie hatte Timóteo ebenfalls nicht gesehen. Thomas hoffte verzweifelt, daß der Knabe sich nur irgendwo versteckte, um die Mädchen zu betrachten, die in den Palast gebracht wurden.

Weiter vorn erklang ein rhythmisches Dröhnen, tiefer als das einer Trommel, wie die Titanenschritte eines Riesen. *Lieber Gott, mach, daß es in diesem Palast nicht noch mehr Monster gibt.* Gegen sein besseres Wissen, doch aus Furcht, daß Timóteo sich irgendwo dort in der Nähe befinden könnte, strebte Thomas auf das Geräusch zu.

Er bog in einen Korridor ein, dessen Putz sich an einer Wand aufwölbte, auf der anderen Seite von Schlägen getroffen. Ein letztes, mächtiges Rumpeln ertönte, und ein Teil der Wand stürzte ein. Thomas preßte sich an die gegenüberliegende Wand, zur Flucht bereit, falls eine weitere Kreatur aus uralten Legenden hervorbersten sollte.

Doch es waren menschliche Arme, die den Putz und Mörtel aus der Öffnung entfernten, und es war ein Mensch, der aus diesem Loch auftauchte, wenngleich ihn Staub und Schmutz bedeckten wie einen Gnom aus dem Erdreich. Der Mann klopfte gegen seine verdreckte Kleidung und schaute sich blinzelnd um, und Thomas wurde klar, daß er ihn kannte.

»Andrew! Bei meiner Seele!« Thomas eilte zu ihm hin und hätte den Schotten beinahe umarmt.

»Thomas? Tom! Seid Ihr es wirklich! Dann hat man uns an den richtigen Ort geführt. Alles in Ordnung?«

»Durchaus, obwohl nicht alles zum besten steht. Und Ihr, wie habt Ihr diesen Ort gefunden?«

Die alte Porphredo stieg durch das Loch, und sie erschien Thomas durch den Staub nur ein wenig grauer als das letzte Mal, da er sie im Mogullager gesehen hatte. Unwillkürlich wich Thomas einen Schritt zurück, weil er nicht wußte, ob sie nicht auch eine Kreatur aus einer Legende war. Sie musterte ihn einen Moment lang, legte den Kopf schräg und sagte: »Seid mir gegrüßt, Engländer. Bitte entschuldigt unser ungewöhnliches Eintreffen, doch der Eingang, den Ihr nahmt, blieb uns verschlossen.«

Rufe und Gemurmel drangen aus dem Loch in der Wand. Porphredo wandte sich um und redete auf persisch mit jemandem. Dann erschien zu Thomas' Entsetzen der Mogulmirsa Akbarshah mit gezogenem Schwert, gefolgt von zwei Soldaten und dem Sufi Masum. Der Mirsa sah

Thomas und hob die Brauen, wobei er etwas Unverständliches raunte.

Thomas wich weiter zurück. »Andrew, habt Ihr denn die ganze Mogularmee mitgebracht?«

»Nay, mein Junge, nur diese vier, die auf der Suche nach Gerechtigkeit und Erleichterung hierhergekommen sind. Und um Sicherheit vor heimtückischem Verrat zu finden, wenn man den Worten unserer Führerin Glauben schenken darf.« Er warf Porphredo einen kurzen Blick zu.

Die Alte wollte etwas sagen, hielt dann aber stirnrunzelnd inne. Schließlich packte sie Entsetzen. »Die Warnglocken … die Mahadevi …« Sie sah Thomas an. »Despotas, was hat sich hier zugetragen? Wo ist Enyo?«

»Ich weiß nicht, was die Glocken bedeuten, Lady, doch Eure Herrin versammelt jungfräuliche Mädchen aus der Stadt zu einer seltsamen Form der Hochzeit, an der auch ich teilnehmen soll. Enyo … Eure Schwester, nicht wahr? Als ich sie vorhin sah, hatte sie alle Hände voll damit zu tun, sich um die Frauen im Hof zu kümmern.«

»Ai! Der Wahnsinn ist über sie gekommen. Ich hätte sie niemals ohne mich zurückkehren lassen dürfen. Ihr alle, verbarrikadiert Euch sofort in einem Zimmer! Zu Eurer eigenen Sicherheit!« Sie wiederholte ihre Worte für die Mogule auf persisch.

Sie stritten mit ihr, doch Porphredo eilte zu einer nahen Tür und öffnete sie. »Hier hinein! Sofort! Ihr schwebt alle in großer Gefahr!«

»Was haben die Glocken zu bedeuten?« wollte Thomas wissen und vermutete, daß die Mogule sie wohl dasselbe gefragt hatten.

»Die Göttin wandelt unverschleiert, wenn Euch das etwas sagt«, erwiderte Porphredo grimmig.

Thomas spürte, wie ihm das Blut aus dem Gesicht wich. »Das tut es, Lady«, sagte er rasch, schritt durch die geöffnete Tür und zog Lockheart mit sich. Der Mirsa beobachtete sie und folgte ihnen, wobei er seinen Männern befahl, ebenfalls einzutreten.

Das Zimmer war klein und wurde nur von einem schmalen Fenster hoch oben in einer Wand erhellt. Anscheinend wurde es als Lagerraum verwendet, obwohl die Sachen, die es enthielt, mit einer dicken Staubschicht bedeckt waren. Im Gebälk an der Decke flatterten Fledermäuse umher.

Die Tür schlug hinter ihnen zu. »Ihr wäret gut beraten, sie zu verriegeln«, rief Porphredo in zwei Sprachen durch die geschlossene Tür. »Ich oder meine Schwester werden bald zurück sein.«

»Was soll der Firlefanz, Tom?« fragte Lockheart.

»Wenn das stimmt, was sie sagt«, erwiderte Thomas, »dann schweben wir wahrhaftig in Gefahr. Ihre Herrin ist eine Gorgone, Andrew, die sich als Göttin ausgibt. Ihr Antlitz verwandelt alle, deren Blick darauf fällt, zu Stein. Es ist wahr! Ich habe jene gesehen, die das Unheil traf. Sobald sich eine Gelegenheit ergibt, werde ich Euch die Gruft zeigen, in der ihre verzauberten Opfer hausen.«

»Wenn Ihr nicht so entsetzt schauen würdet, mein Junge, würde ich sagen, Ihr habt zu viele von Timóteos Phantastereien gehört. Wo wir gerade von ihm sprechen, ist er ebenfalls hier?«

»Bis gestern abend war der Knabe noch bei mir und wohlauf. Doch seitdem habe ich ihn nicht mehr gesehen, und nun beginne ich das Schlimmste zu befürchten.«
Der Mirsa kam zu ihnen und sagte etwas.
»Er fragt, mein Junge, ob es sich hierbei um eine List oder eine Falle handele und welche Gefahr das wohl sei, die Ihr und Porphredo fürchtet. Soll ich ihm sagen, was Ihr mir gerade berichtet habt?«
»Von mir aus. Ich sehe keinen Grund, weshalb ich für das Ungeheuer lügen sollte. Es ist besser, wenn er und seine Männer Bescheid wissen, damit sie sich schützen können.«
Lockheart zuckte kaum merklich mit den Achseln und begann mit dem Mirsa zu sprechen. Thomas schnappte ein Wort auf, das wie ›Gorgone‹ klang, und war erleichtert darüber, daß wenigstens ein Teil der Wahrheit übersetzt wurde.

Porphredo hastete durch die Korridore, und alle Knochen und Muskeln in Rücken und Beinen begehrten gegen die Mühsal auf. Dann trat sie auf einen offenen, mit Kies bestreuten Bereich im Norden des Hauptpalasthofs hinaus. Hier, wo gewöhnlich Pferde Parcours ritten, wimmelte es jetzt von verängstigten Kindern, die sich dicht aneinanderdrängten. Furchtsam bildeten sie vor Porphredo eine Gasse, und fast wäre sie in eine Frau gerannt, die hinter einer Säule hervorkam. Porphredo hielt sich an den Schultern der Frau fest, um nicht das Gleichgewicht zu verlieren, als ihr die blauen Augen auffielen.
»Aditi!«

»Porphredo!«

»Bist du es wirklich, meine kleine Aditi? Aber so klein bist du ja gar nicht mehr, habe ich recht?« Porphredo musterte sie einen Moment lang voll Stolz darüber, zu was für einer gutaussehenden Frau ihr Schützling herangewachsen war. »Bist du wohlauf? Hast du dich wieder völlig erholt von deinem …«

»Meinem Tod? Ja, liebe Porphredo, mir geht es gut. Doch wie Ihr seht, liegt hier einiges im argen. Habt Ihr schon mit Enyo gesprochen? Habt Ihr davon erfahren?«

»Ich habe die Glocken gehört, und sie haben mir genug verraten. Sind das dort die Mädchen, die die Despoina zu ihren Bräuten erkoren hat?«

»Ganz recht, die armen Dinger.«

»Wie konnte Stheno nur auf so einen abscheulichen Gedanken kommen?«

»Sie sagt, es sei Euer Einfall gewesen.«

»Meiner? So etwas habe ich nie vorgeschlagen.«

»Sie sagte, Ihr wolltet, daß sie den Städtern einen Teil des Palasts als Lebensraum abtritt. Um dem Bevölkerungswachstum ein … Ende zu machen, befahl Stheno, daß alle heiratsfähigen Mädchen in den Palast gebracht werden, damit sie künftig hier leben.«

»Sie hat doch nicht vor, sie alle zu blenden, oder?«

»Davon hat die Mahadevi nichts erwähnt, doch wer weiß schon, was sie vorhat?«

»Und nun hat sie vollends den Verstand verloren und wandelt unverschleiert umher. Weißt du, wo sie ist?«

»Irgendwo in der Stadt. Enyo ist gegangen und versucht, sie aufzuhalten. Ich habe die Mädchen hier versammelt und hoffe, daß die Mahadevi nicht beschließt, uns einen Besuch abzustatten.«

Porphredo überlegte, ob sie Enyo nacheilen sollte, doch schon bei dem bloßen Gedanken hätten die Beine fast unter ihr nachgegeben. »Es gibt nicht zufällig einen vernünftigen Grund, weshalb die Mahadevi ihr Volk auf diese Weise bestrafen sollte?«

»Ich habe die Mahadevi das letzte Mal gestern morgen gesprochen, doch mögliche Gründe gäbe es. Die Städter haben ihr den Gehorsam verweigert, indem sie lediglich ihre unzulänglichen Töchter schickten und die übrigen rasch vermählten. Eines der Mädchen hier erzählte mir, daß die Tochter des Schultheißen vor einer verschleierten Alten lästerlich über die Mahadevi sprach, und das könnte durchaus die verkleidete Mahadevi selbst gewesen sein.«

»Ja, jeder einzelne Grund hätte schon ausgereicht, ihren Stolz zu verletzen. Wir können nur hoffen, daß Enyo sie findet, bevor zu viele zu … Schaden kommen.« Porphredo ließ sich rücklings gegen eine Säule sacken und glitt daran hinab, bis sie auf dem Boden saß.

»*Aya* Porphredo, geht es Euch nicht gut? Ihr seid so blaß und riecht nach Grab.«

»Du hast es schon immer verstanden, einem zu schmeicheln. Ich bin müde und verdreckt. Hättest du wohl die Güte, einer alten Frau feuchte Tücher, Wasser und etwas zu essen zu bringen? Ich werde unterdessen auf deine Schützlinge aufpassen – sie scheinen mich genug zu fürchten, um mir zu gehorchen.«

»Natürlich, *aya*. Ruht Euch jetzt aus, ich bin gleich wieder da.« Aditi huschte davon, und Porphredo wurde klar, daß sie ihr schleunigst von dem Mirsa und den anderen erzählen sollte, die im Vorratsraum eingesperrt waren. Und wie würde wohl Stheno in ihrem Wahnsinn reagieren, wenn sie erfuhr, daß sie neue, ungeladene Gäste hatte? Porphredo betrachtete die bedauernswerten, verängstigten Mädchen um sie herum und seufzte. Sie wünschte, sie könnte ihnen Worte des Trostes spenden, doch ihr fiel nichts ein.

19

PAPPEL

Dieser Baum tritt in zweierlei Gestalt auf, weiß und schwarz. Beide tragen herzförmige Blätter und lange, schmale Kätzchen. Die Borke wird mit zunehmendem Alter rauher. Tee aus den Winterknospen lindert Husten, während ein Bad im Tee Wunden und Verbrennungen heilt. Ein Aufguß aus der Wurzel hilft gegen Magenbeschwerden. Die Altvordern schrieben, daß Herakles mit einer Pappelkrone in Plutos Reich reiste und daß die Blätter an dieser infernalischen Stätte oben versengten und sich unten durch den Schweiß silbern färbten. So entstanden die Blätter der weißen Pappel, und deshalb symbolisiert der Baum Fortbestand über den Tod hinaus. Die schwarze Pappel war einst den heidnischen Gottheiten der Erde heilig und verhieß, wenn man sie zur Weissagung verwendete, daß der Suchende ohne jede Hoffnung war …

Mirsa Ali Akbarshah musterte das Gesicht des goldhaarigen Mannes aus dem Westen und suchte nach Anzeichen für Verrat. *Wenn die Furcht, die er an den Tag legt, falsch ist, so ist er ein begnadeter Heuchler. Doch diese Geschichte! Daß die Königin, nach der wir suchten, nichts weiter als ein Ungeheuer aus Iskanders Zeiten sei. Es geht nicht an, daß ich den langen Weg bis hierher zurückgelegt habe, um meinem Kaiser so etwas zu berichten.*

Rafi und Awwal stöberten zwischen den Sachen im Vorratsraum herum, hoben Tücher an und ließen Staubwolken aufwirbeln. »Mein Gebieter«, sagte Awwal, »ich sehe in diesen Truhen etwas golden funkeln. Vielleicht hatte Befehlshaber Jaimal recht, und es gibt hier doch einen Schatz.«

Und wieviel mehr Haß wird das entfachen, wenn er davon Kenntnis bekommen sollte? dachte Mirsa trübselig.

Eine Frauenstimme hallte durch den Raum wider. »Durchaus möglich, doch das hängt davon ab, wonach Ihr sucht.«

»Da ist jemand in den Wänden!« sagte Lakart.

Der Mirsa und seine Männer zogen sofort ihre Schwerter, alle bis auf Masum, doch da der Mirsa nicht sagen konnte, aus welcher Richtung die Stimme gekommen war, drehte er sich nur immer wieder vorsichtig im Kreis.

»Mir scheint, ich habe ungeladene Gäste«, fuhr die Stimme fort. »Wie habt ihr hergefunden?« Die Stimme war leise und betörend, wie bei den besten Kurtisanen von Lahore, doch mit einem Unterton von Macht und drohender Gefahr. Der Mirsa stellte fest, daß er die Besitzerin dieser Stimme ebenso begehrte, wie er sie fürchtete.

»Ich bin Mirsa Ali Akbarshah, vom Schah-in-schah Akbar gesandt, um nach einer Königin mit der Macht über Leben und Tod zu suchen. Wenn Ihr diese Königin seid, so grüße ich Euch in seinem Namen. Eure Dienerin Porphredo führte uns hierher.«

»Ah, Porphredo. Ihr müßt einen zwingenden Grund gehabt haben, daß Ihr sie überzeugen konntet, Euch in meine verborgene Stadt zu bringen.«

»Ich bin hier, um mehr über Euer Königreich zu erfahren und Euch ein Bündnis mit dem großen Reich von Akbar anzubieten. Einer meiner Männer ist hier, damit Gerechtigkeit geschieht, weil Euer Zauber vielleicht den Tod seines Bruders herbeiführte. Ein weiterer ist hier, um Antwort auf philosophische Fragen zu finden. Wie sollen wir Euch anreden und weshalb zeigt Ihr Euch uns nicht?«

»Wie Ihr mich anreden sollt?« wunderte sie sich. »Ich bin die Mahadevi. Ich bin Kali, die Geberin und Zerstörerin. Ich bin die Erbauerin von Städten und die Vernichterin von Armeen. Ich wurde nach dem Bild der Herrin der Tiere geformt, und mir ins Antlitz zu schauen, bringt den Tod.«

Dem Mirsa fiel auf, daß Lakart der Mund weit offen stand und er mit blasser Miene sprachlos die Wand anstarrte. *Fürchtet der Nordmann sie noch mehr als ich? Ich hielt ihn eigentlich für einen tapferen Mann.*

»Ihr mögt Euch Göttin nennen«, sagte der Mirsa, »doch ich

erkenne keinen Gott außer Allah an. Begreift das und nennt mir einen anderen Namen, mit dem ich Euch ansprechen kann.«

»Wo habe ich das nur schon mal gehört?« murmelte die Stimme in den Wänden. »Einerlei, im Verlauf der Jahrhunderte ist mir viel Törichtes untergekommen. Ich heiße Euch in meiner Stadt Bhagavati willkommen, Mirsa Akbarshah. Ihr dürft mich ›Majestät‹ oder ›Königin Stheno‹ nennen, wenn das Eure Gefühle weniger verletzt. Ihr seid gerade rechtzeitig eingetroffen, um an meiner Hochzeit teilzunehmen. Mein Bräutigam steht unter Euch.«

Der Mirsa und seine Männer fuhren herum und starrten Tamas an. Nachdem Lakart rasch übersetzt hatte, erbleichte das junge Gelbhaar und schüttelte den Kopf.

»Ah, er ist bescheiden«, sagte Königin Stheno, »doch wenn die Zeit kommt, wird er seine Pflicht angemessen erfüllen. Nun muß ich fort, um zu sehen, wie es um die restlichen Vorbereitungen bestellt ist. Und ich muß Porphredo auftragen, Euch bessere Unterkünfte zu besorgen. Wir werden bald wieder miteinander sprechen.«

Masum sank auf die Knie und begann zu beten. Der Mirsa kämpfte darum, es ihm nicht gleichzutun.

Thomas waren die entgeisterten Blicke der Männer um ihn herum äußerst peinlich. Doch am schlimmsten war Lockheart, der ihn mit der Eindringlichkeit eines Menschen anstarrte, dem man mitgeteilt hatte, daß er eine Arznei nehmen müsse, die ihn wahrscheinlich umbringt. »Der Bräutigam des Ebenbilds der Herrin der Tiere«, sagte Lockheart leise. »Vielleicht habt Ihr Euch Zeit gelassen, doch Ihr habt mich sicherer an meinen Bestimmungsort gebracht als die Sterne, die den Mond auf seiner nächtlichen Reise begleiten.«

»Andrew, Ihr glaubt doch nicht wirklich, daß diese Kreatur die Göttin ist, die Ihr verehrt? Ich sage Euch, sie ist eine Gorgone, ein bloßer Dämon, wenn auch unsterblich und mit Macht über Leben und Tod, das ist wahr. Was immer sie gesagt hat, Ihr müßt wissen, daß sie wahnsinnig ist. Selbst ihre Diener behaupten das. In ihren Worten liegt wenig Vernunft. Ihr dürft ihnen keine Bedeutung beimessen.«

»Das muß ich aber, mein Junge, denn Ihr habt mich an diesen Ort geführt, Ihr und diese Göttin. Und hier muß ich den Kelch zur Neige leeren. Aus diesem Hafen segelt kein Schiff mehr heimwärts, denn die Schlacht ist geschlagen und alle Hoffnung erloschen.«

Thomas fragte sich, ob Lockheart vielleicht ebenfalls wahnsinnig geworden war. *Doch etwas Vernunft muß noch in ihm stecken, sonst würde er nicht so schwülstige Reden führen.* »Andrew, was immer Ihr von ihr denken mögt, wir werden von hier entkommen. Ich habe nicht vor zu bleiben.«

»Oh, aye, die Flucht wird gelingen. Rasch und unfehlbar, sobald die Zeit reif ist.«

Padre Antonio Gonsção döste in der heißen Mittagssonne oben auf einer Bank auf dem Gauklerwagen, gegen die reichverzierte Brüstung gelehnt. Der blinde *vina*-Spieler hatte ihn gewarnt, daß es zu Wahnsinn und Tod führen könne, wenn man sich der Sonne zu lange mit bloßem

Haupt aussetzte. Doch Gonsção zog es vor, sich über dem Staub aufzuhalten, der von den Männern und Pferden aufgewirbelt wurde. Dieser Geruch war ihm lieber als die sinnlichen und fleischlichen Ausdünstungen und die enge Gesellschaft der Frauen unten im Karren, wo Carlos und Estevão sich befanden. *Und der Tod ist mir noch nicht bestimmt – sonst wäre es mir nicht vergönnt gewesen, wieder zum Leben zu erwachen.*

Ein Ruf erscholl und wurde durch die ungeordneten Reihen der Elefanten, Reiter und Fußsoldaten nach hinten weitergegeben. Die Armeekolonne wurde langsamer. *Natürlich,* dachte Gonsção. *Es wird Zeit für ihre Mittagsgebete.*

Der Karren schaukelte, und Gonsção wandte sich um. Enttäuscht sah er, daß es nur das Hindumädchen war, das immer an Gandharvas Arm hing. Sie stieg die Leiter hinauf, eilte herbei und hockte sich neben ihn. Gonsção zuckte zusammen und wollte abrücken, war jedoch schon in der hintersten Ecke und kam sich vor, als säße er in der Falle.

Das Mädchen setzte ein breites, aber falsches Lächeln auf. Sie sagte auf lateinisch – im Tonfall von jemandem, der Worte gelernt hatte, deren Bedeutung er nicht versteht: »Tempus est. Nunc imus.«

Gonsção hatte Fragen, wußte allerdings, daß es sinnlos war, sie diesem Mädchen zu stellen, mit dem er keine Sprache gemein hatte. Er nickte ihr knapp zu und folgte ihr, als sie wieder zur Strickleiter ging und hinabstieg.

Die Hecktüren des Karrens klappten auf, und Gandharva

beugte sich hinaus. »Wir müssen uns beeilen. Solange sie noch beten.«

Gonsção blickte kurz an dem blinden Musiker vorbei und sah Carlos und Estevão, die in die fließenden, grellen Gewänder der Hindudirnen gekleidet waren. »Was ist das nun wieder für ein schamloser Unfug?«

»Eine Verkleidung, Padre«, sagte Carlos. »Kommt herein und legt das hier an – man hängt es sich über den Kopf und schlingt es um sich herum.« Er breitete ein langes, weites Tuch aus blauer Seide aus, in das glitzernde Goldfäden eingearbeitet waren.

Gonsção wollte sich weigern, doch Gandharva sagte: »Für theologische Streitigkeiten haben wir jetzt keine Zeit. Das ist die einzige Möglichkeit, ihrer Aufmerksamkeit lange genug zu entgehen. Schluckt Euren Stolz hinunter und bittet Euren Gott später um Vergebung.«

Widerstrebend stieg Gonsção in den Karren und nahm die prunkvolle Kluft entgegen. Das Hindumädchen zupfte und zauselte fachmännisch an der Seide, um ihr die richtige Form zu geben. Im Halbdunkel des Karrens sah Gonsção verärgert, daß zwei der Hindukurtisanen nun Kleidung und Helme der *soldados* trugen und sich den unteren Bereich des Gesichts schwarz gefärbt hatten, damit er wie ein Bart aussah. Das dickste der Mädchen trug eine weiße Wollrobe, ähnlich der von Gonsção. »Darauf fallen die Mogule niemals herein«, knurrte der Priester.

»Ein kurzer Moment würde schon reichen«, sagte Gandharva. Als sich laut schallend die Aufforderung zum Gebet über der Armee erhob, sprang Gandharva aus dem Karren, die *vina* über den Rücken geschlungen, und faßte

das Hindumädchen am Arm. Auf dem anderen Arm trug sie einen großen, abgedeckten Korb. »Jetzt«, sagte er leise. »Geht langsam neben mir her. Ihr seid bloß ein paar Mädchen, die sich etwas die Beine vertreten und am Fluß ihr Notdurft verrichten wollen. Lacht wie eine Frau, wenn Ihr könnt, aber nicht zu vernehmlich.«
Als sie den Karren verließen, kicherten Carlos und Estevão so überzeugend, daß Gonsção entsetzt war.
»Sehr gut«, sagte Gandharva. Mit lauterer Stimme fügte er in einer anderen Sprache noch etwas hinzu, ließ ein Lächeln aufblitzen und gestattete dem Mädchen huldvoll, ihn zum Fluß zu führen.
Gonsção hinkte neben dem Musiker her, weil er nicht wußte, wie man als Frau ging, und es auch nicht zu lernen wünschte. *Der Herr vergebe mir die Dinge, die ich tun muß, um seinen Willen zu erfüllen.* »Was habt Ihr am Fluß vor, wenn wir dort sind?«
»Seht Ihr die beiden Felsen, die wie badende Elefanten aussehen?«
»Da sind zwei große Erhebungen im Fluß dicht am Ufer, ja.«
»Dort gehen wir hin. Seht nicht hinter Euch und sprecht mich erst an, wenn wir sie erreicht haben.« Gonsção schwieg, hatte jedoch den Eindruck, sein Rücken sei dem Blick Hunderter von Augenpaaren schutzlos ausgeliefert.
Als sie die halbe Strecke bis zu den Felsen zurückgelegt hatten, flüsterte das Hindumädchen Gandharva etwas ins Ohr, und er blieb stehen. Er nahm die *vina* vom Rücken und legte sie auf den Boden.

»Ihr wollt Euer Instrument hierlassen?« fragte Gonsção leise. »Ich habe Euch noch nie ohne es gesehen.«
Gandharva ergriff wieder den Arm des Mädchens und sagte: »Ich habe stets die Illusion genährt, daß die *vina* mein Leben sei, und das einzig zu dem Zweck, damit ich sie eines Tages zurücklassen kann. Wenn Jaimals Männer sie sehen, werden sie annehmen, daß ich mich in der Nähe befinde.« Er ging weiter auf den Fluß zu.
Das Mädchen führte sie um eine Ansammlung mannshoher Dornbüsche herum. Sie befanden sich nun außer Sichtweite der Mogularmee. Sie zog weitere Seidenschals aus ihrem Korb und warf sie über den Büschen in die Luft.
»Mit etwas Glück«, sagte Gandharva, »werden jene hinter uns glauben, daß wir baden. Vor uns müßte recht hohes Schilf stehen, zwischen den Elefantenfelsen.«
»Das stimmt«, sagte Gonsção.
»Durchsucht sie mit Euren Männern. Wenn meine Botschaft Devidurga erreicht hat, müßten dort kleine Flöße versteckt sein.«
Gonsção watete ins Wasser, dicht gefolgt von Carlos und Estevão, und schob die Halme und das Gras zur Seite. Er hoffte, daß sich dort keine Schlangen verbargen. Fliegen und Mücken umschwärmten sein Gesicht.
»Hier drüben! Hier sind sie!« rief Estevão.
»Schscht! Rasch, steigt auf. Sie sind nur wenige Planken breit, doch wenn Ihr sie mit den Armen umschlingt, tragen sie Euch hinüber. Pramlocha!«
Das Mädchen nahm wieder seinen Arm und führte ihn zum Wasser hinunter. Als Estevão ein ungefähr quadrat-

metergroßes Floß auf sie zuschob, griffen Gandharva und das Mädchen danach.
»Sie begleitet uns doch wohl nicht!« sagte Gonsção.
»Sagte ich Euch nicht, daß ich in ihrer Schuld stehe?« knurrte Gandharva. »Und ich brauche ihre Führung. Los. Stoßt Euch ab, auf den Fluß hinaus. Schnell.«
Als Gonsção seiner Aufforderung nachkam, fragte er: »Hätten wir das nicht besser nachts tun sollen? Wenn wir weiter draußen sind, werden sie uns sehen können.«
»Sie würden erwarten, daß wir nachts fliehen, und man behielte uns besser im Auge.«
»Ah. Für einen Blinden seid Ihr sehr vorausschauend.«
»Habt Dank. Ihr aber auch. Nun schweigt und paddelt!«
Ohne auf Gandharvas verborgene Beleidigung zu achten, trat Gonsção mit den Beinen und brachte sein Floß so weit auf das braune Wasser hinaus, daß es von der Flußströmung erfaßt wurde. Sie war nicht so heftig, wie er befürchtet hatte, doch es kostete ihn viel Mühe, mit den Beinen und einem Arm gegen das Abgetriebenwerden anzukämpfen und eine nennenswerte Entfernung bis ans andere Ufer zurückzulegen. Das wirbelnde Wasser war kälter, als er erwartet hatte, und durchnäßte rasch seine Wollrobe. Carlos bereitete es Schwierigkeiten, sein Floß zu steuern, und kreiselnd rammte er Gonsção, der den Sari des *soldado* packte und ihn festhielt, bis Carlos sich auf seinen Holzplanken besser im Gleichgewicht halten konnte.
Sie hatten die Felsen auf der anderen Seite fast erreicht, als hinter ihnen Rufe laut wurden.

»Die Mogule haben uns gesehen, Padre!«

»Paddelt, so schnell Ihr könnt, und schaut nicht zurück!« sagte Gandharva.

Durch pures Glück erfaßte ein Strudel ihre Flöße und schleuderte sie zwischen Felsen und Röhricht des jenseitigen Ufers. Gonsção ließ sein Floß los und ließ es allein weiter stromabwärts treiben. Als er Carlos von seinem herunterhalf, konnte Gonsção nicht anders, als einen Blick über den Fluß zu werfen.

Mogulreiter zügelten dort ihre Pferde, nahmen ihre Bögen vom Rücken und spannten Pfeile ein. Etwas zischte an Gonsçãos Ohr vorbei, und ein Pfeil zerbrach an dem Felsen neben ihm, knapp über seinem Kopf.

Mit erneuter Kraft in den Beinen kletterte Gonsção das Flußufer hinauf und kauerte sich hinter einen Felsen. Carlos und Estevão gesellten sich rasch zu ihm. »Gott steh uns bei, wenn sie den Fluß überqueren können«, keuchte er.

»Wo ist der Blinde?« fragte Carlos.

Gonsção schluckte seine Furcht hinunter und lugte um den Felsen herum. Gandharva und das Mädchen hatten das Ufer gerade erreicht, und sie mühte sich ab, ihm an Land zu helfen. Ein Pfeilhagel prasselte auf sie nieder, und das Mädchen warf die Arme hoch, Schmerz und Entsetzen im Blick.

»Pramlocha?« sagte Gandharva.

»Madre Maria«, fluchte Gonsção und kroch rasch hinter seiner Deckung hervor, packte die beiden und zerrte sie mit sich in den Schutz der Felsen. Er legte das Mädchen auf dem Boden ab und sah, daß ein Pfeil ihre Lungen

durchbohrt hatte. Sie schnappte grauenhaft nach Luft, und Blut quoll ihr aus dem Mund.
»Was ist geschehen?« fragte Gandharva. »Stimmt mit ihr etwas nicht?«
»Ein Pfeil hat sie getroffen«, sagte Gonsção. »Sie wird wohl nicht mehr lange leben. Tut mir leid.«
Für einen Moment zog Gandharva traurig die Brauen zusammen, dann glätteten sie sich wieder. Leise sagte er: »Also müssen wir ohne sie weiter.«
Gonsção hatte gerade das gleiche vorschlagen wollen, doch das Erstaunen, den heidnischen Musiker das sagen zu hören, veranlaßte ihn schockiert zum Widerspruch. »Ihr wollt dieses Mädchen genauso zurücklassen wie Eure *vina*?«
»Wenn sie blutet, wird sie eine Spur hinterlassen, der man leicht folgen kann.«
»Können die Mogule den Fluß überqueren?«
»Die Pferde nicht. Der Fluß ist zu tief und zu reißend. Aber die Elefanten vielleicht schon. Sie werden eine Weile brauchen, bis ihnen das klar wird und welche holen. Wir dürfen auf keinen Fall länger bleiben.«
»Aber Eure Königin kann das Mädchen doch wiedererwecken, wenn es stirbt?«
»Sicher, sicher«, sagte Gandharva, »vorausgesetzt, wir können sie nach Bhagavati bringen.«
»Dann werden wir das tun. Ihr habt sie bis hierher gebracht, weil Ihr in ihrer Schuld steht. Eure Schuld ist noch nicht beglichen. Wir nehmen sie mit. Carlos, könnt Ihr sie tragen?«
»Ich glaube schon, Padre.«

»Estevão, du faßt Gandharva am Arm und führst ihn. Gandharva, welchen Weg müssen wir nehmen?«
»Haltet in den Felsen weiter oben am Berghang nach dem Zeichen der gewundenen Schlange Ausschau.«
Gonsção übersetzte das den *soldados*, und Estevão sagte: »Ich sehe eine, Padre. Da drüben.«
»Dann nichts wie hin.«
Als Estevão Gandharva am Arm ergriff und Carlos niederkauerte, um das verletzte Mädchen auf seine Schulter zu wuchten, sagte Gandharva: »Ich habe Euch falsch eingeschätzt, Priester des Orlem Gor. Möge Euer Großmut nicht den Tod über uns alle bringen.«

Thomas ging langsamer, denn die Nachmittagshitze zehrte an seinen Kräften, obwohl die Luft in den Steinkorridoren von Sthenos Palast kühler war als draußen oder im Lagerraum. Die Gänge wirkten verlassener als jemals zuvor – nicht einmal die allgegenwärtigen Priester mit ihren Reisigbesen waren mehr zu sehen. Und auch von Enyo und Aditi fehlte jede Spur, so daß es niemanden gab, der ihm hätte sagen können, wo Timóteo stecken mochte.
Er bog um eine Ecke und blieb stehen. Neben einer Holztür lehnte der alte blinde Priester an einer Wand, der Thomas am Tag seiner Ankunft Opfergaben gebracht hatte. *Wie heißt er noch gleich? Praba-irgendwas. Sagte Enyo nicht, er sei wahnsinnig?* Thomas fragte sich, ob er sich auf leisen Sohlen an dem Priester vorbeischleichen oder einen anderen Weg einschlagen solle.
Doch auf einmal straffte der Priester sich und wandte sein

blindes Gesicht Thomas zu. »Ah! Tamas. Tamas.« Der Alte lächelte und winkte ihn herbei.

Mit einem Seufzer trat Thomas näher. »Ich bin auf der Suche nach Timóteo«, sagte er langsam und bedächtig auf englisch und dann: »Exquiro Timóteo, ehm, flamine de Orlem Gor?« Innerlich zuckte Thomas über seine Vermischung der Sprachen zusammen, doch er hatte keine Ahnung, wie er sich dem Priester verständlich machen sollte.

Der Alte lächelte weiter, nickte immer wieder und deutete auf die Holztür neben sich. »Tamas. Tamas.« Er öffnete die Tür und winkte ihn abermals näher heran.

»Ist Timóteo da drin?«

Noch immer grinsend und nickend ging der Alte hinein. Thomas wollte ihm schon folgen, zögerte dann jedoch. Hinter der Tür, von Binsenkerzen an der Wand in trübes Zwielicht getaucht, führte eine Steintreppe nach unten. Erinnerungen an die Verliese der Santa Casa und des Aljouvar wurden in ihm wach. Der Alte tappte die Stufen hinunter und summte dabei eine seltsame, gespenstische Melodie. *Nun ja, diesmal zwingt mich niemand, und wenn der Alte die einzige Gefahr darstellt, so kann ich ihn leicht überwältigen. Außerdem muß ich herausfinden, ob Timóteo hier ist.* Mit einem weiteren Seufzer folgte Thomas dem Priester, achtete jedoch darauf, daß die Tür hinter ihm offenblieb.

Die Treppe führte in einen großen Raum mit Lehmboden hinunter, der bar jeden Mobiliars war – bis auf eine Steinstatue an der gegenüberliegenden Wand.

Die Statue saß, und als sie vor ihr standen, stutzte Thomas.

Sie war, anders als jene in der Gruft, sichtlich nie lebendig gewesen. Es war eine gedrungene, tückisch dreinblickende Kreatur mit Schwingen und herausgestreckter Zunge. Und mit Schlangen anstelle von Haaren. *Ah, ein Abbild Sthenos, wenn auch wenig schmeichelhaft. Kein Wunder, daß man es in einem Keller versteckt hält. Es könnte sich aber auch um eine andere Gorgone handeln. Vielleicht sogar um die berühmte Medusa selbst.*

Der alte Priester murmelte etwas, was wie der Anfang eines religiösen Singsangs klang. Er legte die Rechte auf den Kopf des Götzen und tätschelte ihn. Dann beugte er sich vor und holte hinter der Statue einen Korb hervor, der mit einem zinnoberroten Tuch bedeckt war. Diesem entnahm er eine Girlande aus großen scharlachroten Blüten, die er Thomas über den Kopf streifte. Die einzigen Worte, die Thomas im Gemurmel des Priesters verstand, lauteten: »Arayani, arayani, arayani ...«

Und wieder bin ich gezwungen, an einem heidnischen Ritual teilzunehmen. Gehört das zu Sthenos abscheulicher Hochzeitszeremonie?

Der Priester hob eine kleine Tonschüssel über Thomas' Kopf und goß ihm eine kühle Flüssigkeit aufs Haar, die nach Butter roch. »Sraddha, sraddha«, murmelte der Priester.

»Prabaratma!« rief jemand vom oberen Treppenabsatz.

Thomas wandte den Kopf und sah, daß es Enyo war, die den Priester mit weit aufgerissenen Augen anstarrte. Sie eilte die Stufen hinunter und ging schnurstracks auf Prabaratma zu, wobei sie ihn beschimpfte, vermutlich in seiner hindischen Sprache. Prabaratma verneigte sich tief, wirkte jedoch nicht im geringsten gedemütigt oder beschämt.

»Ich bitte vielmals um Vergebung, Despotas«, wandte sie sich auf griechisch an Thomas. »Wie ich Euch schon zur Warnung sagte, ist dieser Priester ... nicht ganz richtig im Kopf. Das scheint heutigentags ein ... weitverbreitetes Gebrechen zu sein.«

»Alles in Ordnung. Er hat mir kein Leid angetan«, sagte Thomas.

»Mag schon sein«, grummelte Enyo rätselhaft. Sie nahm Thomas die Girlande wieder ab und warf sie der Statue vor die Füße. Dann packte die kleine Frau Prabaratma an den Schultern und stieß ihn zur Treppe. Der Priester begann ergeben, die Stufen hinaufzusteigen.

Enyo wandte sich mit finsterer Miene wieder an Thomas. »Er hätte Euch nicht herbringen dürfen. Keiner von euch dürfte sich hier aufhalten.«

»Ich bitte um Vergebung, Lady. Ich weiß nicht, aus welchem Grund der alte Mann mich hier herunterbrachte. Ich hatte gehofft, daß er mich zu Timóteo führe, den ich seit gestern nicht mehr gesehen habe.«

Enyo warf ihm einen Blick traurigen Entsetzens zu und lief dann zur Treppe. Sie rief Prabaratma weiter oben etwas zu. Er entgegnete in einem Singsang, und Enyo kam zurück. »Prabaratma sagt, Euer Knabe sei bei den Priestern und befinde sich in ihrer Obhut. Was das bedeutet, weiß nur sein verschrobener Verstand.«

Thomas seufzte vor Erleichterung. »Ah. Zweifellos setzt er alles daran, sie zu bekehren. Meine Gesellschaft hat ihn offenbar gelangweilt, und so beschloß er, sich seiner heiligen Aufgabe zu widmen. Das befreit mich von einem großen Alpdruck. Übrigens, falls Ihr das noch nicht wißt, Eure … Schwester, nicht wahr? Sie ist zurück.«

Enyo blickte ihn glücklich und dankbar an. »Wirklich? Ist sie wohlauf?«

»Ja, allem Anschein nach.«

»Wo ist sie?«

»Ich habe keine Ahnung. Sie ließ uns in einem Lagerraum zurück, als sie die Warnglocken hörte.«

»Uns?«

»Ehm, sie hat einige Mogule mit hierhergebracht.«

»Ai! Welch unpassender Augenblick, weitere Fremde mitzubringen! Was mag Porphredo sich nur dabei gedacht haben? Was, wenn die Despoina sie sieht?«

»Das hat sie schon. Königin Stheno ist im Palast und lauert offenbar zwischen den Wänden.«

»Ja, ja, dieser Palast ist mit Geheimgängen durchsetzt. Sie könnte überall sein. Ihr seid ein Quell neuer Kunde, Despotas. Nun muß ich aber meine Schwester suchen. Ich habe ihr vieles zu berichten.«

»Bevor Ihr geht, Lady, sagt mir bitte noch, was haben dieser Raum und dieses Bildnis hier zu bedeuten?«

»Nein«, sagte Enyo. »Vergebt mir, Despotas, doch diese Stätte ist … manchen von uns heilig, Prabaratma hätte Euch gar nicht erst herbringen dürfen.«

»Ich verstehe. So vergebt mir denn, daß ich hier eingedrungen bin, Lady. Könnt Ihr mir wenigstens sagen, was Prabaratma mit mir vorhatte?«

»Ich bin mir nicht sicher«, sagte Enyo, »doch diesen

Blumenkranz legt das Volk von Bhagavati Leuten um, die es auf besondere Weise ehren will. Oder opfern.«

»Ah. Ich danke Euch.« Sein Magen rebellierte, als Thomas ihr zur Treppe folgte und mit ihr zusammen die verborgene Räumlichkeit verließ.

Enyo fand Porphredo in dem Hof vor, auf dem gewöhnlich die Pferde bewegt wurden. Sie saß an eine Säule gelehnt und aß Reis aus einer Schale. »Ah! Despotas Tamaschinri hatte recht. Du *bist* zurück!« Sie eilte zu ihrer Schwester und schloß sie in die Arme, wobei sie fast die Reisschale in Porphredos Schoß umgekippt hätte.

»Sachte, Schwester. Diese Speise ist mir zu kostbar, um sie auch nur durch Herzlichkeit zu vergeuden.«

»Ach, aber ich bin einfach so froh, dich zu sehen! Du hast ja keine Ahnung, wie wirr es hier zugegangen ist!«

»So allmählich begreife ich es, glaube mir.«

»Ich habe mir solche Sorgen gemacht.«

»Enyo, du weißt, daß Stheno mir nichts hätte antun können. Wenigstens das gewährleistet unser Fluch. Wir gleichen diesen kleinen Fischen, die sicher zwischen den Anemonen in den Gezeitenteichen dahinschwimmen.«

»Doch was, wenn die Mogule dich mit ihren Elefanten in Fetzen gerissen hätten? Bist du so unsterblich, daß du das hättest überleben können?«

»Aber ja, teure Schwester, jeder Fetzen von mir wäre wieder zu dir zurückgekrochen gekommen, so daß du mich hättest zusammenflicken können. Dann hätte ich Stheno einen ergötzlichen Anblick geboten, nai?«

»Eine grausliche Vorstellung.« Enyo seufzte und setzte sich neben Porphredo an der Säule nieder. »Ai, was sollen wir nur tun, Schwester, was sollen wir nur tun?«
»Was wir stets in solchen Zeiten getan haben. Es aussitzen. Dafür sorgen, daß so wenig Menschen wie möglich Schaden erleiden. Wie viele hat Stheno schon ...?«
»Zu viele. Oh, na schön, ich weiß es nicht. Von zwei Bürgern ist es mir bekannt. Und von einem Kind. Einem Kind! Noch nicht einmal zwei Jahre alt.«
»Unsere Despoina macht keinen Unterschied im Alter.«
»Sie wird sie nie wieder zum Leben erwecken.«
»Vielleicht, vielleicht nicht.«
»Deshalb hat Despoina Euryale uns verlassen, weißt du noch? Sie fühlte sich so schuldig für Despoina Sthenos Verbrechen, daß sie ständig ihr eigenes Blut hingab, um möglichst jeden wieder zum Leben zu erwecken.«
»Und die empfindsame, berechnende Deino konnte es nicht länger ertragen und schaffte sie hier heraus.«
»Ah, Deino. Manchmal vergesse ich, daß wir noch eine Schwester haben. Ich vermisse sie.«
»Du vermißt sie? Wir lagen ständig im Streit mit ihr. Sie ist fast so verschlagen und böse wie Stheno.«
»Ja. Doch stets aus den richtigen Gründen. Ich frage mich, wo sie sich jetzt aufhält.«
»Ihr letztes Schreiben besagte, daß sie mit Euryale zu einem Land namens Neue Welt unterwegs sei. Das war ...« Porphredo krauste die Stirn, und ihre dunklen Augen trübten sich vor Kummer, »... vor langer Zeit.«
»Ich wüßte zu gern, ob sie es gefunden hat. Hast du jemals davon geträumt, einfach davonzulaufen, Porphredo?

Despoina Stheno sich selbst zu überlassen und ein eigenes Leben zu führen … da draußen?«

»Wer hätte das nicht? Doch ich glaube, unser Fluch hat uns nicht grundlos an die Gorgone gebunden. Wer weiß, wie ungeheuerlich Stheno ohne uns geworden wäre? Wir sorgen dafür, daß sie menschlich bleibt.«

»Also, wie wollen wir nun mit ihr verfahren?«

»Indem wir abwarten. Sie davor bewahren, das Schlimmste zu tun. Und hoffen, daß wir das Beste aus ihr herausholen können.«

20

TANNE

Es gibt viele immergrüne Bäume dieses Namens, die alle flache Nadeln und Zapfen besitzen, die aufrecht auf ihren Zweigen stehen. Ein Extrakt der Nadeln lindert Brustschmerzen wie auch Skorbut. Ein Umschlag aus der inneren Borke hilft bei Hautausschlägen. Manche behaupten, man könne Gicht beikommen, indem man bei Sonnenuntergang vor einer Tanne einen Vers spreche oder indem man eine Schnur um einen Tannenzweig knote. Sie ist ein Baum des Jupiter und bedeutete den Alten sehr viel. Man glaubt auch, daß sie der Artemis heilig war, der Göttin der Jagd. Manche Heiden verehrten den Baum um seiner selbst willen und boten ihm Opfergaben dar. Manche Christen bedienen sich der Tannenzweige zur strafenden Geißelung. Den Iren ist die Tanne ein Baum der Geburt und des Beginns, und sie meinen, daß in ihr ein weiblicher Geist wohne. Schlägt der Blitz in sie ein, so verheißt das jedoch den Tod …

»Es gleicht dem sagenhaften Labyrinth des Minotaurus«, sagte Thomas zu Lockheart, als sie an einer Gabelung der Gänge innehielten. Nun, da der Abend hereingebrochen war, wehte eine kühle Brise durch die Palastkorridore, trug den Duft der Lotosblüten heran und lud zu einem angenehmen Schlendern durch die Korridore ein.

Enyo hatte dem Mirsa und seinen Männern schließlich bessere Unterkünfte zugewiesen, und Thomas hatte sein unbenutztes Zimmer Lockheart angeboten. Jedenfalls so lange, wie Timóteo sich bei den Hindupriestern aufhielt. Nachdem er den Nachmittag über geruht hatte, schien die seltsame Stimmung den Schotten verlassen zu haben, und Thomas war wieder froh darüber, sich an der Gesellschaft des Beinahelandsmanns erfreuen zu können. Thomas achtete darauf, sich den vom Hof abgehenden Flügeln nicht zu weit zu nähern, in denen sich Enyos Worten nach die Mädchen aus Bhagavati aufhielten. Es beunruhigte ihn nicht sonderlich, daß Stheno überraschend auftauchen könnte – nicht, wenn ihr noch etwas an ihrer kostbaren Hochzeit lag.

»Aye, dahinter steckt doch eine ganz andere Legende. Ich bin sehr gespannt, mein Junge, welchen Beweis Ihr dafür zu haben meint, daß diese Königin Stheno eine Base der berühmten Medusa ist.«

»Eine Schwester eigentlich, so behauptet sie jedenfalls. Doch ich habe sie gesehen, Andrew.«

»Wie, und Ihr habt keine nachteilige Wirkung erlitten? Wie ist das möglich?«

»Auf ähnliche Weise wie bei dem Helden Perseus. Durch einen Spiegel. Timóteo brachte ihn mir. Eines Nachts, als sie mich ... besuchen kam, hatte ich den Spiegel so aufgestellt, daß ich im Mondschein ihr Antlitz und ihr Schlangenhaar erspähen konnte.«

Lockhearts Miene wechselte von Staunen zu frivoler Belustigung. »Sie besucht Euch also nachts, eh?«

Thomas spürte, wie ihm die Hitze in die Wangen stieg. »Es ist nicht ganz so, wie Eure Phantasie sich das ausmalt. Sie enthüllt sich vor mir ... sie ... während ich schlafe ... sagen wir, ich war weder ein willfähriger noch ein wacher Liebender.«

»Das wird ja immer interessanter. Kein Wunder, daß die Vermählung bevorsteht.«

»Glaubt Ihr wirklich, ich könnte jemals so eine ... Kreatur lieben? Nay, Andrew. Ich möchte nicht mehr darüber reden.«

Thomas ging die nächsten paar Yards in beklommenem Schweigen dahin, dann sagte er: »Um der Wahrheit die Ehre zu geben, fühle ich mich eher zu ihrer Tochter hingezogen.«

»Zu wem? Ach ja, Euer Tanzmädchen Aditi. Dann hat sie sich also wieder erholt?«

»In der Tat, obgleich es einige Tage dauerte. Vielleicht bekommt Ihr sie noch einmal zu Gesicht, solange Ihr hier weilt. Mir ist das jetzt verboten.«

»Ich nehme an, es war kein so grauenerregender Anblick wie der, als De Cartago wiedererweckt wurde.«
»Nein, es war eher so, als erwachte sie aus einem tiefen Schlaf.«
»Das ist wahrhaftig ein mächtiges Pulver. Ich wünschte, ich hätte es sehen können.«
»Ich benutzte kein Pulver, sondern Sthenos frisches Blut selbst.«
Lockheart blieb stehen und starrte ihn an. »Heh?«
»Fürwahr. Ihr hattet recht, Andrew. Das *Rasa Mahadevi* ist tatsächlich Blut, wenn auch von einem Dämon, der sich nur als Göttin ausgibt. Die Quelle des wundertätigen Pulvers ist Stheno selbst.«
»Wunder über Wunder«, murmelte der Schotte. »Also war es diese Königin Stheno persönlich, die in jener Nacht kam, um ihre Tochter zu retten.«
»Höchstselbst, ja.«
Lockheart kratzte sich am Bart. »Aye, das erklärt Mumit. Und den unglückseligen Joaquim.«
»Joaquim? Was ist mit ihm?«
»Wißt Ihr das nicht? Joaquim ist tot, mein Junge. Er starb in derselben Nacht, von giftigen Vipern ins Gesicht gebissen. Ließ uns alle ratlos, wie er sich so seltsame Wunden zugezogen haben mochte.«
Thomas schloß die Augen und ballte die Fäuste. »Sie lud ihn ein, sich auf einen Kuß zu ihr in den Schatten der Bäume zu gesellen.« *Armer Joaquim. Er hat ein besseres Ende verdient.* »Dieses … Monster! Oh, sie wird sich für vieles verantworten müssen, Andrew. Es gibt hier eine Gruft, die ich gesehen habe, in der sie jene Opfer

aufbewahrt, die zu Stein verwandelt wurden. Dort warten sie auf eine Wiedererweckung, die nie erfolgen wird, denn sie hat die Macht, das zu tun, Andrew, doch sie weigert sich.«

»Aye, nun glaube ich Euch, mein Junge, von ganzem Herzen, denn auch ich habe diesen Beweis gesehen, obgleich ich es nicht wußte.«

»Mehr noch, es gibt eine Grube im Erdreich, wo sie eine häßliche Statue aufbewahrt, die jemanden wie sie selbst abbildet. Einer ihrer Priester führte mich dorthin und versuchte, einen Opferritus an mir zu vollziehen.«

Lockheart riß die Augen auf. »Das kann nicht sein. Eure Zeit ist noch nicht gekommen.«

»Scherzt Ihr, Andrew? Ich war mir nicht einmal bewußt, was überhaupt geschah, bis Enyo kam und der Sache ein Ende machte. Ach, ich wünschte, ich wäre ein Krieger von Perseus' Schrot und Korn, dann würde ich Stheno im Nu und frohen Mutes den Kopf abschlagen.«

»Halt, beruhigt Euch, mein Junge. Seid aus weicherem Metall, denn Gold ist kostbarer als Stahl. Bedenkt, welche Wunder unser hier harren.«

»Das ist leicht gesagt, wenn man am anderen Morgen nicht ihr Bräutigam zu sein braucht. Ah, hier ... hier ist noch eine ihrer seltsamen Schrullen.« Sie hatten eines der Eisentore erreicht, die in den heiligen Garten führten, in dem Thomas sich die Nacht zuvor mit Aditi getroffen hatte. »Wenn Enyo die Wahrheit sagt, ist das die Nachbildung eines heiligen Gartens auf dem Kontinent. Zumindest hält man ihn für heilig, doch Königin Stheno besucht ihn nie.« Thomas stieß gegen das Tor und

fand es offen vor. »Kommt, Andrew, werft einen Blick hinein.«
Lockheart folgte ihm und fragte: »Ist uns der Zutritt nicht verboten, wenn es sich wahrhaftig um heiligen Boden handelt?«
Thomas rannte fast den gepflegten Weg entlang durch die Eichen und Zypressen. »Das ist mir gleich, und Stheno wäre es das sicher auch. Nur zu, Andrew. Seht Euch um. Der Teich dort soll ein größeres Gewässer darstellen, und die Hügel dort stehen stellvertretend für Berge, diese Säulen da drüben für einen Tempel.« Er vernahm ein Stöhnen hinter sich und wirbelte herum.
Lockheart war auf die Knie gesunken, mit großen Augen und blasser Miene, als hätte ihn der Hieb einer sterblichen Faust zu Boden gestreckt. Er murmelte etwas auf griechisch, doch zu leise, als daß Thomas es hätte verstehen können.
»Andrew, was ist mit Euch?«
»So ist das also«, seufzte der Schotte, »hier zu sein.« Er strich mit den Fingern über den Kies auf dem Weg, als liebkose er ihn.
»Was ist so? Was hat das alles zu bedeuten?«
»Ich kenne diesen Ort, Tom. Das hier ist ein Schrein in Italien.«
»Der, der Eurer … unserer Göttin geweiht ist?«
»Selbiger. Oh, daß sich sein Ebenbild hier fände, beherrscht vom Ebenbild der Artemis, einer Königin über Leben und Tod. Und über die Wiedergeburt.«
Thomas stellte fest, daß die Wiederkehr von Lockhearts seltsamem Verhalten irgendwie seine eigenen inneren

Stürme der Angst und Wut beschwichtigte. »Ihr habt erwartet … das hier vorzufinden?«
»Nicht das hier, nein. Lediglich ein Zeichen. Doch ein größeres Zeichen als dieses gibt es nicht.« Lockheart erhob sich und rieb sich an der Hose den Schmutz von den Händen. »Ich danke Euch, und zugleich danke ich Euch nicht dafür, mir das hier gezeigt zu haben.«
»Andrew, was setzt Euch derart zu?«
»Meine eigene törichte Schwärmerei und die Wechselfälle des Schicksals, mein Junge … die setzen mir zu. Wenn Ihr zufrieden sein wollt, so laßt in Eurem Herzen keinen Wunsch entstehen. Ich werde Euch bald alles erzählen. Doch nun kommt, ein Bräutigam bedarf vor der Hochzeitsnacht der Ruhe. Begeben wir uns eilends zurück in unsere Unterkünfte. Ich will nicht länger auf diesen grünen und angenehmen Ort schauen als notwendig.«
»Wie Ihr wollt.« Als Thomas an ihm vorbeiging, ergriff Lockheart ihn an der Schulter. Furcht und verzweifelte Hoffnung lagen in seinem Blick. »Ich bestrafte Euch einst dafür, daß Ihr den Padre wiedererwecktet. Nun möchte ich mich von ganzem Herzen entschuldigen.«
»Nein, Ihr habt mich nicht bestraft, Andrew.«
»Habe ich nicht? Ich dachte, ich hätte es. Ihr sagtet, daß Ihr niemandem den Tod wünscht.«
»Das sage ich noch.«
»Aber der Gorgone schon.«
»Sie gehört nicht dem Menschengeschlecht an.«
»Nun denn. Früher hielt ich solche Philosophiererei für töricht. Das finde ich nun nicht mehr. Ich bete darum, daß

Ihr es nicht vergeßt – und doch …« Er runzelte die Stirn und drückte Thomas' Schulter, als wollte er seinem Fleisch etwas Heiterkeit abringen.
Thomas zuckte zusammen. »Au! Andrew, bedenkt, daß ich gerade erst gesundet bin.«
Lockheart nahm seine Hand weg. »Ich bitte um Vergebung. Laßt uns gehen.«

Porphredo wartete in der Dunkelheit. Sie hätte lieber geschlafen, doch der Schlaf würde warten müssen. Gemeinsam mit Enyo und Aditi war es ihr gelungen, den Mädchen aus Bhagavati ihr Nachtlager zu bereiten. Zweihundert Mädchen, auch wenn sie verängstigt und unterwürfig waren, hatten den drei Frauen und einigen blinden Mönchen viel abverlangt. Besonders, wenn Belange der Familie und Kaste vorschrieben, wer nicht neben wem schlafen durfte. *Ah, die Herausforderungen, die du uns stellst, Despoina.*
Porphredo vernahm ein Geräusch, das Kratzen von Holz auf Stein und ein leises Rascheln wie Wind durch dürres Geäst. Sie lächelte.
Auf dem durchscheinenden Wandschirm vor sich sah sie eine Binsenkerze aufglimmen, zweifellos an einer der Kohlepfannen mit Räucherwerk entfacht. Das Glühen wurde heller, als eine Öllampe entzündet wurde. Als sie hörte, wie die Binsenkerze ausgeblasen wurde, zog Porphredo den Schirm beiseite. »Guten Abend, Despoina.«
Mit einem Aufschrei sprang Stheno zurück, ihre Brüste wogten, und die Schlangen peitschten hektisch um ihren

Kopf herum, unfähig, ein Ziel zu finden, auf das sie sich einigen konnten. Sthenos Augen glommen einen Moment rot auf, dann verblaßten sie wieder. »Porphredo!«

»Ah, Ihr erinnert Euch noch an mich. Ich hatte schon befürchtet, daß Ihr mich vergessen habt. Ich weiß, welche Streiche das Alter dem Gedächtnis spielen kann.«

»Was willst du?«

»Wie, kein ›Willkommen daheim, Porphredo‹? Kein ›Wie war dein Aufenthalt bei den Mogulen, Porphredo‹? Kein ›Es ist schön, dich wiederzusehen, Porphredo‹? Meiner Treu, wie schnell sich doch in wenigen Tagen jemandes Zuneigung in Luft auflösen kann.«

Stheno strich ein paar Schlangen zur Seite, die sich vor ihre Augen gehängt hatten, so wie man es mit einer störenden Haarsträhne tut. »Weshalb sollte eine Königin eine ihrer Bediensteten so etwas fragen? Ich habe dir eine Aufgabe zugeteilt. Ich nehme an, du hast sie erfüllt. Nun bist du zurück. Wenn du mehr erwartet hast, solltest du deinen Stolz hinunterschlucken und dich daran erinnern, welcher Platz dir gebührt.«

»Ah. Ich erwartete, bei meiner Rückkehr eine Königin vorzufinden. Statt dessen stelle ich fest, daß Bhagavati von einem Monster heimgesucht wird. Wenn Ihr mir die Richtung zu meiner verschollenen Königin weist, so will ich ihr gern frohen Herzens und ausführlich über die Mogule Bericht erstatten.«

Auf Sthenos Gesicht drückten sich widerstreitende Gefühle aus, doch Porphredo hätte nicht zu sagen gewußt, was den Sieg davontrug – Wut oder Betroffenheit. »Man sagt dir Weisheit nach, Porphredo. Du solltest es eigentlich besser wissen, als über eine Situation zu spotten, die du nicht beurteilen kannst.«

»Nun ja, nicht zuletzt deshalb bin ich hier. Was ich sah und hörte, hat mir einen hochinteressanten Eindruck verschafft. Ihr habt meinen Vorschlag mißverstanden und beschlossen, lediglich unverheiratete Mädchen im Palast wohnen zu lassen. Ihr habt Euer Volk mißverstanden und seid zornig geworden, als es seine Familien zusammenzuhalten versuchte. Ihr habt mißverstanden, aus welchem Grund sie sich gegen Eure Bekanntmachung stellten. Und zweifellos werdet Ihr mich auch darin mißverstehen, weshalb es ein Fehler gewesen sein könnte, sie ein wenig an Eure erhabene Göttlichkeit zu erinnern.«

Stheno richtete sich auf und gewann etwas von ihrer Fassung zurück. »Ich glaube nicht, daß ich hier diejenige bin, welche die Dinge mißversteht. Deine Aufgabe war es, dafür zu sorgen, daß die Mogule uns nicht finden. Und doch bringst du einige von ihnen geradewegs nach Bhagavati. Was soll ich von diesem vorsätzlichen Verrat halten?«

»Ah, Ihr habt meine Geschenke an Euch also schon gesehen, Despoina? Ich brachte den Mirsa mit, weil ich weiß, wie sehr Ihr es liebt, Euch an den Intrigen fremder Länder zu ergötzen. Er brachte seine Männer mit, weil er Euch in einer Sache, die vielleicht Euer Interesse finden wird, um Gerechtigkeit bitten will. Außerdem brachte ich einen Mann aus einem Land im Norden mit, von dem wir noch niemals hörten. Und ein Sufi ist dabei. Ich weiß doch, wieviel Vergnügen Euch Sufis bereiten.«

»Sie bereiteten mir einmal Vergnügen, doch wurde ich

ihrer schon vor langer Zeit überdrüssig. Und was meinst du, was ich mit dem Mirsa anfangen soll? Wenn ich ihn hierbehalte oder töte, wird man Fragen stellen, und vielleicht schickt sein Herrscher weitere hinter ihm her. Wie kannst du es wagen, alles, was wir auf diese Weise aufgebaut haben, in Gefahr zu bringen?«

»Ich hatte gehofft«, sagte Porphredo sanft, »daß Ihr mit einer etwas einfallsreicheren Lösung als Tod oder Gefangennahme aufwarten würdet. Ich hatte gehofft, daß Ihr die Gelegenheit vielleicht nutzt, an der großen weiten Welt draußen teilzuhaben, daß Ihr Euch eher als Führernatur erweist denn als Spinne, die im Zentrum ihres Netzes sitzt und abwartet, bis irgendwer zu ihr kommt. Denkt darüber nach, Despoina. Ist es besser, eine Göttin zu sein, gefürchtet und verehrt von wenigen, oder eine Königin, die von Tausenden bewundert wird und Königen und Kaisern in der ganzen zivilisierten Welt ein Begriff ist? Ist es Euch lieber, wenn Eure Art als sagenumwobenes Ungeheuer gilt? Oder wollt Ihr nicht lieber aufgrund Eurer wahren Fähigkeiten in die Geschichte eingehen? Wollt Ihr …«

»Schon gut! Du hast deinen Standpunkt klargemacht.« Stheno verschränkte die Arme und begann, in dem kleinen Raum auf und ab zu gehen. »Doch ich sage dir, auch wenn du die Gründe vielleicht nicht verstehst, daß mein Wandeln und die Vermählung notwendig sind.« Ein wildes Funkeln trat in Sthenos Augen, das Porphredo als Zweifel erkannte. »Du sprichst von Geschichte und Ungeheuern, doch das sind kalte Dinge, Porphredo. Athena hat dein Fleisch und deine Knochen welk werden lassen, doch mein Herz und mein Fleisch sind hervorragend erhalten. Ihr könnt unmöglich verstehen, wonach es mich gelüstet.«

»Ach ja«, sagte Porphredo nüchtern. »Liebe. *Eros.*«

»Hah. Du betrachtest das lediglich als Vereinigung des Fleisches, doch ich strebe nach einer Vereinigung im Geist.«

»Darf ich in aller Bescheidenheit anführen, Despoina, daß Ihr auf höchst eigenwillige Weise danach strebt?«

»Und was schlägst du alte Krähe statt dessen vor?«

»Wie die alten Dichter sagten, wenn man der Liebe nachstellt, flieht sie wie ein Reh. Wartet geduldig, und sie kommt zu Euch – doch oftmals von unerwarteter Seite, gänzlich unvermutet.«

»Ich habe jahrhundertelang gewartet, Porphredo. Ich werde nicht länger warten.« Ihr Tonfall war leise und pathetisch, doch Porphredo hörte echten Schmerz heraus. Als Stheno lange Zeit die Lampenflamme angestarrt hatte, wandte sie sich brüsk um und sagte: »Hast du nichts Wichtigeres zu tun, als an mir herumzukritisieren?«

»Nein, Despoina. Das ist meine wichtigste Aufgabe.« Porphredo wußte jedoch, daß Sthenos Geduld erschöpft war, und wandte sich zum Gehen.

Am Perlenvorhang hielt sie noch einmal inne und sagte: »Wie auch immer, Despoina, strebt nicht danach, eine Göttin zu sein, sondern eine Königin. Ihr habt die Fähigkeit, als solche Großes zu leisten. Seid eine Königin.«

Padre Antonio Gonsção stemmte sich gegen die schwere Holzfüllung und schob die Tür allmählich auf.

»Was seht Ihr?« fragte Gandharva hinter ihm.
»Jede Menge Kerzenlicht«, sagte Gonsção und blinzelte in die Helligkeit. »Es ist eine große Kammer ... ah. Dort steht ein gewaltiger Götze an der Wand zu unserer Linken. Kerzen und Votivschalen umgeben ihn.«
»Oho. Hier sind wir also herausgekommen«, sagte Gandharva. »Das ist der Haupttempel der Mahadevi, unweit der Stadtmitte von Bhagavati. Wir befinden uns in der Nähe des Palasts. Seht Ihr jemanden?«
»Nein«, sagte Gonsção. »Hier ist weit und breit niemand.« Er bemühte sich, den gräßlichen, widerlichen heidnischen Götzen nicht anzustarren, der mit seinen zahlreichen Armen und den merkwürdigen, riesigen Brüsten die Wand ausfüllte.
Wie kann jemand an Gottes Werk denken, wenn er dabei so ein ... Ding anglotzt?
Gandharva drängte sich an ihm vorbei in den Raum und ließ einen lauten Ruf erschallen.
»Schscht! Weshalb macht Ihr unser Eintreffen bekannt?« zischte Gonsção ihm zu.
»Fürchtet Euch nicht, Priester des Orlem Gor. Die meisten Brahmine in Bhagavati kennen mich – ich habe bei vielen ihrer Tempelzeremonien gespielt. Sie werden uns gern helfen, wenn ich sie darum bitte.«
Doch die einzige Antwort im Tempel war Schweigen.
»Seltsam«, meinte Gandharva. »Sehr seltsam. Hier ist eigentlich immer jemand, selbst wenn es sich nur um ein, zwei Meßdiener handelt.«
»Padre!« rief Estevão aus dem Inneren des Tunnels. »Dürfen wir jetzt herauskommen?«

Auf Gandharvas Nicken hin sagte Gonsção: »Ja, tretet ein. Wir scheinen hier sicher zu sein.«

Carlos und Estevão schlurften herein, die tote Pramlocha zwischen sich. Behutsam legten sie sie auf dem Boden ab.

»Welchen Aspekt zeigt die Göttin?« wandte Gandharva sich an Gonsção. »Ist sie furchterregend oder huldvoll?«

»Wie bitte?«

»Die Statue«, drängte Gandharva. »Lächelt sie oder schaut sie finster drein?«

Gonsção warf einen Blick auf den Götzen und sagte: »Sie schaut so finster drein wie die furchterregendste Bestie, die mir jemals unterkam.«

»Hm. Das verheißt nichts Gutes. Ihr sagtet, man habe ihr Opfergaben gebracht. Was für welche?«

»Weshalb wollt Ihr das nur alles wissen? Sollten wir nicht einfach weitergehen?«

Mit übertriebener Geduld erwiderte Gandharva: »Weil wir dadurch wenigstens in Ansätzen erfahren können, was uns bevorsteht. Wenn Ihr also die Güte hättet.«

Gonsção trat zwei Schritte näher an den Götzen heran. »Ich kenne diese Dinge nicht. Es sind … große rote Blüten. Und eine goldene Flüssigkeit, bei der es sich um Öl handeln könnte. Und Reis.«

»Und es gibt reichlich davon, sagt Ihr?«

»Ja – auf dieser Seite des Raums stehen etliche gefüllte Schalen.«

»So etwas wird bei Vermählungen gereicht. In der Stadt muß eine große Hochzeit stattfinden. Vielleicht heiratet die Tochter des Schultheißen. Doch es erstaunt mich, daß niemand hier ist, der für das Brautpaar betet.«

»Es könnte schon spät am Abend sein«, sagte Gonsção. »Ich habe mein Zeitgefühl verloren.«
»Das täte nichts zur Sache«, meinte Gandharva.
»Wollt Ihr an diesem Ort Wurzeln schlagen?« fragte Gonsção. »Oder können wir jetzt weiter?«
»Ja, ja sicher, wir gehen. Doch eines muß noch getan werden. Zwischen den Beinen der Mahadevi dürfte sich ein Fläschchen mit *Rasa Mahadevi* befinden. Bitte holt es, damit wir welches für Pramlocha haben, dann machen wir uns sogleich auf den Weg.«
Gonsção erstarrte und blickte den Musiker fassungslos an. »Dieses Teufelswerk nehme ich nicht an mich! Ich bringe meine Seele nicht noch weiter in Gefahr!«
»Dann laßt mich das Pulver holen«, sagte Carlos, »mein Hemd ist vom Blut des Mädchens besudelt, und ich vernahm ihre letzten Seufzer, als sie auf meinem Rücken starb. Laßt mich ihr helfen.« Er wandte sich an Gandharva. »Wo ist es – dieses Pulver? *Ubi ... est ... Rasa Mahadevi?*«
»Im Schoß des Götzen«, sagte der blinde Musiker. »Unsere Mahadevi hat einen seltsamen Sinn für Humor.«
Carlos holte es und fragte in seinem gebrochenen Latein: »Verabreichen ... wir ... es ihr ... hier?«
»Nein. Wir warten noch damit, bis wir im Palast sind, dort können wir sie bequemer wiederbeleben. Einige zusätzliche Minuten werden ihr nichts ausmachen, denke ich. Kommt, gehen wir jetzt weiter.«
Carlos und Estevão hoben die Leiche des toten Mädchens auf und nahmen sie zwischen sich. Gandharva wies in die Richtung, in der er den Ausgang aus dem Tempel vermutete, und Gonsção taumelte verwirrt hinter ihnen her.

Nach einer raschen Abfolge von Torbögen traten sie auf dem oberen Absatz der Tempelstufen in die Nacht hinaus. Gonsção sah unter ihnen eine riesige, in fahles Mondlicht getauchte Plaza. Auf drei Seiten des Platzes standen pyramidenförmige Gebäude, die von eingeschnitzten Tier- und Menschengestalten, die mitten in der Bewegung erstarrt zu sein schienen, nur so strotzten und den Anschein erweckten, als seien sie lebendig. In der Mitte der Plaza erhob sich auf einem Podest die Statue eines Elefanten. Auf der gegenüberliegenden Seite stand und kniete eine Menschenmenge auf einer Anzahl breiter Stufen, die zu zwei funkelnden Toren in einer hohen Steinmauer hinaufführten. Hinter der Mauer befand sich ein Berg oder, das wußte Gonsção nicht so recht zu sagen, ein unförmiges, wie ein Berg gebautes Gebäude. Die Menschen auf den Stufen trugen Lampen und Kerzen und wehklagten und jammerten. Es war ein Anblick wie aus einem Alptraum. Gonsção hatte den Eindruck, als habe sich einer der sieben Kreise der Hölle aufgetan.

Gandharva schnalzte mit der Zunge. »Dieser Lärm gefällt mir überhaupt nicht. Gehen wir und finden wir heraus, was geschehen ist.«

Gonsção hatte kein Verlangen, an einen so fremdartigen Ort hinabzusteigen. Selbst Bijapur schien, verglichen damit, nun wenigstens einigermaßen vertraute, menschliche Ausmaße und Bauformen zu bieten. Diese verborgene Stadt konnte nur zur Freude von Dämonen und mit ihrer Hilfe errichtet worden sein. Dennoch folgte Gonsção seinen Männern und Gandharva, als sie die Tempelstufen hinabgingen.

Am Steinelefanten trafen sie auf eine einsame Frau, die weinend neben einer kindgroßen Statue stand. Gandharva ließ sich von Gonsção zu ihr führen und sprach eine Weile mit ihr. Ihre Stimme war kratzig und rauh, als wäre sie krank oder hätte stundenlang geschrien. Schließlich war Gonsçãos Geduld erschöpft, und er unterbrach die beiden.
»Was spricht sie, Mann?«
Gandharva legte den Kopf schräg. »Wir sind zu einem schlechten Zeitpunkt eingetroffen, Priester des Orlem Gor. Die Mahadevi ist nicht mehr Sie Selbst, oder vielmehr hat Sie einen anderen Aspekt Ihres Selbst angenommen. Ich habe schon von Zeiten gehört, da Sie sich so verhielt, und es waren schlechte Zeiten. Doch ich muß meine Pflicht erfüllen und Euch zu Ihr bringen, denn Sie verlangte es so. Kommt, beenden wir unsere Reise, dann können wir alle ruhen. Führt mich zur Palasttreppe.«
»Dort wimmelt es nur so von Menschen.«
»Laßt das nur meine Sorge sein.«
Gonsção nahm den Musiker am Ellbogen und führte ihn zu der Masse von Bittstellern.
Gandharva rief etwas in einer fremden Sprache. Die Menschen verstummten und wandten sich mit großen Augen zu ihm um. Er hob die Arme und sprach erneut. Die Menschen hoben ihre Kerzen und Lampen auf und traten schweigend zu Seite, bildeten die Treppenstufen bis zu den Bronzetoren hinauf eine Gasse für sie.
Gonsção wurde an die biblische Teilung des Wassers erinnert, doch die Ähnlichkeit tröstete ihn nicht.
»Hat sich eine Gasse aufgetan?« fragte Gandharva.
»Ja. Die Stufen vor uns sind frei.«

»So laßt uns denn hinaufsteigen.«

Während Gonsção vorausging, die Hand des blinden Musikers auf der Schulter, öffneten sich allmählich die großen Bronzetore auf dem oberen Treppenabsatz. Ein kalter Schauer durchlief ihn, als er sich dem finsteren Portal näherte, doch er bewegte weiter seine Beine und tat einen Schritt nach dem anderen.

21

LOTOS

Diese Wasserlilie ist im ganzen Osten die heiligste Blume. Sie hat große, runde Blätter, die auf dem Wasser treiben, und trägt zahlreiche Blüten von rosa bis weißer Färbung. Ihr Samen ist in breiten, runden Hülsen enthalten. Alle Teile der Pflanze sind eßbar, besonders aber die Wurzel. Kaut man ein Lotosblatt, so lindert das durch Hitze und Frauenbeschwerden hervorgerufene Schwäche. Verrührt man den gemahlenen Samen in einem Trunk, so ergibt das ein heilkräftiges Tonikum. Die Blüte war von jeher ein Symbol für Schönheit, Schöpfung, Fruchtbarkeit, Zeugung und Bewahrung von Leben, Wiedererweckung und Unsterblichkeit. Sie dient als Glücksbringer oder als Heilmittel gegen Liebeskummer. Ihre Blüten gelten auch als Gefäß für die Seele, und in die Blütenblätter werden Speisen eingewickelt, die man den Toten als Opfergabe darreicht …

Thomas saß auf einem vergoldeten, mit einem Baldachin versehenen Podium und schaute auf einen der Höfe von Sthenos Palast hinaus. Vor ihm knieten mit gesenkten Häuptern, die Gesichter von ihm abgewandt, Hunderte von Mädchen in scharlachroten, zinnoberroten, magentaroten und goldenen Saris. Eine kühle, sanfte Brise blähte ihre Gewänder und erweckte den Eindruck, als kräusle sich die Oberfläche eines Ozeans. *Ein Meer von Blut,* dachte Thomas verbittert.

Zu seiner Rechten hatte Enyo Platz genommen und Prabaratma zu seiner Linken. Er nahm an, daß sie den Platz von Vater und Mutter einnahmen, obwohl er sich keine seltsameren Eltern vorstellen konnte als einen verrückten Hindupriester und ein altes Weib aus der Legende. *Dieses Spektakel ist doch der reinste Irrsinn. Gut, ich bleibe sitzen und stehe das Ritual durch. Doch irgendwie, auf irgendeine Weise, werde ich schon dafür sorgen, daß Stheno aus ihrer Hochzeitsnacht kein Segen erwächst.*

Prabaratma begann selig neben ihm zu brabbeln und deutete auf den Hof hinaus. Der Priester trug lediglich ein *dhoti*-Lendentuch und eine Kette mit einer einzigen Schnur voller Saphirperlen, die ihm in den langen weißen Bart baumelten. Sein grauschwarzes Haar hing in einem dicken Zopf seinen Rücken herunter. Wieder und wieder hörte Thomas ihn das Wort *shakti* sagen. Thomas beugte sich zu Enyo hinüber und fragte: »Was sagt er? Was heißt *shakti?*«

Enyo runzelte die Stirn. »Das läßt sich schwer übersetzen. Es ist die weibliche Schöpfungskraft. Es klingt, als hätte er wieder Visionen.«

»Ihr meint die Fähigkeit, Kinder zu gebären? Aber das hier soll doch eine unfruchtbare Vermählung werden - ich dachte, um nichts anderes ginge es dabei, daß man diese Mädchen hierherbringt, statt sie Männer heiraten zu lassen. Und was mich angeht, so habe ich nicht vor, Stheno mit einem Kind zu beglücken.«

»Allem Anschein nach glaubt Prabaratma, daß dieses Ereignis das Zeichen einer größeren Geburt ist. Die einer neuen Göttin. Einer neuen Welt. Obgleich ich mich nicht eingehend mit dem Hinduglauben befaßt habe, weiß ich doch so viel, daß Zyklen der Wiedergeburt eine große Rolle in ihrem Denken spielen.«

»Ah.« Thomas beschloß, daß es am besten war, nicht weiter auf Prabaratmas Wahnsinn einzugehen, um nicht unnötig jemanden zu kränken. Er gewann jedoch allmählich den Eindruck, daß das Heidentum sich keineswegs darin erschöpfte, sich vor Götzen zu verneigen und in mondhellen Nächten mit Bettlaken über dem Kopf zu tanzen.

Die Mauer an der Nordseite des viereckigen Hofs hatte eine Galerie. Auf ihr wimmelte es von braunhäutigen Priestern, die magentarote Jacken und Blumengebinde trugen und ausgelassen tanzten. Manche schienen zu beten. Hin und wieder glaubte Thomas, Timóteo unter ihnen zu sehen, der bleich und reglos dasaß.

Auf der Galerie an der Südmauer gegenüber den Priestern befanden sich der Mirsa und die anderen Mogule, Lockheart sowie die Musiker. Er erkannte einen von ihnen.

»Gandharva? Ist das denn die Möglichkeit?«

»Gandharva!« sagte Enyo. »Ist er hier?«

»Ist er das nicht, dort bei den anderen Spielern?«

»Ah! Ja, er ist es! Oh, ich bin ja so froh, daß er rechtzeitig zu diesem Anlaß zurückgekehrt ist. Es hätte ihn so sehr enttäuscht, das hier zu versäumen.«

»Dieser Mann ist einfach überall. Doch wie kommt er hierher? Zuletzt habe ich ihn im Mogullager gesehen. Vielleicht ist er mit den Männern des Mirsas eingetroffen, doch er war nicht bei ihnen, als sie durch die Mauer brachen.«

Enyo lächelte. »Unser Gandharva hat unvermutete Fähigkeiten. Möglich, daß er auf eigene Faust zurückkehrte.«

»Fähigkeiten hat er zweifellos. Einige der Instrumente, die die Musiker um ihn herum halten, sind mir noch nie im Leben begegnet.«

»Ah. Nun, das sind vorwiegend Trommler und Flötisten der Madiga-Kaste – sie spielen gewöhnlich auf Hochzeiten. Außerdem ist ein Schlagzeuger aus Pegu dabei, der mit seinen Stöcken auf verschiedenen Glocken spielt. Und Lyren und Sistren aus unserem Heimatland. Es freut mich zu sehen, daß die Despoina das nicht vergessen hat.«

Thomas glaubte den Schleier süßer Erinnerungen in Enyos Blick zu sehen, und so schwieg er. Unter ihnen entdeckte er die hochgewachsene, würdevolle Porphredo, die sich zwischen den Mädchen umherbewegte und hin und wieder hinabbeugte, um mit einem von ihnen zu reden. Auf der anderen Seite des Hofs tat Aditi, hinreißend elegant in einen smaragdgrünen Sari gekleidet, das gleiche. Thomas seufzte bei ihrem Anblick und wünschte fast, daß sie es wäre, mit der er sich bei dieser Zeremonie verbinden sollte. *Sie hatte gute Gründe, sich von mir abzuwenden, doch mein Herz bleibt töricht und hört nicht auf die Weisheit ihrer Worte.*

Auf einmal setzte das Trillern von Pfeifen und das Dröhnen von Trommeln ein, und Thomas erschrak. Auf ein Zeichen hin, das ihm verborgen geblieben war, stimmten die Musiker eine lebhafte, wenn auch nicht sonderlich eingängige Melodie an. Priester, die am Nordeingang zum Hof gestanden hatten, wandten sich um und begannen unter lauten Gesängen, oft im Mißklang zur Musik, die Mauern abzuschreiten. Thomas fragte sich, ob es vielleicht an Sthenos übereilten Vorkehrungen lag, daß ein so nervenzerfetzendes Getöse erklang, oder ob das bei Hinduriten üblich war.

Als die Brahmine die Mauern abgeschritten waren und wieder an ihren Ausgangspunkt zurückkehrten, erschollen die großen langen Hörner, die Thomas bereits in Sthenos Thronsaal gehört hatte. Erneut schichteten sie nacheinander Ton auf Ton, bis Thomas glaubte, daß sie noch die Steine der Hofwände zum Einsturz bringen würden. *Wahrhaftig, solche Hörner müssen es gewesen sein, mit denen Joshua Jerichos Niedergang herbeiführte.*

Eine neue Gruppe von Priestern, in Weiß gekleidet, trat

von Osten her ein. Einige von ihnen trugen einen Palankin, auf dem auf einem Tigerfell ein vierarmiger Holzgötze saß. Das Gesicht des Götzen hatte auf der Stirn ein zusätzliches Auge und darüber einen Halbmond. Sein Rumpf war grau von verschmierter Asche, und man hatte ihm Schlangenhäute um den Hals gebunden, der blau angemalt war. Der Götze trug nichts weiter als ein Gebinde aus scharlachroten Blüten. Ein enormer schwarzer Phallus ragte zwischen seinen Lenden hervor.

»Das sind die Priester der Jangam-Kaste«, erklärte Enyo, »und sie tragen ein Ebenbild Shivas, bei dem es sich um den männlichen Aspekt handelt, den die Despoina für diese Zeremonie … annehmen wird.«

»Und was für eine Art Gott ist Shiva?«

»Er bringt Glück, Wohlstand und Wachstum. Er ist ein Lehrer der Künste und des Heilens. Außerdem ist er der Herr des Opfers, der Zerstörung und der Wiedererweckung. Alles nur zu angemessen für unsere Despoina, fürchte ich.«

»Ich verstehe.« Thomas hätte lachen mögen, wäre er nicht persönlich sosehr in die Feierlichkeiten verwickelt gewesen. Die Priester trugen ihren Götzen durch den großen Torbogen in der Westmauer hinaus und verschwanden. Thomas schaute kurz zum Himmel hinauf und stellte fest, daß die Wolken jetzt sichtlich höher dahintrieben als zuvor. Er beobachtete sie eine Weile und bemerkte, daß sie zügig näher kamen und dabei dunkler wurden und sich zusammenballten. Ein Windstoß riß an seinem Turban, und Thomas nahm in der Luft den Geruch von Regen wahr.

»Dieser Teil ist das *lagnam*«, sagte Enyo, als Thomas seine Aufmerksamkeit wieder auf den Hof richtete. Die Jangam-Priester waren ohne ihren Götzen zurückgekehrt und hatten begonnen, sich unter die knienden Mädchen zu mischen und jedem eine schwarze Perlenschnur um den Hals zu hängen und einem jeden Mädchen einen goldenen Ring an den zweiten Zeh des rechten Fußes zu stecken. »Die Hindu kennen mehrere Formen der Eheschließung«, fuhr Enyo fort. »Zum Beispiel das Brahma, bei dem es sich um eine Vermählung solcher aus derselben Kaste handelt. Oder das Daiva, bei dem man einem Priester als Lohn für seine Dienste eine Tochter zur Frau gibt. Dann gibt es noch das Prajapatya, bei dem ein Mädchen vermählt wird, obgleich es keine Mitgift mitbringt ...«

»Und wie würden sie diese Art von Eheschließung nennen?« fragte Thomas.

»Ich bin mir nicht sicher«, überlegte Enyo, »doch vielleicht kommt sie einem Rakshasa am nächsten. Heirat durch Gefangennahme.«

Während die Jangam-Priester ihre mühselige Arbeit fortsetzten, tauchten auch die Brahmin-Priester wieder auf und trugen kleine bronzene Kohlepfannen. Sie stellten sie in einer Reihe vor der Empore auf, auf der Thomas saß. Die Priester sprengten etwas über die Kohle in den Pfannen, und Thomas stellte fest, daß mit dem Rauch ein interessanter Geruch aufstieg. *Vielleicht Hanf. Oder Haschisch. Ah, um so besser. Das wird die Prozedur angenehmer gestalten.*

Das Tageslicht verdüsterte sich zusehends, und der Wind

wehte stärker und wurde kühler. »Anscheinend zieht ein Unwetter auf«, sagte Thomas.

»Ai, nein! Ein Wintermonsun ... ausgerechnet an diesem Tag aller Tage. Daß so eine Seltenheit aber auch gerade jetzt geschehen muß. Und doch ...«

»Und doch?«

»Man kennt Shiva auch als den Herrn der Stürme.«

»Dann paßt es ja«, sagte Thomas mit wachsender Schadenfreude. »Das wird unsere Despoina wohl kaum enttäuschen.«

Er hörte ein Rumpeln, das zu lange anhielt, um Donner sein zu können. Ein Wagen mit gewaltigen Rädern kam zum Vorschein und trug ein weiteres Ebenbild Shivas, das dem ersten bis aufs Haar glich, jedoch um etliche Male größer war als der Götze, den die Priester gebracht hatten – beinahe viermal so groß wie ein Mensch.

»Erstaunlich!« sagte Thomas. »Es ist fast so, als wäre der erste Götze gewachsen.«

»Wartet ab«, sagte Enyo.

Die Musik hörte auf, und die große Gestalt führte ihre vielen Hände zusammen und vollzog eine langsame Verbeugung. Ein Raunen der Verwunderung und Ehrfurcht erhob sich unter den Mädchen. Thomas spürte, wie ihm der Unterkiefer herunterklappte.

»Es ist eine Marionette«, vertraute Enyo ihm im Tonfall eines Kindes an, das das Geheimnis eines Magiers kennt. »Unsere Despoina zieht selbst die Fäden. Sie sitzt verborgen in einem Loch im Rücken. Das hat sie früher schon bei mehreren Gelegenheiten gemacht, doch vor so langer Zeit, daß diese Kinder sich nicht mehr daran erinnern.«

»Ah. Fürchtet sie denn nicht … gesehen zu werden?«

»Hm? Oh, sie ist verdeckt. Und es liegt in der Natur dieser Rituale, daß die Gläubigen nur das göttliche Ebenbild sehen und nicht den, der es handhabt.«

Prabaratma erhob sich und gab lauthals eine Erklärung ab. Einen Moment lang ertönten Pfeifengetriller und Trommelwirbel. Dann trat ein Mann neben ihre Empore und begann mit einer feierlichen Rede.

»Das ist der *gamabhojaka,* der Schultheiß von Bhagavati«, erläuterte Enyo. »Er steht stellvertretend, wenn Ihr so wollt, für den Vater aller Mädchen von Bhagavati hier. Er bietet sie Shiva dar.«

Eine tiefe, laute Stimme dröhnte zur Antwort unter dem riesenhaften Götzen hervor, und Thomas erschrak erneut.

»Sprechende Röhren«, sagte Enyo. »Die alten Priester verwendeten sie und brachten es unserer Despoina bei.«

»Beeindruckend«, murmelte Thomas. In der Ferne grollte Donner, der weder von Trommeln noch von Karrenrädern herrührte, und Thomas glaubte, in den aufziehenden Wolken einen Lichtblitz gesehen zu haben. »Anscheinend ist der Große Shiva ebenfalls beeindruckt.«

Die Shiva-Marionette richtete sich auf und öffnete die Arme, als wolle sie alle, die im Hof versammelt waren, umschließen. Wieder klang diese unheimliche, gottgleiche Stimme unter dem Karren hervor.

»Sie … er gibt das Ehegelübde ab. Daß man die Mädchen

anständig im Glauben unterrichten wird, daß sie Wohlstand und Gepränge kennenlernen werden, daß man sie nicht betrügen wird, daß sie … Keuschheit und unsterbliche Liebe erfahren werden.«

Der Wind begann aufzufrischen und flaute nicht mehr ab. Thomas mußte seinen Turban festhalten, und der purpurne Baldachin über ihnen knatterte und schlug bedrohlich. Auch andere im Hof sahen allmählich mit Sorge auf und machten entsprechende Bemerkungen zu ihrem Nachbarn.

Ein merkwürdig nervös klingender Shiva erhob wieder seine Stimme.

»Sie … er sagt, daß er, der Große Shiva, den lebenspendenden Regen willkommen heißt und ihn der Stadt Bhagavati als Hochzeitsgeschenk darreicht.«

Erneuter Donner, diesmal näher.

Eine Frau mittleren Alters, die mit einer Hand ihren Sari hielt, bog rechts um die Empore herum. Sie versuchte, eine Schale mit gelbem Reis auf die Kohlepfanne unmittelbar vor Thomas zu stellen. Doch der Wind kippte die Schale um, so daß der Reis verstreut wurde. Bestürzt runzelte die Frau die Stirn, drehte sich aber trotzdem um und wandte sich mit erhobenem Arm an den Götzen.

»Sie steht stellvertretend für die Mutter der Mädchen, da sie die Mutter des Schultheißen ist«, sagte Enyo. »Sie entbietet Segenswünsche, daß die Vereinigung … nun ja, gewöhnlich heißt es, fruchtbar ausfallen möge. Ah, sie sagt ›erfolgreich‹.«

Der hölzerne Shiva ergriff wieder das Wort.

Und dann brach der Sturm los.

Große, mit Schlamm durchsetzte Wassertropfen klatschten Thomas ins Gesicht und platschten überall um ihn herum zu Boden. Der Baldachin über ihm wurde fortgerissen und verschwand im orkanartigen Regen. Thomas konnte kaum noch etwas erkennen. Er hörte das Gezeter der Mädchen und Prabaratma, der lachte und »Shiva! Shiva!« schrie. Er spürte, wie Enyo seinen Arm umklammerte, und schützend half Thomas ihr dabei, mit ihm von der Empore zu steigen.

Sie hatten sich gerade hinter das Podest zurückgezogen, als ein Lichtblitz sie einen Moment lang blendete und mächtiges Donnergrollen erklang, dann öffneten sich die Schleusen des Himmels, und ein einziger Sturzbach fiel auf die Erde herab.

»Despoina! Porphredo!« brüllte Enyo und wollte sich zum Hof umdrehen, doch Thomas legte der alten Frau den Arm um die Schultern und zog sie zum nächsten Torbogen. Inmitten einer Woge kreischender junger Frauen und schreiender Priester liefen sie in das Labyrinth der Korridore hinein.

Der Wind heulte und trieb Unfug mit der Kleidung, doch im Schutz der Palastgänge herrschte relative Ruhe, und der Donner drang lediglich gedämpft herein. Enyo löste sich aus Thomas' Griff und ging zum nächsten Pulk Mädchen, um sie zu beruhigen. »Stets die Glucke«, murmelte Thomas.

Mit einem Seufzer der Erleichterung wandte Thomas sich in die entgegengesetzte Richtung. Er wollte lachen und durch die Gänge tanzen und Shiva und jeden anderen Gott der Stürme preisen, von dem er jemals gehört hatte. »Es

hat keine Vermählung gegeben, es wird keine Vermählung geben«, sagte er lächelnd zu sich selbst. »Die Götter persönlich haben der Mahadevi eine Rüge erteilt, denn es gibt größere Götter als sie!«
Er bog um eine Ecke und sah ... eine vertraute Bewegung – jemand in einer Robe, der durch einen Eingang trat. Die Tür blieb offen, und Lampenlicht drang heraus. Neugierig ging Thomas näher und spähte zur Tür hinein.
»*Salve,* Magister Chinnery«, sagte Padre Gonsção, bleich und kränklich wie ein elendes Gespenst.

»Padre?« sagte der junge *inglês* benommen, während er mehrere Schritte ins Zimmer hinein machte. »Ihr seid auch hier? Wie ... wann seid Ihr eingetroffen?«
»Am frühen Morgen. Euer Freund, der blinde Musiker, führte mich her.«
»Gandharva? Ja, ich sah ihn, aber ... weshalb sollte er Euch ...«
»An diesen Ort bringen? Er brauchte Hilfe.« Gonsção deutete zu einem Lager auf dem Boden, auf dem ein Mädchen lag, das Thomas bekannt vorkam. »Ihr Name ist Pramlocha. Vielleicht erinnert Ihr Euch noch an sie. Sie war eine jener Unglückseligen, die in dem Gauklerwagen mitfuhren, den Ihr so oft besucht habt.«
»Ja, ich glaube, ich entsinne mich. Ist Carlos auch bei Euch?«
»Und Estevão.«
Der junge *inglês* lachte ungläubig auf. »Habt Ihr denn gleich die ganze Mogularmee mitgebracht?«

»Sie war uns dicht auf den Fersen, doch wir entkamen ihr. Mit etwas Glück wird der Regen jede Spur auslöschen, die wir vielleicht hinterlassen haben.«

»Dann ist der Sturm also ein doppelter Segen«, seufzte Thomas.

»Ich nehme an, Timóteo ist ebenfalls hier und wohlauf?« fragte Gonsção.

Der *inglês* nickte. »Als ich ihn das letzte Mal sah, war er das. Ich glaubte, ihn bei der Hochzeit gesehen zu haben, und man versicherte mir, er hielte sich bei den Mönchen auf, zweifellos, um sie zu bekehren.«

Gonsção verbarg seine Erleichterung. »Nun denn. Schön. Es wird mir eine Freude sein, ihn wiederzusehen und von seinen Fortschritten zu hören.«

»Mir auch.«

Eine häßliche Pause entstand. »Wie ich sehe, habt Ihr es zu etwas gebracht«, sagte Gonsção dann bissig. »Es ist Euch gelungen, die sagenumwobene Königin über Leben und Tod zu heiraten.«

»Es gab keine Heirat«, knurrte der junge Mann. »Und wenn es nach mir geht, wird es auch keine geben.«

»Oh. Steht nicht alles zum besten?«

»Ihr habt einen schlechten Zeitpunkt für Euer Kommen gewählt, Padre.«

»Das sagte man mir schon. Doch es war mir nicht erlaubt, den Zeitplan selbst zu bestimmen. Ich bin hier. Jetzt.«

Der *inglês* nickte.

»Also«, sagte Gonsção mit erzwungener Lässigkeit, »habt Ihr den Ursprung des rätselhaften *pulvis mirificus* schließlich doch gefunden?«

»Habe ich.«

»Nennt Ihr ihn mir, oder muß ich erst selbst danach forschen?«

»Der Ursprung ist tatsächlich pulverisiertes Blut. Es handelt sich um den Lebenssaft der Herrscherin, die hier regiert, Königin Stheno persönlich.«

»Das Blut einer Frau?«

»Keiner gewöhnlichen Frau, Padre. Sie ist unsterblich.«

»Bei solchem Blut will ich das gern annehmen. Doch dann kann sie ja wohl kaum menschlich sein, oder?«

Der *inglês* lächelte. »Was den Rest angeht, so will ich Eurem Forscherdrang nicht im Wege stehen. Doch ich warne Euch. Was Ihr erfahrt, könnte Euch zutiefst schockieren.«

»Ihr werdet verstehen, Magister, daß es nach einer Laufbahn in der Santa Casa schwer ist, mich noch zu schockieren.«

»Selbst dann«, sagte der junge *inglês*. »Selbst dann.«

Gonsção seufzte. »Also gut. Ich freue mich schon darauf, meinen Horizont zu erweitern. Wollt Ihr mich Eurer Königin vorstellen?«

»Ich wünsche nicht mit ihr zu sprechen. Doch ich werde ihr zukommen lassen, daß Ihr eingetroffen seid.«

»Ihr klingt, als liebtet Ihr diese Königin Stheno, Herrin über Leben und Tod, gar nicht.«

»Sagen wir, Padre, daß Eure und meine Ziele nicht mehr so unvereinbar sind, wie sie es anfangs zu sein schienen. Wenn Ihr mich nun entschuldigen wollt, ich möchte diese verschmutzte Kleidung loswerden. Vielleicht werden wir

schon bald wieder miteinander sprechen.« Thomas deutete eine Verbeugung an und ging davon.
»Wie ungemein seltsam«, murmelte Gonsção bei sich. Dann wurde ihm klar, daß er Thomas gar nicht gefragt hatte, wie er Timóteo finden konnte. Er spähte zur Tür hinaus, um nachzuschauen, ob der junge *inglês* vielleicht noch da war.
Eine junge Frau in einem grünen Sari bog um die Ecke. Gonsção spürte, wie ihm das Blut aus dem Gesicht wich, als sähe er ein Gespenst. »Ihr.«
Aditi starrte ihn einen Moment lang an, dann sagte sie auf lateinisch mit starkem Akzent: »Willkommen in Bhagavati, Priester des Orlem Gor.«
Gonsção merkte, wie er die Fassung verlor, und stützte sich an der Wand neben ihm ab. »Natürlich. Das *Rasa Mahadevi*. Ihr wurdet wiederbelebt.« *Und sicher hat Magister Chinnery die Geschichte aus deinem Mund bereits erfahren und weiß, daß das, was ich ihm sagte, nur die halbe Wahrheit ist.*
»Ich gratuliere Euch«, sagte Gonsção und versuchte, sich wieder zu sammeln. »Ihr und Eure Kohorten seid klüger gewesen, als ich erwartete. Bitte verratet mir doch, auf wessen Geheiß *Ihr* nach dem wundertätigen Pulver gesucht habt.«
Aditi legte den Kopf schräg und krauste die Stirn. Dann machte sie zwei Schritte auf Gonsção zu. »Ich bin nicht auf der Suche danach, Priester des Orlem Gor. Ich bin nach Hause zurückgekehrt. Ich lebe hier.«
»Dies … ist Euer Zuhause? Dann seid Ihr mit der unsterblichen Königin bekannt?«

Ein kaltes Lächeln breitete sich auf Aditis Gesicht aus. »Sie ist meine Mutter.«

»Ah.« Gonsção spürte, wie sich ihm der Magen umdrehte.

»Wie ich höre, kann sie es kaum erwarten, Euch kennenzulernen.« Aditi nickte ihm kurz zu und ging dann durch den Korridor davon.

Gonsção wäre an der Tür fast zusammengesackt. Dann straffte er sich und strich seine Soutane glatt. *Also. Wenn Aditi die Wahrheit spricht, habe ich keine Veranlassung, von der Königin Milde zu erwarten. Aber noch hat man mich nicht verhaftet oder ins Verlies geworfen. Vielleicht will sie sich erst meine Version der Geschichte anhören. Vielleicht bleibe ich noch lange genug am Leben, um das ausführen zu können, weshalb ich gekommen bin.*

Gonsção fiel ein, was der junge *inglês* gesagt hatte, daß Timóteo sich bei den Mönchen aufhielte. Unverzüglich begab er sich auf die Suche nach dem Kloster. Bilder einer großen Feuersbrunst, in der er edelmütig eine unsterbliche Königin des Bösen den Flammen übergab und erst zusammenbrach, als sie den letzten Schrei ausgestoßen hatte, erfüllten wie Rauch seine Gedanken.

Und doch, etwas in ihm staunte über diese mordlüsterne Art. Sein Wirken in der Santa Casa hatte ihn bestenfalls darauf vorbereitet, der fleischlichen Hülle des Menschen Schaden zuzufügen, um seinen Geist zu läutern. Er hatte nie absichtlich jemandem das Leben nehmen wollen. *Wird mir diese schlimmste aller Todsünden um des Guten willen, das ich dadurch bewirke, vergeben werden? Oder wird meine Seele der ewigen Verdammnis anheimfallen und mein einziger Trost darin bestehen, daß ich die Seelen so vieler anderer rettete?*

Die Klosterbehausung der Hindu war nicht schwer zu finden. Als er sich erst einmal im richtigen Palastbereich befand, brauchte Gonsção nur noch dem Singsang und dem Geruch nach Sandelholzweihrauch zu folgen. Niemand hinderte ihn, als er durch die großen, miteinander verbundenen Zimmerfluchten ging – doch da die Mönche alle ihr Augenlicht verloren hatten, waren sie sich seiner Anwesenheit vielleicht gar nicht bewußt. Auf dem Boden jedes Zimmers standen niedrige Pritschen und daneben penibel angeordnet Sandalen und Schalen mit Lebensmitteln. Die Wände waren mit farbenprächtigen Behängen versehen, die mit unlesbaren Schriftzeichen verziert waren.

Als er das fünfte Zimmer schon fast durchquert hatte, hörte er jemanden »Padre!« rufen.

»Timóteo?« Gonsção sah den Knaben in einem fernen Winkel des Raums auf einer etwas erhöhten Pritsche liegen, von einer Zudecke verhüllt. Er eilte zu ihm.

»Padre, seid Ihr es wirklich?« Timóteo war blaß, sein Haar stumpf, und er hatte dunkle Ringe unter den Augen.

»Ich bin es.« Gonsção sank neben der Pritsche auf die Knie und nahm Timóteos Hand. Sie wahr kühl. »Seid Ihr krank gewesen, mein Sohn? Habt Ihr das Fieber?«

»Nein, Padre, aber … aber Ihr müßt mir vergeben, Padre. Ihr müßt mir die Beichte abnehmen.«

»Weshalb? Was habt Ihr denn Schlimmes getan?«

»Ich habe gesündigt … die Sünde des Stolzes, Padre. Ihr

warntet mich. Ihr sagtet, ich dürfte es nicht wagen, die Engel zum Eingreifen zu zwingen.«

»Stolz ist eine sehr menschliche Schwäche, mein Sohn. Man wird Euch sicher rasch vergeben. Doch wie kommt's, daß Euer Stolz Euch krank werden ließ?«

»Ich … ich sprach mit der Königin. Ich versuchte, ihr … Gottes Wort zu bringen.«

»Timóteo! Man sagte mir, diese Königin sei gefährlich. Und daß es den Tod bringe, ihr ins Antlitz zu schauen.«

»Das ist wahr, Padre. Doch sie versicherte mir, wenn man ihr mit Liebe im Herzen begegne, werde man leben. Ich dachte, ich brauchte mich nur Gottes Führung anzuvertrauen, um verschont zu bleiben. Und so war es auch … fast! Ich sah sie! Sie ist wunderschön. Auf ihre Art. Doch ich liebte sie nicht genug. Ich begann … mich zu fürchten. Ich wollte davonlaufen, stürzte und …« Timóteo starrte an sich hinunter und hörte auf zu sprechen.

Gonsção tätschelte seine Hand. »Doch Euer Glaube hat Euch nicht im Stich gelassen, Timóteo. Ihr lebt noch. Ihr seid lediglich krank und werdet Euch erholen.«

»Ich … ich weiß nicht, Padre. Vielleicht haben sie das Pulver bei mir verwendet. Ich bin in den Gemächern der Königin gestürzt. Und erwachte hier.«

Kalte Wut erfüllte Gonsção bei der Vorstellung, daß man Timóteo vielleicht in Form des *Rasa Mahadevi* dem Bösen ausgesetzt hatte. *Eine so reine Seele zu beflecken* … »Habt Ihr geträumt, mein Sohn?«

»Geträumt? Nein, ich erinnere mich an keine Träume, Padre.«

»Wie lange seid Ihr schon hier … bei den Mönchen?«

»Mehrere Tage, Padre. Ich habe den Überblick verloren, wie viele.«

»Dann glaube ich nicht, daß sie Euch das Pulver verabreicht haben. Ich habe seine Wirkungsweise erfahren, mein Sohn, innerlich wie äußerlich. Ihr würdet schneller genesen, wenn sie Euch damit wiedererweckt hätten. Freut Euch also an Eurer Krankheit. Sie beweist, daß das Böse Euch noch nicht die Unschuld raubte. Kommt, die Dünste in dieser Luft können nicht gut für Euch sein. Ich habe ein großes Zimmer. Richtet Euch bei mir ein, dann können wir zusammen beten und uns weiter unterhalten.«

Gonsção ergriff einen Zipfel der Decke und schlug sie sachte zurück.

»Nicht«, protestierte Timóteo schwach und versuchte, sich wieder zuzudecken.

»Ist Euch kalt, Timóteo? In meinen Räumlichkeiten ist es wärmer. Die Decke können wir auch mitnehmen, wenn Ihr wollt.« Gonsção hob die Decke hoch, um sie sich über den Arm zu hängen. Und dann sah er Timóteos Beine. Sie endeten in blutigen, bandagierten Stümpfen an den Knöcheln. *»Deus carus«*, wisperte er. »Was ist Euch widerfahren? Wo sind Eure Füße?«

Timóteo brach in Tränen aus. »Un… unter der Pritsche, Padre.«

Langsam bückte Gonsção sich und schaute unter die Pritsche. Dort standen ordentlich nebeneinander wie die Sandalen der Mönche zwei perfekte Steinfüße. Gonsção zog sie unter der Pritsche hervor. Er strich mit den Fingern über den glatten Stein, der so lebensecht gestaltet war, wie kein Bildhauer es jemals zustande gebracht hätte. »Was ist das für Hexenwerk?«

»Ich sagte es Euch doch schon, Padre. Die Königin … sie ist eine Gorgone. Wahrhaftig. Ich sah die Schlangen auf ihrem Haupt. Ihr Blick verwandelt Menschen zu Stein. Doch mich verwandelte er nur zur Hälfte.«

»Die Königin hat das getan?«

»Es war meine Schuld! Ich war zu töricht.«

»Nein, Timóteo. Euch trifft keine Schuld. Doch habt keine Angst. Das wird uns die Königin büßen. Dafür werden wir schon sorgen. Ihr und ich.«

22

PERLE

Dieser herrliche Stein, der blaß schimmert, findet sich im Meer, obwohl es im Osten heißt, daß er in Elefanten wachse oder im Geifer von Drachen. Andere sagen, die Perle erwachse aus Tränen und bringe deshalb seinem Träger Tränen. ›Perlsalz‹ oder in Limonensaft aufgelöstes Perlmutt ist eine mächtige Arznei, die alle Arten von Krämpfen lindert, und ein Gegenmittel gegen Schlangen- und andere Giftstoffe. Das Pulver von Perlen findet oft bei Liebestränken Verwendung. Manche berichten, die Himmelspforte sei aus Perlen gemacht, und für die Mohammedaner besteht das ganze Dritte Paradies aus Perlen …

Mirsa Ali Akbarshah trat durch die geöffnete Pforte aus poliertem Holz in einen Saal mit ungeheuren Ausmaßen. Masum folgte ihm dicht auf den Fersen. Es war ihnen gelungen, dem Ansturm der Frauen und Kinder zu entrinnen, indem sie sich in Seitengänge flüchteten und sich vom Stimmengewirr entfernten. Doch dabei hatten sie sich in den labyrinthartigen Tunnels des Palasts verirrt.

Der Mirsa starrte auf das gewaltige Stufenpodest zu seiner Linken, die vielen scharlachfarben bemalten Säulen, die mindestens dreimal mannshoch waren, den glänzenden schwarzen Marmorboden, die mächtigen Kohlepfannen aus Bronze. »Anscheinend«, sagte er zu Masum, »haben wir den Ort entdeckt, an dem die Königin ihr *durbar* abhält. Oder vielleicht ist es auch ein *harbis*-Schrein. Dieser Wandschirm dort könnte einen Götzen oder einen Thron verbergen.«

Masum schaute sich mit großen Augen um. »Für einen Hinduschrein erscheint er mir zu schmucklos. Vielleicht dient er einem anderen Glauben.«

»Womöglich hat unsere geheimnisvolle Königin ja einen eigenen Glauben begründet, so wie Schahk-in-schah Akbar.« Der Mirsa schickte sich an, den Saal zu durchqueren, dann seufzte er und setzte sich auf die zweite Stufe des Podests. Er rückte seinen Turban zurecht und rieb sich den Bart. »Ich denke, ich bedarf Eures Rats, Masum.«

»Ich bin hier, um Eurer Hoheit in allen Belangen zu dienen«, sagte Masum, der den Kopf noch immer hierhin und dorthin wendete und den Saal bestaunte.
»Dann helft mir zu verstehen, was wir hier sehen. Worum es sich bei dieser Stheno handelt. Ich muß Entscheidungen treffen und stelle fest, wie schwer mir das fällt.«
»Wie kann ich die Gedanken Eurer Hoheit leiten?«
Der Mirsa seufzte erneut und warf einen kurzen Blick zu der Finsternis hinauf, die die Saaldecke ausfüllte. »Dieser Ort ... die ganze Sache entspricht nicht dem, was ich mir vorstellte. Statt auf schickliche Weise einzutreffen und Frieden und ein Bündnis mit meinem Kaiser anzubieten, schleichen wir uns wie Diebe durch die Gänge und stellen Forderungen, statt Offerten zu machen. Kein Wunder, daß sie uns nicht offiziell empfing.«
»Vielleicht, Gebieter, war sie lediglich mit ihren eigenen Angelegenheiten beschäftigt und wird sich noch an uns wenden.«
»Ja, ihre ›Vermählung‹. Was haltet Ihr davon, Masum? Natürlich habe ich schon von seltsamen Hinduritualen gehört, doch noch nie von diesem.«
»Ich auch nicht, Großer Mirsa. »Aber es hat ... es gab ...« Masum machte eine Bewegung, als schaufle er Sand auf, dann hielt er mit einem beschämten Grinsen inne. »Vergebt mir, Hoheit. Ich finde keine Worte dafür.«
Wenn du es nur stammeln kannst, dachte der Mirsa, *wie soll ich es dann verstehen?* »Bedenkt man den Sturm, der über uns losgebrochen ist«, sagte er, »so hat anscheinend Allah Selbst seine Mißbilligung gezeigt.«
»Mag sein«, sagte Masum leise und mit gerunzelter Stirn.

»Haben meine Augen mich getrogen, oder wurde dieser gräßliche Holzgötze tatsächlich von einem Blitz getroffen?«

»Ich war zu sehr geblendet, mein Gebieter. Ich wüßte es nicht zu sagen.«

»Ach, was soll's. Doch ich bin General und Diplomat, Masum, kein Philosoph. Verratet mir, wie ich diese … Königin meinem Kaiser erklären soll. Soll ich sie wie andere *harbi*-Rajas und -Ranis auch behandeln? Von ihr eine Abgabe dafür fordern, daß sie weiter ihrem heidnischen Glauben nachgehen darf, ansonsten jedoch ihre Herrschaft hinnehmen, wenn sie meinem Kaiser nur Ehrerbietung erweist und seine Gesetze achtet? Wenigstens braucht er ihr Königreich nicht als militärische Gefahr zu fürchten. Ist Euch aufgefallen, daß wir keine bewaffneten Männer im Palast sahen? Und in der Stadt habe ich ebenfalls keine bemerkt. Entweder ist diese Königin sich sicher, daß ihre verborgene Stadt vor jeder Entdeckung gefeit ist …«

»Oder sie bedarf einfach keiner Armee«, beendete Masum den Satz für ihn.

»Ja. Und das würde bedeuten, daß sie einen ungewöhnlichen Frieden hält.«

»Oder außergewöhnliche Macht besitzt.«

»Ah«, sagte der Mirsa, »und daraus ergeben sich weitere Fragen. Was, wenn diese Königin mehr als eine Sterbliche ist. Was, wenn sie eine Zauberin ist? Was, wenn sie … eine Dämonin ist? Was, wenn die Worte des Engländers wahr sind und es sich bei ihr um eine Kreatur aus den alten Legenden handelt? Mit so etwas habe ich keine

Erfahrung. Wahrlich, ich würde es vorziehen, das nicht zu glauben. Und doch sah ich die Hand aus Stein. Und Mumit.«

»In der Tat, mein Gebieter, man hat uns das Privileg erwiesen, Wunder zu sehen.«

»Dann entspricht das, was wir hier vorfinden, also Euren Erwartungen? Ihr seid Eurer großen Sophia, Eurem Quell der Weisheit, begegnet? Danach suchtet Ihr doch, nicht wahr? Ihr sagtet einmal, Ihr hättet Euch auf die Reise begeben, um Zeuge zu werden. Was wolltet Ihr miterleben?«

»Den Weg und das Ziel«, erwiderte Masum und starrte den Wandschirm auf dem Podest eigenartig an. »Ich glaube, ich habe meine Bestimmung mißverstanden. Vielleicht bin ich hier, um zu geben – und nicht, um zu empfangen.«

»Was denn zu geben? Wollt Ihr Euch dieser Königin als Berater andienen?«

»Mag sein, in gewisser Hinsicht.«

»Vergeßt nicht, was mit dem namenlosen *shadid* geschah. Denkt an Mumit.«

»Ihr staunt über die großen Dinge, mein Gebieter«, sagte Masum, »während ich über die kleinen Dinge staune. Ihr staunt darüber, daß diese Frau ein Geschöpf mit verblüffenden Kräften ist, während ich darüber staune, daß sie trotz all ihrer wundertätigen Macht noch immer eine Frau geblieben ist.«

»Ihr verwirrt mich, Masum. Was gibt es an Frauen, die den Haushalt führen und Kinder gebären, denn schon zu bestaunen?«

»Eben daß sie gebären.«

»Was hat das mit der Königin zu tun? Oder mit uns?«

»Wir haben der Empfängnis beigewohnt«, sagte Masum leise, fast im Flüsterton. »Der Vereinigung des männlichen mit dem weiblichen Prinzip. Was bleibt, ist die Geburt. Was genau geboren wird, hängt möglicherweise davon ab, was wir hier tun.«

Der Mirsa hatte das Gefühl, den Kopf schütteln zu müssen, um diesen philosophischen Dunstschleier loszuwerden. Er legte die Hände an die Schläfen. »Vielleicht bin ich zu nüchtern veranlagt«, sagte er schließlich. »Vielleicht fehlt mir ein Sinn, wie jenen Menschen, die die Farben Rot oder Grün nicht wahrnehmen können. Ich höre Euch sprechen, verstehe aber den Sinn Eurer Worte nicht.«

»Quält Euch nicht länger, Großer Mirsa. Vielleicht ist es nur meine Torheit, und meine Worte ergeben gar keinen Sinn. Gottes Wille wird geschehen.«

»Ja. Zweifellos. Ich bin des Ortes hier überdrüssig. Schauen wir, ob wir Rafi und Awwal finden können.«

»Wenn ich Euch um einen Gefallen bitten darf, Hoheit«, sagte Masum, »ich möchte gern noch ein Weilchen bleiben und in diesem Saal meinen Gedanken nachhängen.«

Der Mirsa stand auf und seufzte erneut. *Vielleicht kann ich wieder klarer denken, wenn ich seine Gesellschaft los bin.* »Na schön. Ich komme Euch holen, wenn ich die anderen gefunden habe.«

»Vielen Dank, Großer Mirsa.«

Kaum war der Mirsa durch die Pforte verschwunden, stieg Masum die Stufen zum Podest hinauf. Auf der vorletzten Stufe blieb er stehen. »Ich nehme an, Euer Majestät befinden sich wohlauf und guter Dinge?«

Ein jähes Zischen drang hinter dem Wandschirm hervor.

»Woher wußtest du, daß ich hier bin?« Königin Sthenos Stimme klang diesmal nicht so sehr betörend, sondern vielmehr erschreckt.

»Wie ich dem Mirsa schon sagte, ich achte auf die kleinen Dinge. Seine Gedanken waren nach innen gerichtet, auf seine eigene Verwirrtheit. Meine waren nach außen gerichtet, auf die Schönheit dieses Ortes.«

»Ich … danke dir. Doch hast du all diese Worte an den Mirsa etwa nur meinetwegen gesprochen, da du doch wußtest, daß ich lausche?«

»Ihr fragt, ob ich meines Publikums wegen anders gesprochen habe? Nein, ich habe nichts als meine lautere Meinung zum Ausdruck gebracht.«

»Hm. Um deine erste Frage zu beantworten, nein, ich bin nicht wohlauf, der Blitz hat mir leichte Verbrennungen zugefügt. Und guter Dinge bin ich schon gar nicht.«

»Eure … Vermählung war äußerst … eindrucksvoll, Majestät.«

»Es gab keine Vermählung«, knurrte sie. »Die Götter hielten es für richtig, mich zu verfluchen und mein Leben wieder in Aufruhr zu bringen. Sicher wird Porphredo mir erzählen, daß Nemesis zuschlug, weil ich es wagte, mich für eine Göttin auszugeben.«

»Alle Seelen sind gottgleich, denn der Göttliche selbst durchdringt jede Schöpfung. Es kann nicht sein, daß der Himmel Euch verflucht, Majestät. Die Menschenseele verflucht sich selbst, indem sie sich der Liebe und des Mitgefühls verweigert, die vom Himmel auf sie herabkommen. Deshalb sind die Götter der Heiden … so unvollständig. Es fehlt ihnen der Aspekt der göttlichen Liebe.«

»Liebe? Hah! Was weißt du schon davon? Ich habe Jahrhunderte damit verbracht ... ach, was soll's. Es ist Teil meines Fluchs, da bin ich sicher, daß sie mir auf ewig verwehrt bleibt.«

»Es kann lediglich sein, Majestät, daß Ihr sie Euch selbst verwehrt. Wenn Ihr erlaubt, würde ich Euch gern eine Geschichte erzählen.«

»Eine Sufigeschichte?«

»Nein, es ist weniger eine Sufigeschichte. Es ist eher ein Volksmärchen, das ich vor langer Zeit hörte, doch vielleicht findet Ihr Vergnügen daran.«

»Das bezweifle ich. Doch es könnte mich ablenken. Was ist das für eine Geschichte?«

»Sie heißt ›Die Prinzessin im Turm‹ und geht folgendermaßen: Es lebte einmal in einem fernen Königreich eine Prinzessin. Sie war nur eine von vielen, denn ihre Familie war mit vielen Kindern gesegnet. Obwohl dieses Mädchen von überwältigender Schönheit war, erklärte ihre Familie sie aus Gründen, die niemals recht klar wurden, für häßlich, und sie trieben ihre Späße mit ihr, indem sie vor ihr davonliefen oder sie hänselten. Weil sie kein anderes Leben kannte, glaubte die Prinzessin das auch selbst und verhüllte schamvoll ihr Gesicht. Anfangs wurde sie im Palast getrennt von den Gemächern der anderen Frauen gehalten. Doch als der Mythos ihrer Häßlichkeit in ihrer Familie um sich griff, ließ ihr Vater sie schließlich in einen Turm sperren, in dem es weder Spiegel noch Fenster gab, damit niemand sie anschauen mußte. Die Prin-

zessin ging bereitwillig in ihr Gefängnis, weil sie zu diesem Zeitpunkt nicht einmal mehr ihren eigenen Anblick ertragen konnte.
Nach und nach vergaß die Familie sie und erwähnte sie nur noch in Schauergeschichten, mit denen sie ihre Kinder erschreckten. Die Prinzessin schmachtete in dem dunklen Turm dahin, trank lediglich den Tau, der sich des Morgens an den Mauern sammelte, und aß nichts weiter als den Honig, den ihr die Bienen brachten, oder Beeren, die die Vögel, die in der Traufe nisteten, fallenließen.
Eines Tages erschütterte ein Erdbeben den Turm, und ein Teil des Dachs stürzte ein. Durch das Loch im Dach schien die Sonne herein und erfüllte den einst dunklen Turm mit strahlendem Licht.
›O Herr im Himmel!‹ schrie die Prinzessin auf. ›Sende Dein Licht nicht auf mich herab, denn ich bin häßlich und Deiner Pracht nicht würdig‹.
Und eine Stimme dröhnte zu ihr hinunter: ›Unglückseliges Kind. Ich bewirkte das Erdbeben, damit die Mauern einstürzen und ich einen Blick auf dich werfen kann.‹
Die Prinzessin erwiderte: ›Doch ich bin es nicht wert!‹
›Unsinn‹, sagte die himmlische Stimme. ›Meine Wärme gehört allen, und kein Teil der Schöpfung ist häßlich oder nicht wert, daß mein Blick darauf fällt. Tritt ins Licht und laß zu, daß ich dich erwärme.‹
Die Prinzessin gehorchte und sah ein großes goldenes Antlitz, das durch das Loch im Dach auf sie herabstrahlte. Sie streckte Ihm ihre Arme entgegen und ließ sich von Seinem warmen Licht umschmeicheln. Sie lächelte und begann zu tanzen, drehte sich langsam

im Kreis. So leicht war sie von ihrem Fasten geworden, daß sie sich in goldene Punkte aus schimmerndem Staub auflöste. Solche Freude empfand sie im himmlischen Licht, daß sie aus dem Turm hinaus auf den Sonnenstrahlen aufwärts schwebte, endlich frei von der Grausamkeit der Welt.

Und deshalb, wann immer Ihr seht, daß Sonnenlicht an einen dunklen Ort dringt, schaut ganz genau hin, und Ihr werdet den goldenen Staub sehen, zu dem die tanzende Prinzessin geworden ist.«

Masum schwieg lange Zeit und wartete.

Schließlich rief Königin Stheno: »Aber … das ist ja honigdurchtränkter Schund! Nur für Kinderohren geeignet. Wer könnte schon mit Tau und Beeren überleben? Niemand löst sich im Sonnenlicht auf.« Leiser fügte sie hinzu: »Keine himmlische Hand hat den dunklen Turm meiner Existenz zerstört.«

»Vielleicht doch«, sagte Masum, »und Ihr habt Euch nur davon abgewandt.«

»Oh, jetzt verstehe ich. Du versuchst mich zu bekehren, wie so viele Leute andere Toren, die hierhergekommen sind.«

Masum hob die Hände, obwohl sie die Geste nicht sehen konnte. »Ich sage Euch nicht, welche Wahrheit Ihr glauben sollt. Ich bin selbst nur ein Sucher, auch wenn es meine Hoffnung ist, daß Ihr ebenso nach dem Göttlichen trachtet wie ich. Ich wollte lediglich die Vermutung äußern, daß Euer Turm vielleicht gar nicht so hoch oder so dunkel ist, wie Ihr meint. Und daß Ihr ihn nicht bereitwillig als Gefängnis anzusehen braucht.«

»Hah.«
»Erlaubt mir, es Euch zu beweisen, Majestät. Laßt mich Euer Antlitz schauen.«
»Seid ihr Sterblichen denn alle verrückt? Hegt ihr alle den Wunsch zu sterben? Oder ist es euer Stolz, der euch dazu antreibt, dem Gorgonenblick zu trotzen? Dieser törichte Knabe des Orlem Gor hat es auch versucht, und ihm war kein Erfolg beschieden.«
Masum hielt inne. »Er … der Knabe … er ist doch nicht tot oder?«
»Nein. Aber er ist nicht länger so vollständig, wie er war. Begeht nicht den gleichen Fehler.«
»Ich habe nicht den Eindruck, daß es sich um einen Fehler handelt, Majestät«, sagte Masum, als er um den Wandschirm herumzugehen begann. »Vielmehr ist es meine Berufung. Es ist meine Bestimmung, hier zu sein.« Er bog um den Rand des Wandschirms und erblickte die unsterbliche Königin.
Sie saß zusammengesunken auf ihrem Thron, ein grüblerisches Stirnrunzeln auf dem herrlichen Antlitz. Die braunen Schlangen, die ihr Gesicht umgaben, waren ruhig und regten sich nicht. »Ah, welch ein Wunder Ihr seid«, hauchte Masum. »Der Nordmann Lakart nannte Euch das Ebenbild der Göttin, und zweifellos liegt Wahrheit in seinen Worten.«
Langsam schaute sie auf, und ihre Blicke trafen sich.
Masum lächelte und verspürte ein warmes Glühen in seinem Herzen.
Königin Stheno starrte ihn an, und Zorn huschte über ihre Züge. »Nein. Sicher verhöhnen die Götter mich. Daß ein

unwürdiger Klumpen Dreck wie du es sein soll, der meinen Anblick ertragen kann!«

Masum sank vor ihr auf die Knie. »Wahrlich, ich bin unwürdig, und ich weiß nicht, weshalb ich verschont werde. Doch so unwürdig ich auch bin, bitte nehmt mein bescheidenes Geschenk keuscher Liebe und geistiger Freundschaft entgegen.« Masum streckte die Hand zu einer der Schlangen aus und fuhr ihr mit den Fingern unter das Kinn. Das Wesen drückte den Kopf gegen seine Hand wie ein Kätzchen und züngelte zärtlich über seine Haut.

»Nein!« Stheno erhob sich abrupt und taumelte, kippte den Thron um und schickte den Wandschirm scheppernd die Stufen des Podests hinunter. Sie fletschte die Zähne in einer Grimasse des Abscheus, während die Schlangen verwirrt um ihren Kopf peitschten. »Nein! Was soll diese weitere Demütigung?«

»Eine Demütigung ist nicht möglich«, sagte Masum, »wenn eine Seele sich aus freien Stücken den Absichten des Allwissenden unterwirft.«

»Wahnsinnige«, knurrte Stheno. »Nur Wahnsinnige und Mystiker, deren Gedanken zur Hälfte woanders sind, können in sogenannter Liebe mein Antlitz schauen. Ich wurde hereingelegt! Die Götter haben mir Hoffnung vorgegaukelt. Doch damit ist jetzt Schluß!« Sie wirbelte herum und schritt die Podeststufen hinunter davon.

Halb bewundernd und halb bekümmert sah Masum zu, wie sie den Saal verließ. Er verspürte nicht mehr die Neigung, sich zu bewegen, nun, da seine Aufgabe erfüllt war. Er wußte nicht, ob er erfolgreich gewesen war, denn der Sinn des Göttlichen Lichts blieb ihm verborgen, so wie die strahlenden Sterne auf ewig außerhalb seiner Reichweite sein würden. Und doch glaubte er, eine Träne auf Königin Sthenos Wange gesehen zu haben. Und Augen tränen oft, wenn sie zum ersten Mal vom Licht berührt werden.

Er wußte nicht, wie lange er in Gedanken versunken gekniet hatte, als er hinter sich Stimmen vernahm. Sie flüsterten laut etwas auf persisch.

»Da ist er!«

»Nein. Das ist der Sufi, der ihn in die Irre führte.«

»Laß uns trotzdem mit ihm sprechen.«

Masum hörte, wie ihre Schritte das Podest heraufkamen, und wandte sich um. Die beiden waren Reiter aus Jaimals Gefolge. Masum hatte sie schon einmal gesehen, erinnerte sich aber nicht mehr an ihre Namen. Die Männer hatten ihre *talwar*-Schwerter gezogen und näherten sich ihm mit Angst und Wut auf dem Gesicht.

»Du. Wo ist der Mirsa?«

»Ich weiß es nicht«, sagte Masum sanft. »Bedeutet Eure Anwesenheit, daß auch der Rest der Armee hier ist?«

»Noch nicht. Wir sind die Vorhut. Doch die übrigen werden bald hier eintreffen.«

»Narr! Weshalb erzählst du ihm das? Das wird er doch gleich dem Mirsa melden.« Der Soldat zur Rechten machte einen weiteren Schritt auf ihn zu und setzte Masum die Spitze seines Schwerts unter das Kinn. »Sag uns alles, oder wir töten dich. Wo ist der Schatz?«

»Der Schatz ist überall«, sagte Masum. »Wenn Ihr Gold und Silber meint, so kann ich Euch nicht weiterhelfen, weil ich solche Dinge nicht schätze und deshalb auch nicht darauf achte.«

»Nutzloser Idiot. Wo ist die Königin über Leben und Tod?«

»Sie ist hier«, sagte Masum und legte die Hand auf die Brust. »Doch ich weiß nicht, wohin sie gegangen ist. Seht Euch vor, wenn Ihr nach ihr sucht, denn Ihr könntet mehr und weniger finden, als Euer Herz begehrt.«

»Hör auf, diesen mystischen Geifer abzusondern, Sufiketzer. Wo ist der Mirsa?«

»Ich sage Euch in aller Aufrichtigkeit, ich weiß es nicht. Er ist irgendwo im Palast, das ist alles.«

»Gehen wir«, sagte der andere Reiter.

»Nein. Er wird dem Mirsa verraten, daß wir hier sind. Wir müssen ihn töten.«

»Aber er ist ein heiliger Mann!«

»Er hat den Mirsa in die Irre geführt. Soll er dafür seinem Gott Rede und Antwort stehen.«

»Doch wir werden seinen Tod verantworten müssen.«

»Brüder im Glauben«, sagte Masum, »haben zuvor schon getan, wessentwegen man mich auf diese Reise schickte. Mein Weg ist an seinem Ende angelangt. Möge auch mein Leben enden. Wenn Ihr meint, es sei Allahs Wille, so tut, was Ihr tun müßt. Und möge der Allwissende Euch segnen.«

Das schien den Reiter aus der Fassung zu bringen, und er zögerte. »Natürlich. Das ist es, was wir tun müssen.«

Masum drehte sich um und wandte sich in die Richtung, in die Stheno gegangen war. Er neigte den Kopf. »So sei es.«

»Möge deine Seele das Paradies finden.«

Die Schwertspitze wurde von Masums Kinn genommen, und der Mann hinter ihm machte einen Schritt zurück. Er hörte die Klinge, als sie durch die Luft geschwungen wurde, erst nach oben und dann auf ihn herab. Masum spürte einen stechenden Schmerz im Nacken. Und dann wußte er nichts mehr.

23

WACHOLDER

Dieser Baum trägt viele kleine, flache Blätter nach Art von Tannennadeln. Im Spätsommer bringt er kleine gelbe Blüten hervor, und seine Rinde ist rötlichgrau gefärbt. Seine grünen Beeren sind nach zwei Jahren reif und werden dann schwarz. Wenn man die Beeren ißt, fördert das die Verdauung und lindert Rheuma und Gicht. Das Öl der Beeren hilft bei Gelenkschmerzen sowie Zahnweh und entzündetem Gaumen. Man muß jedoch Vorsicht walten lassen, da es zu Hautausschlägen führen kam. Der Dampf von Beeren, die man in Wasser siedet, heilt Infektionen der Lunge. Ein Umschlag mit den gekochten Nadeln kuriert Schlangenbisse. Es heißt, daß Wacholder und Vogelbeerbaum nicht nebeneinander wachsen können – pflanzt man sie solchermaßen in einen Garten, wird einer von beiden sterben. Bringt man Zweige von beiden ins Haus, wird ein Feuer das Haus zerstören. Doch Wacholderzweige schützen Ställe vor Blitzeinschlag und bösen Geistern. Die Waliser sagen, daß jener, der einen Wacholderbaum fällt, bald selbst gefällt wird …

Ihr seid sehr still gewesen, Timóteo«, sagte Padre Gonsção, als er dem Knaben eine mit Wasser gefüllte Kupferschale reichte. »Habt Ihr Schmerzen? Fühlt Ihr Euch krank?«

Timóteo nahm die Schale und nippte daran. »Meine Knöchel, sie tun mir weh, Padre. Und es ist zwar sehr seltsam, doch meine Füße jucken. Obwohl ich weiß, daß sie nicht mehr da sind und ich sie nicht fühlen kann.«

»Das liegt nur daran, daß Ihr es nicht gewohnt seid, sie nicht mehr zu haben, mein Sohn«, sagte Gonsção. Er holte sich den einzigen Holzstuhl im Zimmer und stellte ihn näher an das reichverzierte alte Sofa, auf dem Timóteo lag.

Timóteo starrte lange in seine Wasserschale, bevor er sagte: »Padre, was ist, wenn wir uns täuschen?«

Gonsção spürte, wie sich seine Brust zusammenschnürte. »Worin täuschen, mein Sohn?«

»In … allem.« Timóteo blickte zu ihm auf, die Augen voll Sorge und auch ein wenig Furcht. »Was ist, wenn die Welt … nicht so ist, wie … die Bibel uns sagt? In der Bibel gibt es keine Gorgonen. Nur in den alten Legenden der Griechen und Römer. Die Bibel spricht von Engeln, doch ich habe noch nie einen gesehen. Aber sie habe ich gesehen. Die Gorgone. Sie ist echt.«

So, dachte Gonsção. *Ich habe befürchtet, daß es einmal geschehen würde, und nun ist es also soweit.* »Ihr müßt wissen, mein Sohn, die Existenz einer Gorgone ist noch lange kein Beweis dafür, daß die Alten recht hatten – es beweist lediglich, daß sie beschlossen haben, sich diese Wesen mit Hilfe ihrer Geschichten zu erklären.«

»Ich verstehe. Und doch, Padre, sie sah mich nur an. Und ließ zu, daß ich … sie ansah. Mehr geschah nicht. Und dann glühten ihre Augen auf, und ihre Schlangen zischten mich alle an, und ich fürchtete mich. Erst als ich mich fürchtete, setzte die Verwandlung ein.«

»Dann gibt es vielleicht eine schlimmere Erklärung für ihre Kräfte, mein Sohn. Die Bibel spricht von Zauberern und Dämonen. Wir müssen die Möglichkeit in Betracht ziehen, daß sie zu denen gehört.«

»Weshalb sollte ein Dämon ein irdisches Königreich haben wollen?«

»Weil er weder im Himmel noch in der Hölle herrschen kann. Vielleicht hat sie nur deshalb diese Verkleidung angenommen, derer sie sich bedient, um unseren Glauben zu prüfen. Auch das müssen wir in Betracht ziehen.«

»Oh. Was werdet Ihr Domine Sadrinho über sie berichten?«

»Das habe ich noch nicht entschieden.«

»Wollt Ihr sie noch immer … töten?«

Gonsção zögerte. »Wenn mir das möglich ist.«

»Aber die Santa Casa tötet doch nicht, Padre.«

»Die Bibel sagt, man darf nicht zulassen, daß eine Hexe am Leben bleibt. Manchmal muß zum Wohl eines größeren Guten ein kleines Übel in Kauf genommen werden.«

Timóteo blickte auf seine Hände hinab. »Was ist, wenn wir in der Santa Casa große Übel begangen haben, Padre?

Selbst wenn wir nur das Gute wollten, wäre das dann nicht trotzdem eine große Sünde?«
Gonsção runzelte die Stirn, war sich nicht sicher, was er noch sagen sollte. »Gott kennt die Gründe für unser Tun und wird uns entsprechend richten. Sicher wird er keine Veranlassung sehen, Euch Schuld zuzusprechen. Schlaft jetzt, mein Sohn. Laßt nicht zu, daß sich Euer Geist an diesen Fragen entzündet. Ruht in dem tröstlichen Wissen, daß die Welt noch immer so ist, wie Ihr glaubt – sie ist nicht aus den Angeln gekippt.«
Timóteo nickte und legte sich dann wieder auf das Sofa zurück. Doch einige wenige Sorgenfalten blieben in seinem Gesicht, selbst als er zum Schlafen die Augen schloß.
Gonsção tätschelte dem Jungen die Schulter und erhob sich. Ein schmaler Torbogen führte aus dem Zimmer auf einen breiten, überdachten Balkon hinaus, der über die gesamte Länge des Gebäudes verlief. Gonsção ging auf den Balkon hinaus, obwohl noch immer der morgendliche Sturm wütete, wenn auch inzwischen als stetiger, bleierner Regen. Man konnte deshalb nicht viel sehen, doch das störte Gonsção nicht sehr. Er hatte schon mehr von Bhagavati und seinem schrecklichen Königspalast gesehen, als ihm lieb war.
Er lehnte sich mit dem Rücken an die Mauer und ließ zu, daß die wenigen Tropfen, die unter das schützende Dach geschleudert wurden, ihn trafen. Das Rauschen und Prasseln des Regens war beruhigend und verlieh der Luft einen frischen, süßen Duft. Gonsção atmete tief ein und seufzte, weil ihm erst jetzt klar wurde, welchen Balsams er seiner eigenen Sorgen wegen bedurfte.

Beginne ich an allem zu zweifeln, was ich jemals lernte? Vielleicht ist das die größte Gefahr, die von dieser bösen Königin ausgeht – daß sie Zweifel in den Menschen sät, über die Welt, die ihnen vertraut geworden ist. Madre Maria, sei barmherzig. Gib mir die Kraft, an der Wahrheit festzuhalten.

Nach einer Weile wurde Gonsção sich eines weiteren Geräuschs außer dem Regen bewußt – des Geräuschs einer weinenden Frau. Anfangs war es so leise gewesen, daß er meinte, es sich nur eingebildet zu haben. Doch bald wurde es so laut, daß es deutlich vernehmbar war, ganz in der Nähe.

Gonsção wandte den Kopf und sah, wie eine Frau aus einem Nachbarzimmer auf den Balkon hinaustrat. Sie war vollständig in Schwarz gekleidet, von Kopf bis Fuß, selbst ihr Gesicht war verschleiert.

Eine Muslimfrau. Die muçulmanos *sind also auch hier. Wieviel wissen sie über das* pulvis mirabile? Gonsção zögerte, zu ihr zu gehen, weil er wußte, daß Muslime es in der Regel nicht gern sahen, wenn ihre Frauen mit Männern sprachen, die nicht ihre Verwandten waren. *Doch ich muß soviel wie möglich in Erfahrung bringen.*

Gonsção näherte sich ihr, und dann wurde ihm klar, daß sie vielleicht gar keine gemeinsame Sprache hatten. Trotzdem sagte er auf lateinisch: »Gute Frau, weshalb weint Ihr? Kann ich Euch behilflich sein?«

Die Frau hörte sofort auf zu weinen, anscheinend bemerkte sie ihn jetzt überhaupt erst. Sie richtete sich auf, bis Gonsção feststellte, daß sie größer war als er. Auch ihr Verhalten veränderte sich; nicht länger von der Last der

Trauer gebeugt, erfüllte sie auf einmal lodernde Wut. »Ihr. Ihr seid der Priester des Orlem Gor, nicht wahr? Gandharva brachte Euch her.«

»Der bin ich«, sagte Gonsção und wich einen Schritt zurück. Ihm fiel auf, daß das Lateinisch, das die Frau sprach, eine alte, klassische Betonung aufwies. Und er hatte den Eindruck, daß der Schleier über ihrem Kopf sich leicht bewegte, als verdecke er etwas Lebendiges. *»Deus carus«,* hauchte er.

»Ihr seid der, der meine Tochter tötete.«

»Ihr … Ihr seid … die Königin, die hier herrscht? Eure Tochter ist noch am Leben, und sie hat nie durch meine Hand Schaden genommen. Wenn sie Euch etwas anderes erzählte, so entspricht das nicht der Wahrheit.«

Die düstere, verschleierte Gestalt trat auf ihn zu. »Sie ist noch am Leben, weil mein Blut sie wiederherstellte. Ich sah ihren Leib, als er ohne Leben war. Ich sah die schreckliche Wunde an ihrem Hals. Sie sagt, Ihr hättet sie ihr zugefügt.«

Padre Gonsção wich einen weiteren Schritt zurück und dann noch einen und noch einen, unterdrückte nur mit Mühe das verzweifelte Verlangen zu fliehen. Nun bezweifelte er nicht mehr, daß sie ein Dämon war, und fühlte sich über seinen plötzlichen Mangel an Mut beschämt. Er versuchte Gebete zu murmeln, doch die Zunge wollte ihm nicht gehorchen. Er ermahnte sich, daß es seine Pflicht war, diese Kreatur zu vernichten, doch seine einzige Waffe war ein Dolch, und darauf war er nicht vorbereitet. »Ich … habe ihr diese Wunde nicht zugefügt, Lady.«

»Nein? Einerlei. Wie ich hörte, seid Ihr Priester des Orlem

Gor recht geschickt darin, unbeabsichtigt Tode herbeizuführen.«
Gonsção zog sich noch etwas weiter zurück, und der Regen prasselte ihm auf Kopf und Rücken, dann hielt die Brüstung des Steinbalkons hinter ihm ihn auf. Er blickte über den Rand hinunter. Es wäre ein Sturz aus der zweiten Etage auf das Kopfsteinpflaster, tief genug, um sich Glieder oder den Hals zu brechen, wenn man unglücklich aufkam. *Ich könnte sie überwältigen, denn ich bin gewiß stärker, und sie über die Brüstung werfen. Auch wenn ich dabei selbst hinabstürze, könnte ich dadurch doch ihren Tod herbeiführen und so meine Bestimmung erfüllen. Aber das würde Timóteos schutzlos zurücklassen. Ich kann nur hoffen, daß Senhor Chinnery noch genug Mitgefühl in seinem Leib hat, um sich um den Jungen zu kümmern.*
Die verschleierte Königin blieb keine zwei Meter von ihm entfernt stehen. Der Wind blähte die schwarze Seide, so daß ihre Gestalt nicht genau zu bestimmen war und wirkte, als verändere sie ständig ihre Form.
»Wollt Ihr mir etwas antun, Majestät?« sagte Gonsção schließlich. »Das ist nicht rechtens. Ich kam auf Eure Einladung hin, in gutem Glauben. Wollt Ihr mir nicht erst den Prozeß machen?«
»Nein. Ich habe diese menschlichen Rituale satt. Ich habe alle menschlichen Angelegenheiten satt. Ich war eine Närrin, von den Sterblichen etwas Wertvolles zu erwarten. Ich bin unsterblich und werde mir die Freiheiten nehmen, die den Göttern zukommen.«
»Dann macht Ihr Euch etwas vor, Majestät, oder Ihr lügt. Es gibt nur einen Gott.« Gonsção zog den Dolch aus der

Scheide an seiner Seite und hielt ihn senkrecht vor sich, so daß Griff und Querstrebe ein Kreuz bildeten.
Die Kreatur lachte in einem Tonfall, der ihren Wahnsinn verriet. »Was habt Ihr mit diesem kleinen Stab vor? Habt Ihr nicht gehört, daß ich sagte, ich bin unsterblich? Vielleicht könnt Ihr mich zum Bluten bringen, doch sterben werde ich nicht. Ich kann nicht sterben.«
»Eine von Eurer Art ist bekanntlich gestorben.«
»Ah. Also hat Euer kleiner Mönchsknabe Euch meine wahre Natur enthüllt. Ja, meiner Schwester Medusa wurde dieses Geschenk für ihre Gottesfurcht und Güte gewährt. Wie es der Zufall will, mangelt es mir an diesen Eigenschaften.« Ihre Hand griff nach dem Schleier über ihrem Gesicht.
Weshalb zögere ich zu handeln? Aus welchem Grund sollte ich ihr glauben? »Ich fürchte mich nicht vor dem Tod, Lady. Ich bin durch diese dunkle Pforte gegangen und zurückgekehrt. Ich lebe nur deshalb noch, weil man mir ein Pulver aus Eurem getrockneten Blut verabreichte, ohne mein Wissen und meine Billigung.«
Ihre Hand verharrte. »Ihr zeigt jener Person gegenüber, die Euer wertloses Leben rettete, aber einen erstaunlichen Mangel an Dankbarkeit.«
»Ich habe nicht darum gebeten, wiederbelebt zu werden, Lady. Es stört mich nicht, diese sterbliche Hülle zurückzulassen und meine Reise erneut anzutreten.«
»Ah. Wißt Ihr, das ist recht interessant. Doch meine Priester und Philosophen erzählen mir, daß, wenn ich jemanden zu Stein verwandle, die Seele gefangen bleibt, unfähig zu entweichen. Ich glaube, sie könnten recht

haben, denn die wenigen Male, die ich mich entschloß, den Bann aufzuheben, erwachten die Versteinerten sehr schnell wieder zum Leben. Anscheinend ist das, was ich tue, das sprichwörtliche Schicksal, das schlimmer ist als der Tod.«

Furcht und Wut loderten gleichermaßen in ihm auf. »Und etwas so Schreckliches … würdet Ihr jemandem antun, der noch kaum mehr ist als ein Kind?«

»Ihr meint Euren kleinen Mönchsknaben? Zuerst habe ich ihn weggeschickt, doch er bettelte und flehte so ernsthaft, daß ich ihm seine Chance geben mußte. Fast wäre es ihm auch geglückt. Ich denke, wenn er weltlicher eingestellt gewesen wäre, so hätte es Hoffnung für ihn gegeben. Ich konnte seine Bewunderung für mich sehen. In ein oder zwei Jahren wäre er ein hinreißender Liebhaber geworden.«

Ekel übermannte Gonsção, und er sprang mit dem Dolch auf sie zu. Doch sie wich behende zur Seite aus und ergriff ihn am Handgelenk.

»Eifersüchtig, Priester? Aditi erzählte mir, Ihr hegtet ihrer Ansicht nach keine Zuneigung zu Frauen. Ist deshalb stets der Junge in Eurer Nähe? Ist er Euer Lustknabe?«

»Unsäglicher Dämon, hinfort!« schrie Gonsção, als er seine Messerhand ihrem Griff entriß und die Klinge mitten in sie hineinbohrte. Sie keuchte auf und versteifte sich. Gonsção packte ihre Arme und zerrte sie zur Balkonbrüstung.

»Ihr … Narr …« Mit der einen Hand faßte sie ihn an der Schulter, während die andere ihren Schleier ergriff. Doch bevor sie sich enthüllen konnte, hatte Gonsção sie schon

über die Brüstung gewuchtet und kippte mit ihr über den Rand in die Tiefe.
Der Sturz dauerte länger, als er erwartet hatte. Er versuchte, sie beide mit dem Kopf voran fallen zu lassen, doch die Königin wand sich und kämpfte in der Luft gegen ihn an. Er kam mit dem Rücken auf dem Pflaster auf, und sie landete auf seiner Brust.
Er hörte Knochen bersten, als sein Rücken und dann Kopf und Ellbogen aufschlugen. Einen Moment lang wurde alles schwarz, dann kehrte zu seinem Entsetzen das Bewußtsein zurück. Ein betäubender Schmerz ging damit einher, und er war nicht fähig, sich zu bewegen. Ein Gewicht hob sich von seiner Brust, und er sah die verschleierte Königin über sich aufragen, ihr Gesicht unmittelbar über seinem. *Der Sturz war zu kurz. Keiner von uns beiden ist tot. Gott vergib mir.*
Endlich riß sie sich den Schleier vom Gesicht und enthüllte ihre wutentbrannten Züge. Sie schrie ihn an, und die Schlangen auf ihrem Kopf, von denen einige schlaff und zerquetscht an ihrer Wange herabbaumelten, krümmten sich und zischten, und ihre kleinen roten Augen glühten. Zu nichts anderem mehr fähig, als ihr entsetzliches Antlitz anzustarren, spürte Gonsção, wie große Hitze in seiner Brust aufstieg, gefolgt von durchdringender Kälte. Sie breitete sich von seinem Brustkorb bis in seine Gliedmaßen aus. Er konnte nicht mehr atmen. Das Herz blieb ihm stehen. Seine Kehle dörrte aus, und er würgte. Seine Zunge und Wangen wurden taub. Ein milchiges Weiß legte sich über seine Augen. Und dann wußte er nichts mehr.

Porphredo schritt durch den Korridor und trug eine leere Amphore. Das warme Mineralwasser der unterirdischen heißen Quellen würde den Verletzungen der Despoina wohltun, und Porphredo beeilte sich, um Stheno bald Linderung bringen zu können. Das spätnachmittägliche Licht, das in den Palast eindringen konnte, war trüb von der Düsternis des vergangenen Sturms. Porphredo eilte um eine dunkle Ecke und erhielt einen Stoß, der ihr die Amphore aus den Armen schlug und sie fast umgeworfen hätte. Der Krug zerbarst auf dem Boden, und Porphredo taumelte zurück, wurde jedoch von einer kleinen Gestalt vor ihr festgehalten.

»Oh! Oh! Porphredo! Tut mir leid.«

»Enyo? Liebe Schwester, was hast du?«

Die Augen der kleineren Alten waren vor Angst geweitet, ihr Gesicht war blaß. »Schreckliche Dinge gehen vor, schreckliche Dinge! Wo ist die Despoina?«

»Sie ist in ihren Gemächern und ruht. Sie wurde verletzt.«

»O nein! Nicht auch noch sie!«

»Keine Angst, Enyo. Es ist nichts Ernstes – sie ist tief gefallen und hat einen gebrochenen Arm, einen Schnitt an der Seite und einige blaue Flecke, und du weißt, wie schnell sie heilt. Was meinst du mit ›auch‹?«

Enyo schluckte und ergriff ihr Handgelenk. »Komm und sieh selbst.«

Porphredo ließ zu, daß sie zu einem nahen Korridor geführt wurde, in dem ein Mann in einer Blutlache ausgebreitet an der Wand lag. Mit demselben Blut hatte jemand arabische Worte an die Wand gemalt – »Allah akbar«.

»Bei Hekate«, keuchte Porphredo, »wer hat das getan? Das ist einer der Männer des Mirsas. Sein Name war, glaube ich, Awwal. Hat der andere den Verstand verloren?«
»Das ist noch nicht alles«, sagte Enyo, und in ihrer Stimme drückte sich Panik aus. »Weiter hinten liegt eines der Mädchen. Sie sieht genauso aus wie der hier. Und im Thronsaal … ach, Porphredo.«
»Heraus damit.«
»Ich weiß, du hattest etwas für ihn übrig. Dort liegt … der Sufi. Auch tot.«
»Masum?« wisperte Porphredo. »Wer … wie? Wenn das Sthenos Werk ist …«
»Nein! Er wurde … enthauptet. Sie trägt nie ein Schwert.«
Porphredo schluckte, um den Klagelaut zu unterdrücken, der ihr zu entweichen drohte. »Wir müssen herausfinden, wer das getan hat.«
»Würde der Mirsa seine eigenen Männer töten? Und ein Mädchen?«
»Das kann ich nicht glauben.« Übelkeitserregende Angst stieg in ihr und Porphredo auf. »Enyo, bring die Mädchen an einen sicheren Ort. Erinnerst du dich an den Lagerraum, den die Despoina unter dem Pfauengarten aus dem Stein meißeln ließ? In diesem Raum gibt es keine Geheimgänge. Schaff sie dorthin.«
»Gut. Was hast du vor?« fragte Enyo.
»Verschwenden wir keine Zeit mit Reden. Geh schon.« Als ihre Schwester davoneilte, lief Porphredo zur Nordmauer des Palasts und zum Wachturm, der in der Westecke fast in Trümmern lag. Von dieser Stelle auf dem Palastgelände aus konnte man ins Flußtal des Krishna hinuntersehen.

Keuchend vom Laufen und Steigen über herabgestürzte Steine erreichte Porphredo schließlich die Turmkuppel. Einst waren hier Wächter stationiert gewesen, doch nachdem sie jahrhundertelang nicht benötigt worden waren, hatte Stheno sich nicht mehr darum gekümmert.

Der Wind wehte kräftig in dieser Höhe, doch glücklicherweise war der Sturm vorbei. Porphredo roch nasses Erdreich … und noch etwas. Brennendes, feuchtes Holz. Sie blickte nach Norden und sah, daß im Tal Rauchwolken aufstiegen. Das Dorf Devidurga stand in Flammen.

An den Bergflanken herrschte Bewegung, wie von Ameisen, die einen Ameisenhügel hinaufklettern – daß es aus dieser Entfernung zu erkennen war, bedeutete, daß das, was sie sah, groß oder zahlreich sein mußte. *Elefanten! Trotz meiner Bemühungen hat Jaimals Armee uns gefunden!* Porphredo starrte in regloser Benommenheit die näherkommenden Kolonnen an. Dann faßte sie sich wieder und eilte vorsichtig die Turmtreppe hinab.

Sie schnappte sich den ersten halbblinden Priester, dem sie begegnete; er fegte unten den Hof. »Laß die Warnhörner erklingen! Los! Sofort!«

Der Priester legte kläglich den Kopf schräg. »W-weshalb, heiliger Dämon? Wandelt die Göttin wieder unter uns?«

»Wir werden angegriffen, du Narr! Und die Göttin muß wandeln, um uns zu retten, wenn wir überhaupt eine Chance haben wollen. Nun geh!« Porphredo stieß ihn in die richtige Richtung, und er stolperte davon. *Zu langsam, zu langsam. Die Elefanten werden vor den Palasttoren sein, bevor das Volk von Bhagavati gewarnt ist.* Porphredo eilte weiter, obwohl ihre Lungen und Muskeln von der ungewohnten Anstrengung schmerzten. Es lenkte sie von den Schuldgefühlen ab, die sie empfand, weil sie glaubte, versagt und diese Probleme erst herbeigeführt zu haben.

Sie betrat die dunklen Korridore und war zu Sthenos Gemächern unterwegs, als sie innehielt. Weiter vorn hörte sie das widerhallende Klirren von Schwertern und Männer, die einander auf persisch anbrüllten.

»Verräter! Wo ist der Schatz?«

»Nicht ich bin hier der Verräter. Legt eure Schwerter nieder und hört mich an!«

Der Mirsa. Porphredo ging auf den Lärm zu und spähte an einer Gabelung des Korridors um die Ecke. Der Mirsa stand mit dem Rücken zu einer Wand und hielt einen Säbel stoßbereit, ihm gegenüber vier andere Bewaffnete. Ein Mann, vermutlich Rafi, lag tot zu seinen Füßen. Sie konnte sehen, daß die Angreifer drauf und dran waren, den Mirsa zu überwältigen. *Er kann nicht allen standhalten.* Porphredo trat in den Korridor hinein und rief: »Hoheit! Was geht hier vor? Braucht Ihr Unterstützung?«

Alle fuhren herum und starrten sie an.

»Begum Porphredo, lauft!« schrie der Mirsa.

»Schweig, Verräter!« Einer der Schwertträger schlug dem Mirsa die Klinge aus der Hand und bohrte ihm das Schwert in die Brust, so daß er tot zusammensank.

»Das ist die Hexe, die uns hereinlegte!« sagte ein anderer.

Porphredo starrte erschüttert auf den toten Mirsa. Doch statt seinem Rat zu folgen, trat sie langsam vor, richtete sich unter Schmerzen zu ihrer vollen Größe auf und nahm

ihre majestätischste Haltung an. »Was hat das zu bedeuten? Weshalb bringt Ihr diese Gewalt in unsere friedliche Stadt?«
»Sag uns, wo der Schatz ist, und bring uns zu deiner Königin, sonst töten wir auch dich.« Zwei der Männer kamen auf sie zu, die Schwerter erhoben.
Porphredo streckte die Hände aus. »Friede, erhabene Herren. Selbstverständlich dürft Ihr meine Königin kennenlernen. Schließlich habt Ihr die Prüfung bestanden, nicht wahr?«
»Prüfung? Welche Prüfung?«
»Sie lügt schon wieder.«
»Nicht jeder kann Bhagavati finden«, fuhr Porphredo fort. »Nur die Tapfersten und Klügsten. Auf diese Weise habt Ihr Euch bewiesen. Kommt. Es wird meiner Königin eine Ehre sein, Euch kennenzulernen.«
»Keine Schliche!«
»Ich schwöre Euch bei allem, was mir heilig ist, daß Ihr sie kennenlernen sollt«, sagte Porphredo. »Wenn Ihr mir nun folgen wollt.« Sie wandte sich um und begab sich mit einer Gelassenheit, die sie nicht empfand, zu Sthenos Gemächern. Es dauerte nicht lange, bis sie den Perlenvorhang erreicht hatten. »Wenn Ihr hier einen Moment warten möchtet …«
»Nein! Wir trauen dir nicht. Wir kommen mit.«
»Wie Ihr wünscht.«
Stheno rief auf griechisch aus dem Innenraum: »Porphredo? Bringst du mir das Mineralwasser? Wen hast du bei dir?«
Porphredo erwiderte auf persisch, damit die Mogule sie

verstehen konnten: »O mächtige Königin, uns ist die Ehre der Anwesenheit einiger edler Herren von weither zuteil geworden, die eine Audienz bei Euch wünschen. Ich bitte Euch, ihnen Eure Aufmerksamkeit zu schenken.«

Stheno sagte, noch immer auf griechisch: »Wenn das wieder eine deiner Witzeleien ist, Porphredo, hast du dir einen schlechten Zeitpunkt dafür ausgesucht.«

»Es ist eine ernste Angelegenheit«, sagte Porphredo, noch immer auf persisch. »Ich bitte Euch, diesen Herren Respekt zu erweisen und ihnen Audienz zu gewähren.«

Einer der Mogule rief: »Hör uns an, o heimtückische Königin. Unsere Armeen umzingeln Eure Stadt. Ihr solltet besser mit uns sprechen und uns Eure Schätze und Ländereien übergeben, sonst legen wir Euer Reich und Euren Palast in Schutt und Asche.«

»Der Mann spricht die Wahrheit. Ich bitte Euch, Majestät«, sagte Porphredo, »diese Männer müssen Euch *sehen.*«

Ein Zögern entstand, dann erwiderte Stheno auf persisch: »Ah. Natürlich. Bitte führ sie herein.«

Porphredo verbeugte sich vor den Mogulen und deutete zum Vorhang. »Ihr dürft eintreten.«

»Du zuerst.«

»Wie Ihr wünscht.« Porphredo begab sich durch den Perlenvorhang in Sthenos Ruheraum. Ein durchscheinender Chalzedonwandschirm stand zwischen dem Eingang und dem Bett, auf dem Stheno lag. Das Licht der Öllampen warf nicht wie üblich ihren Schatten auf den Schirm. Porphredo trat zur Seite, damit die Männer hinter ihr eintreten konnten.

»Ihr müßt unsere *begum* entschuldigen«, sagte Porphredo

zu ihnen, »sie wurde erst kürzlich verletzt und ist daher nicht angemessen gekleidet, um Besucher zu empfangen.«
»Wir kommen nicht als bewundernde Höflinge«, sagte der Anführer der Mogule, »sondern als Soldaten.« Er machte einen Schritt nach vorn und schlug mit einer ausladenden Bewegung seines Schwerts den Wandschirm zur Seite.
Stheno wirkte einen Moment lang blaß und erschreckt. Dann erhob sie sich von ihrem Bett, den Blick fest auf den Mogul gerichtet. Ihre kleine Brut schoß nach vorn, erst aus Neugier, dann unter haßerfülltem Zischen.
Der Mogul konnte gerade noch zwei Schritte nach hinten taumeln und »Allah sei mir gnädig ...« keuchen, bevor Sthenos Blick ihn verharren ließ und sein Körper zu Stein wurde. Den anderen blieb nicht einmal mehr die Zeit aufzukeuchen, bevor ihre Kehlen verstummten.
»Trottel«, grollte Stheno und schlug mit ihrem unverletzten Arm gegen den Mogulanführer. Er stürzte zu Boden und zerbarst in tausend Stücke. »Trottel, Trottel«, fuhr sie fort und stieß die anderen Versteinerten um.
»Das ist alles nur deine Schuld, Porphredo. Ich werde künftig nicht mehr auf dich hören, sondern meinen eigenen Weg gehen. Du und deine einfältigen Schwestern werden dieses Mal wohl nichts dagegen haben, wenn ich wieder unter Menschen wandle.« Sie warf sich einen *shal* über die Schultern und verschwand durch eine kleine Seitentür, die in die geheimen Gänge führte.

24

STECHGINSTER

Dieser kleine dornige Strauch, auch Genister oder Hauhechel genannt, wächst in Schottland und ist immergrün. Sein Name bedeutet ›Feuer‹, denn er bringt Blüten von gelber Farbe hervor, die zur Blütezeit den Eindruck erwecken, die Hügel ständen in Flammen. Da er zu jeder Jahreszeit blüht, sieht man es als böses Omen an, wenn der Ginster einmal nicht blüht. Der gekaute Samen heilt Krankheiten der inneren Organe und lindert Verletzungen der Därme. Am Vorabend der Sommersonnenwende wird Stechginster als Opfer und Glücksbringer verbrannt, um Ernte und Vieh zu schützen. An der Kleidung getragen, kann er helfen, Verlorenes wiederzufinden oder einen vor dem Stolpern bewahren. Stechginster in ein Haus zu tragen bedeutet jedoch, dem Tod Einlaß zu gewähren …

Thomas stand in der frostigen Stille der unterirdischen Kammer und starrte den häßlichen Steingötzen an. »Sie ist nicht so hübsch wie das Original, doch eine gewisse Ähnlichkeit ist unverkennbar.«

»Aye, mein Junge«, sagte Lockheart und strich mit seinen klobigen Händen erstaunlich sanft über das grobe Gestein. »Auch wenn diese hier Löwen statt Jagdhunde als Begleiter hat, besteht in ihrer Gestalt doch eine auffällige Übereinstimmung.« Er hob das Silbermedaillon hoch, das er an einer Kette um den Hals trug, warf einen Blick darauf und dann zur Statue.

»Ich meinte, mit unserer guten Königin Stheno, aber was soll's.« Thomas hatte seine Hochzeitskleidung gegen das Hemd und die weite Hose eingetauscht, die er seit dem Verlassen der Santa Casa in Goa getragen hatte. Darin fühlte er sich um einiges behaglicher.

»Ihr habt recht daran getan, mich herzubringen, obwohl die Königin das sicher nicht gern sieht.«

»Es ist mir mittlerweile ganz gleich, ob es sie ärgert oder nicht. Im Grunde hoffe ich es sogar. Von mir aus soll sie mich ruhig hassen.«

»Hmm. Ich kann verstehen, daß Ihr sie als Geliebte ablehnt, doch an Eurer Stelle würde ich es nicht soweit kommen lassen, sie mir zum Feind zu machen. Das hier ist also der Stein, sagt Ihr, an dem der Hindupriester seinen Ritus an Euch ausführen wollte?«

»Aye, wobei er mit mir verfuhr, als sei ich ein Opferlamm, das zur Schlachtbank geführt wird. Doch denkt nicht weiter daran. Alle sagen, er sei wahnsinnig.«

»Der Wahnsinn von Mystikern birgt oft unheimliche Wahrheiten. Irgendwie wußte der Brahmin um Eure Bedeutung.«

»Aye, sicher hat Königin Stheno ihm das eingeredet. Seid Ihr fertig, Andrew? Ich möchte gern gehen.« Thomas blickte sich mürrisch um. »Das alles hier ist mir ein Greuel.«

»Wirklich?« fragte Lockheart. »Hält Euch denn nichts mehr an diesem Ort?«

»Nein. Ich brachte Aditi nach Hause, und sie empfing den Segen des mütterlichen Bluts und ein neues Leben. Einzig deshalb bin ich Königin Sthenos Ruf gefolgt.«

»Seid Ihr sicher?«

»Oh, na schön. Meine Neugier wollte ich auch befriedigen. Doch nun fürchte ich, daß ich mehr weiß, als ich jemals zu wissen wünschtc.«

»Ihr wärt also lieber ein unwissender Tor geblieben?«

»Wahrlich. Was nützt es mir schon zu wissen, in welche Abgründe des Wahnsinns der Mensch fallen kann? Sei er Mann, Frau oder … Kreatur.«

»Ich für meinen Teil liebe die Wahrheit über alles, einerlei, in welcher Schreckgestalt sie daherkommt.« Lockheart tätschelte den Kopf des Götzen.

»Vielleicht solltet *Ihr* der Gorgone einmal ins Antlitz schauen, Andrew. Sie behauptet, wer sie liebe, der werde durch ihren Blick nicht verwandelt.«

»Und was, wenn sie *mich* nicht liebt? Nay, mein Junge.

Dieses Wagnis gehe ich nicht ein. Ich bin's zufrieden, sie aus der Ferne zu verehren. Doch wenn Euch, wie Ihr sagt, hier nichts mehr hält, dann ist es vielleicht an der Zeit, von Flucht zu reden.«

»Flucht?« Bei dem Gedanken machte Thomas' Herz in der Brust einen Satz, und er schaute sich kurz um, ob auch niemand in der Nähe war, der sie belauschte.

»War ich nicht deutlich genug? Diesen Ort verlassen, ihm Adieu sagen, mein Junge.«

»Bitte verzeiht. Das ist ein so entzückendes Wort, daß ich es eine Weile auf der Zunge behalten mußte. Habt Ihr einen Plan?«

»Den habe ich. Wie fändet Ihr es, wenn wir uns morgen bei Sonnenaufgang im heiligen Garten träfen?«

»Aye, ein großartiger Gedanke. Dort wird man uns nicht stören.«

»Das ist ein passenderer Ort als dieser. Also, haben wir einen Pakt?« Lockheart streckte seine Rechte aus.

Thomas zögerte einen Moment. »Sollten wir ... unsere Überlegungen nicht jemandem mitteilen? Timóteo vielleicht?«

»Nay! Um ihn soll der gute Padre sich kümmern. Dieser Plan geht lediglich Euch und mich etwas an, mein Junge. Erwähnt ihn mit keiner Silbe, sonst verdirbt man ihn uns. Sagt niemandem Lebewohl und deutet noch nicht einmal im Scherz an, was wir vorhaben.«

Thomas seufzte und nickte widerstrebend. »Also gut.« Er nahm Lockhearts Hand und drückte sie fest. »Der Pakt ist geschlossen. Morgen bei Sonnenaufgang im Eichengarten.«

Lockhearts Gesicht war eine undurchdringliche Mischung von Gefühlen, und Thomas fragte sich, wie ein Mensch gleichzeitig erfreut, nicht erfreut, ängstlich und aufgeregt erscheinen konnte. »So ist's recht, mein Junge. Zur festgesetzten Zeit am vereinbarten Ort.«

Das muß ein gewagter Plan sein, wenn er solche Feuer in ihm entfachen kann. »Abgemacht. Vielleicht werde ich die Gelegenheit nutzen, der Bibliothek noch einen Besuch abzustatten. Sie enthält ein oder zwei Werke, um die die Königin sich nicht weiter kümmert und die anderswo ein gefälligeres Zuhause finden könnten.«

»Wie, nun wollt Ihr auch noch zum Dieb werden, mein Junge? Belehrte Euch Euer Herr denn nicht eines Besseren? Nay, laßt diese Gelegenheit ungenutzt, nehmt nicht, was auffallen oder vermißt werden könnte. Unternehmt nichts, was unseren Plan vielleicht in Gefahr bringt.«

Thomas seufzte. »Na schön. Ihr werdet wissen, was das Beste ist. Doch ich verlasse diesen Raum nun trotzdem. Etwas in ihm erinnert mich an meine Alpträume.«

»Geht ruhig. Ich bleibe noch eine Weile und gebe mich meinen Gedanken hin.« Lockheart wandte sich wieder der Statue zu und legte ihr die Hände auf den Kopf, die Augen geschlossen.

Thomas fühlte sich entlassen und ging die Steintreppe zur Tür hinauf. Er warf noch einen letzten Blick auf Lockheart, der in ein Gebet versunken vor dem Götzen stand. *Was für ein seltsamer Mensch er doch ist. Werde ich jemals verstehen, welche Gezeiten in ihm wogen, oder sollte ich dankbar sein, daß mir das verwehrt bleibt?* Thomas trat durch die Tür und zog sie hinter sich zu, als er auch schon

Enyo sah, die mit blassem Gesicht durch den Korridor auf ihn zugerannt kam. *Sackerment, das fehlte mir gerade noch. Jetzt wird sie mich dafür schelten, daß ich neuerlich ein Sakrileg beging. Was soll ich ihr sagen?*

»Despotas Chinnery!« Keuchend und schnaufend blieb die kleine Alte vor ihm stehen und packte ihn am Ärmel seines Hemds. »Kommt mit. Wir brauchen Eure Hilfe, und Ihr müßt Euch in Sicherheit bringen!«

Da bemerkte Thomas, daß in einiger Entfernung schwach die tibetischen Hörner zu hören waren. »Was ist geschehen, Enyo? Wandelt die Königin wieder unverschleiert?«

Die Alte schüttelte den Kopf und stockte, um tief Luft zu holen. »Wir werden angegriffen. Die Mogule. Sie sind gekommen. Durch die geheimen Gänge. Sie sind im Palast!«

Thomas wich zurück und blickte sich rasch um, halb in der Erwartung, daß die Reiter Jaimals durch die Wände gesprengt kämen. »Wo? Wie viele?«

»Das wissen wir nicht. Bitte! Kommt mit mir! Einige der Mädchen wurden verwundet und bedürfen Eurer Obhut.«

»Sei's drum. Lady. Führt mich hin.« Thomas folgte Enyo, seine Gedanken in hellem Aufruhr. *Wird dieses neuerliche Unheil mich an der Flucht hindern oder meine Chancen verbessern? Doch wenn man meiner Hilfe bedarf, welches Recht habe ich dann zu fliehen?*

Als Andrew Lockheart hörte, daß Thomas' Schritte sich die Treppe hinauf verloren, atmete er tief durch und versuchte, seine aufgewühlten Gedanken wieder zu beruhigen. Behutsam strich er mit den Fingern über das alte

Steinbildnis. *Holde Diana, obgleich nicht so hold in dieser Verkleidung, vergib mir, Herrin, daß ich fast meine Pflicht vergessen hätte. Du hast mir häufig genug Zeichen gesandt, daß dies der Ort sei. Nun gib mir die Kraft für das, was ich morgen früh tun muß.* Lange Zeit stand er in stummer Meditation, dann spürte er, wie der Götze unter seinen Händen erbebte und sich zu rühren begann.
Lockheart keuchte auf und wich einen Schritt zurück. In dem schwachen Licht sah er, daß die Statue langsam nach hinten glitt und eine viereckige, mit Steinen umrandete Grube enthüllte. Der Sockel war hohl. Eine kühle Brise wehte aus der Grube herauf und ließ vermuten, daß sich darunter ein unterirdischer Gang befand. Lampenschein flackerte in dem Loch, und etwas erhob sich daraus – Lockheart sah die Köpfe mehrerer kleiner brauner Schlangen durch die Öffnung aufsteigen. Sie züngelten ihm entgegen, und Lockheart kniff fest die Augen zusammen, weil er wußte, was nun mit Sicherheit folgen mußte.
Er hörte das leise Stöhnen einer Frau, von Erschöpfung oder Schmerz gezeichnet, oder auch von beidem, dann atmete jemand vor ihm. *»Tis ekei?«* fragte Königin Stheno auf griechisch. »Wer bist du? Einer der Mogule?«
Lockheart nahm all seinen Mut zusammen und erwiderte: »Nein, Despoina. Ich traf zwar mit der Gruppe des Mirsas ein, stamme jedoch aus einem anderen Land. Ich war der Reisegefährte Eures Freiers Thomas Chinnery und kam hierher, um Euch Ehre zu erweisen.«
»Ach, und deshalb hältst du dich in unserem heiligsten Schrein auf?«
»Ganz recht, Despoina. Bitte glaubt mir, ich hatte nicht

vor, ein Sakrileg zu begehen, denn auch ich bete die Herrin der Tiere an. Hier ist der Beweis.« Die Augen noch immer fest zusammengekniffen, hielt Lockheart ihr das Silbermedaillon hin.
Er spürte, wie die Kette an seinem Nacken spannte, als sie das Medaillon in die Hände nahm. »Ein hübsches Andenken. Sie findet also auch heute und in diesem Zeitalter noch leichtgläubige Narren. Hoffentlich ist Sie zu Euch gütiger, als Sie es zu mir war. Aber Ihr seid doch sicher nicht den weiten Weg gekommen, noch dazu unter solchen Risiken, um vor einer häßlichen Statue zu knien?«
Lockheart zögerte und fragte sich, wieviel er offenbaren durfte, selbst ihr gegenüber. »Ich kam, um eine heilige Pflicht zu erfüllen, Despoina. Ich wußte nicht, daß dies der Ort sein würde, doch die Zeichen sind eindeutig. Euer Garten ist eine Nachbildung von Dianas heiligem Hain zu Nemi, und Ihr selbst seid das Ebenbild der Göttin.«
»Ich scheine Mystiker anzuziehen wie verwesendes Fleisch Fliegen. Es ist schon erstaunlich, was für Geschichten sich verbreitet haben, seit ich und meine Schwestern mit dem Bann unseres Äußeren belegt wurden. Ich nehme an, auch du willst einen Blick auf die Gorgone werfen, um deinen Glauben auf die Probe zu stellen.«
Lockheart lächelte. »Nein, Despoina. Ich bin nicht würdig noch besitze ich den Mut, Eurem Blick standzuhalten. Es soll mir genügen, mich in Eurer Gesellschaft befunden und Eure Stimme gehört zu haben.«
»Hm. Du bist der weiseste aller Mystiker, die mich bisher besuchten. Dafür will ich dich segnen.«
Er spürte, wie ihre Hände das Medaillon wieder in sein

Hemd steckten. Ihre Finger verharrten und strichen über seine Brust. Sie kam näher, ihr warmer Atem wehte ihm ins Gesicht. Ihre Hände glitten nach oben, bis sie auf seinen Wangen ruhten. Plötzlich spürte er warme Lippen auf den seinen und warme, sich krümmende Leiber, die sich über seine Stirn und Kopfhaut schlängelten. Nach einer Weile schob sie sich von ihm weg, und Lockheart ließ mit einem tiefen Seufzer den Atem entweichen. »Habt Dank, Despoina. Wenn ich nun sterbe, dann als glücklicher Mensch.«

»Das ist gut, denn ich muß dich warnen, daß du in Gefahr schwebst. Die Armee der Mogule hat unsere Befestigung eingenommen und ist in den Palast vorgedrungen. Du mußt auf der Hut sein.«

Sollte so dicht vor dem Ziel nun ein gewöhnlicher Krieg meine Pläne vereiteln? »Habt abermals Dank, Despoina. Ich werde alle Vorsicht walten lassen, die mir zu Gebote steht. Schon oft habe ich Gefahren getrotzt und verstehe mich recht gut darauf.«

»Ausgezeichnet. Dann möchte ich dich um einen Gefallen bitten. Finde den jungen Mönch Timóteo und bring ihn im untersten Raum des Pfauenflügels in Sicherheit. Der Knabe ist in seinem jetzigen Zustand hilflos, und sein Padre … nun, er kann sich nicht länger um ihn kümmern.«

»Ich verstehe. Darf ich fragen, weshalb Euch das Schicksal des kleinen Mönchs sosehr am Herzen liegt?«

»Er schaute mir einmal ins Antlitz. Und hielt mich für schön. Nun geh und halte dich nicht mehr in meiner Gegenwart auf, denn ich bin unverschleiert und beabsich-

tige, meinen tödlichen Blick auf jeden Mogul zu richten, der mir begegnet.«
»Natürlich, Despoina. Und doch ... einen Wunsch hätte ich noch.«
»Welchen? Stell ihn schnell.«
»Wenn die Schlacht gut endet, möchte ich Euch bitten, morgen früh eine Stunde nach Sonnenaufgang in Euren heiligen Garten zu kommen. Ich werde dort ein Ritual durchführen, mit Thomas. Wenn Ihr mir freundlich gesonnen seid ... so werdet Ihr mir diesen Wunsch erfüllen.«
»Ihr Mystiker seid ja so stolz auf eure Geheimniskrämerei. Also gut. Ich kann es zwar nicht versprechen, doch wenn es mir möglich ist, werde ich da sein.«
»Ihr erweist mir große Ehre, Despoina.« Lockheart verneigte sich vor ihr. Er wandte sich um, öffnete seine Augen aber erst wieder, als er sicher war, daß sie sich hinter ihm befand. Er rannte die Treppe hinauf, von Hoffnung und innerer Angst zerrissen.

Enyo hämmerte gegen die massive Tür aus grobem Holz. »Laßt uns rein! Ich bringe Euch Despotas Chinnery!«
Thomas hörte, wie ein Riegel zurückgeschoben wurde, dann ging die Tür auf.
Aditi spähte hervor. Thomas staunte darüber, wie jemand so ausgezehrt und hinreißend gleichzeitig aussehen konnte. »Kommt rein. Beeilt euch.«
Halb führte, halb stieß Enyo Thomas hinein, dann wurde die Tür hinter ihnen zugeschlagen und der Riegel wieder vorgeschoben.
Der Anblick in dem provisorischen Lagerraum zerriß ihm

das Herz. Mädchen saßen überall auf dem Erdboden, manche weinten, manche stöhnten, manche wiegten sich stumm in den Ecken. Der Geruch von Blut und Angst erfüllte die drückende Luft, und Thomas wurde nachdrücklich an das Aljouvar erinnert, das Höhlengefängnis in Goa.

Aditi berührte seine Schulter. »Gut, daß Ihr hier seid. Viele wurden niedergetrampelt, als wir versuchten, sie in Sicherheit zu bringen. Einige haben Messerwunden von Begegnungen mit Mogulen. Manche von ihnen ... wurden mißbraucht. Ich muß gehen und die übrigen finden.«

»Wartet! Aditi, das dürft Ihr nicht. Die Mogule.«

Sie runzelte die Stirn. »Mögen die Dämonen sie holen. Ich muß die anderen Mädchen finden.« Sie zerrte den Riegel zurück und schlüpfte durch die Tür hinaus.

Enyo schloß und verriegelte die Tür wieder hinter ihr. »Sie war schon immer ein tapferes Kind.«

Thomas seufzte und erwog einen flüchtigen Moment lang, ihr nachzueilen. Dann warf er einen Blick auf den Boden des Lagerraums und ermahnte sich, daß es Wichtigeres zu tun gab.

Langsam ging er von einem Mädchen zum anderen, sprach beruhigend auf sie ein, versuchte herauszufinden, wo sie verletzt waren und verband sie dann so gut er konnte. Pantoffeln und Sandalen dienten bei Knochenbrüchen zum Schienen, Saris wurden zu Schlingen für verletzte Arme und zu Aderpressen bei Blutungen. Seine frühere Erfahrung als Wundarzt an Bord des *Welpen* verlieh Thomas den Mut, sein Bestes zu geben. Doch für die Mädchen, die vor seiner Berührung zurückwichen und die Beine geschlossen hielten, obwohl ihre Schenkel blutig waren, konnte er wenig tun.

Thomas fiel der Lehrlingsaufstand zu Mariä Lichtmeß wieder ein, im ersten Jahr, als er für Master Coulter gearbeitet hatte. Für die älteren Lehrbuben von London war es an einem Feiertag nicht weiter ungewöhnlich, Amok zu laufen und die Huren in den Freudenhäusern anzugreifen sowie jede andere Frau, die das Pech hatte, sich gerade schutzlos auf der Straße aufzuhalten. Master Coulter hatte alle weiblichen Opfer, die er durchs Ladenfenster erspähen konnte, hereingeholt, und Dame Coulter und seine Tochter Anna hatten sie beruhigt und behandelt. Ein Opfer war im Laden gestorben, erinnerte sich Thomas, und zwei weitere wünschten sich zweifellos, gestorben zu sein, weil die Schläge sie dermaßen entstellt hatten, daß sie für den Rest ihres Lebens schwer gezeichnet waren.

Herrgott oder Göttin, wer immer diese Welt regiert, weshalb bringst du dem weiblichen Geschlecht so wenig Barmherzigkeit entgegen? Ist ihr Leben denn nicht von Natur aus schon schwer genug? Thomas ließ Enyo jenen helfen, die seine Hilfe nicht annehmen konnten, und ging zu den anderen weiter.

Ein Hämmern erklang an der Tür, und Enyo rief: »Wer ist da?«

»Ich bringe noch jemanden, der Schutz braucht!« schrie Lockheart hinter der Tür.

Thomas nickte Enyo zu, und sie schob den Riegel zur Seite. Lockheart kam herein, Timóteo in den Armen. Thomas stand auf und ging zu ihnen, wobei er vorsichtig über die

Verwundeten stieg. »Wie geht es ihm, Andrew? Was haben die Mogule ihm angetan?«

»Nicht die Mogule, sondern sie. Unser tapferer kleiner Mönch stellte sich der Gorgone, konnte jedoch nicht unbeschadet entrinnen. Sein geliebter Padre hatte nicht soviel Glück und schmückt nun einen Palasthof.«

Ah, dachte Thomas mit einem Anflug von Trauer. *Der Padre ist den Weg seines Herzens gegangen. Dennoch bedaure ich das Ableben des Menschen, der er einst war.*

»Wenn Ihr mich entschuldigen möchtet«, fügte Lockheart hinzu, »ich muß jetzt wieder aufbrechen, um Waffen zu finden und einige Mohammedaner zu erschlagen.«

»Aber Andrew«, Thomas blickte sich um und senkte seine Stimme, »was ist mit unseren Plänen für morgen früh? Halten wir daran fest?«

»Alles bleibt wie gehabt – diese Schlacht wird bestenfalls unsere Spuren verwischen.«

»Doch wenn Ihr getötet werdet, dann …«

Ein breites Grinsen trat auf Lockhearts Gesicht. »Mir wird nichts geschehen, mein Junge. Ich habe den Segen der Göttin erfahren. Paßt bis morgen früh lieber Ihr auf Euch auf.« Der Schotte schlug Thomas auf die Schulter, dann begab er sich wieder hinaus.

Thomas wandte sich Timóteo zu. »Nun, kleiner Bruder«, fragte er auf lateinisch, »wie ist es Euch ergangen?«

»Ich habe keine Füße mehr, Tomás. Sie sind zu Stein geworden. Deshalb konnte ich Euch auch nicht aufsuchen. Ich sah ihr Antlitz, Tomás. Ich erzählte ihr von der Liebe Gottes. Doch ich bekam Angst.«

Thomas drückte Timóteos Arm. »Ihr seid ein sehr tapferer und törichter Knabe. Ich bin froh, daß Ihr noch lebt. Aber den Padre ... hat sie ihn verwandelt?«

Timóteo blickte auf seinen Schoß hinunter. »Ich hab's nicht gesehen. Doch ich hörte es. Sie stritten sich auf dem Balkon. Dann stürzten sie in die Tiefe. Ich glaube ... ich glaube, der Padre ... versuchte ... sie umzubringen. Wie er gesagt hatte, daß er es tun wollte. Bruder Andrew meint, er habe den Padre als Steinfigur gesehen. Nach seinem Tod.«

Thomas erwiderte: »Der Padre hatte geschworen, den Herkunftsort des *Rasa Mahadevi* zu zerstören. Fast bedaure ich, daß es ihm nicht gelang.«

»Weshalb?«

Thomas blinzelte verdutzt. »Aber Timóteo, begreift Ihr denn nicht? In der Welt ist kein Platz für eine solche Macht, wie sie sie besitzt.«

Timóteo starrte ihn an. »Ihr redet schon wie der Padre.«

»Ja, ja, vermutlich. Aber ...«

»Aber weshalb ist für sie denn kein Platz in der Welt? Erschafft Gott nicht unablässig Mysterien? Weshalb müssen wir das zerstören, was fremdartig, wundervoll und mächtig ist?«

Thomas zögerte. »Ich weiß nicht, Timóteo. Vielleicht, weil eine solche Kreatur uns arme Sterbliche vergleichsweise klein und schwach erscheinen läßt. Doch nun entschuldigt mich. Ich muß mich wieder um diese unglückseligen Mädchen kümmern.«

Timóteo nahm einen Beutel von seiner Gürtelschnur. »Seht, Tomás! Ich habe noch einige Kräuter, die ich unterwegs sammelte. Es sind auch Betelblätter dabei. Und Tschampakblüten, die jetzt aber getrocknet sind. Und …«

»Dank Euch, Timóteo. Ihr gäbet einen guten Apotheker ab. Euer Großvater de Orta wäre stolz auf Euch.«

Timóteo strahlte.

»Ich nehme den Betel. Wenn Ihr etwas habt, woraus sich ein lindernder Umschlag machen läßt, so werden wir schon etwas finden, womit wir es zu Pulver zermahlen können.«

Erneut hämmerte es an der Tür, und Porphredo rief von der anderen Seite: »Mach auf, Enyo! Ich habe noch mehr verlorene Schafe gefunden.«

Enyo seufzte und zog wieder die Tür auf. Schweigend rannten drei Mädchen herein, die Augen vor Entsetzen geweitet.

»Ich fand sie in der Bibliothek, wo sie sich versteckten. Sie sind unverletzt. Ah, *apotekos*. Ich habe hier etwas für Euch.« Porphredo reichte ihm eine Rolle ungefärbten Baumwollstoff und eine Flasche, die stark nach totem Pflanzengewebe roch. »Es ist eine Salbe, die die Priester oft verwenden«, sagte sie.

Timóteo deutete auf die Flasche und sagte: »Ich kenne diesen Geruch. Das haben die Priester mir auf die Fußknöchel gestrichen.«

»Da sie Euch offenbar das Leben rettete«, sagte Thomas, »werde ich diese Arznei in hohen Ehren halten. Vielen Dank, Porphredo. Habt Ihr draußen irgendwelche Hinweise auf Kämpfe entdeckt?«

»Ich habe mein Bestes gegeben, ihnen auszuweichen,

Despotas. Sagen wir einfach, daß in den Korridoren jetzt mehr Statuen stehen als heute morgen.«

»Was sagt sie, Tomás?«

»Daß Eure wundervolle Königin sich nützlich macht, indem sie unsere Feinde zu Stein verwandelt.«

»Aha, seht Ihr? Sie ist nicht böse, sie hilft uns. Und wenn sie will, kann sie jede Statue wieder zum Leben erwecken. Das hat sie gesagt. Vielleicht wird sie den Padre auch wieder zurückholen, könnte doch sein?«

Porphredo warf dem Knaben einen eigenartigen Blick zu, dann erhob sie sich und ging zu Enyo hinüber. Thomas sah, wie sie Enyo ein Fläschchen zuschob, mit den Worten: »Falls jemand sterben sollte.« Enyo nickte und verstaute das Fläschchen in ihrem Gürtel.

»Ah. Das *Rasa Mahadevi*«, murmelte er. »Natürlich. Wenn dies die Bräute der Göttin sind, verdienen sie dann nicht ihr größtes Geschenk? Vielleicht wäre es bei den schwerer Verletzten angebracht, sie zu töten und ihnen anschließend das Pulver zu verabreichen, damit sie besser genesen ...« Thomas wurde klar, was er sagte, hielt inne und schüttelte den Kopf. »Seht Ihr nicht Timóteo, auf welchen schrecklichen Pfad der Versuchung uns das führt?«

Der Knabe antwortete nicht. Thomas setzte sich neben ihn und begann den Baumwollstoff in kleine Streifen für die Verbände zu zerreißen.

25

MISTEL

Diese Pflanze wächst nur auf anderen Bäumen, besonders auf der Eiche, wo sie angeblich der Blitz hingetragen hat, so daß sie ein Symbol des Lebens aus der Asche wurde. Sie trägt blasse, wachsartige Beeren und Blätter, die immergrün sind. Bisweilen wird sie auch Kreuzholz genannt, weil sie in dieser Form wächst. Mistel gilt als Allheilmittel mit der Macht, fast jede bekannte Krankheit zu kurieren. Doch muß man bei ihrem Gebrauch vorsichtig sein, da der Saft ihrer Beeren in zu großer Menge genossen als Gift wirkt. Ein Heiltrunk aus dem Pulver der getrockneten Beeren lindert alle Arten von Lähmung und Krämpfen. Findet man die Pflanze zusammen mit Vogelleim, so kann ein gemischter Umschlag aus beidem Entzündungen heilen. Die Alten glaubten, daß die Mistel einen auf Reisen in die Unterwelt schütze. Sie dient oft als Glücksbringer, um das Böse zu bannen und zu verhindern, daß Hexen eindringen. Heidnische Völker schrieben ihr große Zauberkraft zu und sammelten sie, bevor sie ihre mächtigsten Opfer darbrachten …

Aus dem privaten Pflanzenbuch
der Mary Coulter,
London 1603

Thomas erwachte durch das Zuschlagen der Lagerraumtür. Porphredo und Aditi waren eingetreten, und Aditi trug nun eine Rüstung aus gepolstertem Leder mit ledernem Brustharnisch. Ihr Haar war in einem langen Zopf zurückgebunden, und ein Kurzschwert hing an ihrer Seite. Als Thomas sich langsam zur Wachheit emporkämpfte, fiel ihm auf, daß die unglückseligen Bräute Shivas größtenteils noch schliefen, ebenso wie Timóteo, und eine schwere Ruhe auf allem lastete. Der kleine Bruder hatte die Nacht hindurch tüchtig gearbeitet und ihm geholfen, wo immer es ging. *Ruh dich aus, Timóteo. Wenigstens haben wir heute nacht gute Taten vollbracht, du und ich. Möge Gott deine Mühsal gegen deine Dienste in der Santa Casa abwägen. So leb denn wohl.*

Thomas erhob sich und ging zu Aditi. »Wie spät ist es? Ist die Sonne schon aufgegangen?«

»Noch nicht«, seufzte sie, »aber das wird sie bald.« Sie fuhr sich müde über das Gesicht.

Thomas wurde klar, daß er sich gewünscht hatte, der Morgen sei bereits verstrichen und mit ihm die Notwendigkeit, sich zu entscheiden, ob er sich wie vorgesehen mit Lockheart treffen sollte. Nun mußte er sich der Entscheidung stellen, und es zerriß ihm schier das Herz, jene verlassen zu müssen, die seiner Hilfe bedurften. »Wie steht es mit der Schlacht? Diese neue Kluft, die Ihr tragt, bedeutet doch wohl nicht, daß Ihr an den Kämpfen teilnehmen wollt?«

»Nur, wenn es unbedingt sein muß«, erwiderte sie mit einem süffisanten Lächeln, »doch eine Närrin bin ich auch nicht. Es ist besser, einen Schutz gegen fliegende Pfeile zu haben, selbst wenn man davonläuft. Doch ich bange um unser Volk – es braucht einen Anführer, der ihm den Weg weist. Einen, zu dem es gefahrlos aufschauen kann.« Sie sah Thomas kurz nachdenklich an.

»Ich bin kein Kämpfer«, sagte Thomas. »Da wäret Ihr mit Andrew Lockheart besser beraten. Und wo wir gerade von ihm sprechen, ich soll ihn bei Morgengrauen im heiligen Garten treffen … in einer wichtigen Angelegenheit. Könnt Ihr mir sagen, ob es sicher ist, dorthin zu gehen?«

Aditi sah ihn stirnrunzelnd an und erwiderte nichts.

Porphredo sagte: »Im Palast scheint es keine Eindringlinge mehr zu geben, doch Ihr solltet aufpassen, daß Ihr nicht über das viele Geröll stolpert, das neuerdings die Böden bedeckt. Die Schlacht hat sich nun in die Stadt selbst verlagert, und ich fürchte, die Fähigkeiten unserer Königin werden den Bürgern von Bhagavati ebensoviel Schaden wie Nutzen bringen.«

»Weshalb müßt Ihr den heiligen Garten aufsuchen? Weshalb jetzt?« wollte Aditi wissen.

»Ich bitte um Vergebung, Aditi, wir haben nicht vor, ihn zu entweihen. Er schien einfach nur ein sicherer Ort für ein Treffen zu sein. Das ist alles.« Thomas ging zur Tür und zerrte den Riegel zur Seite, bevor seine treulose Zunge noch mehr verriet.

Doch Aditi folgte ihm. An seiner Schulter fragte sie leise: »Ihr verlaßt uns, nicht wahr?«
»Ehmm ... wie kommt Ihr darauf?« Thomas spürte, wie ihm die Röte ins Gesicht schoß und seine Hände zu zittern begannen.
»Eure Augen verraten Euch. Nun denn. Wir sind nicht Euer Volk, und dies ist nicht Eure Schlacht. Ich werde Euch nicht zwingen zu bleiben. Geht. Und möge die Herrin der Tiere oder sonst jemand über Euch wachen.«
»Viel Erfolg, Aditi.« Thomas blickte sie einen Moment lang an, dann küßte er sie sanft auf die Wange. Rasch riß er die Tür auf und zog sie wieder hinter sich zu, bevor noch eine unmännliche Träne ihren Weg sein Gesicht hinunter fand. Er hörte, wie hinter ihm der Riegel vorgeschoben wurde.

Er hatte eine falsche Abzweigung nach der anderen genommen, doch er erreichte das Eisentor des heiligen Gartens – dem rosenroten Schimmer des Lichts nach zu urteilen – im selben Augenblick, als die Sonne aufzugehen begann. Das Tor stand einen Spaltbreit offen, und Thomas stieß es noch weiter auf und betrat den Hauptweg. Dort vor ihm auf dem Weg lag ein zweihändiges Langschwert. Es war sichtlich alt, aber gut erhalten, ohne einen Rostfleck.
»Ein Prachtexemplar, nicht wahr, Tom?« rief Lockheart ihm von irgendwo zwischen den Eichen und Erlen aus zu. »Ich glaube, es entstammt einer normannischen Schmiede. Diese Königin sammelt alles mögliche.«
»Wahrhaftig. Obwohl ich mir nicht sicher bin, ob meine

genesenden Schultern es mir erlauben werden, davon Gebrauch zu machen. Hättet Ihr mir nicht eine leichtere Klinge besorgen können? Solch eine Last hindert uns vielleicht an der Flucht.«

»Für unsere Zwecke ist es genau richtig. Frohe Weihnachten. Hebt es auf.«

Thomas kauerte sich hin, packte mit beiden Händen den Griff und hob das Schwert hoch. Es war nicht so schwer, wie er befürchtet hatte, und seine Schultern ächzten nur geringfügig unter der Belastung. »Es ist gut ausbalanciert.«

»Freut mich, das zu hören«, sagte Lockheart, der sich noch immer außer Sicht hielt. »Probiert es aus. Schlagt diesen Mistelzweig von dem Eichenast zu Eurer Rechten.«

Etwas an seinen Worten erweckte Thomas' Argwohn, doch er war zu erschöpft, um den Grund zu erkennen. »Weshalb zeigt Ihr Euch nicht?«

»Das wird Euch noch klar werden. Nun schlagt schon den Mistelzweig ab, mein Junge.«

Thomas trat zu der Eiche hinüber und schwang das Schwert gegen ein kleines grünes Kraut über ihm. Die Klinge pfiff durch die Luft und holte den Mistelzweig herunter, samt Eichenast und allem. »Das ist eine ausnehmend scharfe Waffe«, sagte er. »Obwohl ich fürchte, daß ihr Gebrauch mehr Schaden anrichtet, als mir lieb ist. Ein Glück, daß im Palast nicht mehr gekämpft wird.«

»Nicht ganz, mein Junge. Ein Kampf muß noch bestritten werden.«

Thomas wandte sich um, als sich Schritte auf dem Weg näherten. Da war Lockheart, und außer dem Lendenschurz aus Blättern und dem Silbermedaillon, das ihm auf die Brust herabhing, trug er nichts. Sein restlicher Körper war mit Schlamm beschmiert, und auf dem Kopf trug er eine Krone aus Zweigen, die wie ein Hirschgeweih aussah. Auch Lockheart hielt ein Langschwert in Händen, das auf einer Höhe mit Thomas' Taille war.

»Hah! Andrew, was sollen diese Flausen? Seid Ihr wahnsinnig geworden?«

»Riten, die im Namen der Götter vollzogen werden, muten oft wie eine Form des Wahnsinns an, Tom. Die Göttin, der wir dienen, verlangt jetzt einen sehr ernsten Ritus von uns. Lediglich deshalb bin ich Euch aus England gefolgt. Lediglich deshalb erzog Euer Vater Euch auf die bekannte Weise. Wir dienen der Jägerin des Hains zu Nemi. Und jetzt fordert Sie, wie seit Menschengedenken, ein Opfer.«

Thomas wich zurück. »Ihr ... Ihr könnt doch nicht ... wir sind zivilisierte Menschen, Andrew, keine Barbaren, die bebend Gottes Zorn harren!«

Lockhearts gelassene Haltung blieb unverändert. »Die Menschen nennen die Weisheit der Alten, die sie leugnen, barbarisch. Haben wir in dieser verborgenen Stadt nicht den Beweis dafür gefunden? Auch wenn Ihr beschlossen habt, die Augen davor zu verschließen, sind die Zeichen doch für jedermann klar ersichtlich, der genauer hinschaut. Mütterlicherseits stammt Ihr von römischem Adel ab, sogar von einem Pontifex, so amüsant das auch sein mag. Euer Urahn war ein Vorgänger des Papstes. Eure Geburt bewirkte den Tod Eurer Mutter. So war es auch bei mir, mein Junge. Die Furien, die Eure Träume heimsuchen, sind nicht grundlos da. Und hier stehen wir nun im

Angesicht des Hains zu Nemi, wo das Ebenbild der Artemis zu Hause ist.« Lockheart salutierte mit dem Schwert. »Willkommen, Orestes.«

Ein Schauder durchlief Thomas, und es fröstelte ihn bis ins Mark. In den Mythen, die er studiert hatte, war es Orestes bestimmt gewesen, im Hain der Nemi als Sühneopfer für den Tod seiner Mutter zu sterben. »Hat mein Vater Euch zu der Sache verleitet?«

»Nay, gebt nicht ihm die Schuld. Das hier ist meine heilige Pflicht. Mein ganzes Leben lief auf diesen Augenblick hin, ebenso wie Eures.«

»Aber ... aber Ihr habt doch selbst gesagt, daß dieser Ort nur eine Nachbildung sei. Das ist nicht der echte Hain. Wird auch der Kampf unecht sein?«

»Echter könnte er gar nicht werden. Einer von uns wird diesen Hain nicht mehr lebend verlassen.«

Mein Gott. Er will mich als Opfer für Diana erschlagen. Deshalb merkte er auch gleich auf, als Prabaratma versuchte, selbst ein Ritual an mir durchzuführen. Was für eine Art Mensch ist das, der mir so lange Freundschaft entgegenbrachte, nur um mich jetzt wie ein Schaf abzuschlachten? Thomas schluckte und umklammerte sein Schwert fester. »Dann ist also die ›Flucht‹, von der Ihr spracht, als Ihr mich herbestelltet, eine sehr endgültige?«

»Ihr habt es erfaßt, mein Junge.«

»Kommt zur Vernunft, Andrew!«

»Ich war niemals vernünftiger. Die Luft dieses Morgens ist so süß wie keine andere zuvor in meinem Leben.«

»Dann laßt mich diesen Geruch noch ein wenig genießen. Trotzen wir den Göttern, Ihr und ich! Wie können wir eine

Gottheit verehren, die so grausam ist, daß sie das Blut eines gesunden Mannes fordert?«

Lockheart ging weiter auf ihn zu, ohne zu antworten.

»Was ist … was ist, wenn ich mein Schwert niederlege und mich weigere zu kämpfen? Werdet Ihr ein solcher Schurke sein, daß Ihr einen unbewaffneten Gegner erschlagt?«

Lockheart blieb stehen. »Ich bitte Euch, zwingt mich nicht, Euch wie einen Hund totzuprügeln, Tom. Es muß ein ehrenhafter Kampf werden.«

»Und ich hielt Euch einmal für einen Freund«, knurrte Thomas. Er sah sich nach einer Fluchtmöglichkeit um. »Was habe ich falsch gemacht, daß Ihr so kaltblütig Eure Pflicht an mir erfüllt?«

»Überhaupt nichts, mein Junge. Ich habe Euch beinahe liebgewonnen. Zweimal wäre ich auf unserer Reise fast von meiner Pflicht abgewichen und hätte Euch einem anderen Schicksal überlassen.«

»Dann tut das wieder, im Namen der Liebe!«

Lockheart schüttelte den Kopf und hob rasch das Schwert, schwang es, und die Spitze strich nur einen Zentimeter an Thomas' Kehle vorbei. »Oh, nun kommt schon und verteidigt Euch, mein Junge. Macht mir den Sieg nicht zu leicht.« Wieder schwang er das Schwert, und Thomas beugte sich zurück und konterte den Hieb mit seinem eigenen Schwert. Als die Klingen aufeinanderprallten, zerrte das so sehr an seinen Schultern, daß sie wieder zu schmerzen begannen.

»Ich habe nicht viel geschlafen, Andrew. Das ist kein gerechter Kampf.«

»Ich habe gar nicht geschlafen, mein Junge. Ich hielt Nachtwache, wie die alten Ritter es angeblich taten. Der Kampf ist mehr als ausgeglichen.« Lockhearts Schwert klirrte gegen das von Thomas und hätte es ihm fast aus den Händen gerissen. »Oh, ich bitte Euch, versucht, wie ein Mann zu kämpfen.«

»Wie Ihr wollt.« Von Angst und Wut getrieben, schwang Thomas sein Schwert.

Lockheart parierte mühelos. »Schon besser. Doch Eure Zielsicherheit läßt noch zu wünschen übrig. Habt Ihr bei unseren Raubzügen mit dem guten Captain Wood denn nichts gelernt?«

»Da hatte ich ein leichteres Schwert und Pistolen.« Thomas hob seine Waffe, doch Lockheart schlug als erster zu und wuchtete die Klinge zur Seite. Als er sein Schwert wieder in die Gegenrichtung schwang, bildete sich eine dünne rote Linie auf Thomas' Brust.

Thomas taumelte gegen einen Baum zurück und sog vor Schmerz heftig den Atem ein. Ein Teil seines Verstandes begann sinnlos die Art von Heiltränken abzuspulen, die bei Schnittwunden Linderung verschaffen. »Ihr habt mich verwundet. Laßt uns nur bis aufs erste Blut kämpfen, dann will ich Euch gern den Sieg zugestehen.«

Lockheart schüttelte den Kopf. »Es kann nur ein Ende geben, nämlich den Tod. Der Tod gebiert neues Leben.« Erneut schwang der Schotte sein Schwert, und Thomas duckte sich. Ein Stück Baumrinde und Stamm fiel dort zu Boden, wo sich gerade noch Thomas' Kopf befunden hatte. *Mein Gott, er ist tatsächlich wahnsinnig und will mich allen Ernstes töten.* Mit grimmiger Entschlossenheit hob

Thomas sein Schwert auf und zerteilte damit vor sich die Luft. Wie eine Sense schwang er es hin und her, bis die Klinge schwirrte. Zu seiner Genugtuung trieb er Lockheart auf dem Weg immer weiter zurück, und der Schotte hatte sichtlich Mühe, die Schläge zu parieren.
»Oha! Sehr gut, mein Junge! Weiter so! Und noch einmal! Jetzt zeigt Ihr den richtigen Einsatz!«
Wütend über Lockhearts Spötteleien achtete Thomas nicht mehr auf die Schmerzen in seinen Schultern und schwang die Klinge schneller und schneller. Vor ihm beschrieb der Weg einen Bogen, und Thomas hoffte, daß Lockheart sein Gleichgewicht verlöre. *Wenn ich ihm nur eine Verletzung beibringen könnte, die ihn kampfunfähig macht, damit dieser Wahnsinn endlich ein Ende hat.*
Sie erreichten die Wegkrümmung, und Lockheart stolperte auch wirklich über eine Baumwurzel. Doch als Thomas in die ungefähre Richtung von Lockhearts Arm zielte, warf der Schotte sein eigenes Schwert fort und trat mit erhobenen Armen geradewegs in die niedersausende Klinge.
Thomas' Schwert schnitt tief in Lockhearts Seite ein, und mit einem Stöhnen sackte der Schotte zu Boden. Seine Krone aus Zweigen fiel ihm vom Kopf. Durch die Wucht aus dem Gleichgewicht gebracht, taumelte Thomas nach vorn und stolperte über Lockhearts Beine. Das trieb das Schwert nur noch tiefer in ihn hinein, und Lockheart schrie auf.
Thomas ließ den Griff los und rollte sich auf dem Weg ab. Das Schwert kippte durch sein Eigengewicht aus Lockhearts Wunde heraus. Ein hochroter Strom von Blut begann sich neben Lockheart auszubreiten. Keuchend

sagte Thomas: »Vergebt mir, Andrew. Ich fürchte, ich habe Euch getötet.«

»Es ist alles so, wie es sein sollte, mein Junge«, stöhnte Lockheart. »Gut gemacht.«

»Ihr seid mir ins Schwert gelaufen.«

Sich vor Schmerzen krümmend, knurrte Lockheart: »Ich mußte sterben, mein Junge. Ihr seid der nächste Priester des Hains zu Nemi. Ich mußte durch Eure Hand sterben.«

»Aber ... weshalb ...«

»Wenn ich Euch gebeten hätte, Tom, mein lieber Junge, daß Ihr mich erschlagen sollt, hättet Ihr das dann wohl aus freien Stücken getan?«

»Nein!«

»Nein. Euer Leben ist dem Heilen gewidmet. Ich mußte Euch dazu verleiten.« Mit blutverschmierten Fingern nahm Lockheart die Silberkette von seinem Hals und warf Thomas das Medaillon zu. »Das gehört nun Euch. Kehrt nach England zurück, und Euer Vater wird Euch in Ehren aufnehmen und Euch alles beibringen, was Ihr wissen müßt. Behaltet diesen Tag gut in Erinnerung, denn irgendwann müßt Ihr das nämliche tun, was ich getan habe.«

Thomas griff nach dem silbernen Anhänger, dann zog er die Hand zurück. »Nein. Das werde ich nicht. Niemals.«

»Aye, Ihr werdet. Mit der Zeit. Euer Tod ist Ihr ebenso geweiht wie Euer Leben. Arrgh! Diese ... Schmerzen. Ihr müßt meinen Qualen ein Ende bereiten, Thomas.«

»Das ... das kann ich nicht.«

»Es ist nicht barmherzig, mich leiden zu lassen.«

»Ich besitze nicht das Geschick eines Chirurgen. Ich würde nur danebenhauen und noch größeres Leid hervorrufen.«

»Es ist ganz einfach. Das Schwert ist schwer. Laßt es mir auf den Nacken fallen. Das wird schon reichen.« Er wand sich in Krämpfen und hustete Blut. »Ich flehe Euch an, macht schnell!«

Thomas sprang auf die Beine und nahm das Schwert, das nun von Lockhearts Blut troff. Er zog es dorthin, wo Lockheart lag. Mit verzerrter Miene reckte der Schotte ihm den Hals entgegen, damit er ein besseres Ziel abgab.

Thomas wollte seine Augen schließen, traute sich jedoch nicht, weil er fürchtete, danebenzuschlagen. Er betäubte seine Sinne des Sehens und Riechens, wie er es zuweilen in Master Coulters Geschäft hatte tun müssen, und konzentrierte sich ganz auf die bevorstehende Aufgabe. »Lebt wohl, Andrew.« Er hob das Schwert und ließ die Klinge auf den Hals des Schotten niederfahren. Sie grub sich tief ein, und ein weiterer Zins ergoß sich in den roten See auf dem Weg. Im Nu waren Lockhearts Augen bar jeden Lebens.

Thomas stand wie angewurzelt, unfähig, sich zu rühren. Ein Rumoren in seinem Magen warnte ihn, daß er bald recht heftig auf den Anblick reagieren würde. Er hörte hinter sich Schritte.

»Tamas! Was geht hier vor? Was hast du getan?«

Thomas erstarrte noch mehr und wagte es nicht, sich umzudrehen. »Königin Stheno. Majestät. Ich ... er griff mich an. Es braucht Euch nicht zu kümmern.«

»Dieser Mann bat mich darum, daß ich mich hier zu einem Ritual einfinde.«

»Der Ritus ist vorbei. Verlaßt uns.«

»Ich verstehe. Nun, es steht mir wohl nicht an, ein Urteil zu ...«

»Müßt Ihr nicht eine Stadt verteidigen?«

»Aber das habe ich doch getan, Tamas. Nur noch wenige Eindringlinge sind in Bhagavati übrig. Leider brennt die Stadt, und viele aus meinem Volk sind gestorben. Aber das Schlimmste ist vorbei. Es wird viel wiederaufgebaut werden müssen. Ich werde jemanden an meiner Seite brauchen, der mir hilft. Die ... Bräute Shivas werden jetzt wohl alle zu Hause benötigt. Doch vielleicht kommt es zu einer anderen Vermählung, Tamas. Du bist kein geisteskranker Mystiker. Du bist mein Goldener. Mein Adonis. Meine Wahl fällt noch immer auf dich.«

Thomas knirschte mit den Zähnen. »Aber meine Wahl fällt nicht auf Euch.«

»Fürchtet Euch nicht, Tamas. Selbst dein kleiner Mönch konnte mir eine Weile ins Antlitz schauen. Meine Liebe für dich wird zweifellos ...«

»Nein! Ich habe Eure Gruft gesehen. Ich habe gesehen, was Ihr Timóteo angetan habt. Ich kann nicht ein Ungeheuer lieben. Eine Mörderin.«

»Mir scheint, diese Sünde haben wir gemeinsam.«

»Ich wollte es nicht! Er ... hat mich darum gebeten.«

»Diesen Eindruck hat man stets, nai? Sie kommen zu einem und flehen um den Tod. Du verstehst mich, nicht wahr? Welcher Liebhaber außer dir könnte mich verstehen? Komm, laß uns Bhagavati wiederaufbauen und gemeinsam als große und schreckliche Monarchen regieren.«

»Nein!« Ohne nachzudenken hob Thomas das Schwert und fuhr herum. Er behielt die Augen gerade so lange auf, bis er die Mulde zwischen Hals und Schulter erspäht hatte. Er schloß die Augen, als die Klinge durch das Fleisch schnitt. Doch er hatte genug gesehen, daß ihm das basse Erstaunen auf ihrem Gesicht auffiel.

Als er mit voller Wucht zugeschlagen hatte, ließ Thomas das Schwert aus den Händen gleiten. Er hörte, wie etwas zu seiner Rechten laut zischend niederfiel. Er spürte, daß etwas heiß auf sein Gesicht und seine Brust gischtete. Sein Mund stand offen, und so schmeckte er Blut. Ihr Blut. Als das schreckliche Brennen seine Kehle hinabfloß, fiel ihm ein: *»Ein Schlangenbiß für den, der atmet«* … für die Lebenden war ihr Blut Gift. Benommen, wie in Erwartung eines unglaublichen Juxes, sank Thomas auf die Knie. *Diana kann sich früher als erwartet an meinem Tod erfreuen – meine Herrschaft als Priester von Nemi ist wahrlich kurz gewesen.* Kleine Punkte trieben vor seinen Augen. Seine Muskeln versagten, und er fiel vornüber in den warmen, zähen Schlamm. Er glaubte noch das Rauschen lederner Schwingen zu hören, und das letzte, was er vernahm, waren die Schreie »Mörder! Mörder!« in seinen Ohren.

Prabaratma stand mit ausgestreckten Armen auf der Brustwehr des Palasts. Unter ihm loderten die Flammen in gleißendem Scharlachrot und Gold hell vor den schwarzen Rauchwolken. Tränen erfüllten seine Augen, und einen Moment lang schien sein umwölkter Blick sich zu klären. Er schaute zum Himmel auf und sah über Bhagavati die riesenhafte hochrote Gestalt Kalis aufragen; ihre vielen Arme wogten anmutig, die Totenschädel hingen über ihre Taille herab, und die Augen glühten. Ihre lange Zunge ragte gierig zwischen den blutbefleckten Lippen hervor. Ihre Füße tanzten auf den brennenden Häusern und brachten sie zum Einsturz. Ihre zahlreichen Hände fingen fliehende Seelen auf und warfen sie zur Erde oder in den Himmel. Ihr Tanz war Zerstörung, und sie lachte.

»Willkommen, Kali Durga!« rief Prabaratma. »Ihr, die Ihr Verderben und Erneuerung in die Welt bringt, willkommen!«

Er glaubte, aus der Stadt unter ihm den Wirbel von Pauken und das Dröhnen von Trommeln zu vernehmen. »Hört Ihr die Musik, Kali Durga? Das ist Euer heiliges Lied.« Prabaratma wiegte sich im Rhythmus. Er hörte das Geheul der Geister, die von ihren irdischen Fesseln befreit in mißtönendem Chor um ihn herum sangen.

Kalis Gestalt kam näher, den Blick fest auf ihn gerichtet. Zwei ihrer langen Arme streckten sich nach ihm aus, die Finger gekrümmt, wie um ihn herbeizuwinken. »Gesell dich zu mir«, hörte er ihr Wispern. »Gesell dich zu mir im Tanz.«

Prabaratma wurde von einer größeren Freude erfüllt, als er sie jemals zuvor gekannt hatte. »Deswegen wurde mein Leben erschaffen. Ich komme, Kali Durga.«

Er machte einen Schritt nach vorn und fühlte sich auf einmal ganz leicht. Ein Strahlen wie das der Sonne umgab ihn, der heiße Atem des Tagesgestirns erwärmte ihn. Wieder und wieder drehte er sich im Kreis, die Arme von sich gestreckt. »Seht mich an, Kali! Ich tanze für Euch. Seht mich tanzen! Seht mich tanzen! Seht mich tan…«

Thomas' erste Wahrnehmung war der Geschmack von altem Blut in seinem Mund. Er bewegte Zunge und Lippen.
»Er erwacht«, sagte eine Frau über ihm auf griechisch.
Ein heftiger Schauder durchlief Thomas' Körper. Und dann öffnete er die Augen. Er lag auf dem Boden, doch nicht länger im Garten. Neben ihm schien eine Felswand aufzuragen, und in der Nähe befanden sich die verkohlten Skelette von Häusern. Viele Menschen hatten sich um ihn herum versammelt. Er blickte auf und sah die Gestalt Aditis in ihrem Harnisch über ihm stehen. »Dann bin ich also nicht … im Paradies?« sagte er heiser.
Ihr Blick war kalt und unfreundlich. »Je weniger Ihr sagt, desto besser. Ich will nicht wissen, wer hier wen ermordete oder auf wessen Geheiß, oder wer es mehr verdiente. Oder wer Prabaratma von der Mauer stieß. Wir holten Euch zurück, weil das in unserer Macht stand und andere sich für Euch verwendeten. Bhagavati hat seine Königin verloren, also muß ich nun den Thron besteigen und ihre Pflichten übernehmen. Ihr müßt gehen. Kehrt in Euer fernes England zurück und erwähnt nie jemandem gegenüber, was Ihr hier gesehen habt.«
Thomas richtete sich auf. »Wie Ihr wünscht«, brachte er mühsam krächzend hervor.
»Gut. Gandharva und diese beiden anderen werden Euch so weit sie können durch Sind geleiten. Den Mönchsknaben Timóteo werdet Ihr mitnehmen.«
»Aber …« Zwei Hindumänner faßten Thomas an den

Armen und hoben ihn nicht sehr grob hoch. Sie führten ihn zu einem Muli, das bereits mit zusammengerolltem Bettzeug und Wasserschläuchen beladen war. Daneben stand ein Esel, auf dem Timóteo saß.

»Willkommen zurück, Tomás«, sagte der Knabe mit einigermaßen wachsamem Blick. »Seht, sie haben mir einen besonderen Sattel gegeben, auf dem ich sitzen kann. Ehm. Wie fühlt Ihr Euch?«

»Das weiß ich noch nicht«, erwiderte Thomas, als die Hindumänner ihm aufs Muli halfen. Es gelang ihm, im Sattel zu sitzen, ohne hinunterzufallen.

»Gebt ihm etwas Zeit, kleiner Mönch«, sagte Gandharva, der ohne seine stets gegenwärtige *vina* neben dem Knaben auf einem Pony saß. »Es braucht seine Zeit, bis man wieder ganz am Leben ist. Ich sollte es wissen.«

Zögernd begann Thomas: »Wie lange war ich ...«

»Sieben Stunden, glaube ich, sagten sie. Seid barmherzig, gute Aditi. Der arme Tamaschinri ist gerade erst aus einem sehr tiefen Schlaf erwacht.«

»Ich will, daß er geht«, sagte Aditi.

Und weshalb auch nicht? dachte Thomas. *Ich habe ihre Mutter erschlagen. Ob sie mir das wohl jemals verzeihen wird?* Er fühlte sich merkwürdig, als wäre er nicht mehr er selbst. Doch wenn er zu einem anderen Land jenseits des Styx gereist war, so konnte er sich dessen nicht entsinnen. Aber er empfand auch tiefen Frieden, als sei ihm eine große Bürde von den Schultern genommen worden.

Jemand klopfte ihm auf das rechte Knie. Thomas blickte zur Seite und sah Porphredo neben seinem Muli stehen.

Sie hielt eine Ledertasche zu ihm hoch. »Hier sind einige Bücher aus unserer Bibliothek. Sie betreffen zwar die Kräuterkunde, sind aber recht alt, und ich kann nicht für ihre Genauigkeit garantieren.«

»Habt Dank, Porphredo«, keuchte Thomas und nahm die Tasche ehrfürchtig entgegen.

»Ein Abschiedsgeschenk«, sagte sie mit einem Achselzucken. »Ihr habt viel auf Euch genommen, um uns zu finden, und da solltet Ihr doch nicht mit leeren Händen wieder abreisen, nai?«

»Was … werdet Ihr nun tun, Ihr und Enyo? Sollte ich Euch und Eurer Stadt nicht aus Bijapur Hilfe schicken?«

»Nein, doch ich danke Euch. Ihr seht, welche Art von Hilfe fremde Königreiche uns bringen. Enyo und ich werden es schon schaffen. Wir haben es noch immer geschafft.« Mit einer angedeuteten Verbeugung ging die Alte davon, und ihr grauer Sari flatterte im Wind.

Aditi bestieg ein großes, feuriges schwarzes Roß, einen Jutesack in Händen. Der Sack enthielt etwas Rundes und Schweres, und ein roter Fleck verfärbte den unteren Bereich des Sacks. Thomas wurde blitzartig klar, was der Sack enthielt und was Aditi damit vorhatte. *Perseus verwendete eine solche Waffe, nachdem er Medusa erschlagen hatte. Welchen Mut und eisernen Willen Aditi doch besitzen muß. Gott stehe den Mogulen bei, die sich noch in Bhagavati aufhalten.* Als sie in die rauchverhangene Stadt davonritt, sagte Thomas zu Gandharva: »Wißt Ihr, ich glaube, Aditi wird eine sehr gute Königin abgeben.«

EPILOG

Mai 1602
London, England

Thomas Chinnery saß an seinem Schreibtisch, sichtete die Rezepte und machte Kasse. Ihm fiel auf, daß der Vorrat an türkischem Mohn bald zur Neige ging, ebenso der an Betelblättern und Veilchenwurzeln. Es wurde Zeit, daß er den Kaufleuten, denen er auf seinem Rückweg von Indien begegnet war, Briefe schickte, um seine Vorräte aufzufüllen.

Mit einem Seufzer lehnte er sich auf seinem Stuhl zurück. *Es tut gut zu sehen, daß das Geschäft trotzdem floriert.* Nach dem kürzlichen Ableben von Master Coulter hatte Thomas befürchtet, daß die Klientel des Apothekerladens sich vielleicht woanders ihre Arzneien holen würde. Doch zu seiner Beruhigung stellte Thomas fest, daß es ›Coulter & Son‹ so gut erging wie eh und je.

»Thomas?« Seine Frau Anna Chinnery kam herein, und ihre schwarzen Röcke blähten sich wie die Segel einer Galeone im Wind.

Möge ihre Fracht sicher reisen, dachte er. *Gott sei Dank hat Master Coulter noch lange genug gelebt, um meine Rückkehr zu erleben, sein Einverständnis zu unserer Hochzeit zu geben und zu wissen, daß ihm ein Enkel geboren wird.* Thomas lächelte zu ihr hoch und küßte ihre Hand. »Was kann ich für Euch tun, meine holde Schöne?«

Sie lächelte ein wenig, als wisse sie nicht genau, wie erfreut sie sich zeigen durfte. »Nicht Ihr könnt etwas für mich tun, sondern ich bringe Euch etwas.«

»Um so besser.« Er versuchte sie spielerisch auf seinen Schoß zu ziehen.

Sie lachte und wehrte ihn mit federleichten Schlägen ab. »Genug, Tom. Ein Bote ist mit einer weiteren Nachricht von Eurem Vater gekommen.«

Jählings wich das Lächeln aus Thomas' Gesicht. »Verbrennt sie wie die anderen.«

Anna seufzte und stampfte mit dem Fuß auf. »Aber Thomas! Geht dieser Streit jetzt nicht schon lange genug? Wollt Ihr nicht endlich lesen, was ...«

»Nein. Wir haben bereits darüber gesprochen, Anna. Ich will nichts mehr mit ihm zu tun haben. Ich habe in Indien meine Pflicht ihm gegenüber erfüllt, und damit ist die Sache für mich erledigt.«

»Aber was kann es denn schaden, wenn Ihr seinen Brief lest? Hier, ich öffne ihn für Euch und lese ihn Euch vor.«

Thomas packte ihre Hand fester, als er beabsichtigt hatte, und sie zuckte zusammen. »Entschuldigt, Anna«, sagte er sanft, »habe ich Euch nicht gesagt, daß ich meine Gründe habe?«

»Aye, doch Ihr wollt sie mir nicht mitteilen. Seit Eurer Rückkehr hat Euer Vater nichts von Euch gehört. Ihr hattet verboten, daß er an unserer Hochzeit teilnimmt, und ihm noch nicht mal mitgeteilt, daß er einen Enkel bekommt. Ich möchte wissen, was für ein furchtbares Ereignis so eine Bresche zwischen Vater und Sohn schlagen kann!«

Thomas wappnete sich mit Geduld und erwiderte: »Furchtbar genug, daß niemand davon erfahren darf. Es interessiert mich nicht, ob er weiß, wie es um mich bestellt ist.«
»Aber mich! Sagt man uns in der Kirche nicht, wir sollen Vater und Mutter ehren? Und Barmherzigkeit üben?«
»Mein Vater hat für unsere Kirche nichts übrig, und manches kann auch der Barmherzige nicht vergeben.«
»Wenn das kein Argument ist, wie steht es dann mit dem Reichtum Eures Vaters? Eines Tages wird es ein Erbe geben, das uns durch Eure Halsstarrigkeit verwehrt bleibt. Denkt an unser Kind, Thomas!«
Mit knirschenden Zähnen erwiderte Thomas: »Ich denke ja an unser Kind. Wenn wir mit einem Knaben gesegnet werden, so darf mein Vater ihm nie begegnen.« Er nahm ihre beiden Hände in seine. »Anna, die Kirche lehrt auch, daß das Weib seinem Gatten Respekt zu erweisen habe. Respektiert meine Entscheidung. Fragt nicht mehr nach dem Bruch zwischen mir und meinem Vater. Ich will nicht, daß Eure lieblichen Ohren die Schrecknisse hören, die ich zu erzählen hätte.«
»Oh, Ihr mit Euren Schrecknissen und Mysterien! Ihr haltet mich wohl für ein Kind!« Sie warf das gefaltete, versiegelte Pergament auf seinen Schreibtisch, dann stapfte sie durch den Türvorhang wieder in den Laden zurück.
Thomas seufzte. *Muß die Unschuld denn immer das Vorrecht der Kinder sein?* Er hob den Brief auf. Sein rotes Wachssiegel zeigte einen weiblichen Bogenschützen, der von zwei Hunden flankiert wurde.
Witwe Coulter kam hinter ihm aus der Küche gehastet, mit wirbelnden Röcken und grauen Haaren, die ihr unter der

Haube hervorstanden. »Was war das für ein Geschrei, Thomas?«
»Anna brachte mir ein weiteres Schreiben von meinem Vater.« Thomas hielt den Brief hoch.
»Ah.« Witwe Coulter riß ihn ihm aus der Hand. »Das wandert geradewegs ins Feuer.«
»Habt Dank.« Thomas folgte ihr in die Küche und fragte sich, wie sie so verständnisvoll sein konnte, während ihre Tochter das nicht war. Doch da Dame Coulter ihn seinerzeit ermutigt hatte, statt nach Italien, wie sein Vater es gewollt hatte, nach Indien zu reisen, vermutete Thomas, daß sie mehr über seine Familiengeheimnisse wußte, als sie jemals enthüllt hatte.
Timóteo saß an dem Zeichentisch, der fast die ganze Küche einnahm, über ein Buch gebeugt. Blätter und Zweige, Wurzeln und Blüten lagen auf dem Tisch um ihn herum verstreut.
»Geht Eure Arbeit voran, Tim?«
»Sie, eh, läuft gut, Tomás«, sagte Timóteo in noch etwas unbeholfenem Englisch. »Domina Coulters Buch ist sehr gelungen, glaube ich, doch es stehen viele Worte darin, die ich nicht, eh …«
»Verstehe?«
»Ai. Genau.«
Thomas grinste ihn an. Anfangs, als sie Bhagavati verließen, hatten ihn zwar Zweifel geplagt, doch nun war er froh, daß Timóteo ihn nach England begleitet hatte. Timóteo konnte Witwe Coulter dabei helfen, ihr Pflanzenbuch zu schreiben, ein Unterfangen, das sie davor bewahrte, vor Kummer um den Tod des Masters zu vergehen.

Dennoch war das Leben für einen dunkelhäutigen, verkrüppelten Knaben in London nicht einfach – erst recht nicht für einen Katholiken, der für das Priesteramt ausgebildet worden war. Deshalb behielt Thomas ihn meistens im Haus, wo Timóteo eine große Bereicherung für den Laden darstellte.

»Thomas«, rief Anna von der Tür her.

Thomas machte sich auf weitere flehentliche Blicke gefaßt. »Ja, Anna?« Er wandte sich um und sah ihre weit aufgerissenen Augen und das bleiche Gesicht. Er eilte an ihre Seite. »Was habt Ihr? Seid Ihr krank?«

Sie schüttelte den Kopf. »Zwei fremdländische Damen haben den Laden betreten. Sie haben ein … mißgestaltetes Kind bei sich. Sie fragten nach Euch, aber etwas stimmt nicht mit ihnen. Sie machen mir angst.«

Thomas streichelte ihre Wange. »Friede, mein Mädchen. Ihr wißt doch, daß Euer Zustand Euch für derlei Gefühle anfällig macht.«

»Pah!« sagte Witwe Coulter. »Euch erginge es auch nicht besser mit einem Klotz von Kind im Bauch, das sich wie ein Wurm windet. Nun seht schon nach Euren Kunden, Thomas.«

»Aye, Mutter.« Mit einem kläglichen Lächeln ging Thomas durch den Vorhang in den halbdunklen, aromatisch duftenden Laden.

In der Mitte des vollbepackten Raums, unter dem ausgestopften Krokodil, standen zwei Frauen, eine groß, eine klein, in schwarzer Kleidung, schwarz verschleiert. Zwischen ihnen stand eine weitere Person vom Wuchs eines Kindes, doch mit zu großem Kopf. Die Frauen hielten es an der Hand, damit es nicht das Gleichgewicht verlor. Sie glichen drei dunklen Schatten, die zum Leben erwacht waren.

Thomas hatte schon von Kindern gehört, deren Kopf durch Krankheit oder nach einer Verletzung anschwoll. Gewöhnlich starben sie kurz nach der Geburt. Wenn diese Frauen Hilfe für ihren Schutzbefohlenen suchten, so fürchtete er, nicht viel für sie tun zu können. »Ich wünsche Euch einen guten Abend, Ladys. Wie kann ich Euch behilflich sein?«

»Sieht er nicht gut aus?« sagte die Kleinere auf griechisch.

»Nai«, sagte die Größere. »Erfolg und Ehe sind ihm zuträglich.«

Schwindel erfaßte Thomas, und er hielt sich am nächsten Regal fest, brachte aber die Flaschen und Krüge zum Klirren. »Enyo?« wisperte er, »Porphredo?« Sein Herz wollte aussetzen, als in einer gewaltigen Woge die Erinnerungen zurückkehrten.

Porphredo nahm ihren Schleier ab und lächelte ihn an, wobei ihr langes, ledriges Gesicht Falten warf. »Grüße und gute Wünsche auch an Euch, Despotas.«

»Auch von mir Grüße, und seid meiner Freude versichert, Euch so wohlauf zu sehen«, sagte Enyo, als sie ihren Schleier abnahm.

Die dritte Person zwischen ihnen nahm ihren Schleier nicht ab. Thomas starrte sie an. »Wer …«

»Ich grüße dich ebenfalls, schöner Tamas«, sagte das Wesen mit der Stimme eines Kindes. Doch der Tonfall war recht erwachsen.

»Stheno!« flüsterte Thomas. »Das … Ihr könnt doch unmöglich …«

»Sagte ich dir nicht, daß ich unsterblich bin? Ich kann nicht sterben, das lassen die Götter nicht zu. Selbst wenn man sich solche Mühe gibt wie du. Lediglich meiner Schwester Medusa wurde dieser Segen gewährt. War das dein neues Weib, das wir gerade sahen? Sie ist sehr schön. Und sie trägt ein Kind. Du hast dich sehr gemacht.«

Thomas wich langsam zu der Tür mit dem Vorhang zurück. *Mein Gott, sie ist auf Vergeltung aus. Was soll ich gegen einen Gegner ausrichten, den man nicht töten kann? Ich muß Anna und den anderen sagen, daß sie zur Hintertür fliehen sollen. Aber Timóteo kann doch nicht –*

»Fürchte dich nicht, Tamas. Du glaubst, ich bin gekommen, um Vergeltung zu üben, wo ich doch hier bin, um zu vergeben. Ich werde dir und deiner Familie kein Leid zufügen. Ich wollte dich nur wissen lassen, daß du mir vielleicht einen großen Gefallen erwiesen hast. Du hast mir, könnte man sagen, die Gelegenheit gegeben, neu anzufangen.«

»Oh.« Mehr brachte Thomas nicht heraus.

»Wir waren auf Reisen«, sagte Enyo, »und haben viel darüber erfahren, wie die Welt sich verändert hat. Wir sind auf der Suche nach unserer Schwester Deino und nach Euryale, der Schwester der Despoina. Als wir in Paris waren, erwähnten wir einem fränkischen Arzt gegenüber Euren Namen, und er berichtete uns von Eurem Wohlstand. Und so kamen wir her, um Euch unsere Glückwünsche auszusprechen.«

»Ich … ich verstehe. Wie geht es Aditi?«

»Recht gut, als wir sie das letzte Mal sahen«, sagte Porphredo. »Sie herrscht über das, was von Bhagavati noch übrig ist, und es besteht Hoffnung, daß es eines Tages wieder zu voller Blüte erwächst. Sie macht vernünftigen Gebrauch von ihren Beziehungen zu Sultan Ibrahim.«

»Sie hat meinen Palast niederreißen lassen«, knurrte Stheno. »Undankbare Tochter.«

»Lediglich einen Teil davon«, tadelte Porphredo. »Sie zieht es vor, nicht als Göttin zu herrschen.«

»Hmpf.« Die mißgestaltete Stheno ließ Porphredos Hand los und stöberte unter ihrem Schleier herum. »Ich habe dir ein Geschenk mitgebracht, Tamas. Leider kommt es als Hochzeitsgabe zu spät. Betrachte es daher als Geburtstagsgeschenk.« Eine kleine, gedrungene Hand kam unter dem Schleier hervor und streckte Thomas etwas entgegen.

Vorsichtig trat Thomas näher und sah, daß es sich um ein viereckiges Holzkästchen handelte. Thomas gelang es, das Kästchen entgegenzunehmen, ohne ihre Hand zu berühren. »Habt … habt Dank.«

»Gern geschehen, Tamas. Macht weisen Gebrauch davon.«

»Wir sollten nun gehen«, sagte Porphredo. »Unsere Reise führt uns weiter, in ferne Gegenden.«

»Mögen Euer Weib und Euer Kind gesegnet sein«, sagte Enyo und zog den Schleier wieder vor ihre heiteren dunklen Augen.

»Seid fruchtbar und mehret euch«, seufzte Stheno. »Und vergiß mich nicht.« Die drei Frauen wandten sich um und verließen den Laden. Die Glocke über der Tür klingelte zum Abschied.

Thomas rührte sich nicht von der Stelle. »Euch vergessen?

Keine Angst, das kann ich nicht, so sehr ich es mir auch wünsche.« Er blickte auf das Kästchen in seiner zitternden Hand. Oben war ein Merkurstab eingeschnitzt. Er öffnete es. Auf einem Bett aus heller Seide lag ein kleines, schillerndes Fläschchen. Thomas mußte das Fläschchen nicht öffnen, um zu wissen, was es enthielt. Er klappte den Deckel wieder zu.

Das Rasa Mahadevi. *Ich kann seiner Versuchung nicht entgehen, egal wie weit fort ich auch fliehe. Was … was wäre, wenn ich es hier verwendete? Ich könnte Dinge tun, zu denen kein anderer Apotheker in der Lage wäre. Wenn ich es vorsichtig und heimlich verwendete, brächte es mir vielleicht großen Wohlstand. Anna ist voller Sorge, daß wir eines Tages verarmen könnten. Würde diese Substanz nicht das Gegenteil sicherstellen? Bei vernünftigem Gebrauch würde es Anna und dem Baby an nichts mangeln.*

Seine Finger schlossen sich um das Kästchen.

Doch dann fielen ihm die Besuche wieder ein, die man ihm nach seiner Rückkehr nach England abgestattet hatte. Die Fragen der Firma von Master Bromefield über das Schicksal der Expedition. Die Fragen vom Königshof selbst. Er hatte allen erzählt, daß die Schiffe vor Indiens Küste havariert seien, was ja auch der Wahrheit entsprach und von portugiesischen Seeleuten bestätigt werden konnte. Er erzählte ihnen, Piraten hätten ihn nach Goa verschleppt, wo er geraume Zeit im Verlies des Gouverneurs verbracht habe, was ebenfalls zutraf. Doch von seiner Reise ins Innere des Kontinents erwähnte er nichts. Er spürte, daß die Behörden seiner Geschichte mit Argwohn begegneten, da er der einzige Überlebende war, aber

sie konnten ihm keine Schuld an den Vorfällen geben, und so ließ man ihn ungestört seinen Geschäften nachgehen, behielt ihn jedoch im Auge.
Ein plötzlicher Anstieg seines Wohlstands könnte auffallen und Bemerkungen nach sich ziehen. Vielleicht kämen die Fragesteller zurück. Ein Versprecher oder eine falsche Handlung, und ... nun, dieser Tage wurde man schnell der Zauberei bezichtigt. Er stellte sich vor, wie er in einem Gerichtssaal stand, den finsteren Blicken der Richter und Kleriker ausgesetzt. Er stellte sich einen Galgen vor. Er stellte sich Anna vor, verwitwet und ohne einen Penny, voller Angst, sich auf der Straße sehen zu lassen, der Schande wegen, die er über sie gebracht hatte.
Nein. Das darf nicht sein.
»Thomas?« rief Anna aus der Küche. »Ist alles gut?«
Thomas atmete tief durch und schlenderte gemächlich wieder in die Küche zurück. Er ging geradewegs zum Ofen, kauerte sich neben den Kessel und warf das Kästchen auf die Kohlen, neben die Asche vom Brief seines Vaters. »Keine Angst, Anna. Alles ist gut.«
»Wer waren diese Frauen? Woher stammten sie? Was wollten sie? Was habt Ihr gerade den Flammen übergeben?«
Thomas erhob sich und strich sich die Hände an der Hose ab. »Das waren alte Kräuterweiber, aus Griechenland, glaube ich. Sie wollten mir eine Substanz von zweifelhaftem Wert anbieten und gaben mir ein Muster. Doch sie kostet zuviel, also hebe ich es nicht auf.«
»Was ist mit dem mißgestalteten Kind, das sie bei sich hatten?«

»Für das Kind kann ich nichts mehr tun, doch es wird sich erholen – mit der Zeit, wenn es heranwächst. Nun«, Thomas schlug die Hände zusammen, »ich habe einen Heißhunger. Was gibt's zum Abendessen?«

Kara Dalkey

Die Geheimnisse von Goa

Roman

Im Jahre 1597 macht sich der britische Apotheker Thomas Chinnery auf eine gefährliche Seereise nach Indien, um seltene Gewürze, Kräuter und Heilpflanzen zu kaufen. An Bord des Schiffes kämpft er um das Leben eines Portugiesen und einer wunderschönen Inderin, die der Ketzerei beschuldigt werden. Als er im Gepäck der beiden Gefangenen auf ein kleines Fläschchen mit einer seltsamen Substanz stößt, ahnt er noch nicht, dass ihn seine Suche nach jenem Elixier, das Unsterblichkeit verleihen soll, direkt in die Mühlen der Inquisition führen wird ...

»Es ist unmöglich, diesen Roman zur Seite zu legen.«
Wall Street Journal

Knaur

Lesefutter für Zeitreise-Fans

Mark Anthony

Das Ruinentor

Roman

Der Barbesitzer Travis Wilder gelangt durch eine geheimnisvolle Schatulle in das magische Land Eldh und wird plötzlich von unheimlichen Schattenwesen gejagt. Zur gleichen Zeit entdeckt die Ärztin Grace Beckett bei einer Operation eines Schwerverletzten, dass dieser ein Herz aus Eisen in der Brust trägt. Auch sie wird von einem Priester durch ein dunkles Tor in jene fremde Welt Eldh geführt. Hier herrscht noch Mittelalter, die Menschen haben Angst – und die Rückkehr des Fahlen Königs steht bevor ...